U0638586

原创文学门户
起点中文网
www.qidian.com
——阅文集团旗下网站——

神藏

①

《小道士进城》

打眼 著

故事的开始发生在金陵。金陵有一座山叫作方山，山上有座道观颇败不堪。小道士方逸刚出生没几天就被父母抛弃在道观外，是道观里的老道士收留了他并把他养大。方逸波老道士收留时，仅有一块身上佩戴的一块由高僧眉骨制作的、神秘的佛门法器嘎巴拉。老道士死后，方逸遵师嘱下山，与自己的少年伙伴一起进入繁华世界。在一次车祸中，嘎巴拉意外破碎融入了他的

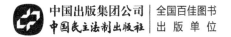
中国出版集团公司 ｜ 全国百佳图书
中国民主法制出版社 ｜ 出版单位

图书在版编目（CIP）数据

神藏 . 1 / 打眼著 . — 北京 : 中国民主法制出版社 , 2016. 4

ISBN 978-7-5162-1139-7

Ⅰ . ①神… Ⅱ . ①打… Ⅲ . ①长篇小说—中国—
当代 Ⅳ . ① I247.5

中国版本图书馆 CIP 数据核字 (2016) 第 048787 号

图书出品人: 刘海涛
图书策划: 谭 军
责任编辑: 翟琰萍

书 名 / 神藏
作 者 / 打眼

出版·发行 / 中国民主法制出版社
地 址 / 北京市丰台区玉林里 7 号 (100069)
电 话 / 010–63055259 (总编室) 010–63057714 (发行部)
传 真 / 010–63055259
http: //www.npcpub.com
E-mail: mzfz@ npcpub.com
经 销 / 新华书店
开 本 / 16 开 710 毫米 ×1000 毫米
印 张 / 18.25 **字数** / 251 千字
版 本 / 2016 年 4 月第 1 版 2016 年 4 月第 1 次印刷
印 刷 / 涿州市星河印刷有限公司

书 号 / ISBN 978-7-5162-1139-7
定 价 / 32.00 元
出版声明 / 版权所有 , 侵权必究。

（如有缺页或倒装 , 本社负责退换）

目录

第一章
少年和胖子

金陵，地处华夏东部地区，长江下游，濒江近海，自古就有"天下财富出于东南，而金陵为其会"的说法，有着6000多年文明史、近2600年建城史和近500年的建都史，是华夏四大古都之一，有"六朝古都""十朝都会"之称，是中华文明的重要发祥地。金陵多山，四周群山环抱，有紫金山、牛首山、幕府山、栖霞山、汤山、青龙山、黄龙山、祖堂山、云台山、老山、灵岩山、茅山等，另有富贵山、九华山、北极阁山、清凉山、狮子山、鸡笼山等聚散于市内，形成了山多、水多、丘陵多的地貌特征。

在这些名山之中，有一个极不起眼、占地只有数平方公里的小山，名为方山。方山是一座不太高的平顶山，远望如一方印，古称印山。方山虽不高，但由于位于平原之上，仍不失巍峨挺拔。在方山那丛林茂密的深处，有一座很不起眼的道观，要不是正门处那儿有斧凿火烧痕迹书写着"上清宫"三个字的牌匾，恐怕就是三清老祖亲至，也看不出这是凡人给他供应香火的所在。

俗话说，"山不在高，有仙则名"，方山上虽有一座道观，但却无仙可循，在十年浩劫中道观曾经被焚毁过一次，后来又因为年久失修坍塌过一次，如今已变得愈发破败不堪了。

"唉，唉，怎么不响了？"一个十八九岁身穿道袍的男子，此刻正坐在道观前面的台阶上，用右手拍着左掌上的一只收音机，只不过除了"嘶嘶"的电流声之外，那收音机却是再没有第二种声音发出来了。

"无量那个天尊，我可是昨儿才换的电池，不会又要拿到城里去修吧？"

少年道士没好气地念叨了一句，抬起手就想将收音机给扔出去，不过犹豫了一下之后，还是收了起来，毕竟这只收音机已经陪伴他足足有十年的时间了，那些孤寂的时光，倒是有一多半是靠着它才度过的。

"聒噪，连你也欺负我啊？"听着上方那棵大树上不断传来的蝉鸣声，少年皱了下眉头，忽然身形一展，脚下一蹬，已然在那腰肢粗细的树干上连踩了三脚，待得身体将落的时候，又在树杈上一拍，右臂犹如长猿般伸展开来，手掌一抄，已将那来不及飞走的知了握在了掌心里。

"嘿嘿，看你还叫不叫！"落到地上之后，少年摊开了手掌，看着掌心里的那个知了，不由笑了起来，刚刚因为收音机坏掉而导致的不愉快也随之烟消云散。

"算了，放你走吧！"少年和那蝉儿自言自语地说了一会儿话之后，一扬手掌，将那知了放飞了出去，阳光透过茂密的枝叶洒在了他的脸上，露出了一张剑眉星目、异常英俊的脸庞。

"别人家的道观叫作上清宫，你也叫上清宫，可此宫非彼宫，连饭都吃不上啊！"少年一回头，就看到了道观的牌匾，脸上不由露出了一丝苦笑，观中所剩的最后一点点大米已被他前天熬了粥，就是那稀得能当镜子照的粥，三天之后也是空空如也。少年今儿已经断了粮。

和那些名山大川的上清宫相比，方山上的上清宫，无疑就是个挂羊头卖狗肉的地方，破屋三五间就敢叫作上清宫，十余年间香火全无，要不是靠着挖些草药、毒蝎之类可入药的东西跟山下农户换取些粮食，少年怕是早就饿死了。

"无量那个天尊，师父规定的下山期限还有三天，难不成就这么饿死吗？"少年的眼睛滴溜溜转了一圈，看着山下远处的炊烟，想着美味佳肴，忍不住咽了下口水，不过因为师律，犹豫了好一会儿，少年又悻悻地坐在了道观前面的石阶上。

"那笨死的兔子，怎么就不再出现一次呀！"少年的脑海中出现了一幅画面，前年的时候，不知道是不是山下收割庄稼的原因，将一只又肥又大的兔子赶到了山上，慌不择路的兔子一头撞死在道观前，也让少年美餐了一顿。

不过这守株待兔的情形，三年来也只出现了这一次。三年中，少年每天都会往那棵大树下看一眼，但每次都失望不已，笨死的兔子再也没有出现过第二只。

"逸哥儿，你在不在，我来了——"正当少年道士饥肠辘辘准备上山再捉些毒蝎的时候，山下的小径处突然传来一声喊，随着喊声，一个身影已然出现在那不规则的石阶路上了。

这个有些肥硕且横向发展的身体，使得那山路小径愈发显得狭窄起来，不过肥胖不代表笨拙，那人的身手还算矫健，一口气爬上了七八十米高的台阶，上来之后也就是微微喘着粗气。

"嘿，胖子，你怎么现在才来？这半年多死哪儿去了，我可是想死你了呀！"看到来人之后，少年道士脸上露出了一丝欣喜之色，言语间丝毫没有出家人的顾忌。

"少来，我看你是快饿死了，想我带点吃的上来吧！"

那胖子走到近前才看得清楚，原来年龄也不是很大的样子，充其量也就二十岁，一双眯缝着的小眼睛很有神，给人一种精明的感觉，不过那丝精明在他笑起来之后，就变得一脸憨厚，再也看不出来了。

"喏，我爸套的一只兔子，"胖子扬了扬左手，开口说道，"别说哥们儿不义气，昨儿才回的家，今儿一早就给你送兔子过来了，哎，我说你干吗呢？"

胖子刚扬起自己的左手，就发现他拎着的那只兔子一下子就易主了，而且抢过兔子的少年还没等他的话说完，转身就往道观里跑，转瞬之间，胖子眼前就没了人影。

"这孩子，得饿成什么样了啊？"胖子一脸怜悯地摇了摇头，他知道这小道士碍于师律，活动范围仅限于这方山方圆数平方公里之内，所需的生活用品都是和山下村子里的人交换的，这断粮是常有的事情。"哎，我说你这动作也忒快了点儿吧！"当胖子走进道观来到后院之后，才发现自己拎来的那只兔子，已经被少年开膛破肚剥去了皮，用一根大树枝横穿了起来，而地上的那个浅坑里，木柴已冒出了火苗。"哥哥我已经饿了三天了。"看着被火苗舔着的兔肉，少年道士忍不住舔了下自己的嘴唇，声音幽怨地说道："胖子，你小子可不地道啊，这一出去就是半年多，哥哥我可是每日里都等着你上山送吃的啊！"

"少来，没我你也饿不死。"对于少年的话，胖子嗤之以鼻，摇头说道："胖爷我也是当过兵的人，总不能做一辈子的农民吧！这次出山是打工去了，对了，我说你比我小，少在我面前充大，你要叫胖哥，懂不懂啊？"

"切，谁说我比你小，你明明比我晚三天出生的，"少年很认真地说道，"就是晚一个时辰，我也是你哥，你要是不信回去问你那胖爹去！"

两人虽然都已经十八九岁了，但显然对于谁大谁小的事情很是介怀，被那少年道士说急了眼，胖子脱口而出道："少来，你连自己是哪天生的都不知道！"

"唉，我……我不是故意的，逸哥儿，我……我喊你哥还不行吗？"说出这句话后，胖子知道自己失言了，连忙举起了手，小心翼翼地看向了少年，两人是穿着开裆裤一起长大的，自然知道对方的命门在什么地方。

"这是你说的，我可没逼你啊！"听到胖子的话，少年的脸色不由僵了一下，随即又笑了起来，但胖子还是看出了少年神态间的不自然。

其实胖子没有说错，这个少年道士，还真的不知道自己是何月何日生的。

少年在被师父抱养的时候，还身处襁褓之中，而他的师父虽然活了一把年岁，精通阴阳五行占卜相术，但却从来没有生养过孩子，稀里糊涂地也不知道当时的少年究竟出生了几个月。

由于是在道观大门外捡来的，而道观则身处方山，老道士就让少年姓了方；更因为少年在被抱起的时候睡得十分香甜安逸，于是老道士就赐予了他单名一个逸，是为方逸。

当然，老道士是死活不肯承认自己如此随便就给方逸起了姓名的，按照他的说法，姓方是希望少年能够为人方正；名逸则是希望少年长大后能超凡脱俗、卓尔不群。

当时的方逸，最多也就两三个月大，老道士于是就将他抱到了山下，让同样刚出生不久的胖子他妈给方逸喂奶，只是那时的乡下十分穷困，方逸只吃了三个月的奶，就被老道士抱回山上用米汤喂养了。

不过有这么一层渊源之后，方逸和胖子算是吃过一个妈的奶，不自觉地感到亲近，从小感情就十分要好。胖子他爹有时候进山采摘草药，就会将胖子扔在道观，两个小孩还真是挂着屁帘子一起长大的。

"来，叫声逸哥，把后面那个儿字去掉，啊？"将兔子架在了火坑上面之后，方逸坐在了师父的那张摇椅上，耸动了下鼻子，惬意地说道，"要是叫得好听，我就把那珍酿的猴儿酒拿出来给你尝尝，要是不情真意切，我可就自己享用了。"

"猴儿酒？方逸，你竟然还藏有猴儿酒？"听到方逸这番话，胖子直接站起了身子，那庞大的身躯冲着方逸就扑了过去，一脸悲愤地喊道，"三年前你就告诉我那酒没了，敢情是你小子给藏起来了！"

"嘿，来硬的是吧？从小到大你哪次打赢我了？"

别看胖子的体重足足有两百斤，但在方逸面前，仍然是不够看的，也没见方逸如何动作，甚至连身体都没站起来，就将胖子的一只手别到了背后，疼得胖子连声呼痛。

"逸哥，我……我错了还不行吗？"深知方逸脾气的胖子，很努力地将他那张胖脸笑成了菊花状，开口说道，"以后你就是我哥，你说往东我绝不往西，你说撵狗我绝不追鸡，这总行了吧！"

"这还差不多。"方逸松开了手，说道，"那猴儿酒是我这几年自己酿的，以前的酒早就没了，你小子再敢冤枉我，这酒你就甭想喝了。"

说到猴儿酒，这是方逸和胖子还有他师父之间的一个秘密。在方逸七八岁的时候，周边的城市对于方山的开发还处于原始阶段，在道观的不远处生长着一个猴群，大约有五六十只的样子，方逸几乎从小就是看着这些猴子长大的，所以猴群对他的警惕性也十分低。方逸的师父害怕猴群伤到方逸，极少让方逸与猴群接触，可是七八岁的孩子一般都很顽劣，老道士一个没看住，方逸就偷偷溜到了猴群所在的地方，和那些猴子嬉戏起来。

老道士虽然知道了这件事，但见到猴群并没有伤害方逸，也就不去过问了。可是有一天方逸去找猴子玩耍，却是深夜未归，担心不已的老道士强行闯入并驱散了猴群之后，发现那会儿才八九岁的方逸，晕倒在了一棵大树下，而且居然满身酒气。老道士是清同治年间生人，已是百岁开外的高龄，在这世上几乎就没有他没见过的事情，稍一思索就明白了过来，敢情这个猴群竟然酿造有猴儿酒。

所谓猴儿酒，指的是山中诸猴采百果于树洞之中，开始的时候是为了贮藏越冬粮食，但若当季不缺越冬粮食，猴儿们便会忘记曾储藏过一洞百果，然后这一洞百果便逐渐发酵，而后酿成一洞百果酒。猴儿酒形成的条件非常苛刻，猴子选择的空树用来存放百果，那必是能足够保证百果越冬不烂的树木，既要空心，还要密封，所以猴儿酒根本就是可遇而不可求的东西。

此类野酿，实属机缘巧合。真正猴儿酒的价值千金不换，老道士一生走南闯北，也就只在峨眉山上品尝过真正的猴儿酒，却没想到竟然在方山上也遇到了。

在拎着方逸返回道观的时候，老道士的手中也多了一壶猴儿酒，他明白竭泽而渔的道理，所以只取了一葫芦酒，随后就将树洞给掩盖住了。

猴儿酒的度数不是很高，加上又是果酒，所以方逸和胖子时不时地会去偷上一些喝，老道士也是睁只眼闭只眼，因为后来就连他喝的猴儿酒，也都是方逸偷取回来的。只是好景不长，随着山下城市的变革，方山这一片净土也受到了影响，原本栖居在这里的猴群，在五年之间就没了踪影，连带着那猴儿酒也没有了，剩下的最后一点儿，也都被方逸的师父临死前倒进了肚子里。

不过在师父去世的这几年里，方逸闲来无事，便将那猴群遗弃的树洞又给利用了起来，每到果树成熟的时候，就会往里面扔上一些果子，这误打误撞之下，居然还真被他酿制出了口味差不多的猴儿酒。

"嘿，自己酿的也行，逸哥，您坐着歇会儿，我先把这兔子给烤出来。"听到有猴儿酒，胖子顿时一脸谄媚的笑容，就差没帮方逸敲腿捶背了，他屁颠儿屁颠儿地跑去屋里，出来的时候手里已经拿着油盐酱醋了。

胖子从小就爱吃，虽然小时候各家都没有什么钱，但那会儿方山上的野物多啊，方逸负责下套抓，胖子就负责烤制，每次两人都吃得满口流油。

不多一会儿，那只足有四五斤的兔子就被烤熟了，一股肉香味充斥着整个后院。撕下了最肥的一条后腿，胖子将其递到了方逸的面前，说道："您尝尝合不合口，要是合口的话，就把那猴儿酒给拿出来吧！"

"等着，我去拿！"方逸也不嫌烫，撕下了一条兔肉塞进了嘴里，跳起身走进了房间，出来的时候，左手拎着一个比巴掌略大一点的葫芦，那酒香味已透过盖子飘散了出来。

"真是猴儿酒的味道！"胖子脸上露出了惊喜的神色，一把将酒葫芦抢了过来，拔开葫芦盖对着嘴就喝了一口，那双原本就不大的眼睛，顿时就眯缝了起来。

"好酒，好酒啊！"胖子咂吧了下嘴，意犹未尽还要再喝的时候，却被方逸抢过了酒葫芦，没好气地说道："我三年就酿制出了这么一点儿，今儿每人三口，谁都别想多喝。"

酿酒必需要发酵，之前的猴群酿制的猴儿酒，不知道经过多少年的发酵，才留下那么一点根底，而方逸却是重新酿制的，就这么一葫芦酒，也不知道耗费了他多少精力，自然舍不得让胖子多喝。

"三口就三口，"胖子撕下半只兔子咬了一口，又将手向方逸伸了过去，含混不清地说道，"胖爷我走南闯北也喝过不少好酒，那什么茅台、五粮液比这猴儿酒，不知道差了多少倍。"

"茅台？"方逸闻言说道，"你喝过茅台酒？师父说那可是一等一的好酒，那是什么味道？等我下山之后也要尝尝。"跟着个酒鬼师父，方逸本事学的好坏且不说，但这酒量却练了出来，平日里他喝的都是老道自酿的粮食酒，度数少说都是五十度以上的，更是曾经听师父数遍天下好酒，这茅台是排在第一位的。

"我……我闻过，没喝过呀！"听到方逸问自己茅台酒的味道，胖子的那张胖脸难得地红了起来。他这一年在沪上打工，干的是保安的工作，一个月也就是千儿八百块钱，哪里喝得起茅台啊！

不过胖子的确闻过茅台的味道，而且还是最近的事情。就在三天之前，胖子献殷勤帮着他工作的那个小区的一个业主拎东西，却没承想一不小心将业主的两瓶茅台给失手掉在了地上，虽然闻到了酒味，但工作却也因此丢掉了。

"切，原来你小子是在吹牛啊！"方逸对自己这个穿着开裆裤一起长大的发小很了解，一见到胖子脸上的神色就明白了过来，敢情他压根儿就没喝过茅台，至于五粮液什么的，估计胖子也只是闻过味道而已。

"不就是茅台吗，有什么了不起，等胖爷我以后有钱了，一次买两瓶，喝一瓶倒一瓶。"胖子脸上露出了愤然的神色，显然对于因为打翻两瓶酒被辞退的事情耿耿于怀。

"说得对，以后咱们哥儿俩天天喝茅台，嗯，这兔子肉也要天天吃。"

俗话说，"半大小子吃穷老子"，一只兔子对于胖子和方逸来说，也就仅仅够塞个牙缝的，几分钟的工夫，两人手上就只剩下了几根找不到一丝肉屑的骨头，要不是胖子还带了五六个馒头，两人怕是连肚子都填不饱。

"方逸，外面不是那么好混的，胖爷我都混了好几年了，到现在也只能抽四块钱一包的烟。"

胖子眼睛恋恋不舍地从方逸手上的酒葫芦转移到了一边，从口袋里掏出一包红梅烟，手法熟练地塞到嘴里，打着了火之后，躺到了方逸的摇椅上，美美地抽上了一口。

"喝酒就算了，你小子怎么还学会抽烟了？"方逸没好气地拍了胖子一记，他喜欢酒但却从来不抽烟，而且方逸记得，胖子之前好像是不抽烟的。

"心里苦闷，就抽了。"胖子叹了口气，说道，"方逸，像我这样的人，除了当过兵这个履历之外，再也没有别的长处，去到大城市只能干个保安。你知不知道，别人都喊我们保安仔，没有人瞧得起我们的。"

说起来胖子也是个奇葩，他十五岁的时候，就被在村里当支书的老子托关系走后门送到了部队，原本指望他能在部队提个干光宗耀祖，没承想，胖子居然在部队干起了炊事员。虽然说革命工作不分贵贱，但是架不住胖子爱吃啊，而且在部队中的这三年，胖子还将自己从小少吃的粮食全都给找补了回来，于是那身材就由微胖变成了巨胖，三年间足足长了五六十斤肉。

当了炊事兵的胖子其实原本是有机会转为志愿兵的，不过在他将新调来的团政委家的老母鸡给偷偷炖了汤喝之后，这个愿望也彻底成为了泡影，只能悻悻地退伍回了家。

第二章

道士下山

　　胖子当兵的时候是在城市里，干炊事兵的他经常有机会外出买菜，所以在见识了大城市的繁华后，退伍回到家并不是很安分，整日里和他那当村支书的爹嚷嚷着要出去打工。

　　最初胖子是跟着村子里的一个小包工头外出的，只是他吃不了那份苦，最终自己在城市里找了个做保安的工作。这半年多的打工生涯，让算是初入社会的胖子领略了生存的艰辛，所以这会儿才有这么多的感慨。

　　"干保安怎么了？"听到胖子的话，方逸撇了撇嘴，说道，"老子说过，天地不仁，以万物为刍狗。天地都无私地看待万物，那些人有什么资格瞧不起保安，不就是一份工作吗？"

　　"方逸，我看你是在山里待傻了，等你出去就知道了。"胖子像是看外星人一样盯着方逸看了好一会儿，摇了摇头，说道，"现在外面那个社会，有钱有权的就是大爷，没钱没势的就是孙子，就你这样的，出去之后恐怕能饿死，我看你还是跟着胖爷我混吧，多少能有口饭吃。"

　　虽然同样涉世未深，但胖子自问和方逸比起来，那绝对称得上是老江湖了，这逸哥怕是到现在都不知道钱是什么样子的，更不用提怎么用了。

　　"饿死？你说道爷我会饿死？"方逸嗤之以鼻道，"道爷我可是上清宫的方丈，这是在道教协会里注册了的，出去之后我就算是到各个道观里挂单，那对方道观也会敲锣打鼓迎接的，绝对活得比你滋润。"说着话，方逸看了一眼自己这颓败的道观，又有些心虚地说道："就算对方不敲锣打鼓，管一顿素斋总是要的吧？道爷我那方丈的度牒可还在屋里的。"

方逸这话倒是没有吹牛，他那整日里游手好闲的师父，除了将方逸抚养长大之外，临死前就做了一件事，那就是下了三个月的山，回来的时候，带回了一套度牒和身份证。

很多人都认为，方丈应该是佛家的称谓，其实不然，方丈是对道观中最高领导者的称谓，亦可称"住持"。方丈是受过三坛大戒，接过律师传"法"，戒行精严，德高望重，受全体道众拥戴而选的道士，而佛教的方丈最初也是起源于道教这一称谓。

以方逸师父那老道士的痞懒性子，自然没有为方逸受过三坛大戒，而他们这座上清宫里不算厨房的耗子，总共也就方逸和师父两人，只要老道士同意了，自然也算是受全体道众拥护，勉强当得起方丈这个职务了。不过对于师父拿回来的这一套东西，方逸直到现在还是心存疑虑，因为深知道家等级的他，很怀疑师父是不是看到了火车站的那些小广告，花了几十块钱给自己办来的假证？

"就你这年纪，还方丈呢？拿出去一准被人打！"作为从小穿着开裆裤长大的玩伴，胖子自然看得出方逸的心虚，接着说道，"我说你还是跟着胖爷我吧，就凭你那身手，别的不说，当个白日闯绝对吃得开，别人就是发现了也追不上你啊！"

"白日闯？那是什么？"方逸闻言愣了一下，他还真没听过这名词。

"嘿嘿，就是白天去别人家里劫富济贫，这么说你懂了吧！"

胖子"嘿嘿"怪笑了起来，他也是在干保安的时候听别人提起的，现在专门有一些人大白天去行窃，有些甚至胆子大到直接联系搬家公司，将别人家值钱的东西全部都给搬空。

"好你个死胖子，这几年的兵是白当了！"方逸没好气地将摇椅上的胖子给拉了下来，毫不客气地施以一顿老拳，打得胖子顿时连连求饶起来。

"哎哟，别踹我屁股，别打那儿啊，胖爷我的菊花还没开发过呢……"

两人打小嬉闹惯了，方逸自然不会真的动用拳脚，撕打了一会儿之后，又各自躺回到了椅子上。

"胖子，你说我出去，到底干点儿什么好呢？"

听完胖子说的那些外面的事情，原本对外界充满了憧憬的方逸不由叹了口气，这会儿他心里也是有些忐忑起来，除了道家的一些基本修行之外，方逸对别的可是一窍不通。

"现在外面一片清明，你会的那点东西肯定不适用的。"胖子知道以前那个老道士会些占卜问卦和拿鬼捉妖的事，但现在科技昌明，方逸要是出去干这行当的话，怕是有被有关部门直接以宣扬封建迷信的嫌疑给送到局子里去的危险。

"那怎么办？我总不能去卖艺吧？"

方逸四岁的时候，就被老道士在腿上绑了沙袋，然后在地面挖个十公分左右的坑，让他膝盖不能歪曲，直上直下地从坑里跳出来，随着年岁的增长，沙袋的重量和坑的深度也在不断变化着。如此到了现在，两米多高的围墙，方逸基本都能一跃而过，只是他这十多年吃了多少苦，就无法对外人言道了，最起码胖子当时跟着学了一个星期，就哭爹喊娘满地打滚儿地做了逃兵。当然，每日里厮混在道观里的胖子也并非全无是处，跟着那老道士还是学到一点功夫的，当年才十五岁的他刚到部队新兵营的时候，就以一对三放倒了三个老兵，很是出了一番风头。不过胖子却是随了老道士的脾性，好吃懒做的他死活不肯去侦察连，而是选择了到团部当厨子，否则这会儿就是直接提干那也是极有可能的事情，毕竟师里每年的大比武过后，都是有几个提干名额的。

"车到山前必有路，跟着胖爷，还怕没口饭吃吗？"看到方逸愁眉苦脸的样子，胖子拍起了胸脯，大不了让老爹发句话，再跟着村子里的施工队去干活不就完了，总归是能混口饭吃的。

"成，那我就先跟着你混着。"方逸无奈地点了点头，世界虽大，但是他这辈子除了认识山下的一些农户之外，值得信任的也就是那死去的师父和面前的胖子了。

"这就对了，方逸，收拾收拾，咱们今儿就下山！"胖子一拍巴掌跳了起来，左右看了一眼，嚷嚷道，"你这也没什么好收拾的，干脆咱们这就走，回头到山下让我娘帮你改几件衣服，这道袍穿着太显眼了。"

"别介啊，师父说了，距离我下山的日子还有三天呢，要是提前下了山，就会有血光之灾的。"方逸很认真地摇了摇头，从小就被自称是袁天罡一脉的老道士忽悠，对于师父的话，他还是信几分的。

"哎，我说，这都什么社会了，你还那么封建迷信？"虽然从小也是在老道士熏陶下长大的，但胖子绝对是无鬼神论者。

眼睛一转，胖子将手背到了身后，鼓捣了一会儿之后，抬起手腕说道："今儿是七月六号，你师父说的时间是哪一天啊？"

"四月二十六号，今儿不是才四月二十二号吗？"方逸伸过头去，看了一眼胖子手腕上的表，挠了挠头说道，"难道我哪一天睡过头了，忘记撕挂历了吗？"

在这方山的道观上，现代化的东西是极其少见的，除了方逸的那个破收音机之外，再也没有一件使用电的物件，那挂历也是方逸用草药和山下农户换来的，每天都必须撕掉一张。

"你那挂历能有我这个准？"胖子头扬得像个小公鸡一样，指着手腕上的表说道，"看到没，这是牌子货，西铁城牌的手表，带日历的，花了我七百多块钱呢！"

虽然胖子没钱，但却有一颗上进的心，为了买这块表用以缩短自己和城里人之间的差距，胖子偷偷在保安宿舍吃了一个月的白水煮挂面，如此才省下了这块手表钱。

"还真是有月份和日期。"方逸盯着那手表看了一会儿，伸手从怀里掏了一块用鎏金链子相连的怀表看了一眼，说道，"我这表虽然能看时间，不过上面没日期，没你的那块好用。"

"嗯？老道士把这表传你了？"看到方逸拿出来的怀表，胖子的眼睛突然亮了起来，"方逸，你这玩意儿可是古董，拿到外面能卖不少钱的，回头到城里去问问，说不定咱们哥俩儿就指望它发财呢！"

胖子小时候就见过这块怀表，按照老道士的说法，他当年在京城八大处一个道观挂单的时候，正值八国联军进京城，是一个闯入道观的洋鬼子送给他的。对于老道士的话，长大之后的方逸和胖子都深表怀疑，那些八国联军的洋鬼子们在进入京城之后，一个个都眼睛发绿着抢东西，谁能那么好心送给老道一块金表？这块表十有八九是老道从那洋鬼子身上抢来的。

"死胖子，你想都甭想！"将怀表塞到口袋里之后，方逸说道，"这可是师父留下来的物件，就是饿死我也不会卖掉它的，你小子赶紧给我掐了这主意。"

虽然平日里一口一个老道士喊着，但方逸心里对于师父，还是十分敬重的。别的且不说，就是这十多年来的养育之恩，也让方逸将老道当成了自己的父母亲人，所以方逸无论如何也不会卖掉老道传给自己的东西。

"不卖就不卖，不就是一块破表吗？胖爷我还有别的办法。"胖子知道方逸对老道的感情，当下也就没再提这事，而是开口说道："你收拾收拾东西，咱们今儿就下山，在我家里先住上一天，然后明天去金陵城里转转，看看能不能找点什么事情做。"

"行，你等我一会儿，我把要带下山的东西归拢一下。"方逸想了一下之后，点头答应了下来，其实胖子之前把手背到身后拨动表弦的举动并没有逃过方逸的眼睛，只不过他也是少年心性，琢磨着就差那么几天，应该不会出什么问题。

"那你抓紧点啊，三炮还在山下等我们呢！他说回头去水库炸些鱼去，晚上咱们有鱼汤喝。"胖子所说的三炮，也是他们从小一起长大的小伙伴，以前没少和胖子一起在道观混吃混喝。因为三炮家里是做石料生意的，经常要放炮开山，再加上三炮排行老三，所以被起了这么个外号。

不过这外号也没冤枉了三炮，这小子也是个三天不打就敢上房揭瓦的主儿，八九岁的时候就敢偷了家里的火药和导火索用啤酒瓶子做成炸弹去炸鱼，因为这事，水库的护河员没少找三炮家的麻烦。

"三炮也回来了？这小子一走也是好几年啊！"听到胖子的话，方逸脸上露出一丝欣喜，他们三个几乎是光着屁股一起长到十五六岁，不过三炮和胖子一起去当兵了，山上又收不到信，所以方逸这几年一直都没有三炮的消息。

"哼，那小子是想娶媳妇了，这才从部队退伍的，没出息的家伙！"胖子一脸不屑地冷哼了一声，对于三炮主动要求退伍这件事，他一直都耿耿于怀。要知道，当初胖子吃了团政委家的那只鸡之后，在连指导员的带领下，拎着好几只老母鸡去团政委家赔礼道歉，都没能求得原谅，退伍退得实在是有些灰溜溜的。

"娶媳妇？"方逸单手在胸前作了个揖，摇头说道，"师父说了，女人是老虎，能吸取男人身上的阳刚之气，三炮没事儿那么早娶媳妇干什么？"

"真有这说法？"胖子闻言一愣，对于那神神道道的老道士，他还是很忌惮的，这话要真是从老道口中说出来的，那还是有几分可信之处。

"有，不过师父曾经传我房中之术，可以男女双修。"方逸很认真地点了点头，他从小在山中长大，不染一丝尘埃世俗之气，心思十分纯净，所以说这番话的时候也很是自然，没有丝毫难为情的样子。

"哎，逸哥，我的亲哥啊，这双修之术，你……你可要传给我呀！"听到方逸的话，胖子激动得一身肥肉乱颤，这会儿别说叫哥了，就是给自己老爹再安上个亲生兄弟，让胖子叫方逸大爷，他都不会有丝毫犹豫的。

在十五岁之前，胖子和现在的方逸一样，都很纯洁，但是在部队里，胖子却生平第一次看到了岛国小电影，心里的欲望就像是火苗一般噌噌往上蹿。不过部队的管理还是很严格的，一直到半年前胖子跟随村里的施工队出去打工的时候，才终于找到了机会，在一个夜黑风高的晚上，做贼一般偷偷溜进了一家灯光昏暗的小发廊，结束了自己的处男生涯。

所以此刻听到方逸说男女之事伤身，胖子自然无比在意，加上农村原本就有些封建迷信，胖子一下子就变得紧张了起来。

"行，回头我传你和三炮。"那双修之法只不过是些导气锁阳的运气功法，方逸倒是无所谓，反正老道士又没说这东西不能传人。

"回头下山再说，我先去收拾东西。"见到胖子那一脸好学的样子，方逸不由撇了撇嘴，当初师父在教自己读书认字的时候，从来没见胖子这般精神抖擞过。

"好，好，逸哥，您可千万别忘了。"想着自己下半生的"性福"就在方逸身上，胖子笑得无比谄媚，方逸看他那样差点儿一脚将他给踢翻出去。

没有搭理胖子，方逸径直走进了院子右面的厢房。这间屋子一直都是老道士居住的，虽然老道去世已经有三年了，但方逸也没有住进来，而是每日清理，将屋子打扫得一尘不染。

"师父的自画像是要带走的。"

方逸进屋之后，先是对墙壁上挂着的一幅画行了一礼。那是一幅肖像画，画上面只有一个发挽道髻的老人，相貌和蔼，那双眼睛画得十分传神，似乎一眼就看到了方逸的心里。

"师父，山中无粮，弟子要出山了，还请您老人家护佑。"方逸口中一边念叨着，一边将那幅画从墙上取下卷了起来，然后塞到了一节竹筒之中。

以方逸的脚力，从道观走到山下也需要半日的工夫，所以仅剩三天出山的时间，方逸也懒得再来回跑一趟了。在他看来这也不算违背师训，再说那老道士说话时真时假，方逸也不知道他这次是不是骗自己的。

"这酒葫芦自然是要带着的。"方逸拿过一个师父经常背着的木箱，将竹筒放进去之后，又把适才用过的酒葫芦放在了里面。

倒不是方逸舍不得葫芦中的酒，而是这葫芦本身就很有纪念意义。从方逸记事起，这酒葫芦就和师父形影不离，原本黄色的葫芦，已经被老道士摩挲得变成了深棕色，屋外的阳光照在葫芦上面，隐隐显露出一丝流光溢彩。

收好葫芦之后，方逸的眼睛看向了师父床头挂着的几串珠子，这些珠子有十二颗的手串，有十八颗的手持，也有八十一颗和一百零八颗的念珠，均是包浆浓厚。在老道士去世之后，方逸也时常把玩，所以色泽很是光亮，看上去像是带着一丝灵气。

"这几串流珠也要带上，师父曾经说过，'静则神藏，躁则消亡'，这几件法器倒是可以在修行时用。"

世人都以为手串或者念珠都出身佛教，其实不然，道教的修持也会用到念珠，不过道家通常称其为流珠。现如今佛道二门的关系，真正应了那句"世间好话佛说尽，天下名山僧占多"的谚语。可确实如此吗？事实上，恰恰相反，作为外来的宗教，佛教有很多东西都是从道门中袭取过去的，就像是修行所用的念珠，并不是佛教所创制的，在佛陀时代所制的律仪中并无念珠的记载，反倒是在早期的道家典籍中多有念珠出现。

白玉蟾真人《上清集》中曾记载，葛仙公"初炼丹时，常以念珠持于手中，每日坐丹炉边，常念玉帝全号一万遍"，开启了道教念诵圣号法门的先河。

道家的道珠十二颗代表十二雷门，二十四颗代表二十四节气，二十八颗代表二十八星宿，三十二颗代表三十二天度人上帝，三十六颗代表天罡地煞之数，八十一颗代表老君八十一化，也代表九九纯阳之气。道珠的一百零八颗，则是代表了三十六天罡七十二地煞，不过老道士尤其喜爱八十一颗的道珠，他留给方逸的这些道珠中，八十一颗的有三串，其余的都仅有一串而已。对于师父的用意，方逸心中是明白的，因为师父所授功法，就和这八十一颗道珠有关。

《道法会元卷一七七·元素元辉府玉册》中言：“凡出神，先当炼气习定，既气住为神。平坐面旺方，以手胗系鞋文脉，四动为一息，擎念珠，每一息掐一珠，各量人平常出入，渐渐加之，不要大段费力，恐不便。”

而陈泥丸真人在《翠虚吟》亦云：“八十放九咽其一，聚气归脐为胎息；手持念珠数呼吸。”

常人看到这两段话只以为是道经而已，但这却是实实在在的道家修行之法。方逸这十多年来打坐修行加持的时候，手中都是盘捻着一串道珠，师父留下的那些道珠，被他盘捻到今天也已经变得有些神光内敛了。

在手腕上各戴了一串道珠，又取了一串八十一颗的挂在了脖子上，方逸将余下的道珠放到一个布袋里装好后放到了箱子里时，看到了桌子上一个铜质的罗盘。

方逸师父传下来的东西，多半都是老道士加持了数十年的物件，原本普通的东西以道经加持了那么多年，也都成了法器。按照老道士的说法，在他做风水先生的那几年，这个罗盘就是他的吃饭家伙。

“师父，现如今世间清明，根本就没有法事要做，这东西我就给留下了啊！”方逸嘴里嘀咕了一句，将那罗盘拿在手中，蹲下身体撬起地上一块方砖，方砖下露出一个不大的洞，方逸将罗盘放了进去。他虽然不带走，但这总归是师父传下来的物件，也不能被别人平白拿走。

“唉，连一个箱子竟然都装不满。”将罗盘收好后，方逸看了一眼那个木箱，连一半都没装满，不由苦笑了一声，师父还真是大方，除了给自己留了张自画像以外，其余的全都是些破木头、烂珠子。

有些留恋地看了一眼师父的房间，方逸拿着箱子走了出去，不过他并没有回到院子里，而是拐入了左侧的那个房间，刚才收拾的是师父的遗物，现在方逸要拿的，才是属于自己的东西。

"这些东西还是都留在这里吧。"走进自己房间之后，方逸从床下取出了一个小箱子，看着里面放置的诸多用木头雕琢的小木枪小木马之类的物件，眼神不由变得柔和了起来，这些东西都是当年师父亲手给他雕琢的，陪伴了方逸的整个童年。

"哎，我说，这些玩意你还都留着啊？"

蹿进屋子的胖子看到那小箱子里的东西，不由大呼小叫起来，要知道，方逸小时候可是拿着那小木枪之类的玩意儿，从他手里换了不少零食，只不过胖子没常性，玩了几天大多又都还给方逸了。

"咦，这是什么？我怎么没见过？"

伸手在箱子里乱翻的胖子，胖子忽然发现了一个系着绳子的小挂坠，正待拿起来的时候，却被方逸一把抢了过去，没好气地说道："别乱翻，你没见过的东西多了。"

感受着掌心里那个骨质挂坠的温度，方逸的脸色和刚才有些不同，他眼中闪过一丝难言的神色，因为这挂坠对于他而言，实在是意义重大，这也是老道士捡到方逸的时候，他身上唯一的物件。按照老道士的说法，他当年在道观门口发现方逸的时候，方逸浑身上下都是光溜溜的，甚至连个包裹身体的褓褓都没有。那时方逸身上唯一的东西，就是挂在他脖子上的这个吊坠。

不过老道士似乎对这骨质的挂坠不怎么感冒，他虽然告诉了方逸这挂坠是从他身上发现的，但却从不允许方逸佩戴，这让年幼的方逸十分奇怪，拐弯抹角地打听出了这挂坠的来历。

在一次酒后，老道士告诉方逸，原来这只比拇指甲稍微大一点，雕琢着一个看似简单线条的挂坠，其实是佛门的一个法器，而且还是密宗的特殊法器，藏语称其为嘎巴拉。所谓嘎巴拉，指的是用人骨制成的念珠或者是法器，在所有宗教里，也只有佛教中的密宗才用。密宗是佛教的宗派之一，流传于藏、青等地，由于其在实践中以高度组织化的咒术、礼仪、本尊信仰崇拜为特征，所以一直具有神秘主义的特征。密宗法器多用人骨，当然人骨念珠所用的人骨，不是所有人都可以的，它必须是喇嘛高僧的遗骨，就像是藏民们死后流行天葬，把自己的尸体喂食给老鹰，以达到世祖割股喂鹰的佛教境界，肉体已经成为生灵的食物，骨头便捐出来做法器。

人骨念珠最多用的是手指骨和眉骨，因为佛教讲究因缘，僧人作法手指自然用得最多，而眼睛则是阅佛经明世情的地方，这两个部位可谓是最有因缘，是具有悟性的骨骼，当然可以成为开启后人之智的法器。手指骨做成的念珠一般来说较为容易，一般一副念珠十个手指的骨骼便可制作而成，而眉骨是比较硬的，所以一副念珠可能要用十几位高僧的眉骨制作而成。试想小小的念珠竟然有十几位高僧的因缘在里面，对于一个佛教徒来说那将是多么珍贵！而且人骨念珠或者法器的制作十分复杂，因为全是手工制作而成，所以僧人要拥有非常高超的技艺，每天还要磨出其光泽，这样可能要用十几年的时间。同时，要凑足一副念珠所有的眉骨，需要等十几位高僧圆寂，这样一来可能一副念珠需要花去五六十年，甚至一百年。只有指骨和眉骨制作的人骨念珠才能叫嘎巴拉，小腿骨等人骨制作的念珠只能叫作人骨珠，不能被称为嘎巴拉，而由高僧人骨做成的嘎巴拉则是少之又少。

由于地理位置的限制，在 20 世纪七八十年代之前，藏地和内地的接触一直都比较少，藏传佛教在世人眼中也一向都很神秘，要不是老道士一生走南闯北见多识广，恐怕他也未必能认出来这是由眉心骨所磨制的嘎巴拉。按照方逸师父的说法，这枚嘎巴拉内蕴含着精纯的念力，应该是一位得道高僧甚至是活佛眉心骨所制。只是佛道殊途，老道士虽然为人豁达，但也不愿自己这个道家弟子去佩戴佛门法器。方逸从小被师父养大，很孝敬师父，所以他虽然知道这个嘎巴拉法器和自己有着莫大的渊源，但也从来都没佩戴过，只是偶尔在夜深人静的时候，才会将其取出来把玩一番。

"切，干吗那么紧张？话说你什么东西我没见过？"看到方逸不让自己触摸那个挂坠，胖子不由怪叫了起来，"方逸，是不是胖爷我当兵走了几年，你小子勾搭上了哪个姑娘啊？老实交代，这是不是姑娘送你的定情信物？"

说来也奇怪，方逸从小在山中长大，经常跟着师父进入深山采药，风餐露宿是常有的事儿，但方逸偏偏长得皮肤白皙相貌英俊，除了手心长有的老茧之外，怎么看都不像是在山里长大的孩子。

在方逸和胖子等人十三四岁的时候，胖子和三炮有时也会带一些村子里的小女孩来找方逸玩耍，无一例外的是，那些相对要早熟一些的女孩，都会对方逸表达出某种好感，搞得胖子很是吃醋儿，如此才有这么一番说法。

"定情信物？亏你小子想得出来。"听到胖子的话，方逸有些哭笑不得地说道："这东西是件法器，叫作嘎巴拉，是由人骨磨制出来的，你们村子里的姑娘送定情信物，会送这玩意儿？"

"人骨磨制出来的？靠，你不早说！"胖子伸向嘎巴拉的手连忙缩了回来，忙不迭地说道，"老道士就会搞这些稀奇古怪的玩意儿，人骨头那么邪性的东西也敢往身上挂，把这玩意儿给我拿远点儿。"

胖子也算是从小跟着老道士长大的，知道老道士虽然平时有点儿疯疯癫癫，但实际上却是位深藏不露的高人，他手中也有很多常人所不懂的东西，所以只当这嘎巴拉是老道士传给方逸的。

"你懂个屁！"听着胖子胡言乱语，方逸忍不住笑骂了一句，"嘎巴拉是得道高僧的人骨所制，能驱邪避难，到你嘴里怎么就变成邪性了呢！"

方逸也懒得和胖子多说，这家伙是个话痨，根本就搅和不清楚，当下将那嘎巴拉拿在了手中，小心地摩挲了一下之后贴身挂在了脖子上。

作为自己身世唯一的线索，方逸自然对这个嘎巴拉异常的重视，以前师父在的时候方逸为了顾及师父的感受不会佩戴，但现在老道士已经驾鹤西去了，方逸自然要将其贴身收藏。

"我一正宗道门传人，戴着佛门法器，这的确是有些说不过去。"

感受着胸口那嘎巴拉法器传来的一丝清凉，方逸心头也有点儿说不出的别扭，原因是老道士活着的时候没少编派现在的佛门，常说佛门中都是些挂羊头卖狗肉之辈，得道高僧已然是所剩无几了。

"好了，走吧，咱们去师父墓前祭拜一下，就能下山了。"

收好了嘎巴拉，方逸拍了一下手掌，他和师父都是身无长物的方外之人，除了日常修行所用的几串道珠之外，也就那么几件破旧的道袍了，连那个师父留给自己的小木箱都没能装满。

"嗯，老家伙死的时候我们不在，是应该去给他磕几个响头的。"

听到方逸的话后，胖子的注意力顿时从嘎巴拉上转移了过来，他虽然口头对老道士不怎么尊重，但从小却没少吃老道士的酒肉，内心对他还是十分敬重的。

"等到他日我有钱了，一定回来重修上清宫！"

拎着箱子与胖子相跟着出了道观，方逸回头看去，脸上现出了一丝不舍，日日在这里住着虽然感觉孤寂清冷，只是此刻一旦要远离，那种离家的思绪还是涌上了方逸的心头。

"好了，以后胖爷和你一起来重修这里还不行吗？"

胖子这人虽然看上去大大咧咧的，其实心思却是比较细密的，看到方逸脸上露出的不舍之后，一把揽住了方逸的肩头，开口说道："快点去看看老家伙的墓地吧，我倒是要看看，他给自己选了处什么风水宝地！"

老道士活着的时候，经常感叹自己空有一身堪舆点穴的本领，但却苦于没有后人，就算是自己选了一处上佳的风水佳穴，也是无法惠及后人。

"你小子可别动什么歪念头，"看到胖子那滴溜溜直转的眼睛，方逸忍不住一巴掌拍在了他的脑袋上，没好气地说道，"师父曾经布下阵法，但凡有人敢侵犯他的墓地，都将会死无葬身之地，更何况师父那墓葬里什么都没有，你小子少打主意。"

"哎，我说方逸，你别冤枉我啊，我哪里有那种想法！"被方逸拍了一巴掌，胖子顿时怪叫道，"我要是想去干那一行，也会去找我们自家老祖宗啊，就老道士那穷样，能有什么好的陪葬品？"

"行了，你们家老祖宗还不知道是谁呢，少在这里胡说八道了。"

胖子姓魏，大名叫魏锦华，而胖子的外号则叫金花，小的时候没少因为这外号和人打架。按照胖子的说法，他们这一族的人，其实原本并不是姓魏，而是姓曹，是三国时期曹操的后代，在西晋魏国被司马炎灭掉之后，为了避祸，才改曹为魏，躲避到这个小山村里来的。

胖子这话倒也不是无根无据，因为他们族中有一本族谱，确实能追溯到那个时期，老道士当年也曾经去查看过那本族谱，回来跟方逸说过，山下这村子里的人，极有可能就是曹操一脉的后人。只是前些年村子里的祠堂失了一次火，祠堂内所有的族谱都被焚为灰烬，这让当时在部队里的胖子痛心疾首，因为他从小立志要去寻找祖宗曹操的七十二疑冢，可是这一场大火却断掉了胖子的这个念头。

第三章
祭拜

　　方逸师父的墓地，在道观上行近百米的地方，也是方山之中最为陡峭的一个坡段，海拔相对已经是比较高的了。登上那个山坡的缓处，可以看到远处的清凉山，就像是一只蹲伏着的老虎一般，而东面的钟山则像一条卧龙，再加上方山脚下的名堂水流，如果被某位风水师看到，一眼便能认出这是一处上佳的风水宝地。这处风水佳穴并非是方逸寻出来的，而是老道士早早就堪舆好的，甚至连埋自己的坑穴，都是老道士自己挖出来的，当真应了那句"挖个坑埋自己"的老话，方逸只是将羽化仙去的师父背到了墓穴里面而已。

　　"师父，我要下山了。"站在那处长满了野菊花稍微隆起的小山包前，方逸的神情显得有些肃穆，跟着老道士十多年，他早就将其视为自己最亲近的人了，虽然道教修心，但面对着长眠于地下的师父，方逸仍然感觉到一阵心伤。

　　"老道士，胖子我也来看你了！"见到方逸伤心的样子，胖子大大咧咧地走了过去，盘腿往地上一坐，开口说道，"我说老道士啊，胖子和你商量件事怎么样？"

　　"胖子，你要和师父商量什么事？"方逸的注意力被胖子吸引了过去，师父活着的时候没见胖子商量什么事情，这都死了好几年了，就算有事师父也是无法答应了啊。

"嘿嘿，方逸，我看这地方风水不错，我想和老道商量下，等我老爹百年之后，能不能埋在你师父旁边？"胖子这番话虽然是笑着说出来的，但脸上的表情却十分认真。俗话说没吃过猪肉也见过猪跑，从小跟着老道士，胖子对他那风水堪舆的本事也是略知一二的，自然看得出这处位置绝佳的风水。

"这事儿，我看你还是先和魏叔去商量吧！"听到胖子的话，方逸不由笑了起来，"魏叔今年才四十来岁，你小子就琢磨着要给他寻找墓穴，有本事你回家和魏叔提提，看他怎么说？"方逸知道，胖子的父亲是村支书，虽然官不大，但却是个老党员，对于封建迷信什么的向来都是深恶痛绝，要不是老道士医术精湛，往年经常免费给村里人行医治病，恐怕胖子的父亲早就将他给"破四旧"了。

"和他有什么好说的？"听到方逸提起父亲之后，胖子的脸色顿时变得难看了起来，嘴里没好气地嘟囔了一句。他很清楚自己要是敢和父亲提什么风水宝地之类的话题，自家老爹一定会把家里那根最粗的擀面杖拿出来，好好地将他给修理一顿。

"好了，胖子，我祭拜下师父，咱们就下山吧。"被胖子这么一闹腾，方逸心中的感伤倒是减弱了不少，当下从腰间道袍下取出了那个色泽如紫金一般的葫芦，拔开葫芦塞后，将葫芦里的酒洒在了师父的坟前。

"师父，这是最后一点猴儿酒了，以后弟子有钱了，去买茅台给您老人家喝！"方逸嘴里一边念叨着，一边将酒洒了下去，而旁边的胖子急得嘴角直抽搐，在他看来，这么好的酒洒给老道士，简直是白白糟蹋了。

"师父，你一定要保佑弟子昌运多福啊！"方逸没有去管胖子，在山上居住了十多年，这就要下山了，说实话他心里除了兴奋之外，也有些忐忑不安，只能在师父坟前祈祷一番，希望师父的在天之灵能让自己的下山之路顺风顺水。

"好了，方逸，走吧！"胖子等了一会儿就有些不耐烦了，拉了一把方逸，说道，"三炮还在家等咱们呢，你再磨蹭的话恐怕连晚饭都赶不上了。"

"好吧。师父，我走了。"方逸点了点头，双膝跪下认真地磕了三个头之后，站起身来，将那小木箱背在了肩膀上，有些留恋地看了一眼师父长眠的地方。他知道，自己这一走，将会迎来和以往完全不同的生活。

少年人的情绪来得快去得也快。告别了师父之后，方逸的心情很快就好转了起来。初春的方山十分美丽，那让人心旷神怡的景色，很容易就会让人忘掉忧伤。

"哎，方逸，快点走啦！"见到方逸忽然又趴到一棵树下，胖子不由用手捂住了额头，这一路都走了两三个小时了，他们甚至连山脚都没看到，全是因为方逸这时不时的一些举动。

"胖子，这可是最好的菌菇啊，咱们多带点回去。"方逸回头笑了笑，手上的动作却没停，小心地将十多个色彩艳丽的菌菇从树根处采了下来。

"颜色那么鲜艳，别是有毒的。"胖子伸头看了一眼，嘴里嘟囔了一句，他虽然也是山里长大的孩子，不过从小就被长辈们教训说，山里越是色彩艳丽的蘑菇，毒性就越大，所以胖子以前对这样的菌菇向来都是避而远之。

"没事，这种菌菇只有初春才有，味道可鲜美了。"方逸闻言笑了笑。和胖子比起来，他才算是大山的孩子，对这山中的一草一木都无比熟悉，自然知道哪些菌菇有毒，哪些是可以食用的。

"得，以后想采也没机会了。"胖子无奈地摇了摇头，任凭方逸采起了菌菇，等到两人下到山脚的时候，方逸背上的一个竹编的背篓里面，已经放满了各种菌菇。

"华子，这从哪儿来的啊？你身边那位是谁呀？"到了山脚下的时候，遇到的人也多了起来，有些正在庄稼地里忙活的人一脸疑惑地看着方逸，对这个眉清目秀穿着道袍的少年显然很好奇。

"牛伯，这是我朋友，山上老神仙的徒弟。"胖子笑呵呵地和村里人打着招呼。一说起老神仙，那些人脸上都露出了释然的神色，老道士活着的时候，几乎每个星期都会到村子里走一趟，很多人生病都是他医治好的。

"老神仙的徒弟来了？华子，我家里还有个野猪后腿，走，跟我回家，拿过去给小神仙尝尝！"山里人是质朴的，听到方逸是老道士的徒弟，正在稻田里忙活的牛伯干脆爬了上来，拉着方逸就要他跟着回家。

"牛伯，不用了，说好了去三炮家里，他早就做好饭等着了。"胖子知道，当年牛伯的小儿子受到惊吓，神志不清连发了三天高烧，最后还是老道士从山上下来给治好的。之后每次老道士下山，牛伯总会把家里最好的东西拿出来。

"那行，不过明天中午一定要到牛伯家里来吃饭！"牛伯松开了手，但眼睛还是看着方逸，说道："老神仙可是好人，只是走得太早了，小神仙，有机会你一定要带我去他老人家坟头烧个纸啊！"

"牛伯，我记住了！"方逸闻言点了点头。他虽然知道师父经常在方山周围行医，但没想到人缘居然如此之好，这都去世好几年了，山下的老百姓竟然还记着师父的好处。

"走吧，还是先去我家吧。"看着方逸那一身的打扮，胖子皱起了眉头，说道，"先去我家换身衣服，要不然你这一身到城里，怕是到处都给人看西洋景了。"

虽然道教在国内源远流长，但对于城里人而言，他们的形象更多的是出现在电视中的，如果方逸就这样进城，那指定会引起人们的围观。

"可……可我本来就是道士，不穿道袍穿什么？"听到胖子的话，方逸不由愣了一下，他从记事起就穿着这身衣服，连绑腿都绑了十多年了，要让他脱下这身道袍，方逸还真有些无所适从。

"谁说你是道士？"胖子没好气地说道，"跟着老道士长大就是小道士了吗？方逸，你既然已经下山了，那就要与时俱进，就算是道士也能还俗啊。别说那么多了，麻利儿地跟我回家先换衣服去。"

这越是临近村子遇到的熟人越多，胖子都已经解释得有些不耐烦了，而且方逸是他最好的朋友，胖子也不愿意村里人用那些新奇的眼神去打量方逸。

"爸，我回来了！"胖子家就住在村头，进到篱笆围起来的院子之后，胖子踢了一脚狂吠不已的那条土狗，一眼看到从屋里出来的父亲魏大虎，不由缩了下脖子。

"又跑哪里野去了？"魏大虎话没说完，眼睛却看见了方逸，不由顿了一下，迟疑着说道，"华子，这……这是山上的小方逸吧？"

"魏叔叔，是我……"方逸上前一步，将背篓给拿了下来，说道，"魏叔叔，刚从山上下来，没什么带的，给您摘了一些菌菇，还都是新鲜的。"

虽然从小在山上长大，但方逸也明白礼多人不怪的道理，他摘这些菌菇原本是想带给三炮的，现在既然先来了胖子家，自然就将其当礼物送了出去。

"你这孩子，来就来了，还带什么东西！"

魏大虎走到方逸面前，上下仔细打量了一番，点了点头，说道："嗯，你这娃子长得比华子好，也懂礼貌，可惜了，被你那师父给耽误了！"

说起来方逸和魏家很有一些渊源，因他从小缺奶，最初喝的就是胖子母亲的奶水，所以和魏大虎一家打小就是相熟的。方逸六七岁的时候，魏大虎曾经上山找过老道士，想送方逸去上学。不过老道士并没有让方逸下山，反而给出了一个让魏大虎气愤不已的理由，说是方逸下山就会有血光之灾，气得魏大虎差点儿没叫人拆了老道士的那座道观。

第四章
兄弟

　　"嘿嘿，魏叔，跟着师父也挺好的。"听到魏大虎的话后，方逸挠了挠头，他知道面前的魏叔当年和师父大吵一架的缘由，其实就是为了能让自己下山上学，接受现代化教育，毕竟那个年代最流行的话就是"学好数理化，走遍天下都不怕"。

　　不过方逸是师父抚养长大的，如果没有师父的话，方逸恐怕早就让深山里的动物啃得尸骨无存了，所以方逸在师父活着的时候虽然也会喊老道士，但是在外人面前，方逸却从不肯说师父一句坏话的。

　　"好个屁！要不是让华子给你拿去那些课本，你怕是连简体字都不认识吧！"魏大虎撇了撇嘴，他也算是从小看方逸长大的，知道方逸自幼聪慧，如果能上学的话，现在最少也是个名牌大学的大学生，可是跟着那无良老道士，却将这孩子的前程给耽误了。

　　"嘿嘿……"方逸只是笑着，却不接魏大虎的话，否则的话他又能将十几年前的老账给翻出来。

　　"爸，唠叨这些干什么！"见到自家老爹又要开始翻旧账，胖子连忙说道，"爸，我们和三炮约好了，晚上去他那里吃饭，你就别等我们了，说不定也住在那儿。"

天下所有的孩子几乎都是一样的，小的时候恨不得找根绳子拴在父母的身上寸步不离，可是长大后，却没有几个愿意再听父母的唠叨，胖子就是其中的典型代表。

"兔崽子，你别跑，下个星期跟你二叔去城里干活。"见到儿子拉着方逸就出了屋子，魏大虎没好气地追了出去，喊道："还有小逸，你到时候和华子一起去吧，现在当道士没前途，你也跟着华子去城里谋个活干！"

"爸，你就别操那么多心了，我们早就合计好啦！"胖子头也没回地喊了一嗓子，拉着方逸跑得愈发快了。

"哎，我说胖子，咱们合计好什么了？"出了门之后，方逸拉住了胖子，说道："其实跟着你二叔去城里先干着也不错，最起码有熟人照应着。"

魏大虎所说的胖子二叔，名字叫魏鹏程，在村子里算是个能人，80 年代的时候就开始外出做小工，十多年下来，已经拉起了一个建筑队，不大不小的在城里也能接到一些活，是这个村子里的首富。

其实二叔魏鹏程和胖子家并没有什么亲戚关系，只是这个村子绝大部分人都姓魏，村子里但凡有人去城里打工，第一个要找的基本上都是魏鹏程。胖子刚退伍的时候，也是跟着他干了一段时间。

"不干，去工地干活，还不如去干保安呢！"听到方逸的话，胖子没好气地说道，"干保安虽说被人看不起，但好歹不用出力，在工地上你不但要出力，还更加被人看不起，胖爷我丢不起那人！"

胖子倒不是娇生惯养，其实农村长大的孩子，并不怕出力气干活，但是胖子在工地上干了一段时间后才发现，他们这些人只要一出了工地，耳朵里听到的就是诸如乡巴佬、农民工之类的称呼，眼睛里看到的也尽是些鄙夷的眼神。

也正是这个原因，胖子才从魏二叔的建筑队里出来的，当时因为离开，胖子和魏鹏程闹得还有些不愉快，所以现在自然是不愿意再回去了。

"你小子，就是有些好高骛远。"看着胖子那抬头挺胸的样子，方逸有些无语地说道，"先找地方安顿下来，然后再慢慢图谋发展，哪有一口吃成个胖子的道理。"

方逸虽然从小就居住在山中，不过有胖子和三炮每年进山送的书报课本，再加上社会经验异常老道的师父的教导，方逸心地纯净但却绝非不通世事，相反较之眼高手低的胖子，他还要更加务实一些。

"哎，我说，揭短是不是？再说胖爷我和你拼了——"

听到方逸的话后，胖子像是只被踩到了尾巴的肥猫一般跳了起来，目光不善地瞪向了方逸，他不知道别人是不是能一口吃成个胖子，但就他而言，仅仅在下了炊事班的第一个星期，就足足长了十来斤的肥肉。

"无量那个天尊，是我失言了，莫怪，莫怪……"看到胖子悲愤的样子，方逸不由悻悻地摸了下鼻子，刚才那话貌似无意间真的说到了胖子的伤心处。

"这还差不多。"胖子也没真生气，两人嬉嬉闹闹地往村后头走去，这会儿天色差不多已经黑了下来，倒是没那么多人再关注方逸的穿着打扮了。

"哎，三炮，你干吗呢？做好饭了没？饿死胖爷我了！"距离一个院子还有二三十米的时候，胖子就大声嚷嚷了起来。

"就你那一身肉，饿个三天也没问题！"站在院子门口的是个年轻人，身高约一米七八左右，身材比方逸还要瘦一些，脸上戴着一副眼镜，第一眼给人一种文质彬彬的感觉。

"三炮，找揍是吧！"胖子目露凶光地凑了上去，打不过方逸，对上三炮他还是有把握的，这哥儿仨从小打到大，胖子只能在三炮身上找存在的感觉。

"别介，你要动手我就跑，看你能不能追上……"见到胖子迎上来，三炮却是向旁边绕过了胖子的身体，冲着方逸就跑了过去。

"小神棍，你小子终于舍得下山啦？可想死我了！"隔着好几米，三炮就对方逸张开了双臂，不过两人刚一接触，三炮的手就摸到了方逸的箱子上，口中嚷嚷道，"方逸，你也太客气了，到我这还带什么东西啊，还是我帮你拎着吧！"

"得了吧你，少来这一套！"方逸肩膀微微一沉，使出了个绷劲，将三炮的身体往外给推开了，他和三炮还有胖子三个人光着屁股一起长大，自然知道各人的秉性。

胖子魏锦华，看上去一脸憨厚人畜无害的样子，其实心思却是非常灵活，如果在城里遇到人贩子想卖他，那最后的结果估计是他把人贩子给卖了。

　　至于三炮彭三军，由于长得白净，看上去一副文质彬彬的样子，总会给人一种好欺负的感觉，但实际上三炮打起架来却是下手最狠的一个，别看胖子整天欺负三炮，要真要下死手干起来，胖子有多远就会躲多远。

　　每次三炮和胖子上山，总会带给方逸一些书籍，而方逸也会准备山上的野果等东西招待他们，所以只要一见面，他们干的第一件事就是先摸对方的裤兜或者去接对方手上的东西。

　　至于彭三军对方逸"小神棍"的称呼，却是因为方逸的绰号就叫神棍，老道士叫老神棍，小道士自然就叫小神棍了。当然，彭三军和胖子都不会承认，他们原先给方逸起的外号是杂毛，最后在方逸的武力镇压之下，才变成神棍的。

　　"嘿嘿，咱们三兄弟又聚在一起啦！"上下打量了一番方逸，三炮那平时不大笑的脸上，也露出了一丝蔫笑，开口说道，"我烧了几道菜，咱们先喝点，等喝完酒晚上还有活动。"

　　"什么活动？去看六嫂洗澡？"胖子的身体挤了过来，说道，"三炮，神棍可是个好孩子，我说你别他给带坏了。"

　　"一边儿去，哥是有女朋友的人，怎么会干那种事？"三炮一副大义凛然的样子，不过搂着方逸的身子一转身，就开口说道，"六嫂都快五十的人，亏得这死胖子还惦记着，真是没品位。"

　　"你们两个，就不能干点正经事儿吗？"听到三炮和胖子的对话，方逸无奈地笑了起来。六嫂这个名字他已经听了十来年，似乎三炮和胖子的童年时光就是偷看六嫂洗澡度过的，每次上山都要和方逸炫耀半天。

　　"不就找了个女朋友吗？看把你嘚瑟的，你小子交女朋友我们哥儿俩同意了没有啊？"胖子对三炮的话很不满，原本都是光棍一条，现在三炮找了女朋友，那就是脱离了组织，必须好好批判一下。

　　"我找女朋友还要你同意？"三炮没好气地瞪了一眼胖子，开口说道，"那是不是我结婚你也帮着去洞房啊？"

　　"你要是不介意的话，我当然不介意了。"胖子的那张脸都快笑成了一朵菊花，偏偏还作出了一副羞涩的样子，看得旁边的方逸都快要吐出来了。

　　"妈的，死胖子，老子和你玩命！"这会儿三人已经进了院子，在自家的地盘上三炮自然有优势，顺手在门边就抄了一根棍子，对着胖子的屁股就抽了下去。

"靠，玩真的啊！"胖子冷不防被三炮抽了一记，顿时大怒，上前搂住三炮的腰就是一个抱摔，当然，两人都没使上力气，在方逸眼中看来就和嬉闹差不多。

"有这两个狐朋狗友，真的很好。"

虽然嘴里喊着是狐朋狗友，但是这两个发小，都是他最好的兄弟，而且是那种能将性命交给对方的兄弟。看着嘻哈打闹的两个人，方逸的思绪又回到了过去。

俗话说"靠山吃山"，在物质贫乏的70年代，生活在魏家村的人，几乎都会上山去采一些山货贴补家里。由于方山里没什么野兽，所以很多人也会带着半大的孩子上山，老道士的道观，往往就是他们歇脚休息的地方。方逸小的时候，几乎山上每天都有七八个孩子，但之所以他和胖子还有三炮关系最好，这其中还有一个故事。

在方逸八九岁那一年的冬天，大人去林子里采冬菇了，他们六七个小孩闲得无聊，也跑到道观下面两里之外的一处林子边上玩耍，拿着树枝子当刀剑，嘻嘻哈哈地打闹着。玩了一阵之后，三炮从一个树洞里掏了个被冻得僵硬的"死蛇"，拿起来吓唬起了一个一起玩的小姑娘，但是让所有人都没想到的是，这蛇并非死了，而是进入了冬眠状态。在三炮手里，那蛇渐渐醒了过来，很突然且毫无预兆地在山炮的小臂上咬了一口，那积蓄了好几个月的蛇毒，顿时麻痹了三炮的神经，短短几分钟的时间，三炮的神志就已经不怎么清醒了。

一起玩的孩子，最大的也不过十岁的样子，见到这一幕，几乎所有的小孩都吓傻了，一个个哭着往回跑，还留在三炮身边的，就只有胖子和方逸了。方逸年龄虽然很小，但从小就跟着老道，却是没有慌乱，马上就解下三炮白球鞋上的鞋带，将他的小臂死死扎住，然后又从地上捡起了一块边角锋利的石头，在三炮那红肿的伤口上划了个十字。方逸听师父说过，人要是被蛇咬了，一定要第一时间吸出蛇毒来。所以在划破了伤口之后，方逸直接就用嘴往外吸起了蛇毒，直到伤口中流出的血从乌黑变成了红色，他才停住了嘴。

不过此时的三炮还是昏迷不醒，吸完了蛇毒的方逸嘴唇肿起老高、浑身乏力，也没有力气再背着三炮回道观了，好在那会儿绰号叫金花的魏锦华还在，背着三炮爬了一里多的山路，在半道上遇到了闻讯赶来的老道士等人。由于方逸救治及时，再加上那条蛇的毒性不是特别强，老道给三炮喂了蛇药之后，三炮也就慢慢恢复了过来，第二天就变得生龙活虎了，反倒是给三炮吸出毒血的方逸，那嘴唇足足肿了三四天才消下去。

经过这件事，算是同患难过的方逸、彭三军和魏锦华三个孩子，走得愈发近了起来，几乎每次上山都形影不离地玩在一起。而话不多心里却明白的彭三军，嘴上虽然"臭道士""小神棍"什么的乱喊着，但是打小就在心里将比自己还要小一点的方逸看成了大哥，每年都会让城里的亲戚带一些书籍上山送给方逸。方逸无父无母，除了老道士之外，面前的彭三军和魏锦华，也就是他最为亲近的人了，三兄弟从小那过命的交情，并没有因时间的推移而有丝毫的变化。

"胖子，别老欺负三炮，我要打抱不平了啊……"思绪从过去拉了回来，方逸也加入了战团，不过与其说是去打架，倒不如说是方逸将地上滚做一团的两人给分开了。

打闹了好一会儿，胖子和三炮才停下手来，歪着脑袋四处看了一下，胖子说道："三炮，我看就让逸哥住你这儿好了，反正就你一个人住。"

三炮彭三军，他父母原本不是魏家村的人，而是在70年代下放到魏家村的知青，由于政策上的问题没能赶上最后一批知青返城，于是就在魏家村落下户来。彭三军的二叔在70年代的时候当了几年工程兵，学了一手爆破的技能，80年代初退伍之后没事干也跑到了魏家村，和彭三军的父亲一起干起了石料生意，这几年护山还林，他们才结束了生意回了城。彭三军家里的很多亲戚，都生活在沪上和金陵两地，而且在金陵城里面，还有彭三军爷爷留给他父亲的一个祖宅，在彭三军当兵走了之后，他的父母就去金陵祖宅生活了。所以彭三军家里留在魏家村的房子，除了他父母偶尔回来收拾一下之外，这两年一直都是空着的。由于金陵城的房子太小，再加上彭三军不愿意待在父母身边受约束，这才又回到了魏家村里。

"逸哥当然要住我这儿了，他以后穿的衣服我都给买好了。"三炮进屋之后就从桌上拿起了个袋子，扔给方逸道，"你小子是个假道士，别整天没事穿这么一身道袍，麻利儿的赶紧把衣服给换了。"

"现在就换？"方逸闻言有些迟疑，他从小到大都穿着道袍，现在让他穿别的衣服，方逸一时半会还真有些不习惯。

"废话，当然现在换了，班尼路，牌子货。"彭三军咂吧了下嘴，说道，"这一身衣服花了我两百多呢，你小子要是不穿就还给我，我还能拿去退。"

"穿，谁说我不穿！"

方逸咬了咬牙，他知道自己从下山这日起，以后的生活将和在山上时完全不同了，想要融入这社会中去，别说换衣服了，恐怕自己头上的道髻都要解开，重新换一个发型了。

"咦，你这一换衣服，立马就道士还俗了啊！"等到方逸换下了那一身略显破旧的道袍之后，三炮和胖子的眼睛同时亮了起来，三炮伸出手去，说道，"把你这道髻也放下来吧，看着有些别扭。"

"好。"方逸点了点头，将挽在头顶的道髻放了下来，那一头长发顿时垂到了肩膀上，整个人看上去愈发显得不食人间烟火了。

"你们两个看着我干吗？"有些不习惯的方逸看着面前的三炮和胖子，没好气地说道，"道爷我脸上又没长花，你俩老是盯着我的脸干吗？从小没见过？"

"见过，"胖子老老实实地点了点头，说道，"不过没见过你这样子。"

俗话说人要衣装佛要金装，方逸这一换衣服、一改发型，还真是让胖子和三炮有些傻眼，因为面前的那个小道士摇身一变，竟然连气质都不一样了。

在方逸穿上那身衣服的时候，三炮和胖子感觉方逸就像是个城里的白领，那城里人穿的衣服，在方逸的身上没有丝毫的违和感，好像他应该就是这么穿的一般。

要知道，胖子从当兵到退伍之后在城里打工也有好几年了，但是不管他怎么穿衣服，总给人一种和城里人格格不入的感觉，哪里会像方逸这样，只是换了身衣服就和城里人差不多气质了。

而当方逸放下道髻之后，给三炮和胖子的感觉忽然间又改变了，一头长发的方逸显得有些放浪不羁，倒是有些像在电视上看到的摇滚明星似的，骨子里都透着那么一种脱俗的味道。

"要不……我还是换回道袍好了。"穿上这一身新衣服，方逸只感觉浑身上下难受，尤其是被三炮和胖子这么盯着，更像是身上爬满了小虫子，恨不得马上将衣服脱下来。

"别啊，这样就挺好的，把头发再给扎起来就行了。"听到方逸的话，三炮和胖子异口同声地制止了方逸的动作，三炮更是跑到抽屉里翻了一阵，拿出了根皮筋说道，"这是以前我妈用的，你先凑合下，等咱们回城里找个理发店给你重新剪个头。"

"要我说这样就挺好，"胖子摇了摇头，说道，"你看方逸现在这气质，像不像是个搞艺术的？我看电视上的那些男明星长得还没方逸好呢，他要是去娱乐圈里混，那些男明星一准要失业。"

胖子这话虽然说得有几分夸张，不过方逸的卖相确实不错，他脸上的线条原本略显刚毅，但是配上那双纯净到极点的眼睛之后，给人一种十分柔和阳光的感觉。

"什么娱乐圈？就是唱歌吗？"听到胖子的话后，方逸有些好奇地说道，"我的歌可是唱得一般，干不了那一行。"

"别听死胖子忽悠你！"三炮笑着说道，"就算你歌唱得再好也进不了娱乐圈，那圈子和咱们离得太远了，咱们还是踏踏实实找点事情做，先把自个儿给养活了再说吧。"

"你不说我倒是忘了来干吗的了，"听到三炮这话，胖子忽然叫了起来，"你小子喊我们过来吃饭，还是先吃完再说吧。"不提吃还好，一提起吃的，方逸和胖子的肚子都咕咕叫了起来，尤其是看到桌子上那六菜一汤，两人更是忍不住了，直接往桌前一坐，胖子伸手就拿起了桌子上的那瓶酒。

"哎，我说三炮，就给我们分金亭喝啊？你也忒小气了吧？"胖子所说的分金亭，是产于本地的一种低档酒，在90年代早中期很流行，不过在2000年的这会儿，却显得有些不上档次了。

"哥们儿最近在谈对象呢，现在兜里连十块钱都掏不出来了，能拿出这酒就不错了。"三炮有些郁闷的同时脸也红了，其实原本他从城里的家里拎了两瓶泸州老窖，只是来的路上不小心打了，一看兜里没什么钱了，只能花几块钱在村子里的小卖部买了两瓶劣酒。

"我那儿还有点猴儿酒的酒底子，兑上点别的酒勉强也能喝，咱们哥儿仨今儿就喝这个吧。"看到三炮尴尬的样子，方逸从箱子里拿出了酒葫芦，一拔开葫塞，虽然里面没几滴酒了，但那酒香味却是充满整个屋子。

"嘿嘿，还是逸哥讲究，我有些年没喝这猴儿酒了，就是酒底子也行。"闻到了久违了的猴儿酒味道，三炮的眼睛顿时亮了起来，一把将酒葫芦给抢了过去，打开自己买的劣酒就倒了进去，完事了还晃悠了几下，这才对着嘴喝了一口。不过三炮知道这酒后劲太大，倒是没敢多喝。

"妈的，死三炮，你恶不恶心了，是不是想让我们两个喝你的口水？"

看见三炮直接对着葫芦嘴就喝上了，胖子不由大怒，劈手就抢过三炮手中的酒葫芦，也对着嘴就灌了一口，话说他们几个小时候一根棒棒糖都能三个人分着吃，哪里还在乎三炮只是对着葫嘴喝口酒呢。

"你们两个，让我说什么好啊。"一旁的方逸看着叹口气，不过猴儿酒就是他酿制出来的，这些年要比三炮和胖子喝得多，酒底子就更看不上了，也没有去和两个人争抢。

"嗯？三炮，你炸的鱼呢？"方逸摇了摇头，拿起筷子正准备夹菜的时候，忽然愣住了，因为这一桌子菜鸡鸭肉都有，唯独没有鱼这一道菜。

第五章
土炮仗炸鱼

　　要知道，方逸是在山中长大的，没事就会下个套捉些小动物，所以对于野味并没有多大的兴趣，但偏偏就是爱吃鱼，只是山中无鱼，所以他每次吃的鱼都是胖子和三炮带上山去的。

　　"嗯？彭三军，我说你小子不讲究啊！"听到方逸的话后，胖子也发现桌子上没有鱼，顿时怒了起来，指着三炮说道，"你小子明明知道逸哥喜欢吃鱼，就不上这道菜是不是？买不起你可以去炸啊！"

　　"我还真是买不起了，倒是想去炸鱼来着。"三炮闻言苦笑了起来。他这段时间谈恋爱花钱是有些厉害，在城里给方逸买了套衣服就花了两百多，连退伍津贴都花光了，桌子上的这些菜还是从父母家里带来的。

　　本来三炮是打算去山脚的水库炸些鱼的，可是他没想到镇子上的派出所居然在水库边上设了一个警点，一整天都有一个穿着制服的警察带着两个联防队员待在那里，三炮就是胆子再大，也不敢将做好的炸弹给扔下去啊。

　　"你别说我还真忘了这事儿了。"听三炮说起水库边上多了个警点，胖子先是愣了一下，继而点了点头，说道，"最近新城改造，所用的水都是咱们这水库引过去的，为了防止有人搞破坏，所以才建了个警点。"

　　魏家村的这个水库三面环山，占地面积很大，一直都是被当作金陵城的储备水库来用的，所以新城改造之后，这座建成已经有三十多年的水库也就自然而然地被启用了。

俗话说，靠山吃山靠水吃水，魏家村的人以前除了上山采摘些山货之外，还经常到水库打鱼，可是现在水库已经不让下网了。当然，这些坐地户有时候去钓鱼，看守水库的人也是睁只眼闭只眼不会去多管。

"既然是这样，就算了，少吃一顿也没什么。"方逸听到有人看守水库，当下说道，"咱们不是马上就下山了吗，等打工赚了钱，我请你们吃。"

"那怎么行，当然是我请！"三炮感觉在两个发小面前丢了面子，一张脸涨得通红，恨恨地说，"早不搞晚不搞的，非要等老子来了才设警点。"

"其实也不是不能炸了。"胖子摸着下巴，那看似憨厚的胖脸上露出一丝狡黠的笑容，开口说道，"今天是星期六，那些镇子上的警察和联防队肯定都回家了，咱们摸过去扔两炮，然后捞了鱼就跑，应该没什么问题。"

"胖子，你确定他们回去了？"听到胖子的话后，三炮的眼睛亮了起来，他们都是农村长大的孩子，虽然在外面当了几年兵，但那法律意识也没多强，从小炸鱼炸得多了，只要没抓到现行，也没见警察抓走哪家人。

"肯定回去了，你以为那些家伙到了周末还守在山上？"胖子用力地点了点头，他知道驻守的警察虽然是镇子上的，但那两个联防队员却是村子里的人，刚才带方逸回来的时候，胖子还见到其中一个人拎着酒瓶子回家呢。

"那好，咱们就干一炮！"三炮兴奋地说道。

"你小子的能力也就只能干一炮，我看你是白叫三炮了，哈哈哈……"胖子笑得不怀好意。

"他叫三炮和干一炮有什么关系？"方逸不解其意地问道。

"别理胖子，他耍流氓呢！"

三炮倒是听懂了胖子的话，没好气地说道："三炮就三炮，反正以后哥儿几个去了城里面，也没机会再回来炸鱼了，不过我那东西只做了两个，还要再做一个。"

"那还不容易，你家里炸药多得是，再做一个好了。"胖子嘿嘿笑着，也不去和方逸解释干一炮和干三炮的区别。

"莫名其妙！"看着面前两人笑得那么猥琐，方逸知道不是什么好话，当下没好气地说道，"是要做炸弹吧？那就抓紧做，只听你们说，我还没见过呢。"

方逸从小在山上长大，虽说也看过几本和法律相关的书，但相比胖子和三炮，他更是个法盲，压根儿就没意识到私自做炸药是违法的事情。

"那就让你见识一下，对了，咱们这不叫炸弹，都叫土炮仗。"三炮开口说道："你们俩先吃，我去准备东西。"

"你小子快点啊，我们留着点肚子吃鱼。"听三炮这么一说，方逸和胖子也感觉饿了，当下拿起筷子就吃了起来。

"还少个瓶子，家里多余的啤酒瓶都让我换给小卖部了。"几分钟之后，三炮拎着个塑料袋从内屋走了出来，左右看了一眼，拿起桌子上的那瓶劣酒走到了院子里，将里面的酒都给倒了出来。

"其实做这玩意儿很简单。"见到方逸那双眼睛一眨不眨地看着自己，回到屋里的三炮得意地笑了起来，说道，"要是有个闹钟，我连定时的炮仗都能作出来，哥们儿在部队这几年也不是白混的。"

三炮倒真不是在吹牛，他干的是工程兵，加上从小就和火药打交道，对炸弹有种异常的痴迷，在部队有任务需要开山打洞的时候，三炮手上的炸药，就从来没有发生过哑炮的现象。所以要不是三炮自己执意要退伍，他部队的首长都已经准备将他转为技术士官了，三炮凭的就是这一手玩炸药的本事。

"别吹了，麻利儿地把东西配制出来，现在天还不晚，要是等半夜去炸，说不定会被人发现。"胖子没好气地抓了粒花生米砸了过去。他就看不惯三炮这嘚瑟劲儿，合着他是被政委踢出的部队，三炮那小子是自己主动要求退伍的，这也忒打击人了。

"做这玩意儿还不快吗？"三炮撇了撇嘴，把自己面前的碗端到了一边，将手中的塑料袋和酒瓶子放在了桌子上。

三炮左右看了一眼，从屋里的橱柜上找了个倒油的漏勺插在了酒瓶口上，然后用手从塑料袋里抓了一把带有一股子硫黄味的黑色粉末，将其通过漏勺灌到了酒瓶子里。

三炮是熟知火药习性的，但方逸和胖子，就有些无知者无畏了，他们并不知道三炮拿出来的火药是炸山石用的，并不是很稳定，一个不小心就会被引爆。

当瓶子里面灌入了大约三分之一的火药后，三炮从口袋里掏出了一个小拇指大小的物件，那东西外面包着一层黄纸，一半是实心一半是空心。

三炮拿出一把剪刀，将一团拇指粗细的绳子剪了大约有三十公分，然后将那绳子的一端塞到黄管子的空心处，直到塞不动之后，才将黄管子连着绳子给放到了瓶子里。

"那管子是雷管，绳子是导火索，这导火索遇水不会灭，而且烧得也不会太快。"看见方逸在旁边一脸不解的样子，胖子负责做起了解说。魏家村的人有几户没去炸过鱼的？胖子那村长老爹就没少干这事。

"嘿嘿，胖子，你们家的火药不也是从我们家买去的吗？"

听到胖子的话，三炮嘿嘿笑了起来，不过他手上的动作一点都不慢，在塞入雷管之后，麻利儿地将剩下的火药都装入了瓶子里，然后找了三根筷子，将火药给压实了一些。

做完这些后，三炮又接了点水，跑到院子里做成了一团泥巴，用泥巴将那瓶口给封死，外面只留下了一截大约十公分长的导火索，一个土制的大炮仗就算是做成了。

"这玩意儿，威力不小吧？"看着三炮手里的瓶子，方逸隐隐有一丝危险的感觉。

"威力当然大了，开山用的炸药，威力连这一小半都没有！"三炮得意地点了点头，说道，"咱们炸鱼和开山不一样，这些炸药只是将鱼给震死或者震昏，所以要多装一点。"

"行了，东西也做完了，咱们现在就去吧。"这几年水库管理比较严格，炸鱼的事情越来越少了，胖子也有段时间没有做过这事了，所以表现得很积极。

"你们俩不再吃点？"三炮倒是无所谓，伸手拿起了门后的一个绿挎包，里面装着两个已经做好的土炮仗。

"刚才吃了半饱了。"方逸这会也有些兴奋，从小就听两人说炸鱼如何好玩，他也想看看这究竟是怎么个玩法。

"那好，现在村里人都没睡觉，动静不会太大。"三炮看了一眼墙上的钟，才刚刚七点多，这会儿村里人不是在看电视就是在喝酒打牌，没人会注意到水库那边。

"走，一会儿动作都快点，装满这两篓子鱼咱们就回来。"三炮从门后面拿出来两个鱼篓子，一手提着鱼篓，一手将那挎包背在了肩上，动作显得很娴熟。

"带一个还不够吗？"方逸顺手接过来一个鱼篓子，有些不解地问道，因为他发现这两个鱼篓差不多有一米高了，装几十斤鱼绝对没有问题。

"嘿嘿，既然干了，还不多抓些？"三炮嘿嘿笑了起来，说道，"回头咱们去城里，给我爸他们也带点去，城里面卖的鱼都是喂饲料的，一点都不好吃。"

"原来是这样！"方逸闻言点了点头。和三炮还有胖子在一起的时候，他的话比较少，这是因为方逸知道他对这个世界的了解太少，少说多听才能学到东西。

"哎，等等，把这瓶酒带上。"在几人要出门的时候，胖子伸手将桌子上剩下的那瓶酒揣在了怀里，这才跟在方逸后面往水库的方向走去。

水库距离魏家村大约有一里多的路程，放在白天也就是几分钟的时间就走到了，不过晚上天黑又没有路灯，三个人走了差不多十分钟才来到了水库边上。

"山下的水库有……有这么大？"看见在月光下泛着层层银色涟漪的湖水，方逸不由愣住了，他虽然长到现在都没怎么下过山，但是在山上却是能看到山下水库的。只是在山上距离太远，这个水库在方逸眼中并不很大，不过来到跟前方逸才发现，往日在他眼里像个小池塘一般的水库，现在竟然一眼都望不到边际，远远超出了方逸的想象。

"这里原本是个湖泊，后来才修建的水库。"见到方逸一脸愕然的样子，胖子指着湖面说道，"村子里的老辈人说过，这湖泊从来就没干过，最深的地方有四五十米呢，早年有人从里面捕捉过一米多长的大鱼！"

"行了，胖子，少在那儿废话了！"三炮开口打断了胖子的话，没好气地说道，"你不是说没人看守了吗？那边屋子里的灯怎么还亮着？"

"嗯？"听到三炮的话，方逸和胖子同时看向了五十多米外修建在水库边上的几间小平房，果然其中的一个屋子里还亮着灯。

"不会啊，他们应该回去了。"胖子挠了挠头，转脸看向方逸，说道："逸哥，你手脚轻便，过去看看那屋子里有没有人？我怀疑是他们怕人来检查，故意开着灯。”

"行，我先去看看。"方逸点了点头，矮下身子就往那屋子摸了过去，几分钟后，方逸的脑袋在亮着灯光的房子窗户边升了起来，对着胖子和三炮招了招手。

"我就说没人吧。"胖子浑身一松，得意地笑了起来，和三炮走到那几间房子旁边，开口说道，"这下好了，连船都有了，也省得胖爷我下水去捞鱼了。"

这会儿虽然时近夏日，但晚上的湖水还是很凉的，胖子刚才从屋里揣上了那瓶劣酒，估计就是想在下水前喝上几口的。

"走，咱们离这屋子远点，我知道哪边鱼多。"三炮四处看了一眼，开口说道，"胖子，你去划船，我和逸哥扔炮仗，回头等三个炮仗都响了以后，你再把船划过来。"

"哎，凭什么我去划船？"听到三炮的话后，胖子不满地说道，"我还想放个炮仗呢，你不是做了三个吗，咱们正好一人放一个。"

"得了吧你，你又不是没玩过，逸哥第一次玩这个，让他多放一个。"三炮推了胖子一把，将手上拎的两个鱼篓子扔给了胖子，说道，"回头动作麻利点，这里离村子太近了，说不定就会有人过来。"

"知道了，又不是第一次，还用你说。"胖子虽然不乐意，还是提起两个鱼篓子来到了湖边上，那里放着一个摇橹的小木船，这是平时看守水库的人捞浮游生物和垃圾用的，这里是不允许使用有污染的快艇的。

"来，方逸，站在这里。"等胖子离开后，三炮拉着方逸往前又走了二十多米，站在了湖边上，递给方逸一个土炮仗，指着前方的水面，说道，"等下点燃了导火索，你就把酒瓶子往湖水里面扔，尽量扔得远一点儿，那边水深鱼多。"

方逸掂量了一下手里的酒瓶子，点了点头说道："好，这瓶子我能扔出个百把米的。"

"哎，不用那么远，要不然胖子划船过去太费时间了，"三炮被方逸的话吓了一跳，"扔个三十多米就行了，三个瓶子扔成个三角形，保证那里一条鱼都跑不掉。"

说着话，三炮从口袋里掏出了包红梅烟，弹出一根递给方逸，说道："来一根不？"

"你怎么也和胖子一样抽起烟了？"方逸摇了摇头，问道，"不会是用烟点这导火索吧！"

"这东西又不是真炮仗，不好引燃的，烟哪里点得着？"三炮嘿嘿一笑，感受了一下水库边上的风向后，从兜里掏出了个打火机，说道，"看到没，防风的，为了炸鱼我专门从城里买的。"

的确像三炮说的那样，导火索不怎么好引燃，用防风火机点了有十多秒之后，一股青烟从导火索处冒了出来，随之还有火药燃烧的"嗤嗤"声。

三炮点燃了导火索后，马上将酒瓶子塞在了方逸的手中，指着远处的水面，压低了声音说道："快点扔！快！"

"啊，扔到水里不会灭吗？"方逸愣了一下，不过还是按照三炮指的地方，将酒瓶子给扔了出去，只见酒瓶子在半空中划了道弧线，然后在三十多米外的地方掉到了水面之中。

"咦，没灭啊！"借着月光，方逸清楚地看到在酒瓶子落水的地方冒出的股股青烟，显然掉在水里的导火索还在燃烧着。

"第二个，扔在那个炮仗十米远的地方。"还没等方逸细看，三炮又点着了第二个炮仗塞到了方逸的手中，这会儿水库边上的风小了一点儿，导火索只用了五六秒就引燃了。

"来，这个你点吧！"在方逸扔出去第二个酒瓶子之后，三炮将手中的酒瓶子和打火机都递给了他。

看到三炮点燃了两个，方逸有样学样，将第三个土炮仗点着之后，把它准确地扔在了前两个的旁边，正好将那片水域二十多米的地方都覆盖了。

"你小子要是去当兵，估计扔手榴弹没人能扔过你。"看着三处冒烟的地方正好成个三角形，三炮不由咂吧了下嘴，要知道，两斤多的手榴弹他最多才能扔出去三十米，方逸居然轻轻松松地也能扔出去那么远。

"嗯？怎么还没炸啊？"方逸没搭理三炮，眼睛死死盯着水面，距离第一个土炮仗扔下去差不多有四十多秒了，难道导火索还没燃烧完吗？

"咚！"

方逸话声刚落，只听一声闷响从几十米外的水面传了出去，就像是有人在破了的鼓面敲击了一下似的，响声并不是很大，但方逸隐隐感觉到双脚之下震动了一下。

虽然土炮仗爆炸的声音被湖水给掩盖住了，但水面却是被炸开了，一团巨大的水花足足升出水面七八米，等到那水花落下去后，"咕咚咕咚"的声音还是不绝于耳。

十几秒钟后，第二个和第三个土炮仗也相继炸开了，之间二三十米远的水面上尽是水花，原本平静的水面泛起层层涟漪，就像是有一双大手在底下搅动一般。

"胖子，快点上！"见到三个土炮仗都响了，三炮狠狠地攥了下拳头，对着不远处的胖子喊了一声。

"早就准备好了！"胖子答应了一声，身手敏捷地跳上了那个木船，用船桨在岸边一撑，木船就往土炮仗炸响的地方划了过去，速度居然还不慢。

"三炮，这……这怎么没鱼啊？"等到胖子将船划过去之后，水面也渐渐平静了下来，但是目力很好的方逸看到，并没有什么鱼浮出水面。

"这不有了吗？"三炮笑着一指，果然，一条足有四五斤的鱼翻着白肚皮浮了上来，紧接着又有十多条鱼浮出了水面，一个个均是肚皮朝上，也不知道是被炸死的还是被震晕的。

而方逸也知道三炮为什么拿了两个那么大的鱼篓子了，因为那一条鱼就有好几斤，小一点的鱼篓子根本就放不进去。

这时的胖子也拿了个抄网，将船边上一条条浮起来的鱼给捞了起来，忙得是不亦乐乎，别看他人胖，但协调性真是不错，那船左摇右摆的，胖子在上面却站得稳稳当当。

由于这几年不让下网捕鱼了，水库里的鱼明显多了不少，三个土炮仗扔下去之后，方圆五六十米水域内的鱼差不多都给震晕浮上了水面，胖子就是闭上眼睛用抄网捞，也是网网都不落空。

"胖子，捡个头大的装，手脚麻利点，装满咱们就回去。"三炮在岸上提醒了一句，时不时还回头往村子那边看上一眼。刚才的爆炸声虽然不大，但说不准就会惊动村子里的人。

"汪……汪汪……"就在胖子忙得恨不得多生两只手的时候，远处的村子里传来了一阵狗叫，紧接着几束手电筒的光芒伴着人说话的声音亮了起来，很显然，刚才那动静不大的爆破声，还是惊动了村子里的人。

"胖子，有人来了，快点划回来，剩下的鱼不要了！"见到这种情形，三炮连忙压低了声音喊了起来，他知道这几年不比以往了，要是被抓住的话，罚钱都是小事，说不定就会被关上几年。

"没事，他们跑过来还要一会儿呢！"胖子嘴上说着话，手上也没闲着，用抄网将一条七八斤重的大鲤鱼给捞到了船上，这才往方逸两人所在的岸边划了过来。

"接着——"将船划到岸边，胖子先将鱼篓子递了上来，从他用两只手抬鱼篓子的架势上看，分量怕是轻不了。

"死胖子，这一篓子有百十斤了，装这么多也不想想咱们能不能拿回去？"三炮的力气比胖子要小多了，两只手刚一接过篓子，身子就猛地坠了一下，要不是他反应快，恐怕连腰都闪到了。

往日里他们扔土炮仗或者下网捕鱼，都会将自行车放在岸边，捞上鱼放在车子上带走，可是今天哥儿几个是走过来的，三炮可没那么大力气将鱼给弄回去。

"我来吧，咱们赶紧走！"方逸伸手接过了鱼篓子，相比在山上每日都要砍的柴火，这些鱼的重量实在不算什么，两臂一用力，方逸将两个鱼篓子给拎了起来。

"逸哥一看就没干过偷鸡摸狗的事情，怕什么啊！"胖子从船上跳上了岸，往亮着灯光的地方看了一眼，说道，"咱们多走几步路，和他们岔开就行了，你放心吧，就算抓到也没事。"

村子和水库之间，是一大片玉米地，这会儿玉米秆已经长到了半人高，稍微矮下一点身子，别说三个人，就是三十个人藏在里面也不显眼。

胖子在前面领路，果然轻而易举地绕过了前来查看动静的人，十多分钟后，他们三个就回到了三炮的家里。

"嘿嘿，你们俩坐着，我先去烧条大鲤鱼，让你们哥儿俩尝尝我的手艺。"进到屋里还没等坐下，胖子就将那条最大的鲤鱼从篓子里拎了出来，这条鲤鱼有些年头了，鱼尾处的鳞片已经变成了红色。

"胖子，先等等，你还是先把一篓子鱼给藏屋里去吧。"三炮伸手拦住了胖子。

"藏起来干吗？"胖子闻言愣了一下，说道，"这天也热了，回头吃完了我都用盐给腌起来，不然最多放到后天就要坏掉。"

小二百斤的鱼，就算是方逸等人放开了肚皮吃，没个十天半月也是吃不完的。胖子早就打算好了，挑几条新鲜的当天吃，剩下的全都用盐风干后制成腌鱼，挂在屋子里就是一个夏天都坏不了。

"腌个屁！"三炮撇了撇嘴，没好气地说道，"胖子，咱俩打个赌，用不了半小时，你那老子就会找上门来。"

"哎，我怎么忘了这茬儿了。"胖子一拍脑门，苦笑了一声，说道，"得，这一篓子就当是孝敬他们的了，我先把这个篓子给藏起来，省得都被他们给拿走了。"

"彭三军，你个臭小子给我出来！"

魏大虎来的时间要比彭三军说得还快一些，还没过十分钟，院子外面就响起了魏大虎的大嗓门，紧接着那木板子做成的院门，被人一脚给踹开了。

"哎哟，魏叔，这半夜的您怎么过来了？"三炮刚一出去，三四个手电筒的光束就打到了他的脸上，用手遮了一下眼睛，三炮看到来人里有个穿制服的，脸色不由变了一下。

"你小子少跟我废话，刚才你是不是跑到水库边上炸鱼去了？"魏大虎冷哼了一声，推开三炮就走到了堂屋里。

"三叔，我……我们没炸鱼，是……是去钓鱼了。"三炮转身跟了进去，这院子的鱼腥味，他压根就没指望能瞒得住。

"六哥，你穿上这身制服，我差点儿没认出来啊！"进到屋子里之后，三炮才发现穿着制服那人，敢情是胖子的堂哥，这心顿时放下去了，笑嘻嘻地掏出烟来，给他和魏大虎各上了一根。

"三炮，你小子都是当过兵的人了，回来也不消停点，不知道不让炸鱼了吗？"六哥接过烟，没好气地说道，"这事儿听我三大爷的，他要往派出所交，你们一个都跑不掉。"

"六哥，真的是去钓鱼的，可能是别人炸的吧？"虽然魏大虎的儿子也是主犯之一，但架不住魏大虎万一要是大义灭亲呢，所以反正没被抓住现行，三炮这会儿是死不承认。

"不让开山了，除了你们家有火药，谁家还有那玩意儿？"六哥伸手在三炮后脑勺上拍了一巴掌，他心里也有些恼火，因为今儿该他值班，万一事情被捅出去，这联防队的衣服怕是也要被扒掉了。

"华子，你小子给我滚出来！"魏大虎没搭理三炮，而是冲里屋喊了一嗓子，他知道儿子的禀性，这事儿要是没他才怪了，说不定自己儿子还是主谋呢。

"爸，哥，四叔……"魏大虎话声未落，胖子就从里屋钻了出来，一看来的几个人，那心也放下去了，除了老爸堂哥之外，剩下的那个人是自己的亲四叔，胖子才不信他们会把自己送进派出所呢。

"臭小子，正经事不干，这歪门邪道你倒是跑得快，啊？"见到儿子，魏大虎是气不打一处来，虽说早些年自家也炸鱼，但现在不是不允许了吗？作为村长，他还是要以身作则的。

"爸，这不是方逸下山了，我们搞点鱼给他吃嘛。"

屋里都是自家人，胖子也不害怕，笑嘻嘻地说道："搞了有七八十斤，我们留一条，其他的你们都拿走，还别说，这水库里的鱼是越来越肥了。"

"魏叔，这个……"听胖子提到自己的名字，方逸也不好意思藏在屋里了，挠着头走了出来，开口说道，"魏叔，给你添麻烦了，要……要不这些鱼算我们买的吧，师父给我还留了点儿钱。"

"得了吧，你师父有钱都买酒了，能给你留多少？"魏大虎摆了摆手，不过看到方逸，他的语气也缓和了下来，毕竟村子里的人都承过老道士的情分，当年老道士给人看病，可是连草药钱都没收过。

"咳，留……留了一百多……"

魏大虎的话让方逸愈发不好意思了。正如魏大虎说的那样，老道士每顿饭几乎是无酒不欢，猴儿酒不够喝的，他就到山下买酒，身后也就留给了方逸一百多块钱。

"方逸，我看你还是正经做点事吧。"魏大虎坐在椅子上，想了一下之后，看向了儿子，说道，"这样吧，我等会儿回去给你二叔打个电话，你们仨小子明天都给我去城里，老老实实在你二叔工地上先干着，你要是敢跑，回来我打断你的腿！"

放在以前，去水库炸个鱼根本就不算个事，但是这年把抓得紧，旁边刘家村里去年截留水库的水两个人都被判了刑，魏大虎还真怕这哥儿仨留在村子里隔三岔五地去炸个鱼，到时候自己也保不住他们。

"去工地干活？"听到父亲的话后，胖子的脖子不由梗了起来，他宁愿在家里种庄稼，也不愿意去干那工作。

"魏叔，行，去，我们明儿就去。"没等胖子说话，三炮就在后面用胳膊肘捅了胖子一下，开口说道，"魏叔您留个电话给我们，明儿一早我们就进城找二叔去。"

"都是去当兵，你看三军多懂事啊。"听到彭三军的话，魏大虎点了点头，顺手在儿子脑袋上抽了一记之后，将胖子刚才拿出来的那篓子鱼拎了起来。

"还真是不轻，小六，来搭把手。"魏大虎虽然正当壮年，但这一篓子鱼有七八十斤，一只手虽然能拎起来，但却走不动路了。

"魏叔，我给您拎到门口去。"彭三军一脸谄笑像个狗腿子似的将魏大虎几人送到了院门处，等几人走远之后，这才关上了院门回到了屋子里。

"三炮，要去工地你去，我反正是不去！"彭三军刚一进屋，就看到了胖子那阴沉得能滴下水来的一张脸。

"谁说要去工地了？"

"你刚才不都答应下来了吗？"

"我要是不答应，魏叔能饶了你？"三炮一脸坏笑地说道，"咱们先答应下来，回头到了城里我去想办法，肯定给哥儿几个找个赚钱还有面子的工作，不过咱们话说前面，我身上可是没钱了，路费得你们掏。"

"瞧你那点出息，"胖子指了指里屋，说道，"那篓子鱼里面有两只老鳖，回头进城找个地方给卖了，够咱们哥儿仨在城里过一段时间了。"

炸鱼和下网捕鱼不同，一个土炮仗扔下去能将四五米深的水连带着淤泥都给炸出水面好几米，所以崩出几只水底的老鳖不是什么稀罕事。胖子捞上来的那两只，差不多每只都有三斤多重，在城里少说能卖个一两千块钱。

第六章
车祸

"逸哥剪了个头，显得精神多了！"第二天一早，方逸跟着胖子和三炮来到了镇子上，找了一家理发店花了两块钱将长发给剪短了。现在的方逸看上去和外面的人已经没有任何区别了，如果不说的话，谁都看不出他当了十多年的道士。

"我还是觉得以前留的道髻好看。"方逸照了下镜子，心里感觉有些别扭，这换了发型之后，他自己都有些认不出自个儿来了。

"行了，别在那儿臭美了，再照镜子咱们就赶不上车了。"胖子拉了方逸一把，上午有一班十点开往金陵的长途车，这会儿时间差不多了，要是误了点就要等到下午了。

"胖子，你不是说这两个老鳖能卖两千块钱吗？要不咱们少卖点，先换几张车票吧？"

站在小镇的公交车站处，方逸和彭三军一脸无奈地看着刚刚开走的那辆去往城里的汽车，这一班车赶不上，就要等五个小时之后的下午那一班。当然，坐上那班车的前提是他们必须先凑够了车票钱。

"不卖，镇子上卖不上价，两个老鳖最多给你两百块。"胖子一口就否决了两人在镇子上卖老鳖的建议。镇子距离水库也就是几里路，野生老鳖在这里并不算什么稀罕物件。

"我看你小子是舍命不舍财啊！"彭三军闻言苦笑了一声，说道，"老子本来以为自己就够穷了，没想到你那兜比脸还要干净，还不如我呢！"

哥儿仨昨儿吃完鱼之后，生怕炸鱼的事情东窗事发，今儿一大早就赶到了镇子上，原本想坐车去金陵。可是临上了车才发现，他们三个人身上所有的钱加在了一起，居然只够买一张车票的，在全车人鄙夷的眼神下，三人只能悻悻地又从车上下来了。

"我……我的钱不都买这玩意儿了吗？"胖子被三炮说得脸红了起来，掀开腰间的衣服，将 BP 机露了出来，"在城里混没这玩意儿多丢面子？有这东西咱们进城之后找工作也方便啊。"

其实胖子之前打工是存了一点钱的，不过在回村之前为了显摆一下，一咬牙就将身上的钱都买了这个 BP 机了，虽然 2000 年那会儿手机已经开始慢慢普及起来，但对于农村来说，BP 机显然还是装×利器。

"你这玩意儿也就只能在村子里显摆，城里的有钱人早就用上手机了。"对于胖子的那个 BP 机，三炮很不以为然，他家里的亲戚大多都在城里，有好几个人都已经买手机了。

"你连这个都没有呢。"胖子把三炮的话当成是在妒忌自己了。

"其实这事儿也不怪我。"胖子的眼神看向了方逸，开口说道，"方逸不是说他有一百多块钱的吗？我把他的钱给算上了，正好够咱们进城的，可……可是我也不知道他那钱不能花的呀！"

"我又没用过钱，哪知道这钱不能花？"方逸也是有些郁闷。师父的确给他留了一百多块钱，而且还都是新票子，只是上了车将那些钱拿出来之后，售票员居然不要，说那是 50 年代发行的钱，现在已经不能用了。

"胖子，你在镇子上不是有熟人吗？去借个几百块钱呗。"三炮开口说道，他父母都是下乡的知青，虽然在魏家村也生活了二十多年，但却不如魏锦华的地头儿熟。

"不借，就是走到金陵去我也不借，我……我丢不起那人！"

胖子此次回家，可是买的新衣服挂着传呼机回来的，宛如一副成功人士的样子，要是张嘴问熟人借钱，那之前的做派显然就都是装出来的了。

"要不咱们走着去？"胖子咬咬牙说道。

"走过去？这可是你说的。"彭三军看着胖子那一身肥肉，不怀好意地说道，"胖子，我和逸哥能走得动，你小子行不行啊？半路要是趴窝了，可没人背你！"

"嘿，小看你胖爷是吧？咱怎么说也是在部队参加过大比武的人。"

胖子又咬了咬牙，看向方逸说道："方逸，从这走到金陵大概有五十多里路，到了靠近金陵的镇子上就有公交车了，坐公交一块钱一张票，咱们的钱是够的，要不……咱们就走过去？"

"我没问题，五十多里路，下午也就走到了。"方逸无所谓地说道。他在山里有时候翻越一个山头都要二三十里，在这平坦的柏油路上行走，对于方逸而言没有任何的压力。

"那就走吧，我们走在大路上。"胖子一马当先地往公路上走去，为了表现出自己的轻松，嘴里还吼起了歌。

"死胖子，死要面子活受罪。"三炮在后面嘟囔了一句，招呼了一声方逸，也跟着走了过去。

头两个小时，胖子走得确实挺轻松，不过到了第三个小时大概走了三十多里路的时候，胖子就已经把上衣脱下来挂在了肩膀上，汗珠子挂满了额头。

三炮虽然比胖子强一些，但后背的衣服也被汗打湿了。三个人里也就属方逸最轻松，他拿的东西虽然最多，但到现在为止只是感觉身上有些发热，连汗都没出一滴。

"不行了，走不动了。"来到一条岔路的时候，胖子看到路边有块路界石，屁股往上一坐就不愿意起来了，喉咙里发出的喘息声就像是拉风箱一般，显然这段路已经耗尽了他的体力。

"走不动也得走啊！"三炮踢了胖子一脚。

"不走了，让我先歇一会儿，等下我去拦个车。"胖子有气无力地摆了摆手，说道，"我真的走不动了，三炮，前面就是国道，拦个过路的货车带咱们进城吧。"

"我看你小子早就打这主意了吧？"听到胖子的话，三炮也松了口气，一屁股坐在了地上，拿出腰间的军用水壶喝起水来。

"哎，拦车要不要给钱？咱们的钱够吗？"方逸气定神闲地站在两人旁边，在下山的第二天方逸就从胖子和三炮身上意识到了很重要的一件事，那就是钱的重要性。

"搭个过路车不用给钱，给司机扔包烟就行了。"休息了这么一会儿，胖子的喘息均匀了很多，站起身拍了拍自己的胸口，说道，"你们就放心吧，上次跟二叔他们进城的时候，就在这里搭的车。"

"哎，胖子，你行不行啊？"半个小时过去了，方逸看着站在路边满头大汗的胖子，有些无语了，这家伙信誓旦旦地保证能拦到车，但是伸手拦了十多辆，却没有一辆停下来的。

胖子用肩膀上的衣服擦了下汗，愤愤不平地说道："妈的，今儿也真邪乎了，怎么就没有一辆空载的货车呢？"

"你上次拦的是什么车？"方逸开口问道。

"是辆送猪仔回来的空车，虽然味道不太好，但司机人不错的。"

"靠，死胖子，你要拦的是那种车？"对于胖子的话，方逸倒是没什么反应，但三炮却不干了，一下子就跳起来揪住了胖子，说道，"不坐车了，我们走进城，要坐你自己坐去！"

"别介啊，说不定咱们能拦个轿车呢。"胖子自知理亏，赔着笑让三炮松开了手，嘴上恨恨地说道，"胖爷还就不信拦不到车了，奶奶的，我站到路中间去，难道他们敢撞我？"

"有车过来了，看我的。"正说话间，胖子见到一辆往金陵方向开的面包车行驶了过来，他还真的就窜到了马路中间张开了一双手臂，只是那架势不怎么像是拦车，倒是有点像拦路抢劫。

"干这一行，出手就要稳、准、狠，等那哥们儿去了，恐怕黄花菜都凉了。"满军今天的心情不错，在昨天晚上喝酒的时候，他从一个同行的嘴里得到了一个消息，得知玉泉镇上有户人家手里有幅唐伯虎的扇面，于是就连夜驱车赶了过去，死缠烂打磨了半夜，终于花了两万块钱将那扇面给买了过来。

俗话说，"乱世黄金，盛世古董"。这几年老百姓的日子好过了，古玩市场也火热了起来，按照满军的估算，他两万块钱买的这个扇面，拿到市场上最少能翻个四五倍，到时候只要一转手就有七八万的利润。想到这里，满军的心也火热了起来，摸了摸刮得油光锃亮的光头，嘴里不由哼起了歌："今天是个好日子，心想的事儿都能成；明天还是个好日子，打开了家门咱迎财神……"一边哼着自己改的歌，满军的眼神一边往副驾驶的位置看去，副驾驶座位上放着的那个木盒子里，就是唐伯虎的《看梅图》扇面，看着那木盒，满军就像是看到了一叠钞票，看进眼里就拔不出来了。

"哎哟，怎……怎么有人？"就在满军低头盯了木盒好一会儿，刚刚抬头看路的时候，却发现在他的车前面，赫然站着一个人。

虽然满军的反应很快，在看到人影的时候就一脚踩死了刹车，可是太晚了，那人和车子实在离得太近了，没等车子刹住，满军就听到"嘭"的一声，他那金杯面包车的车头，迎面结结实实地撞在了前面那人的身上。

满军可以清楚地看到，一道人影从车子的正前方飞了出去，足足飞出了四五米之后，重重地摔在了地上。

"妈的，出车祸了……"满军心里一沉，看着车前路面上那个一动不动的身影，第一反应就是往四周张望，这要是没人的话，自己肯定是要溜之大吉的。

"王八蛋，给老子下来！"

可还没等满军四处打量完，就发现自己的车玻璃处，贴上了一张因为愤怒显得有些变形的胖脸，紧接着车门就被拉开了，一记重拳，砸在了满军的脸上。

"我操你大爷的，老子不就是想拦个车吗？你就要撞死我？"看到方逸被车子给撞出去，胖子这会儿已经快要失去理智了，一拳打在那司机脸上之后，又是一脚踹了出去。此时的胖子已经有些癫狂了，刚才站在马路中间的胖子看到一辆面包车过来，并没有让开身子，因为按照国内的交通法则来说，一般都是开车的怕骑车的，骑车的怕走路的，只要司机看见自个儿，肯定是要踩刹车的。但是胖子怎么都没想到，偏偏这辆车的司机正一脸陶醉地沉迷在自己捡漏儿赚钱的美梦里，压根儿就没看见胖子。于是胖子发现，当车子来到他身前四五米的时候，仍然没有任何要减速的迹象。

"老子这次玩大了！"这么近的距离，胖子可以清楚地看到车里的司机那低下来的脑袋和斜视的眼神，他知道自个儿是失算了。正常来说，开车的司机的确不敢撞他，但架不住对方没有看到自己啊，换句话说，他这是自己在找死。就在胖子以为自己小命要玩完的时候，他突然感到一股大力猛地撞击到了自己的肩膀上，把他的身体斜斜地给推了出去，而与此同时，那辆疾驰的面包车，将方逸的身子给撞飞了出去。

"逸哥！"踉踉跄跄站住了身形的胖子，口中发出了一声悲号，正当他准备绕过车子去扶方逸的时候，却看见了那光头司机滴溜溜转着似乎想要逃跑的眼睛，顿时气不打一处来，拉开车门就是一顿拳脚。

"死胖子，别打了，快来看看方逸！"就在胖子用拳脚发泄着自己的悲愤时，耳边响起了三炮的喊声，"你快点啊，方逸好像不行了！"

"不……不会吧？"胖子被三炮的话给吓住了，再也顾不得去收拾那司机，几步抢到了车前，看向被三炮抱在了怀里的方逸。

"逸哥，逸哥你没事吧？"此时的方逸，面色如金纸一般，嘴角有血渍，三炮给他新买的那件 T 恤从胸口处被撕裂了一个大口子，胸前更是血肉模糊。

"有……还有呼吸……"胖子将颤抖的手放在了方逸的脖子上，在感受到那轻微的脉搏跳动后，那张吓得煞白的脸上才现出了一丝血色。

"胖子，你摸得准不准啊？"三炮也伸出手摸了一下，却没有感受到什么。

"废话，老子在部队这几年别的没学会，摸这个绝对一摸一个准。"胖子瞪了一眼三炮。他在炊事兵杀猪的时候，就是要先找到猪脖子处的颈动脉，三炮简直就是在怀疑自己的专业技能啊。

"司机，你他妈的还愣在那干吗，赶紧过来救人啊！"听到胖子的话后，三炮这才稍稍放下了点心，一回头，看见那司机站在车门边眼珠子滴溜溜地转着，不由得怒了。

"真是晦气，看样子是跑不掉了。"满军发现自己要是想开车逃跑的话，必须要从车前面那两人身上碾过去，他虽然自问不是什么善茬儿，但还真干不出这事来。

"逸哥，你可千万别有事啊！"

在把方逸抬上车的时候，胖子是鼻涕一把泪一把的，就在他以为自己小命不保的时候，是方逸猛地冲了上来将自己推了出去，可是那距离实在是太近，推出去自己以后，方逸迎面被车撞了个结结实实。

"死胖子，逸哥还没死，你哭丧呢！"

三炮在司机后脑勺上拍了一记，开口说道："快点开车去医院，我兄弟要是死了，你他妈的要偿命，胖子，把逸哥的箱子给拎上车。"

"真是倒霉！"看着目露凶光的年轻人，满军知道他们还真是能下狠手，嘴角不由咧了一下，却感觉到一阵疼痛，刚才那胖子的一拳打得实在不轻。

"胖子，你扶着逸哥，我看看他胸口的伤。"等车子开起来之后，三炮让胖子抱住了方逸，他在部队干的是工程兵，时常会遇到受伤的情况，所以会一些简易的治疗包扎手段。

"嗯？就是破了点皮？"当三炮撕开方逸胸口的衣服时，发现方逸那看似血肉模糊的伤口，其实只是皮肤被划了道口子而已，根本就不用包扎这会也已经止血了。

"你这个赤脚医生懂什么，这是内伤，懂不懂，是内伤！"胖子扶着方逸的时候，一直都将手指放在方逸的颈动脉上，发现方逸的脉搏跳动渐渐加强了起来，那快提到了嗓子眼的心不由松了下来。

"嗯，应该是内伤，不知道有没有撞到脑袋？"三炮倒是没和胖子吵架，很小心地检查了一下方逸的头部，在没有发现明显的外伤之后，也是长出了一口气。

"咦，方逸脖子上挂的东西怎么掉了？三炮，咱们要不要回去找一下？"胖子眼尖，发现方逸脖子上那个红绳挂着的小坠子不见了，也不知道是撞击的时候损坏了还是掉落了。

"救命要紧，那东西没就没了吧。"三炮摇了摇头，现在方逸昏迷不醒还不知道死活，哪里顾得上什么挂坠，当下一口否决了胖子的建议。

"哎，我说小哥儿俩，这事儿不能怨我啊，是他站在马路上的吧？"

听着后面两人的对话，开车的满军越想越不对劲，他虽然有些近视眼，而且有那么一眨眼的工夫转移了注意力，但车子似乎没有跑偏啊，好端端的怎么就撞上人了？

"你这意思，是我兄弟有病不成？"胖子勃然大怒道，"我现在也不和你废话，先送医院，把我兄弟救活了怎么都好说，要不然你小子也甭活了！"胖子虽然平日里整天笑呵呵的，配上那张胖脸一副人畜无害的样子，但此时真是发了狠，铁青着一张脸双眼满是杀机，那司机要是再敢多说，胖子真敢从后面用手掐死他。

"好，好，两位大哥，都是我错了好不好？"满军在社会上摸爬滚打了那么多年，自然知道好汉不吃眼前亏的道理，当下也没多说，一脚踩下了油门往医院方向疾驰而去。

十来分钟之后，车子停在了医院门口，胖子拉开车门背上方逸就往里面跑，三炮则拉上了满军一起下了车，要知道，他和胖子两人身上加起来都找不出二十块钱来，拿什么给方逸去看病啊。好在满军昨天下乡收那扇面的时候，一共带了三万块钱，买完扇面还剩下一万，正好全都交给了医院当押金。看着医生、护士将方逸推进了急救室，外面站着的三个人，不约而同地松了口气。

和电视上演的桥段不同，急救的时间并没有多久，只是过了十多分钟，急救室的门就被打开了，挂着吊针的方逸先被推了出来，紧接着医生也走出了急救室。

"医生，人没事吧？不……不会是死了吧？"见到这么快就出来了，胖子说话时的嘴唇都颤抖了起来，双眼神光尽失，就像是一具行尸走肉。

"胖子，死人还会挂吊针啊？"三炮没好气地在后面踹了胖子一脚。

"对，对，死人不用挂吊针。"听到三炮的话，胖子像是回魂一样活转了过来，一脸希冀地看向了医生。

"刚才给病人做了全身的核磁共振检查，结论是病人全身除了胸部有些伤害之外，全身软组织没有受伤，而且呼吸平稳，没什么大碍。"

医生说着话摘下了白口罩，接着说道："病人或许是因为惊吓或者强烈撞击才导致昏厥不醒的，我建议先住院，等到病人醒过来之后，再做各项检查，如果身体没事的话就能出院了。"

"好，听您的，都听您的！"胖子现在已经把面前的医生当成了救苦救难的观世音菩萨了，让三炮看住了那司机之后，胖子跑前跑后地忙完了方逸的住院手续。

等到方逸被推进了病房之后，满军找了张纸巾擦了下额头的汗水，然后拉着胖子和三炮来到了门口，小声说道："哎，我说两个小哥，这人没大事，要不……这件事咱们就私了算了？"

正常来说，这件事报警处理是最好的，保险公司会赔付一部分钱，满军自己其实花不了几个，但问题是满军的驾驶证在去年的时候就被吊销了，现在的行为属于无证驾驶。

"私了？怎么个私了法？"听到那光头司机的话后，胖子斜眼看了过去，听医生说方逸似乎并没有大碍，胖子心里对这司机的愤恨也减弱了不少。

"医药费我全包，再给你们三千块钱营养费，你们看行不行？"满军在心里合计了一下，刚才他就支付了一万块的住院押金，就算还剩下一些估计也拿不回来了，而那人似乎并没有什么事，再给个三千也差不多了。

"三千？你打发叫花子呢？"一听满军的话，胖子顿时炸了，开口说道，"我兄弟现在还没有醒过来呢，万一要是变成植物人的话，你就是再拿三十万都不够，三千就想打发我们，你不是在做梦吧？"

"胖子，有你这么咒方逸的吗？"旁边的三炮没好气地拍了下胖子的脑袋，不过对于这司机提出的三千块钱，三炮也很不满意，当下说道，"我们也不讹你，如果我兄弟醒过来没事的话，你拿三万块钱；要是有后遗症，你负责看病，怎么样？"

"三万太多了吧？"满军的脸色一下就黑了下来，他这一趟收了个唐伯虎的扇面，也就是赚那么个三五万块钱，如果再给三万的话，差不多这次的生意就白干了。而且满军在古玩行干了七八年，虽然也有三四百万的身家，但身家包括了货物和不动产，不等于是现金，满军很多钱都压在了货里，流动资金也不过就是五六万，再拿出三万等于把老底给掏空了。

"多？要不你让我开车撞一下，我给你三万成不成？"胖子没好气地说道。

"两位大哥，再少点吧？"满军一脸苦笑地说道，"要不这样，等里面那位兄弟醒过来，咱们看看他情况，然后再谈赔偿的事情，怎么样？"

说实话，在古玩行里干了这些年，三教九流的人满军也都认识一些，如果放在刚入行的时候，他还真不怵面前这两个小子，说不定就一个电话叫来几个人将这俩小子收拾一顿。但俗话说江湖越老胆子越小，满军现在生意做得不错，老婆孩子安安稳稳，他还真不敢和这些小青年要横，这也就是老话说的光脚不怕穿鞋的，他没那玩命的心劲儿了。而且满军能看出来，面前的这两个年轻人眼神里都带着股子戾气，这种人打起架来下手往往没轻没重，自己都四十多岁的人了，犯不着去冒这个险和他们硬碰硬。

"人要没事的话，最少两万！"胖子想了一下，给出了个数，他之前干保安的时候，一个月才几百块钱，两万块钱对于胖子而言，已经是很大一个数目了。

"行，两万就两万！"满军一咬牙答应了下来，这事儿谁也不怪，只能怪他乐极生悲，活该要破财消灾。

"两位兄弟，我身上没那么多现金，下午带过来给你们成不？"谈好了赔偿，满军也不想待在这儿了，谁知道病房里的那人什么时候醒过来，难不成自己还一直在这里等着？

"想走？"听到满军的话，胖子的那双小眼睛顿时瞪圆了，一把抓住了满军的衣领了，开口说道，"你现在要是跑了，我们去哪里找你去？要走也行，把车子给我留下，或者我和你一起去取钱。"

"那也行，你跟我去店里拿钱吧！"满军点了点头，他在朝天宫那边开了个古玩店，店里差不多还有两万块钱的现金，更主要的是，满军还要把收来的这物件放到店里的保险柜去，这次撞人落下来的亏空，全指望这幅唐伯虎的扇面来找补了。

"去你店里？我说，你别动什么歪心眼，哥儿几个可不是好欺负的！"胖子打量了一下那光头司机威胁道，乡下人来到了城里，总会有一种不安全感。

"我能动什么心眼子，小哥儿，你去不去啊？"满军闻言苦笑了起来，他一眼就看出这两个年轻人是农村出来的，不过他们应该也见过一些世面，要不然胆子不会这么大。

"去！"胖子想了一下，回头说道，"三炮，你看着方逸，我跟他走一趟，要是下午还没回来你就报警，他车牌号你记清楚了。"

"行，他要是敢玩猫腻，我把他家给炸了！"三炮点了点头，他说得出是真能做得到的。一摸口袋，三炮又冲着那司机喊道："喂，我钱包刚才掉了，你身上有零钱没有？先拿点出来！"

"就两百了。"两万都准备给了，满军自然也不会在乎这两百块钱，当下将口袋里的钱都掏了出来。

"这小子比我还黑呢。"看到三炮问那司机要钱，胖子忍不住咧了下嘴，还钱包掉了？估计三炮长这么大就没用过钱包。

第七章
转醒

"方逸，你小子要快点醒过来啊！"等到胖子和那肇事司机离开之后，三炮坐在方逸的床头，心中有种说不出来的滋味，刚下山就遇到了这种事，让他感觉很对不起方逸。

不过此时的方逸，显然听不到三炮的话；而且三炮也不会发现，方逸那看似昏迷不醒的身体，一直在细微地颤抖着，在他昏迷的这段时间里，一种莫名的物质，似乎在改变着方逸的体质，这是方逸也不知道的。

"哎，醒了，方逸，你醒了吗？"

过了大约半个小时，一直紧盯着方逸的三炮忽然发现，方逸的睫毛突然动了一下，而垂在身体右侧的手指，也弯曲了起来。见到这一幕，三炮连忙按响了床头呼叫医生的按钮。

"醒了？小伙子，你还认识他吗？"方逸的病房就在医生的值班室旁边，不到一分钟的工夫，一个女医生就走进了病房，而此时方逸也只不过是刚刚睁开了眼睛。

"废话，我们从小穿着开裆裤一起长大的，他能不认识我吗？"眼中瞳孔慢慢在聚焦的方逸尚未回答医生的话时，旁边的三炮先怒了起来，方逸又不是小孩子，医生怎么能问这么白痴的问题？

"他身体受到撞击，不知道有没有影响到脑部，我这么问是看他会不会产生失忆的情况。"女医生没好气地瞪了一眼三炮，三炮顿时老老实实地闭上了嘴巴。

"认识，他……他是彭三军。"方逸的声音里透着一股子虚弱，但却准确地说出了三炮的名字。

"哈哈，我就说没事吧。"三炮闻言大声笑了起来，一颗心终于稳稳当当地放了回去。

"那你知道是怎么受伤的吗？"医生紧接着问道。

"被车撞了。"方逸看着面前这个穿着白大褂的人，开口问道，"你是医生吧？你们的衣服真好看。"

"我不是医生难道你是呀？"值班的女医生没好气地回了一句。她干了那么多年医生，还是头一次听人夸穿白大褂好看，当下站起身看向三炮，说道："躺在病床上还操那么多闲心，行了，他没什么大事了，休息几天观察一下就能出院了。"

"谢谢，谢谢医生！"三炮点头哈腰地将女医生给送了出去，回过头来走到病床旁边不由笑了起来，说道："你小子行啊，刚醒就调戏医生，不过这女医生可有四十多岁了呀。"

"调戏？我没有调戏她啊。"方逸被三炮说得有些莫名其妙，他的确感觉医生的那一身衣服，比师父行医时穿的邋遢道袍好看多了。

"得，不说这事了。方逸，你知不知道，你可是吓死我和胖子了。"三炮坐到了方逸床头，说话的时候眼圈都微微红了起来，他是真的怕会永远失去方逸这个兄弟。

"我也害怕。"听到三炮的话，方逸的意识回到了之前他在被车子撞到的那一刻，想想发生的那些事情，方逸不知道是自己的幻觉，还是真实存在的。

就在被车子撞出去的那一刹那，方逸只感觉脑袋忽然一晕，自己的意识像是被强行从身体中抽离出来了一般，再也感觉不到身体上的痛楚，但是却能清楚地看到自己躺在地上的身子和狂怒不已追打着司机的胖子。

道家修神识，但方逸那远超常人的神识，此刻就像是被天地给禁锢住了似的，不管方逸如何挣扎，他都无法发出一点声音来，甚至想让自己的意识回到身体都做不到。

"难道这就是所谓的灵魂出窍？无量天尊，我……我这就要死了吗？"方逸心头闪过一丝明悟，他曾经听师父说过，人死后灵魂还会存在一段时间的，但这个时间会很短暂，方逸不知道自己是不是处于这种情况，如果师父没有妄言的话，那自个儿怕是命不久矣。

"师父，您老人家可真是个乌鸦嘴啊。"看着三炮抱着自己的身体，方逸忽然想到师父给自己推演的那个卦象了，卦象说自己如果在今年四月二十六日之前下山的话，就会有血光之灾，而今天距离四月二十六日正好还差三天。

"不听老人言，吃亏在眼前呀！"方逸心头闪过一丝悔意，只是此刻后悔也晚了，他已经能感觉得到，自己的意识逐渐地开始模糊了起来，不知道这是不是灵魂消散掉的先兆。

"这么去了也好，反正自己一个人无牵无挂，会感到伤心的，也就这两个兄弟了。"

道法自然，方逸修了十多年的道，对于生死还是很看得开的，不过他心头还是有一些遗憾，那就是直到现在为止，方逸都不知道自己生于何方，父母是个什么样的人？

想到这里，方逸不由向地面上自己身体的胸口处看去，那里佩戴的嘎巴拉，是父母留给自己的唯一线索，不过恐怕他再也没有机会去寻找了。

"被撞碎了？"方逸看到，自己胸口处有个伤口，而那个只有拇指大小的嘎巴拉头顶骨，在车子撞击下分裂开来，变成了四五块小碎片，要不是鲜血将它黏在胸口上，恐怕早就散落到地上去了。

"咦，这……这是怎么回事？"方逸突然发现，自己胸口处忽然闪现出一团红色的光芒，而那个嘎巴拉的挂件，似乎分散成了无数个颗粒状的物质，飞快地融入到了自己的伤口之中。紧接着方逸就感觉到地面上的自己身体，传来了一股巨大的拉扯力，而在半空中无法动弹丝毫的意识，在这股大力的拉扯下，嗖的一下就钻入到了自己的身体里。

"疼！"方逸意识回到身体中的第一感觉，就是疼痛，整个身体像是被人用大锤敲碎了所有骨骼一般，那种疼痛让方逸眼前一黑，直接就晕了过去……

"三炮，胖子呢？他没事吧？"等到方逸再醒来的时候，就已在这病房里了，歪着脑袋往病房里四处看了下，方逸发现除了另外一张病床上有个老人戴着个老花镜在看书之外，就只有彭三军站在那里。

"他没事。"三炮有些后怕地说道，"要不是你，恐怕胖子的小命就没了，我替胖子谢谢你！"

"说什么呢？你和胖子都是我最好的朋友，换成你，肯定也会救他的，是不是？"听到三炮的话，方逸不由笑了起来。在车祸前的那一瞬间，他根本就没有考虑那么多，只是想将胖子给推开。

"是，我也会救他！"三炮很认真地点了点头，如果他要是有方逸那么快的反应，恐怕也会在第一时间将胖子给推开的。

"方逸，你有没有哪里不舒服？饿了没有？我去给你买点吃的吧！"见到方逸的嘴唇有些发白，三炮站起身想去给他倒点水，这才发现方逸病床的床头柜里空空的，水壶里也没有一滴水。

"浑身没力气，饿倒是不饿，你帮我倒点水吧。"方逸想试着坐起来，不过他的双手一点劲都使不上，身体稍稍一抬又躺了回去。

"小伙子，打水去楼梯口那里，一楼有超市，里面什么都有卖的，去买点回来吧。"旁边病床上的老人听到方逸和三炮的对话，好心提醒了一句。

"谢谢大爷！"三炮站起身，对方逸说道，"你先躺着休息，我去买个杯子什么的再给你打点开水。"三炮还真是庆幸自己让那司机留下了两百块钱，要不别说是买吃的了，就那兜里的那几块钱，恐怕连买点卫生纸和水杯都不够。

"小伙子，出车祸了？"三炮离开后，旁边的老人开口问道。

"是的，被车撞了。"方逸闻言苦笑了一声。他从小在山里野惯了，晚间睡觉的时候也多是打坐修炼，这么安安静静地躺在床上还真是头一遭。

"刚才那个是你朋友？"老人放下了书本，看来也是住得很无聊，想找个聊天的对象。

"是我朋友。"方逸打量了一下自己旁边病床的病友，这是个六十出头的老人，戴着一副眼镜，相貌十分儒雅，穿着一身病号服，腿上搭着个薄薄的毯子。

"现在的年轻人，对朋友还能如此，真是不多见啊。"从刚才的对话中，老人大概听出了事情的缘由，看向方逸的目光中不由带有几分赞许。

"大爷，你是右腿受伤了吧？"方逸观察了一下那个老人，开口说道。

"嗯？你怎么知道我是右腿受伤？"老人闻言愣了一下，笑着说道，"夜里起来上厕所，不小心滑了一下，把右腿给摔到了。唉，这人年龄老了就不中用了。"

"大爷你身体硬朗着呢，休养几天就没事了。"方逸笑了笑也没解释。他从小跟着老道士学中医医理，十来岁的时候就帮上山采药受伤的人正过摔断的骨头，自然一眼就能看出老人的伤来。

"来，小伙子，吃个苹果，我看你嘴唇都干了。"老人好心地从自己床头拿了个苹果递了过去，他见到方逸除了胸口包扎了一下之外，身上似乎没有什么伤，以为他伤得并不重呢。

"谢谢大爷！"方逸虽然有心去接苹果，但实在是抬不起手来，只能苦笑着说道，"我……我这会儿手上使不上劲……"

"自己的身体不会出现什么问题吧？"接连两次感受到身体的无力，方逸这心里有些忐忑起来，他还不到二十岁呢，万一要是搞个半身不遂之类的病，那还真不如死了算了。

"老人家，我有些乏，先休息一下。"

想到这里，方逸对那位老人言语了一声之后，深吸了一口气，按照自己修炼了十多年的道家引气术，强行提起了丹田的一口内气，想要运行一个小周天。小周天指的是内气从下丹田出发，经会阴，过肛门，沿脊椎督脉通尾闾、夹脊和玉枕三关，到头顶泥丸，再由两耳颊分道而下，会至舌尖，因其范围相对较小，故称小周天。

在修炼内丹术中，小周天即练精化气的过程，也称百日筑基。其实炼气并没有那么玄奥，即使是普通人长期修炼，也会产生气感。方逸在八岁的时候，就已经能感觉到丹田的气感，这十多年勤练不辍，已经堪堪可以运行大周天了。

"还好，内气还在。"当方逸感觉到丹田那团气息之后，不由松了一口气，只要内气还在，就能补充身体耗损，从而使得后天精气充实起来，并使之重返先天精气，从而得到健身祛病的功效。

方逸的师父之所以百岁高龄还能在山路上行走如飞，按照他的说法就是炼气所至，所以在方逸看来，只要内气不失，身体就能逐渐恢复过来。

"果然有效果。"当方逸运行了一个小周天后，身上酸麻无力的感觉，顿时消减了几分，而他的脸色也变得红润了一些，这让方逸心中大定。

"方逸，方逸你醒了？"就在方逸刚刚行走完一个小周天，也就是过去了十多分钟的时间，病房的门从外面被推开了，胖子几步就冲到了病床前，还没说话，眼泪已然是哗哗地流了出来。

"方逸，你……你小子吓死我了……"胖子也不知道说什么好，只是呜呜地哭着，抓着方逸的手不肯松开，时不时地还举到眼前擦拭一下泪水。

"死胖子，你恶不恶心啊。"方逸有心抽回手，可是这会儿的力气却没有胖子大，躺在那里真的是哭笑不得。

"胖子，你让一边儿去，我给方逸倒点水。"跟在后面进来、手上拎了不少东西的三炮踢了胖子一脚，将一个塑料袋放在了床头，说道："刚买完东西就碰到他们两个，对了方逸，那个就是撞了你的人。"

"小兄弟，实在是对不住啊，这事儿全怪我，都是因为我开车走了神。"

满军往前走了一步，很努力地在脸上挤出了一副悲痛的样子。事实上他也真的很悲痛，自个儿这是招谁惹谁了？平白无故地就花出去了好几万块钱。

"这……这事不怪你啊，是……是我们……"听到那光头司机的话，方逸不由愣了一下，这件事貌似是因为胖子站在马路中间拦车引起的，要说责任，胖子最起码要负担百分之五十以上。

"咳咳，方逸，你身体还有什么不舒服的地方吗？"眼见方逸要说漏嘴，胖子连忙咳嗽了一声打断了他的话，开什么玩笑，要真是被这光头知道了事情的缘由，自个儿怀里揣的那两万块钱，一准儿会被光头要回去的。

"就是浑身无力，这刚刚能抬起手。"看到胖子给自己使的眼色，方逸顿时明白了过来，他虽然从小在山中长大，但并不代表什么都不懂，相反在他们兄弟三个里面，方逸才是心眼最多的那个。

"嗯？腿能动吗？"胖子闻言脸色一变，开口说道，"这……这不会是半身不遂吧？姓满的，我看你也别走了，那两万块钱不顶事。"

"哎，我说哥儿们，咱们不能这样啊！"听到胖子的话，满军不答应了，"咱们说好的我负责医药费另外赔两万，你小子是想讹诈我怎么着？我可不吃这一套！"

满军也是在社会上混了二十多年的人了，之前因为无证驾驶不想把事情闹大，但是眼见这个小胖子有些得寸进尺，他也有点恼了，说出来的话自然就不怎么好听了。

"我也不讹你，这样吧，你再去交五万块的住院押金，押金单你拿着，出院的时候你来结账，到时候多退少补，这样总行了吧？"

胖子还真没有讹诈满军的心思，反正对方说了他包医药费，这钱出在医药费里面，单据由对方拿着，就算他们想提前出院，也是需要满军来办理手续的。

"这样啊，可……可是我现在手头真没钱了。"

对方这话说得倒是很在理，不过满军手上还真是没有现金了，三五千的他还能拿出来，可是要拿出五万，他现在也没辙。

"别介啊，大哥，你那店最少值个百八十万吧？这点钱拿不出来？"

胖子刚才跟着对方去店里取钱，知道那是家古玩店，光是看店里的摆设和装修最起码没个一百万就拿不下来，而且去店里时一路上都有人和满军打招呼，看这人在那里混得还是有几分脸面的。

听到胖子的话，满军不由苦笑了起来，开口说道："小兄弟，你不知道，做我们古玩生意的，是三年不开张，开张吃三年，有钱都买物件了，谁没事手上放那么多钱啊。"

"你骗谁呢？我就不信五万块钱你掏不出来。"胖子连连摇头，显然不相信对方这么大的买卖，连这么点钱都拿不出。

"哎，他说得有些道理，做买卖的不一定就活钱多，做古玩买卖的更是如此。"胖子的质疑声还没落，旁边响起了一个突兀的声音。

"哎，我说大爷，不能因为你们都是城里人，就相互帮衬着说话吧？"

　　胖子有些不满地看了一眼旁边病床的老人，开口说道，"我兄弟被他撞得到现在动都不能动，我只是让他负担医药费和营养费，这不算过分吧？"

　　"不过分，不过分，我说的不是这个意思。"听到胖子愤愤不平的话后，老人笑了起来，摇着头说道，"撞了别人自然是要给人瞧病的，不过他说的话也是有点道理的，做古玩生意的，往往手上闲钱不多，但一旦开张了，就能吃好几年的。"

　　"那些我不管，反正我兄弟看病要钱！"胖子脖子一拧，在他看来，这老头就是在帮那司机说话。

　　"胖子，怎么和大爷说话呢？"虽然这会方逸还是浑身乏力，但比刚才要好多了，他很费劲地将枕头竖起来坐高了一些，开口说道，"我看那押金什么的就不用再交了，过几天应该就没事了。"

　　刚才运功在体内行走了一个小周天，方逸已经感觉好了很多，他相信再休养几天的话，应该就能复原过来，现在身上的酸麻，或许只是肌肉骨骼在遭遇到车子撞击时的一种自我保护。

第八章
金陵往事

"小兄弟，我真是手头没现钱了，"听到方逸这么一说，满军倒是有点不好意思了，左手指了指右手拿着的锦盒，说道，"本来手头有点现金的，都换成这玩意儿了，回头一出手就有钱了，不行我到时候再贴补你们一些营养费，你看怎么样？"

本来满军是想把这唐伯虎的扇面给锁进保险柜的，不过在路上的时候他接到一个电话，有个老客户想看东西，于是满军又把它给带着了，准备从医院走之后就去客户那里。

"不用了，两万块钱就够了，已经很让这位大哥破费了。"

方逸摇了摇头，在下山之前他对于钱是没有什么概念的，不过在知道胖子打工半年一分钱没攒下后，方逸知道这两万块钱算是一笔不小的数目了。

而且这一次的车祸，司机固然有责任，但胖子站在马路中间拦车，本身也是很危险的，所以方逸也不想为难面前这个中年男人，毕竟道家也是讲究与人为善的。

"哎哟，小兄弟真是明事理啊。"满军今天忙活了大半天，总算是听到了一句暖心窝的话，而且方逸说得还是那么真诚，听得也算是老江湖的满军，差点儿就热泪盈眶了。

"没得说，这是我的名片，你们先拿着，回头我卖掉这东西，立马就过来。"满军掏出一张名片放在方逸的床头，他能看得出来这几个人应该都是农村的，不过似乎在城里也生活过一段时间，属于那种很难打发的人，能这么了结这件事，满军心里还是很满意的。

"哎，我说，你那盒子里装的是什么？能给老头子我看看吗？"就在满军准备离开的时候，旁边病床的老人忽然喊住了他。

"嗯？大叔，你要看我这东西？"听到那老人的话，满军有些迟疑，因为他并不想把这东西给对方看。

要知道，满军虽然在朝天宫开了家古玩店，但实际上那店铺能卖出去的东西很有限，一年连个房租钱都赚不回来，满军的主要业务，还都是发生在一些老客户的身上，就比如等会要见的那位老板。所以在通常情况下，做古玩生意的人都不太喜欢将手里的好东西，拿给一些不懂行的普通人去看，因为他们看不懂也不会买，而且有时候还会造成古玩的损坏。

"小伙子，里面是什么？"老人看到满军迟疑的样子，笑了笑从枕头底下掏出了一个紫檀木手串和一双白手套还有一个拇指大小圆筒状十分精致的玩意儿，"我懂规矩，不会损坏你那物件的，拿过来看看吧。"

"哎哟，原来您老是玩家啊？"见到老人的举动，满军有些夸张地喊了一声，这次却没有再推辞，而是将手中的木盒放在了老人的床铺上。

在古玩行干了这些年，满军自然知道，老人玩的紫檀手串，是文玩类别的一种，而文玩却又是脱胎于古玩文房四宝衍生出来的各种器玩，现代意义上的文玩，可以通俗地理解为带有传统文化气息的赏玩件或手把件。

如果老人仅仅拿出了紫檀手串和手套，满军未必会愿意给他看唐伯虎的扇面，但是见到那个拇指大小圆筒状的东西之后，满军才脸色一变，因为他认识这个东西，那是一个显微放大镜。

鉴别古玩的工具有很多，但要说最常见的，自然就是放大镜了。不过满军一眼就看出，老人拿出来的这个放大镜不是市面上能见到的，而是专业人士用的，单单这一个放大镜就需要七八千块钱，而且在国内还买不到。

满军之所以认识，是因为他也有一个，那还是去年到港岛旅游的时候一咬牙买的，回来之后在同行圈子里一显摆，收获了不少羡慕的目光，自身立马觉得高大起来。

"嗯，这盒子也有些年头了，是民国时的紫檀打制的，值点钱。"老人并没有先打开盒子，而是拿起了木盒看了看，给出了一句评语之后，这才打开了盒子。

"大叔，您瞧瞧这物件，看看我有没有吃药？"

听到老人一口就说出了木盒的材质，满军脸上不由露出了笑容。木头类的东西大多属于文玩范畴，在文玩才刚刚兴起的这年头不值什么钱，所以关注的人也少，老人能一眼认出来，的确算是个行家了。而满军所说的吃药，在古玩行里指的是把赝品当真品买了，吃了亏；有时候花了超出物件本身很多倍价钱买下来的行为，往往也会被称为吃药。

"嗯，是幅扇面？"

打开那木盒之后，老人一眼就看到了底下垫着黄布绸子折叠在一起的那张泛黄的扇面，脸色顿时变得有些凝重了，手底下也愈发轻柔起来，他现在才明白为什么对方不愿意给自己看东西。

懂行的人都知道，古人字画在古玩行里是属于那种价格昂贵而又不易保管的东西，很容易损坏，扇面也是属于书画的一种形式，而盒子里的这种折扇，保管起来的难度就更加大了。

"咦，这……这是六如居士留下来的《看梅图》？"刚一打开那扇面，老人口中就发出了一声惊呼，很小心地将扇面放在被子上，然后俯身拿着放大镜仔细观察了起来。

"是个行家！"见到老人的举动，满军暗自点了点头，老人没有先看画而是先看题跋还有印章，这绝对是行家里手的表现。

"哎，我说满老板，这不就是个扇子面吗？"旁边的三炮看到老人小心翼翼的样子，心中很是不解，满大街都有卖扇子的，至于还用个盒子装着吗？

"是扇面不假，不过是古代人绘制的，现在叫作古董。"听到三炮的话，满军不由笑着给他科普了一下。遇到了个行家，满军的心情很是不错，正好可以让对方再帮自己鉴别一下。

"那……那这玩意儿值多少钱啊？"一旁的胖子插口问道，他倒是知道古董挺值钱的，但具体能值多少胖子就不知道了。

"很贵。"满军笑了笑，却没有说出这扇面的价格来，他这是怕影响到老人对东西的鉴别。

"说了等于没说。"胖子撇了撇嘴，而此时老人也放下了手中的放大镜，坐直了身子。

"大叔，怎么样，看出什么来了吗？"满军顾不上搭理胖子，一双眼睛紧紧盯住了老人。

说实话，满军进入古玩行的时间虽然不算短，但他是野路子出身，没有系统地学过古玩的鉴别知识，虽然相信自己这双眼睛，但买下这东西，心里多少还是有几分忐忑的。

"唐伯虎的《看梅图》，我见过他的这样一幅画。"老人点了点头，接着说道："你这东西不管是从题跋、印章还是画风、纸质来看，都是真迹无疑，小伙子，不错啊，这东西是多少钱收过来的？"

"嘿嘿，花了好几个数呢。"满军嘿嘿一笑，伸出了一个巴掌，说道，"这扇面虽然没有画值钱，不过架不住别人不愿意出手，足足花了这么多。"

满军是生意人，自然不会将自己的收购价如实说出来，因为金陵的古玩圈子就那么大，他要是说出了低价，搞不好第二天圈子里的人就都知道了，所以满军说了一个自己想要卖出去的价格。

"五万？"听到满军报出来的价格，老人眉头一挑，沉吟了一下，说道，"虽然你这价格稍微有点贵，不过从前些年出过那件事之后，唐伯虎的作品价格倒是起来了，五万块钱也值。"

"大叔，您也知道这件事？果然是行家！"满军冲着老人伸出了大拇指，不过那脸上佩服的神色，就连躺在病床上的方逸都能看出来是装的。

"满老板，什么事啊？这里面有什么故事？"胖子被两人的对话搞得心里痒痒的，一听这东西值那么多钱，他都恨不得投身去做古玩生意了。

"还是让老人家来说吧……"满军虽有心帮胖子解释一番，但面前的这个老人显然是个行家，自己如果说出那段典故的话，就有卖弄的嫌疑，过于着相了。

"这位大伯，到底是怎么回事啊？"胖子好奇地看向那个老人，躺在病床上的方逸也抬起头来，显然也被勾起了好奇心。

"你们几个，听说过唐寅吗？"老人没有回答胖子的话，而是开口问道。

"唐寅，这是谁啊？我倒是有个战友叫唐阳。"胖子一脸茫然地看向了三炮，不过他从三炮的眼神里，看出来这哥们儿恐怕也不知道唐寅是谁。

"胖子，不懂就少说几句吧。"躺在床上的方逸用手一捂脑门，胖子这一句话说出来，简直将人丢到方家村去了。

"嗯？小伙子，你知道唐寅是谁？"看到方逸的举动，老人不由笑着看了过去，其实问出这句话的时候，老人就没指望他们几个年轻人能回答得出来，毕竟世人只知道唐伯虎，却少有人知道唐寅才是他的本名。

"老人家，您说的唐寅，就是唐伯虎吧？"方逸点了点头，说道，"唐寅是明朝有名的画家、书法家和诗人，只是时运不济，诗词多被烟花巷传唱，倒是不如他的字画有名气。"

方逸的师父虽然邋遢好吃，但不可否认的是，他的国文功底极为深厚，在方逸三四岁的时候，就教他背诵"四书""五经"，更是将历朝历代的人文典故知识传授给了方逸。所以别看方逸没上过学，数学、物理之类的知识他可能不太懂，但要说起历史、国文，恐怕就是大学里的专业研究生，也未必就比方逸懂得多，所以一听到唐寅这两个字，方逸就知道老人说的是谁了。

"唐伯虎？唐伯虎我知道啊。"听到方逸说唐寅就是唐伯虎，胖子顿时兴奋了起来，开口说道：《唐伯虎点秋香》这电影我看过呀，他不就是江南四大才子吗？嘿嘿，还别说，周星驰演的那个风流唐伯虎可是笑死我了。"

"胖子，那些都是逸闻，当不得真的。"方逸无语地摇了摇头，他跟着老道士所学的国文都是正史，自然知道历史上其实是没有"唐伯虎点秋香"这么一回事的，要说唐伯虎在烟花巷点花魁的话，倒是还有几分可信度。

"这个你算说对了，唐伯虎还真是个风流才子。"看到胖子那乐不可支的样子，满军在一旁笑道，"历史上能让烟花女子免费倒贴的才子只有两个，这其中的一个就是唐寅唐伯虎了。"

"嗯？还有这么牛×的人物？满老板，除了唐伯虎，还有一个人是谁？"

听到满军的话后，胖子不由止住了笑声，他可是钻过小发廊的人，知道那些女人绝对是认钱不认人，没想到竟然还有干那行的女人愿意倒贴的，这心中的敬仰顿时如长江之水滔滔不绝。

"另外一个是宋朝的柳永，不过那人和咱们没多大关系。"满军随口答了一句。作为古玩行的从业人员，他也算是自学成才，对于历史非常熟悉，不过柳永只是诗词有名，而且没有留存下来什么手迹，所以在他眼中的价值远远不如唐伯虎。

"这个叫柳永的也是个人才啊！"胖子脸上满是向往的神色。

"胖子，别打岔，让老人家说故事。"见到胖子还想追问下去，方逸连忙打断了他的话，别人那是风流，但放到胖子这儿指定就变成下流了。

"呵呵，其实也不算是故事，这是件真事。"老人笑了笑，说道："宋朝所说的江南，就是苏杭这一带，距离金陵也不远，所以唐伯虎的字画在这几个地区流传很多。早些年的时候原本也不是很值钱，像这样的扇面，大概几千块钱的样子吧。"

"那现在怎么值好几万了呢？"听老人说到钱，胖子的心思终于从那烟花巷里脱离出来了。

"这要从前几年发生的那事儿说起了。"老人端起床前的杯子喝了口水，给方逸等人讲了一件在金陵古玩圈子里几乎人人皆知的事情。

作为六朝古都，金陵的文化氛围一直都是很浓厚的，爱好古董收藏的人很多，很多人手上不乏精品，但因为二十多年前的那场动乱焚毁了太多的字画文物，所以也有很多人将自己的藏品秘而不宣，压在了自家的箱子底下。金陵大学有一位老教授就是如此，他家祖上就有收藏字画的爱好，传到他这一代的时候，居然有三十多幅唐伯虎的作品。在那动乱的年代里，这些字画是被这位老教授给砌在了墙壁的夹层里，才得以保留了下来。动乱结束之后，老教授偷偷将字画给取了出来，不过他害怕这些东西遭人惦记，就将其压在了数百本专业书籍的下面，堆在了书房的角落里，就连自家儿子也所知不多。

老教授中年丧妻，在恢复了工作待遇之后，他和自家的一个做保姆的农村阿姨日久生情，两人也就生活在了一起，那位阿姨对老教授非常照顾，让老教授安度了晚年。老教授在世的最后几年中了风，人已经瘫痪在床上说不出话了，在临去世的时候，只能指着书房的那摊字画，意思是留给陪伴自己的阿姨了。

但是让老教授怎么都没想到的是，他找的这位老伴因为没有什么文化，每日里看着那些书籍睹物思情更加伤心，于是在老教授去世没多久，就找了个收废品的人，将那些书籍包括老教授掺杂在其间的字画，全部按斤给卖掉了。更要命的是，收废品的那老头也没文化，回去之后整理废品的时候，发现了那几十幅有些泛黄的字画，由于很多字画都是在宣纸上写的，老头感觉这些东西不好卖，于是就在做饭的时候，用其引火给烧掉了。

原本当事人都不知道的这些事，理应就泯灭于世间了，但偏偏那位老教授的儿子在父亲去世一段时间之后，无意间接触到一位古玩行的人，而且那人还是一位收藏字画的玩家。闲谈之中，老教授的儿子忽然想起来父亲似乎留有一些古籍善本之类的物件，于是就带了那朋友去到父亲的家里，一问才得知，敢情那些书籍全都被自己后妈给卖掉了。

在家里翻箱倒柜找了一遍之后，字画虽然一幅没找到，但是老教授的儿子却找到了父亲的一些笔记，在翻阅了那些笔记后他才知道，原来父亲竟然收藏有数十幅明代名家的字画。

在 90 年代中期的时候，古董字画的价格虽然不是很高，但几十幅名家字画加起来，恐怕其价值也要在百万以上了，老教授的儿子顿时心急如焚，并且第一时间到派出所报了案，想要查找到当时收废品的人。涉及价值百万以上的案子，当时就被列为了大案。警察很快就将郊区那个收废品的老头给找到了，但询问之下，得到的结果却让老教授的儿子捶胸顿足，差点儿没当场昏厥过去。经历了数百年战乱都安然无恙保存下来的字画，居然在和平年代被人给烧掉了，别说是老教授的儿子，就是那些办案的警察也觉得可惜，但这事儿已经发生了，他们甚至都无法追究那老头的责任。

后来经过整理老教授的笔记，老教授的儿子将被焚毁的字画列出了一个名目，其中有三十五幅唐伯虎的字画，有六幅祝枝山的真迹，还有一幅文徵明晚年的手帖，均是珍贵至极的古董字画。消息传出去之后，顿时就轰动了全国的古玩圈子，连带着原本存世量不算少的唐伯虎的字画作品价格，一下子上扬了不少，而且一度还造成有价无市，极少有藏家愿意出手唐伯虎的作品。就像满老板收来的这一幅扇面，正常的价格其实就是一万到两万之间，但架不住没有人愿意卖啊。如果真遇到喜欢的，最少能卖到五万以上，也算是沾了那件事儿的光了。

"一百万，就……就这么一把火给烧掉了？"

听到老人讲完这件事后，胖子的眼睛差点儿都瞪出来了，据他所知城里的一套房子才五六万块钱，自个儿要是能有一百万，这辈子光是存银行吃利息也够了。

"是挺可惜的。"老人也叹了口气，看了看那幅扇面，忽然对满军说道，"这幅《看梅图》算是唐伯虎作品里的精品，不知道你愿不愿意出让呢？老头子我对这个有点兴趣。"

"嗯？您想要？"满军闻言愣了一下，有些迟疑地说道，"不瞒您说，我就是做这行生意的，本来就是要卖的，不过晚点约好了有人要看，我不能言而无信啊。"

"那人出价了没有？这东西不上手，老头子是否能开个价？"

听到满军的话，老人笑了起来，按照古玩行的规矩，有人在上手看一件东西的时候，旁人是不能抢着出价的，但对方只是约了要看，又不是在现场，所以老人才有这番话。

"这倒是没坏规矩，"满军想了一下，接着说道，"要不这样，您老出个价，如果那边的价格没有您给的高，我再给您拿回来，您看怎么样？"

"我要想一想，这东西的价不怎么好出啊！"

老人用手捏了下眉头，这几年市面上唐伯虎的作品很少，连带着价格也有点虚高，他虽然很喜欢这个扇面，但却不愿意用近乎拍卖的价格将其买下来。

"这样吧，六万五，要是有人高过这个价格，我就不要了。"

想了一会儿之后，老人给出了一个价格，虽然老人不怎么相信满军报出来的收购价，但还是很厚道地在五万元的价格上又给加了一万五千块钱。

"好，如果我那边的朋友出不到这个价格，这扇面就归您老了。"

对于老人的报价，满军还是挺满意的，毕竟这个扇面他只是花了两万块钱就买过来了，一转手就能赚四五万之多，因为车祸损失的钱也全部都能找补了回来。

"我这腿估计还得住上几天，你要是想卖，直接来医院找我就行了。"老人将那扇面又装回到了木盒里，还给了满军。

"好嘞，老爷子，只要我那朋友报价没您高，我一准儿把东西就给您送来。"刚刚收回来的扇面就找好了下家，满军心里也是很高兴的，连带着出了车祸撞了人的郁闷都减轻了几分。

第九章

占小便宜会吃大亏

"小方，你好好养伤，如果住院押金不够了，就打我电话。"满军对着病床上的方逸说了一句，转身就准备离去。

"谢谢满大哥了。"方逸点了点头，这次车祸其实不能全怪满军，对方能做到这一步已经很不错了。

拿着木盒的满军走到了病房门口，忽然回过了头，一拍脑门说道："哎，对了，老爷子，还没请教您尊姓大名呢？"

"我姓孙，叫孙连达，你叫我老孙就行。"老人笑着说出了自己的名字。

"还是叫孙老吧……"满军嘴里念叨了几遍老人的名字，原本已经走出门的身子，忽然僵硬在了那里。

"孙……孙老，您……您不会是金陵博物馆的那位孙连达吧？"回过头来的满军，脸上满是惊愕的表情，就是刚才老人鉴定出那幅唐伯虎的扇面时，满军也没有如此吃惊。

"哈哈，要是没重名的话，那就是我了。"孙老爽朗地笑了起来，他这辈子几乎都是在和古董文物打交道，和那些古玩行的人更是熟稔，但对于那些逐利的古玩贩子，孙老一般都不愿意深交，最多也就是帮他们鉴定些物件罢了。对于面前的这个姓满的中年人，孙老却不是很反感，一向狡诈重利的古玩商在撞了人之后能做到像满军这样的，也算是比较少见了，否则孙老恐怕连自己的名号都不会说出来。

"哎哟，我这可真是有眼不识泰山啊。"听到孙老报出了家门，走出病房的满军连忙折返了回来，几步就冲到了病床前，紧紧握住了孙老的手，开口说道："一直久仰孙老大名，可却是没有机会拜见，今儿还真是巧了，能结识孙老您……"

和旁边莫名其妙的方逸等人不同，作为古玩行的从业人员，满军对于孙老的大名，那简直就是如雷贯耳；不仅是他，就是在全国范围内，只要是古玩圈子的人，十有八九都听过孙连达这个名字的。一边握着手，满军脑海里一边浮现出面前这位老人的资料：孙连达，金陵博物馆原馆长，现年应该是六十五岁，出身书香门第世家，自幼受父辈熏陶就接触到了字画、陶瓷，文学素养和历史知识底蕴相当深厚。

孙连达在金陵博物馆工作了一辈子，80年代初的时候接任了金陵博物馆馆长的职务，前几年刚刚从博物馆馆长的位置上退下来，但也就是卸任之后，孙连达的名号才真正在古玩行里响亮了起来。以前在博物馆上班的时候，孙连达所鉴别的古董，那是被称为文物的，而且他也极少或者说是从不给外面鉴定古玩，所以他在国内文物界的名声虽然很响亮，但古玩圈子里却是没多少人知道。不过在退休之后，孙连达和外界的接触多了起来，被返聘到北京故宫博物院工作了两年，并且成为国内文物鉴定委员会的委员之一，参与了好几次从国外收回文物的鉴别工作。

在一次有争议的文物鉴定工作中，孙连达断定一件明代董其昌的字画作品为清末仿品，和当时同在鉴定委员会的一位国内知名书画家起了争执。在两方都认为自己是对的情况下，最后工作组通过碳14测年的鉴定方法，得出了结论，这幅画所用的宣纸和董其昌年代不符，直接证明了孙连达的鉴定结果是正确的。经此一事，孙连达在国内古玩鉴定圈子顿时名声大噪，被认为是当代字画鉴定的代表人物，由于他极少出手帮私人鉴定并开具证明，所以他在圈内的名声也非常好，他出具的鉴定证书可谓是一纸难求。

这几年，孙连达感觉精力有些不济，就辞去了委员会的日常鉴定工作，从京城又回到了金陵生活。只是他很少出现在古玩圈子聚会的场所，所以满军虽然听过孙老的大名，但却从来都没见过。

"孙老，这幅扇面我做主了，五万块钱给您。"在得知面前的老人是孙连达之后，满军将手中的木盒放了孙老的床头，一脸诚恳地说道，"这幅扇面能让孙老看中，这是我小满的福分，孙老您要是不要，那就是看不起我小满了。"

看到满军只是听到那老人的名字，就将对方的报价降了一万五千块钱，胖子不由碰了一下方逸的胳膊，低声说道："方逸，你说这光头是不是脑子坏掉了？"

"你脑子才坏掉了呢，满老板这么做，肯定有他的想法。"方逸低声回了一句，他虽然也有些莫名其妙，但却看出来了，这个叫孙连达的老人应该在满老板那个行当里有很高的身份地位。

"别这样，小满，你是生意人，不要坏了名声，还是先拿给别人看吧。"孙连达并没有听到方逸和胖子的话，而是笑着摆了摆手，对满军说道，"这幅扇面的市场价格的确是在五万元左右，我报给你六万五千元，算是往上溢价了三分之一左右，如果有人出再高的价，那自然是应该别人得到的。"

"真是两个怪人，一个要便宜了卖，一个便宜了还不愿意买。"孙连达和满老板的对话，让旁边的胖子三炮都有些无语。

"那好吧，孙老，我听您的，如果我那朋友开不出这个价格，我就回来卖给您。"

满军虽然有心想将这幅画便宜了卖给孙连达，但他也听说过孙连达的脾气，知道面前的这个老人为人十分正派，恐怕是不会占自己这个便宜。

眼见自己不能改变孙老的想法，满军在病房里又和孙老聊了一会儿之后，这才恋恋不舍地告辞离去了，不过他心里打定了主意，这几天一定要赖在这病房里，和孙老多接触一下。

"孙老，他便宜卖你，你干吗不要啊？"等满军走出病房后，胖子不解地叫了起来，一下子便宜了一万五千块钱，那都等于他不吃不喝干上一年半保安的工资了。

"小伙子，这个便宜可不好占哟。"看见胖子一脸惋惜的样子，孙老不由笑了起来，说道，"占了小便宜，有时候就会吃大亏的，你们年轻人迟早会明白这个道理。"

"孙老,您说的道理我明白,那人是有求于您吧?"躺在病床上的方逸开口说道。

"嗯,你看出来了?"孙连达赞许地看向了方逸,说道,"没错,他是有求我,我如果便宜买下这幅唐伯虎的扇面,就等于欠了他一个人情,日后少不得他要拿些物件来找我鉴定,拿了人的手短,你们说我是帮还是不帮呢?"

孙连达所说的,其实正是满军心里的想法,能和孙连达这样圈子里大牛级别的人物拉上关系,别说给便宜个一两万块钱,就是把这幅扇面白送给对方,满军也是心甘情愿的。

要知道,做古玩生意,买到赝品吃药的几率是非常高的,有时候几十万的物件一个打眼就会血本无归、损失惨重。但要是能有一位专家级别的人在购买古玩的时候帮着掌眼,那结果就不同了,如果满军能和孙连达处好关系,就等于是在行里得到一块免死金牌,赚起钱来自然是无往而不利了。

只不过孙连达很少给私人鉴定物品,以往有人拿着名人字画找孙连达鉴定,仅是鉴定费就开出了五十万的价格,但孙连达根本就不为所动,连东西都不愿意看,更不用说出具鉴定证书了。

当然,凡事都有例外。生活在凡尘俗世之中,人情是免不了的,就算是孙连达,也有欠人情的时候,所以他也给私人出具过鉴定证书,只不过数量很少罢了。

"老爷子,不就是帮他鉴定下古玩吗?他可是给你便宜了一万多块钱呢。"

虽然听到了孙老的解释,但胖子还是表示不能理解,在他看来随口说几句话的事儿就能便宜那么多钱,世上哪里去找这么好的事情?

"小伙子,做人要有原则的。"

孙连达笑着摇了摇头,这几年古玩市场逐渐火热起来,连带着那些专家的鉴定证书也跟着走俏了,很多所谓的"专家"证书充斥着古玩市场,这让孙连达很看不惯,从京城离开也有这方面的原因。更何况孙连达也不缺钱,他的大儿子是国内外知名的油画家,作品都是摆在国外画廊出售的,一幅都在百万美元左右,单是儿子给的钱,就足够孙连达时不时收点自己喜欢的物件了。

"嘿嘿，老爷子，您看我要是干古玩这一行怎么样？"胖子眯缝着一双小眼睛，殷勤地给孙连达已经空了的杯子倒满了水，开口说道，"我胖子没别的长处，就是爱学习，老爷子您能不能教我一两手鉴定古董的本事啊。"

在见到那一幅没有骨架的破扇子都能卖出个五六万的价钱后，胖子真是动了心思。与其拉着方逸四处找工作，倒不如在古玩行混混，反正他手头还有满军赔付的两万块钱，应该够他们两个折腾一段时间了。至于三炮，胖子并没有把他给算进来，因为三炮的户口已经是金陵城里的了，这段时间一直在等工作分配，以三炮家里的关系，这工作应该不会很差。

"爱学习？胖子，我看你是爱吹牛吧？"听到胖子对孙老说的话后，方逸和三炮顿时忍不住大笑了起来，尤其是三炮，毫不留情地揭穿了胖子的真面目，话说这小子以前上山的时候，每次老道士教方逸背诵古文，胖子都会睡得昏天黑地。

"三炮，说什么呢？以前我那是没找到自己感兴趣的事情，现在我决定了，以后就干古玩这一行了。"

反正胖子的脸不怎么白，这会儿有没有发红也不知道，只听他慷慨激昂地说道："有孙老做老师，以后胖子我肯定能干得风生水起，因为我觉得自己天生就是吃这碗饭的人。"

"哎，小伙子，饭可以随便吃，话不能乱说啊，我可当不了你的老师。"

在听到胖子已经称呼自己为老师之后，原本还一脸微笑的孙老，差点儿没从病床上掉下来，开什么玩笑，他除了教给两个儿子一些古董鉴别的知识之外，再没收过一个弟子。

这倒不是说孙连达敝帚自珍，舍不得将自己这技艺传给他人，实在是伯乐常在，而千里马不常有，他到现在为止，还没遇到一个能让自己心甘情愿收为弟子的人。要知道，文物鉴定是一项运用传统方法或现代科学技术分析辨识文物真伪、年代、质地、用途和价值的工作，这就需要鉴定者具备历史学、地质学、类型学等等多种学科的知识。就是这样的全才，那还需要丰富的实践。就像是孙连达这种摸了一辈子文物真迹的人，有时候一上手凭感觉就知道真假，而这种经验，是课堂上教不出来的。

　　文物鉴定自古还有"眼学"之说，靠的是眼力，凭的是业界良心，因为在巨大的利益面前，道德的约束往往显得苍白无力，尤其是这几年收藏开始热起来之后，受金钱、人情、面子等诸多因素影响，鉴定往往变得"不确定"。有眼力的人，孙连达倒是碰到过几个，但是在品行上就差了很多。孙连达曾经指点过一个博物院的小伙子，但那人自己还是半吊子水平的时候，居然就敢给人开鉴定证书，这让孙连达很是失望，也断了收弟子的心思。至于眼前这个胖子，孙连达更是不会教授其文物鉴定的知识，因为他一眼就能看出来，只要有利益，这胖子绝对能将自家老爹的夜壶拿出来卖掉，那底线不是一般的低。

　　"老爷子，考虑一下呗，我可是很能吃苦的。"胖子那脸皮真不是一般的厚，像个橡皮糖似的黏了上去，说话间就要帮孙老敲腿捶背。

　　"别，你这小伙子离我远点，这腿可是骨折的。"孙老的手放在了呼叫键上，胖子要是真上来，他只能呼叫医生把他赶走了。

　　"老爷子，咱们能在一个病房遇到，那也是缘分啊。"胖子悻悻地停下了手，哭丧着脸问道，"老爷子，您看我真干不了这一行吗？"

　　"凭你这脸皮，干倒是能干，但少不了打眼吃药。"孙连达闻言苦笑了一声。胖子那死皮赖脸的性子连他都有些吃不消，还真是适合做生意，不过从事古玩生意是需要一定眼力的，胖子最初干的时候，肯定要交一些学费。

　　"嘿嘿，我从小的做起，赔也赔不了多少。"孙老的话让胖子心里又火热了起来，眯缝着眼睛不知道在盘算什么。

　　从小一起长大，方逸知道每当胖子这副表情的时候，心里肯定憋着什么坏，他也看出了孙连达不愿意收弟子的心思，当下开口说道："行了，胖子，能不能先给我买点吃的去啊？"

　　"还别说，我也饿了。"听到方逸的话后，胖子站起身来，一脸谄媚地看着孙老，说道，"老爷子，您要吃点什么？我一起给买过来。"

　　"不用了，有人给我送饭。"孙老连连摆手，他还真怕这小胖子给自个儿买了东西之后，马上就能打蛇随棍上，再提一些自己办不到的要求。

第十章

百年老沉香

"孙老，对不起啊！"等胖子和三炮离开后，方逸一脸歉意地说道，"我这个朋友叫魏锦华，人其实是很好的，心地也很善良，就是穷怕了，一听到古玩生意能赚钱，就想跟您学点知识。"

"不要紧，我没生他的气，他那性格倒是适合做生意。"孙老摆了摆手，有些好奇地说道：小方，能不能把你手上的那串珠子给我看看？"

其实孙连达的眼睛早就注意到方逸手上戴的那两串珠子了，只不过刚才人多，他一直没提这事，此时病房只剩他们两个了，孙连达终于张了嘴。

"没问题，这是我师父留给我的。"经过刚才一个小周天的调整，方逸的状态好了很多，最起码双手有了些力气，当下将那两串道教流珠递给了孙老。

"嗯？这不是佛珠。"一上手孙连达就愣了一下，因为那串只有 8×6 的念珠应该不到一百零八颗的数量，孙连达用手一搓捻，发现这一串念珠只有八十一颗。

"这本来就不是佛珠，"听到孙连达的话后，方逸笑着说道，"这个叫流珠，是道家修炼时所用的念珠。"

"嗯，没错，九九八十一颗，代表老君八十一化，也代表九九纯阳之气，的确是道家的东西。"孙连达有些诧异地看向方逸，开口说道，"小方，你知道这东西叫作流珠？看来你对道家认识很深哪！"

　　孙连达的学识十分渊博，对于佛道二门都有些研究。他知道道家虽然是本土的宗教，但由于宣扬教旨的不同，这一千多年以来，佛教对于老百姓的影响无疑要更加深远，别说方逸只是个不到二十岁的年轻人了，就是很多古玩行里的老人，也未必知道道家的念珠叫作流珠。

　　"呵呵，我师父是个道士。"方逸笑了笑，却没有多说自己的事情，他虽然是在山上长大的，但从小就很稳重，逢人只说三分话的道理还是懂的。

　　"怪不得呢！"孙连达闻言释然地点了点头，笑着问道，"那你知道这串珠子是什么材质的吗？"

　　"八十一颗的是老紫檀，是清中期的东西。"方逸把玩了这两件东西也有好几年了，自然知道它们的来历，当下说道，"那串十二颗的是清早期传下来的，是老沉香做成的，我戴着它可以提神醒脑。"

　　"嗯？这是老沉香？"孙连达刚才的注意力都放在那串老紫檀珠子上了，乍然听到另外一串居然是沉香珠子，脸色一下子变得凝重了起来，将床头的放大镜拿在了手里。

　　"没错，真是老沉香，而且是顶级的黑沉香啊！"仔细观察了好一会儿，孙连达才放了手中的放大镜，脸上露出一丝惊叹的神色，很显然这串沉香很出乎他的意料。

　　拿在手中细看，这串珠子的古朴清雅之感立显，而且包浆浑厚，颗颗乌亮发油，色泽光亮，香味历久不退，表面隐现沉香的一层厚厚细腻的油脂，但是用手摸上去，却不油腻不脏手，是一件寻味十足的顶级手串雅致之物。

　　孙连达将其放在掌心摩挲，还发现这珠子竟然会产生一阵一阵若隐若现、间歇性的清香，这股清香直入鼻孔，沁人心脾，端得是妙不可言，让孙连达都有些舍不得放手了。

　　"这是传了数百年的极品沉香，弥足珍贵啊。"孙连达很清楚，像这样的清早期手工挫制的沉香手串，极为少见，也更加珍贵。

　　"这串沉香流珠是不错，我平日里在打坐的时候戴着它，很容易就能入定进去。"

　　方逸对这串老沉香的念珠也很喜欢，一来这是师父留给他的物件；二来这串珠子本身也有其特殊的功效，念珠本身所产生的那种清香，会让人在烦躁的时候，不自觉地就会心神安定下来。

"小方，你师父是个高人！"孙老爱不释手地把玩着那串沉香，开口说道，"小方，如果有机会的话，你能不能给我引见下你师父？能将如此品相沉香流珠传下来的人，一定是位雅士。"

孙老学识渊博，又在博物馆工作了一辈子，他对古玩文物算是有教无类，几乎每一种都会涉猎到，像是珠子这种在古董类别里算是文玩类的物件，孙老也是颇有研究。其实在早些时候是没有文玩这种称呼的，因为古玩中的分类，除了陶瓷青铜器和金银器之外，其他所有的杂项都可以称之为文玩，这两者本就是可以混为一体的，也算是在孙连达的工作范畴之中。

"孙老，先师在三年前就已经驾鹤西归了。"听到孙老要结识自己的师父，方逸不由苦笑了起来，他承认老道士是个高人不假，但绝对称不上是雅士，自家师父可是没少干那些焚琴煮鹤的事情。

"唉，可惜了！"孙老一脸惋惜地摇了摇头，正要说话的时候，病房的门忽然被从外面推开了，一个四十多岁的中年人，提着个饭盒走了进来。

"爸，这是怎么回事？"中年人的眼睛看到了方逸，脸色顿时变得有些不好看了，开口说道："我不是交的单独病房的钱吗？为什么医院又安排人过来住了？我找他们医院去。"

中年人的名字叫孙超，是孙连达的大儿子，他从小先是学习国画，后来又改学西洋油画，在国外学习了十多年，闯出了一番名头，现在已经是国内外知名的青年油画家。孙超是个大孝子，从小离家求学，但是在功成名就之后，就回到国内在京城和金陵分别开了自己的画廊，并且将工作室设在了金陵，以方便就近照顾父亲。

原本孙超是和父亲一起住的，但这段时间他要赶几幅画出来交给国外的画廊，于是就住在了工作室，没成想就那么几天的工夫，父亲半夜上厕所就滑倒了，这让孙超很内疚。由于当时医院没有单独病房了，为了能让父亲好好休息，孙超就和医生协商了一下，将一个两人间的病房给要了下来，还请了一个护工照顾父亲，但今天一来孙超却发现病房里又住进了人，顿时气不打一处来。

"爸，那护工呢？他怎么没在这里？"孙超四处打量了一下，他高价请的护工也没在病房，脸色不由变得愈发难看了。

"小超，你嚷嚷什么？"看见儿子一进来就鼻子不是鼻子脸不是脸的，孙连达用手在床头拍了一下，没好气地说道，"那护工家里有事，我让他晚上再来，怎么着？你老子连这点权利都没有了吗？"

"爸，我……我不是这个意思……"见到父亲生气了，孙超连忙赔起了笑脸，说道，"那医院也不能再安排人进来住啊，我可是付了一整间病房的钱啊。"

其实孙超这是在国外待久了，他并不明白国内医院里的那些猫腻。医院赚钱，可不是靠床位，而是靠注射药品和手术的费用。孙超虽然交了两张床的钱，但那是在没有病人入住的情况下，可一旦有人入住，他们绝对会将人给安排进来的。

"胡闹，这医院又不是咱家开的，有病人还能不让住吗？"孙连达训斥了儿子一句，开口说道："小方住进来也能陪我说说话，比我一个人在这里强多了。"

歉意地对方逸笑了笑，孙连达指着儿子说道："小方，这是我大儿子，叫孙超，画画的，你叫孙大哥就行了。"

"孙大哥，我叫方逸。"方逸躺在病床上苦笑了一声，说道，"我这出了车祸也动不了，怠慢孙大哥了。"

"小方，你躺着就好。"孙超知道这事儿和方逸没什么关系，当下坐在了父亲的床头，将那饭盒取了出来，准备让父亲吃饭。

"小超，吃饭不急，你看看这东西。"孙连达摆弄着那沉香手串，正准备递给儿子的时候，手又缩了回来，"去洗洗手，擦干净了再过来。"

"爸，我看你是职业病又犯了吧？"孙超在父亲面前脾气很好，当下乖乖地出去洗了手才回到病房，从父亲手上接过了那串老沉香的手串。

"嗯？好东西，这串沉香像是皇家的物件。"

能在字画上有一定造诣的人，首先是能静下心来的人，孙超平时没事就喜欢玩一些手串佛珠，他对于这方面知识的了解，甚至不在父亲之下，一上手就看出了沉香手串的不凡之处。

"皇家的东西？"听到儿子的话，孙连达愣了一下，他倒是没看出来这一点。

"爸，应该没错。"孙超拿起父亲放在床头的放大镜，仔细地验看了一下手中的珠子，过了好一会儿点了点头，说道，"没错，这串肯定是出自皇家的沉香。"

"小超，你怎么断定的呢？"

孙连达闻言皱起了眉头，他从这串沉香那不是特别规则的形状还有包浆能判断出来，这沉香的年代应该在清早期，但这串沉香上面没有任何加以雕琢的印记，孙连达不知道儿子怎么得出它出自皇家的结论。

"爸，我在法国学习的时候，参加过一个拍卖会，那次拍卖会中就有一串十八颗沉香的手持念珠……"孙超说的事情距离现在已经有十多年了，那会儿他刚刚到法国学习油画，80 年代出国的人并不多，但却非常团结，经常会组织一些活动，为了融入到法国社会中去，孙超基本上每次都会参与。

在一次一位法国艺术家举办的小型拍卖会中，孙超发现了一串十八颗的老沉香手串手持，当时非常喜爱，只不过那会儿他刚出国身上并没有多少钱，只能眼睁睁地看着那串手持被自己的一位同校好友给买走了。

出于对那串沉香手串的喜爱，孙超专门找了那位法国艺术家询问手串的来历，这才知道原来这位法国艺术家的曾祖父曾经参加过八国联军，而这串沉香手串，就是他在圆明园中所抢到的战利品。

按照那位法国艺术家的讲述，其实这个手串，原本是有三十六颗的，只是当时他的曾祖父和别人发生了争抢使得珠子散开了，所以他的祖父只抢到了这十八颗，另外的十八颗却不知所踪。

孙超是真的很喜欢这手串，为此还厚着脸皮向买下手串的好友借着把玩了一个多月，对这沉香手串的特征非常了解。

所以虽然相隔了十多年，孙超在仔细察看了方逸的这串沉香手串之后，马上就辨识出来，这十二颗珠子绝对是和自己二十年前所见到的同出一源。

讲述完在国外的那件事后，孙超一脸凝重地看向父亲，开口说道："爸，我查过故宫文物目录，那上面记载康熙曾经把玩的一串沉香手持，我怀疑就是这一串。"

"那个目录我也看过。"孙连达点了点头，开口说道，"古玩这东西，只要一沾上皇室，立马就身价倍增了，小超，你能给这东西估个价吗？"

"爸，您这是在考我？"听到父亲的话，孙超不由笑了起来，他知道自己和弟弟都不愿意跟着父亲学鉴定，让父亲心里很有些怨念，时不时就会找些问题考一下自己。

"沉香是香中之王，众香之首，古言有一两沉香一两金的说法，而且能清人神、补五脏、益精阳、暖腰膝、治喘急的功效，可谓是异常的珍贵……"

如果考自个儿别的，孙超或许还真会抓瞎，但他对于文玩珠子的研究真是有些造诣，滔滔不绝地说道："这串老沉香珠子包浆浓厚、色泽光亮，香味历久不衰，是沉香中的极品……

"再加上它应该是出身皇室，又具有相当的文物研究价值，如果让我给个定价的话，那应该在三十万到五十万。当然，要是上拍卖会，这价格或许还能更高一些。"

"什么东西三十万到五十万啊？"孙超话音还没落，病房的门便被推开，拎着几个快餐盒的胖子和三炮走了进来。

"你们是小方的朋友？"孙超有些莫名其妙地看着进来的这俩人，不过见到胖子将快餐盒放在了方逸的床头，顿时就明白过来了。

"华子，三军，这是孙老的儿子，孙超大哥。"当着外人的面，方逸没有喊两人的绰号，而是称呼大名给两人介绍了一下孙超。

"哎哟，原来是孙超大哥，失敬失敬！"

听到孙超是孙老的儿子，胖子顿时来了精神，也忘了刚才听到了什么三五十万，一屁股就坐在了孙超的旁边，开口说道："孙超大哥，我正准备拜老爷子为师学习古玩鉴定呢，老爷子要是收了我，咱们可不就是一家人了？"

"拜我父亲为师？"听到胖子的话后，孙超不由仔细打量起对方来，他知道早些年父亲因为收弟子的事情被伤了心，这么多年别说收弟子了，就是连指点后进的事情都很少。

"小超，别听他的，我可没答应。"看到胖子那死皮赖脸的样子，孙连达也是哭笑不得，不过事关自己的声誉，任凭胖子怎么说，孙连达是不会松这个口的。

"原来是剃头挑子一头热啊！"孙超闻言笑了起来，拍了拍胖子的肩膀，说道，"小兄弟，多努力，说不定我父亲什么时候改变了想法，就会收你当弟子呢。"

说实话，孙超其实是希望父亲收个徒弟的，因为父亲不愿意请保姆，而他平时的工作又很忙，经常会照顾不到父亲的身体。

这次孙连达半夜去洗手间摔倒，其实第一次摔得并不重，但是当他扶着洗手池站起身想回房间的时候，又滑倒了，也正是这次才将腿给摔骨折的，这要是有个弟子跟在身边，那也不会出现像这次的事情了。

"你小子，少跟着凑热闹！"孙连达生气地瞪了一眼儿子，说道，"还不把那东西还给小方？戴在手上就摘不下来了是吧！"

"哎哟，爸，我是那种人吗？"

孙超被父亲说得脸色一红，不过他还真是舍不得将这串难得一见的老沉香手串给摘下来，稍微沉吟了一下，将目光看向了方逸，说道："小方，不知道你这个手串愿不愿意割爱转让给我？价格咱们好商量……"

古玩行里的人，玩的就是个"雅"字，说话自然不能太俗了。孙超没有问方逸愿不愿意卖，而是用了割爱和转让两个词，像那种一进店就嚷嚷着老板多少钱的人，往往不是游客就是刚入行的棒槌。

见到儿子要买这串沉香念珠，孙连达的注意力也被吸引了过去。说实话，他刚才也看中了这个老物件，只是还没来得及张嘴儿子就来了，刚好将他要说的话给说了出来。

第十一章
方逸的另一面

"对不起，孙大哥，这是我师父的遗物，多少钱我都不卖！"

方逸虽然从小在山里长大，但情商、智商都非常的高，在孙超讲述那个发生在国外的故事时，方逸就察觉到他对自己的这串念珠有想法了。不过师恩如山，师父已然故去，只留下了这么几件东西能让自己追思先师，方逸说什么都不会用这些东西去换钱的。如果真的在社会上生活不下去，他大不了将箱子里的道士证拿出来，找个道观去奉道，继续做自己的道士好了。

当然，不到万不得已，方逸是不会走这条路的，因为他在师父羽化时曾经立下过宏愿，那就是自己日后要重修上清宫，方逸感觉自己要是继续当道士这个职业，恐怕这辈子也完不成这个愿望了。

"小兄弟，我看你们几个是刚到金陵来吧？"被方逸一口拒绝了的孙超并没有生气，而是笑着说道，"要不你先听我报个价，然后再决定愿不愿意转让给我，可好？"

"孙大哥，我是在山里长大的，没什么见识，我也知道你很喜欢这珠子。"方逸叹了一口，用手撑着病床，稍微坐起来了一点，很认真地说道："但是这珠子代表着师恩，每当我戴着它的时候，就能想到恩师，所以不管是多少钱，我都不会卖的。"

"这个……"见到方逸态度如此坚决，孙超不由语塞了起来。古人言："天地君亲师、敬天法祖、孝亲顺长、忠君爱国、尊师重教。"方逸的这个理由让孙超一句话都反驳不出来了。

"哎，方逸，你怎么那么死脑筋，不就是一串破珠子吗？"方逸这边没松口，胖子顿时就急了，不过他话声未落，就看到方逸转过头来的眼神，声音不由变小了起来，"我也没说让你卖，不过问问价还不行吗？"

和方逸认识那么多年，胖子知道，方逸的脾气虽然很好，但却是极有主见的人，刚才那一个眼神他就明白过来了，如果自己再继续怂恿方逸卖掉那珠子，恐怕方逸真的会和自己翻脸。而且从心底来说，胖子还有点怕方逸，因为他们三兄弟之间有个秘密，那就是他和三炮都知道，方逸手上有过人命。

那是胖子十二岁那年，他和三炮上山去找方逸玩，方逸带着他们两个钻到一个峡谷里的溪流去抓大鲵。这东西在外面是保护动物，但是在山里，却是方逸最喜欢吃的食物。以前胖子也跟着方逸去那里抓过大鲵，本来没当一回事儿，但他们几个都没想到，就在他们到了那个峡谷的时候，却看到一件让人义愤填膺的事情。

在距离峡谷还有几十米的地方，几个孩子就听到了一个女人的呼救声，赶到峡谷一看，一个三十多岁的男人，正在撕扯着一个少妇的衣服，那女人的上衣已经被撕烂掉了，在大声喊着救命。让方逸等人愤怒的是，在见到他们几个来到的时候，那个男人竟然还不住手，而是拿起地上一块石头砸在了女人的头上，当场就将女人砸晕了过去。

山里长大的孩子性格一向比较野，见到这一幕，哥儿仨都忍不住了，冲上去就想抓住那人，但没想到的是，那人居然掏出了一把匕首，跑在最前面的三炮手臂上被划开了长长的一道口子。毕竟才是十来岁的孩子，在见了血之后，三炮和胖子都有些胆怯了，可这时候方逸冲了上去，也没见他如何动作，直接就从那人手上夺下了匕首，反手就插在了那人的肚子上。当方逸顺手拔出匕首的时候，那个男人身上的鲜血混着肠子一起流了出来，当时就倒地不起，吓得胖子和三炮面色煞白，一时间就愣在了那里。肠子流淌出来，一般人是很难活下去的。也就是那么三五分钟的时间，那个男人就没了呼吸，而做下这件事情的方逸，却是面色如常，行为举动和平日里在山中猎杀一只野猪好像也没什么区别。那男人死去后，方逸让三炮守着昏迷过去的女人，他则喊着胖子，将那男人抬到了峡谷深处的溪流旁边扔在了那里。按照方逸的说法，到不了半夜，这个男人就会被山中来喝水的野兽啃得只剩下一具骨架。处理完那个男人的事情之后，三个半大小子又将昏迷的女人背回了道观，在路上方逸告诫两人，就说那男人自己跑掉了，还没从方逸杀人这个事实中清醒过来的胖子和三炮，自然一口答应了下来。

到了道观之后，也不知道方逸和老道士说了什么，将那女人救醒包扎了伤口之后，老道士就把那个女人给送下了山，而之后也没人来追究这件事情。似乎被方逸当时表现出来的冷酷给吓到了，胖子和三炮足足有一年都没敢上山。一年之后，胖子和三炮来到了道观，才鼓足了勇气询问方逸，当时为什么会杀掉那个男人。方逸的回答让胖子和三炮很是出乎意料，他说之所以出手无情，是源自老道士的教诲，因为老道士年幼的时候，正值义和团运动，到处是兵匪横行，老道士的一家人，都死于乱匪的手中。而老道士的母亲和姐姐，更是在受尽凌辱之后死去的。当时的老道士只能躲在床板下面眼睁睁地看着，所以他不止一次对方逸说过，淫人妻女者，当千刀万剐。

道家崇尚自然，又有"天地不仁，以万物为刍狗"的道义，所以生长在山中的方逸并没有将人命看作是多大一件事情，在将匕首插进那人肚子的时候，他脑海里还在想着师父的教诲呢。在了解了方逸的想法后，胖子和三炮才知道，敢情整天笑眯眯被他们欺负的方逸，也有如此冷酷的一面。后来胖子和三炮两个虽然没有再疏远方逸的行为了，但却打心眼里有些怵方逸，这自然也是方逸一个眼神就让胖子乖乖听话的原因了。

"要问你去问……"方逸摇了摇头，不过也没反对，他看得出孙超是真的喜欢这珠子，已经拒了一次，再坚持下去的话未免有些不近人情了。

"孙大哥，方逸这珠子到底值多少钱啊？"见到方逸不再说话了，胖子笑眯眯地说道，"刚才我进屋的时候听到什么三十万五十万的，不会是说这珠子吧。"

"没错，这珠子的确值那么多钱。"孙超苦笑了一声，别说三五十万，就是再多上一倍他也愿意买，但架不住别人不卖啊，钱再多，也无法从方逸手里买到这念珠。

"这……这黑不溜秋的东西能……能卖三五十万？"孙超的一句话，让胖子和三炮顿时就傻眼了。他们都是刚刚步入社会的人，别说三五十万了，就是三五万块钱在他们眼里都是个天文数字，一串珠子能卖那么多钱，已经不是天上掉馅饼，而是掉金饼了。

"遇到喜欢的，三五十万也不止……"看着那两个年轻人一脸震惊的样子，孙超满脸的苦笑，他这些年收藏了不少极品念珠，但不管从材质还是品相或者传承来说，他的藏品没有一串能比得上眼前的这串沉香念珠。

"三……三五十万啊……"胖子眼神有些呆滞地看向方逸，开口说道，"逸哥，你真的不考虑一下？有了这笔钱，咱们在城里做什么都行啊。"

俗话说，"酒壮怂人胆，钱长穷人气"，听到这不起眼的一串珠子真能换那么多钱，胖子心中对方逸的那点畏惧早就不知道跑哪儿去了，恨不得代替方逸将珠子卖给孙超。

"是啊，小方，你真的可以考虑一下。"见到胖子在帮自己劝方逸，孙超心中也燃起一丝希望，当下说道，"你们是刚刚进城的吧？要不这样，你要是愿意割爱的话，我可以在市中心给你们一套一百二十平方的住房，然后再拿五十万现金，小方你看如何？"

孙超开出的这个价格可谓是十分厚道了，在 2000 年这会儿，金陵市中心的住房也要两三千一平方米，一百二十平米那就是三四十万，再加上五十万的现金，那这串珠子的价格差不多就接近百万了。

"一套房子，还有五十万？"这次连三炮都忍不住了，他家虽然搬到了金陵，但房子却是在城墙外的，而且一家六口的住房总面积才八十多平方米，这也是三炮不愿意和家人挤在一起才回乡下去住的原因。

"孙大哥，真的不能卖。"单单是没钱不能坐车这件事，就让方逸认识到了金钱的好处，但方逸心中有自己的底线，那就是可以靠力气赚钱，但绝对不能用师父的遗物来换钱。

"君子不夺人所好，这倒是我唐突了。"听到方逸的话后，孙超自嘲地笑了笑，掏出了一张名片连着手腕上的沉香念珠递给了方逸，说道："小方，你以后如果急用钱，可以找你孙大哥来周转一下，你只要把珠子抵押在我这儿，让我把玩一段时间就好！"孙超能看得出来，面前的这几个年轻人都像是刚进城的样子，经济上肯定不宽裕，他说这话是怕方逸以后遇到了难处将珠子给出了手，那自己就要追悔莫及了。

"谢谢孙大哥！"方逸将名片接了过去，见到上面只有孙超的名字和一串电话号码，他长这么大还没打过电话呢，不由多看了几眼。

"那上面是我手机，二十四小时开机，你随便什么时候打都能找到我。"孙超给方逸解释了一句，他身上一般装着两种名片，一种是给生意伙伴的，那上面有着各种头衔，但是只留了工作室的电话；而给方逸的这一张，却是孙超的私人名片，往往只发给私交很好的朋友。

"哈哈，小超，知道钱也不是万能的了吧！"眼见儿子没能说服方逸，孙连达大声笑了起来，看向方逸的眼神中透着一股子喜爱和赞赏。

孙连达是老派人的作风，最看重的就是忠孝礼义，方逸这种心志品行在孙连达看来是极为可贵的，因为面对近百万金钱的诱惑，别说方逸了，就是很多久经生活磨砺的人都未必能做得到。

"爸，我本来也没说过钱是万能的。"孙超这会儿已经平静了下来，指了指自己带来的饭菜，说道，"爸，你快点吃饭吧，家里还炖着骨头汤呢，晚上我给带过来。"

"嗯，多带一点，给小方也带一份。"现在的孙连达是越看方逸越顺眼，要不是不知道方逸的具体情况和他是否喜爱古玩这行当，孙连达真是起了一丝收个弟子的心思。

"好，晚上我再炒两个菜！"孙超笑着点了点头。现在方逸不肯出让这沉香珠子，不代表他以后一直不会卖，和对方搞好关系总是不会错的。

"谢谢孙老！"面对老人的一片好意，方逸也没推让，在道观的时候只要有那些采药人来借宿，老道士总是会准备他们的饭菜，这在方逸看来并没什么。

"来，小方，我不吃肉，这排骨给你，"孙老看了一眼方逸的饭菜，"外面的炒菜油太大，吃了对身体不太好，你们虽然年轻，但也要少吃一点。"

"孙老说得是，我是吃惯了粗茶淡饭的。"方逸闻言点了点头，他在山中基本上很少吃油，下山吃了两顿饭颇有些不习惯，尤其是胖子给打回来的快餐，方逸吃着总有点怪怪的味道。

"中午时间太紧，晚上我去买只咸水鸭，保证你爱吃。"看了一眼孙老的饭菜，再看看自己那西红柿炒蛋和土豆丝，胖子也感觉有些不好意思了。

"不用，炒个青菜做条鱼就行了。"方逸摇了摇头。

"好，我下午把咱们带的老鳖找个餐馆，让人给炖汤。"胖子点了点头，原本打算卖掉的两只老鳖，这会儿可不就派上用场了？

"哎，小兄弟，是野生老鳖吗？"听到胖子的话，孙超开口问道。

"绝对野生的，是从水库里捉的。"胖子回道。

"那你也别出去找人做了，给我带走吧，晚上我炖汤给带过来。"孙超闻言笑了起来，说道，"这几天一直想买只野生老鳖给我爸补一补，就是没遇到野生的，你的老鳖在哪儿呢，给我看看。"

"这不就是嘛。"胖子从墙角将一个竹篓拿了过来，里面装的正是昨天抓的那两只老鳖。

"哎哟，这老鳖可不小啊！"孙超不单是个画家，还是个美食家，一看裙边就知道这两只老鳖肯定是野生的，眼睛顿时亮了起来，"一只炖汤一只红烧，你们晚上都在这病房吃吧，让你们尝尝我的手艺。"

"那敢情好。"胖子虽然有些不情愿，但还是点了点头，毕竟这两只老鳖可是值两三千块钱呢，不过一想方逸的伤情，胖子也没多说什么。

"这三千块钱你们拿着，算是我买老鳖了。"正当胖子心里转着小九九的时候，孙超从口袋里掏出了一叠钱，直接放在了方逸的床头上。

"孙大哥，这就不用了吧？"没等方逸开口，胖子嘴里就推辞了起来，不过那手却飞快地将一叠钱从床头装到了自己的口袋里。

"你小子啊，就不会装得矜持一点吗？"孙超指了指胖子笑了起来，看着胖子那一脸的憨厚样，孙超还真生不起来气，这世上的真小人往往要比伪君子可爱得多。

"金池？黄金做的池子吗？"胖子一脸茫然地在装傻充愣。

"哈哈哈……"胖子的话让孙超大声笑了起来，孙连达刚喝进嘴里的一口汤差点儿没喷出来。

等父亲吃过饭后，孙超收拾了一下东西，拎着那个竹篓离开了。躺了几个小时的方逸，这会儿身上酸麻的感觉也消退了许多，已经可以用双手撑着身体坐起来了，不过想要下地走路却还需要人扶着。

第十二章

古玩和文玩的区别

"方逸，我和三炮要和你商量件事。"扶着方逸去了一趟洗手间回到病房后，胖子说话时的脸色变得严肃了起来。

"嗯，什么事？"方逸扭过头看着胖子。

"是关于咱们以后工作的事情。"胖子开口说道，"出去买饭的时候我和三炮合计了一下，与其咱们在金陵城里给人打工，倒不如做点小买卖，这样一来比较自由；二来也不用看人脸色，到时候还能学到不少的东西，你看怎么样？"

"做古玩生意？"胖子话音刚落，方逸就反应了过来，敢情他之前并不是随便说说，而是真的想从事这行当啊。

"对，大有大的做法，小有小的做法，咱们虽然只有两万块钱……不，两万三千块钱的本钱，但进点不值钱的小东西摆地摊，只要咱们哥儿仨能吃苦，多少也能混口饭吃吧？"

胖子虽然没从事过古玩这行当，但他没少在一些景点见到摆地摊的，胖子相信那些地摊上绝对没一件真货，能不能卖出去全凭一张嘴来忽悠。

让胖子学习鉴定古董是没戏，但要说张嘴忽悠人，胖子自问这是自个儿的强项。俗话说，与人斗其乐无穷嘛，在想明白这一点后，胖子是打定了主意就要干这一行。

"嗯，小伙子，你这话说得倒是不错，做古玩生意，最怕的就是有捡漏儿一夜暴富的心理。"

方逸还没答话的时候，一旁的孙连达开口插了一句。还别说，之前孙连达不怎么能看得上这个小胖子，但现在胖子的一番话，却让他改变了一些想法。

活了大半辈子，孙老见多了那些身上装着一百块钱就要做一百万生意、心比天高的城里人，但事实证明，这些眼高手低的人最终都没能发财致富，到现在还都碌碌无为。倒是有些农村来的人，踏踏实实地做事情，在城里打拼了十多年之后，这些人的成就往往要远高于同一时期的城里人。

而面前的这个小胖子，虽然说话有时候显得有些夸张，但在孙连达看来，这种踏实的想法，才是成就一番事业最为根本的素质。

"方逸，你看到没？孙老都觉得我做这一行有前途。"听见孙老夸了自己一句，胖子就像是吃了人参果一般，浑身上下十万八千个毛孔顿时通畅了起来，得意扬扬地冲方逸说道，"我打算好了，咱们就去朝天宫那边摆地摊，方逸你懂得多，负责进货，销售的事情就交给我和三炮好了。"

胖子知道，能否将自己的想法给落实下来，方逸的意见是至关重要的，因为他和三炮都是一穷二白的无产阶级，现在手上的两万块钱，那可是方逸用命换回来的，方逸不点头说什么都是空的。

"孙老，这行能做？"听到胖子的话后，方逸的眼神看向了孙连达，有这么个专家放着不问，那岂不是浪费吗？

"古玩生意动辄就要成千上万的资金，我的意见是你们开始先做些文玩。"孙连达想了一下，接着说道，"这几年国内经济好转了很多，人们手里也都有些闲钱了，搞收藏的自然要比以前多，但是古玩需要具备一定的专业素养，你们现在做古玩的时机还不成熟。"

"哎，老爷子，这古玩和文玩不是一样的吗？"孙连达话音未落就被胖子打断了，古玩和文玩这两个词，听在他耳朵里都是一个意思。

"怎么可能一样？"看着面前的几个年轻人一脸茫然的样子，孙连达开口问道，"你们知道什么叫作古玩？什么又叫作文玩吗？"

"不知道！"方逸、胖子和三炮异口同声地说道。

"你看，什么都不知道，你们就想入行，真是初生牛犊不怕虎啊。"孙连达苦笑着摇了摇头，叹了口气说道，"我先给你讲讲什么叫作古玩，或者是文物吧。"

孙连达退休之前除了是金陵博物馆的馆长外，还是金陵大学博物馆系的教授，主讲博物馆的关系管理课，这有年头没讲过课了，眼下虽然就三个人，孙连达还是习惯性地咳嗽了一声，伸手摸向床头柜边的茶杯。

"哎，老爷子，我给您续杯水……"胖子很有眼力见儿地拿起水壶给孙老的杯子里倒满了水，和三炮一人搬了一个板凳，老老实实地坐在了孙连达和方逸的床中间。这也是条件有限，否则为了彰显自己认真学习的态度，恐怕胖子还要找个笔记本做笔录了。

"嗯，孺子可教也。"喝了一口水，老爷子对胖子的看法稍稍好了一些，这小伙子虽然有些贪财，但也懂得尊师重教，还是有培养前途的。

"先说古玩吧。古玩的特点，首先是要看年代，既然有个古字，淘换古玩的时候必定要鉴定它的年代是不是够老，而这个老字所代表的年代，最少也要在百年以上，否则只能称为现代或者是近代工艺品……

"古玩的第二个特点，就是强调其稀缺性，也就是古人说的物以稀为贵，存世量是不是够少，够老够少的物件一定会被热捧，小胖子，假如你有幸淘换到了一对儿价值千万的宋代汝窑茶碗，一定要摔碎一个。"

"为什么？一对儿多值钱呀，两个总比一个要卖得贵吧？"胖子不解地问道，听个响儿就是一千万，这样的蠢事他才不会去做呢。

"小方，你知道这是为什么吗？"孙连达笑着看向了若有所思的方逸。

"孙老，您不是说了吗？物以稀为贵，两个虽然是一对，但一个却更稀少。"

"没错，就是这个道理。"听到方逸的话后，孙老笑着点了点头，说道，"摔碎了一个，再留下的那个可就是孤品了，这身价可能往上翻个好几倍，为什么呢？因为它在这个世上是独一无二的。"

"我明白了，不过这也忒缺德了吧？"三炮咂吧了下嘴，他的想法和胖子也差不多。

"小方，你怎么看？"孙老又把话题丢给了方逸。

"我也觉得这样不好，"方逸开口说道，"上百年或者上千年保存下来的东西，都是异常珍贵的，甚至不能用金钱去衡量它们的价值，这要真是摔碎了一个，未免太可惜了。"

"嗯，你们几个孩子的心性都不错！"孙连达高兴得点了点头，说道，"摔碎相同的古玩保持稀缺性这种做法，那是古董商人干的事情；要是从文物保护的角度而言，他们就是在犯罪，是对文明的犯罪。"

孙连达引出这个话题，其实就是想看看面前这几个年轻人的品行如何，如果他们赞同摔碎古玩的做法，那么今天的谈话也就到此为止，孙连达不会再教给他们任何的知识。

不过方逸等人的回答，让孙连达很满意，这几个年轻人虽然很缺钱的样子，但包括那个小胖子在内，都没有钻进钱眼里，还保持着分辨是非的能力。

"简单点说，古董具有厚重的历史的沧桑感，是一个社会发展时期政治、经济、文化、军事的最好见证，很多考古成果都是从古董器物上推断得来的……

而另外一点就是值得收藏的古董，必须是有文化、有品位、具有艺术性的器物。历来的大收藏家，都从收藏出发，他们传承文明物证，守护情怀心灵，这就是收藏的真正意义……"说到这里的时候，孙老脸上露出了一丝说不清道不明的情绪。

孙连达本身就是一位收藏家，而且也坚守着收藏的宗旨，但是现在的社会物欲横流，使得收藏变成了比股票、房产更能增值的一种投资，加之盗墓横行，很多珍贵古董外流，这也是让孙老这些人痛心疾首的事情。

"方逸，你们日后要是做古玩生意，一定要记住一点，可以买卖古玩，但绝对不能把珍贵文物卖给外国人！"孙老的脸色变得严肃了起来。商人逐利这无可厚非，但一定要有自己坚守的底线，孙连达可不想因为今日自己的一席话，造就出几个没有底线的古董商人来。

不知道为什么，面前这三张还很稚嫩的面孔，给了孙连达一种感觉，或许他们日后真的会在古玩领域作出一些名堂来。

"孙老，我们记住了！"方逸等人点了点头，从满军对孙老的态度上他们都能看出来，孙老在古玩这个领域绝对是很厉害的人物，所以孙老的每一句话，几个人都牢牢地记在了心里。

"好，那我就再说说文玩吧！"看到几个人的表现，孙老满意地点了点头，开口说道："文玩这个词出现应该是在清五帝时期，最初只是定义为笔、墨、纸、砚这文房四宝以及相配套的各种文具，主要有笔架、笔洗、墨床、砚滴、水呈、臂搁、镇纸、印盒、印章……这些文具造型各异，雕琢精细，既可以观赏，又能拿在手中把玩，使之成为书房里、书案上陈设的工艺美术品，所以又被人们称作文玩……

"不过现代的古玩界将文玩的意义给扩大了，杂项也被加入到文玩的范畴之中，像是玉、竹、木、牙、铜、石、漆、料、玛瑙、紫砂、水晶等材质制作出来的小物件，都被称为文玩……"

说到这里，孙连达停顿了一下，拿起茶杯喝了口水，接着说道："文玩和古玩不同之处是，它对年代没有要求，而是对其材质、工艺的要求很高，文通雅致，工匠艺人们大都是适应文人的审美情趣而奏刀操觚的……

"有的文玩直接出自文人的创意，甚而有的本来就是文人雅士偶一为之的即兴之作，因此文玩的文化内涵和积淀最为丰富。当然，文玩在把玩的同时，也是讲究年份的，不管什么文玩，久经抚玩都会产生滋润莹厚的包浆，时间愈久愈发可爱……

"而古玩的主旨是收藏，收藏品这种东西基本都是常年摆着看的，不会随身带着，也不会或者很少会拿在手里把玩，这也是古玩和文玩最大的区别之一……"

作为曾在大学任教的教授，孙连达讲解起古玩和文玩的区别那是深入浅出，就算是方逸这三个对于古玩文玩一窍不通的人，都能听得明明白白。聆听孙连达一番话后，几人心中对古玩这个行当都有了个大致的轮廓和认知。

"听老爷子一席话，真是胜读十年书啊！"似乎受到了孙连达的感染，胖子说起话居然也出了句文词儿。

"胖子，你小学初中加起来才读了九年。"一旁的三炮很不给面子，当场就揭穿了胖子的学历。

"你不也是一样？大哥别说二哥。"胖子撇了撇嘴，其实在他们农村上到初中已经颇为不易了，胖子的战友里面还有小学都没毕业的呢。

"怎么样？听老头子说了这么一通，你们还打不打算干这行了？"说了一大通话，孙连达也感觉有些口渴，端起茶杯又喝了口水，只不过生病不能喝茶，这水喝在嘴里未免有点寡淡无味。

"这事儿要听逸哥的！"

有些出乎孙连达意料的是，当他问出这句话，原本一直嚷嚷着要干的那个小胖子，却将眼睛看向了方逸，孙连达顿时就明白过来了，敢情他们三个当中做主的还是话最少的方逸。

第十三章

立身之本

"孙老，您觉得干这一行是不是立身之本啊？"

方逸并没有急着下决定，而是看向了孙连达。他记得师父经常会说一句话，那就是谋而后动。方逸平时看似性子有些慢，其实却是受了老道士的影响，考虑事情比较周全。

他和魏锦华、彭三军，不管是古玩还是文玩，基本上连初入门都算不上，就算是要做的话，最好也是听一听面前这位专业人士的意见。其实对于自己下山所要从事的第一个行当，方逸还是很慎重的，他明白贪多嚼不烂的道理。何况隔行如隔山，既然打算从事古玩生意，那就要全身投入进去，将其当作是立身之本，日后不可轻易更改。

"不骄不躁，你很适合做这一行啊！"听到方逸的问话，孙连达的脸上浮现出了笑容，想做古玩这行当，性子一定要沉稳，做事更是要三思而后行，否则被人编个段子或者做个套一激，很容易就会作出错误的判断。

"老爷子，逸哥是问您我们能不能在这一行里面干下去？"见到孙连达答非所问，胖子有点沉不住气了，开口提醒了一句。

"小胖子，你这养气的功夫，比小方可是差远了。"孙连达瞪了一眼胖子，看来他还就适合摆摊忽悠人，如果让胖子去进货，那恐怕真会连内裤都赔掉了。

"他拜了个老道士当师父，别的没学会，就光学会炼气了。"胖子嘴里嘟囔了一句，这老头拿他和方逸比什么不好，偏偏要比养气的功夫，他哪里能比得过一打坐就是十几个小时的方逸啊。

"道家炼气？这可是和养气的功夫不一样啊！"

听到胖子的话，孙连达脸上露出了震惊的神色。孙连达见识渊博，他知道现在道家衰败，真正懂得炼气的人已经很少了，没成想面前的这个年轻人居然会炼气的功夫。

细看之下，孙连达还真看出了一些端倪，虽然是躺在病床上，但方逸身上还真有一种和周围环境格格不入的出尘气息，有那一股子不食人间烟火的感觉。

"孙老，其实就是一些很简单的导引术，我从小练熟悉了而已。"

方逸笑了笑，用一句话解释了自己以前的生活，不过像自己在道观生活十几年师父给自己办了道士证以及上清宫方丈的事情，方逸一个字都没有提起。

"能教出你这样的弟子来，看样子你师父一定很不简单！"虽然接触的时间不长，但是孙连达能感觉得到，面前的这个年轻人有着很深的国学功底，这可不是一般的野道士能教导出来的。

"师父学究天人，我所学只不过万一而已。"方逸谦虚地说道，其实这十多年来，他差不多也将老道士的本事学得七七八八了，所差的无非就是将那些理论应用到生活中去实践而已。

"孙老，咱们还是说说这古玩吧，您看看我们哥儿几个适不适合干这行？"见到话题被扯偏了，方逸又将其给拉了回来。

"对，对，还是说古玩。"孙连达活了大半辈子，哪里看不出方逸不想提及自己的事情，当下说道，"在古玩行里有句话，叫'乱世黄金盛世古董'，你们觉得现在是乱世还是盛世？"

"当然是盛世，现在国家的经济形势是越来越好了。"

根本不用想，方逸随口就答了上来，他那每日里的小收音机不是白听的，基本上每天的新闻与报纸摘要是次次都没落下，国富民强的概念早就深入到方逸心中了。

"呵呵，我的答案不是已经有了吗？"听到方逸的话，孙连达不由笑了起来，说道："古玩这东西盛行的年代，往往都是国家强盛的朝代，像是唐朝贞观年间，宋朝中早期、明朝嘉靖还有清五帝的时候，只有人民安居乐业，古玩才会有市场……

"现在这个社会，虽然还有些贫富不均，但老百姓的日子也开始好过起来，手上也有了余钱，所以我敢断定，在未来的二十年甚至更长的时间里，古玩行当一定会火热起来的。"

作为金陵大学的教授，孙连达在古董文物的思想形态上也是有一定研究的，虽然现在古董热还处于萌芽状态，但是孙连达已经发现，关注古董的人越来越多，这也代表着古董市场将要兴起了。

"小方，我有个建议，不知道你们愿不愿意听？"孙连达想了一下，开口说道。

"孙老，您请说，我们现在就是缺少经验。"方逸连忙答道。

"这个建议我也提过，要知道，古玩市场和文玩市场那是在一起的，我建议你们从最简单和便宜的文玩先入手，然后在这个过程中去不断地学习古董知识，逐渐地从文玩生意向古玩生意过渡，这样会使你们少走很多弯路、少花很多学费。"

对方逸几个人说了那么多的话，孙连达也算是破例了，在古玩圈里谁不知道孙教授最不待见的就是古玩商人？别说教导了，他们甚至都没听说哪个古玩商能和孙教授搭上几句话。

"哎，老爷子，您和我想的一样啊！"听到孙连达的话，胖子一拍大腿，开口说道，"逸哥，怎么样，老爷子都说这事儿能干了，做不做你给句话吧？"

"做！"方逸沉吟了一会儿，说道，"胖子，咱们到城里要先有个住处，这样吧，你和三炮去找处房子，要离你说的那什么朝天宫近一点的，日后摆摊什么的也方便。"

方逸没下过山不代表他什么都不懂，道家修行都要讲究个法、侣、财、地，修道尚且都需要场所，这生活总不能睡大街吧，所以找房子才是他们眼下首先要做的事情。

　　最初进城时，方逸以为胖子和三炮会安排好，不过看现在这架势，这哥儿俩纯粹就没有任何计划，如果不是出了车祸那位满老板赔了些钱，恐怕他们今天指不定就会睡大街。

　　"行，我这就和三炮去找房子。"胖子点了点头，其实他也没方逸想的那么不靠谱，在进城之前胖子就和三炮商量好了，这头几天先去三炮家客厅打个地铺，等找到工作之后再搬出去。

　　不过现在手上有了钱，倒是不用去三炮家挤了。胖子做过物业的保安，知道租房子并不是很贵，在沪上那种大城市租个精装修带家具的两室一厅才千把块钱，在金陵那儿就更便宜了。

　　"方逸，你和老爷子多聊聊。"临出门的时候，胖子冲方逸使了个眼色，他也知道自己不是学古玩知识的那块料，像这种动脑子的事情，说不得就要交给方逸了。

　　"孙老，我这朋友心直口快，您老别见怪。"等胖子和三炮离开后，方逸有些歉意地对孙连达说道。

　　"这小胖子是个性情中人，小方，要说做生意，你未必有他灵活。"孙连达笑着摇了摇头，他都六十多的人了，怎么可能和个十八九岁的大孩子生气呢。

　　"哎，你们两个，该打针了。"正当方逸向孙老请教文玩的一些知识的时候，一个护士推着车子走了进来，有些奇怪地看了一眼方逸，说道，"你恢复得挺快呀，上午送过来的时候还昏迷不醒呢。"

　　"护士，我……我能不能不打针啊？"

　　看着那护士手脚麻利地给孙连达挂了吊针，方逸忍不住缩了下脖子，在行走了一个小周天之后方逸知道自己身体的情况，那被车撞到时的昏迷和现在的全身酸麻，其实只是自身的一种保护反应。

　　方逸从记事起就跟着老道士炼气，在十岁出头的时候就能感觉到体内的气感，这种气感随着功力的加深会变得愈发浑厚，不断增强着方逸对外界事物的敏感度。长而久之，方逸的身体在遇到危险的时候，会自然而然地产生一种保护措施，这也是方逸被车撞得那么厉害都没有伤到腑脏的原因。

"这个……打针会好得快一点的。"护士的年龄不是很大，应该刚参加工作不久，看到方逸因为包扎伤口裸着的上半身，脸上不由红了起来。

方逸如果穿上衣服的话，体型会稍微显得瘦弱一点，但是脱掉衣服旁人会发现，他身上的肌肉非常结实，而且线条很流畅，比那些练健美的肌肉男，多了一分健康的美感。方逸对护士的表现有些奇怪，但也没有多想，当下开口说道："不碍事的，我学过中医，像我这种情况属于气虚，只要调理一段时间就会好起来的。"

"那好吧，不过你要好好休息，不准再说话了。"

护士和方逸对视了一眼，连忙转开了眼神，她心里也有些奇怪，自己是上过解剖课的，男人身体见得多了，怎么偏偏在这个病人面前会产生脸红的感觉？

"好，只要不打针，怎么都行！"方逸忙不迭地答应了下来。其实如果有条件的话，像他现在的身体，用红枣糯米炖上一锅鸡汤，用不到两天就能恢复过来了。

"我们值班室就在旁边，你要是再说话，我可就要过来打针了哦……"护士笑着警告了方逸一句，这才推着车子去别的病房了。

等护士离开后，孙连达没等方逸张嘴，就开口说道："小方，你是需要好好休息一下，别说话了，睡会儿吧。"

"好，孙老，那我就休息一会儿。"方逸点了点头，他知道自己不光是气虚，胸口处的伤口流血也导致身体有点血虚，在没有药材调理的情况下，也只能用内气来蕴养身体了。

第十四章
识海

"小方，要不要叫护士把你的床给放下去？"孙老看了一眼方逸的病床，刚才吃饭的时候给摇了起来，正好能让方逸靠坐在病床上，但要是睡觉休息的话，这个姿势就不行了。

"孙老，不用了，我打坐一会儿就行了。"方逸笑着摇了摇头，虽然躺在床上也能运功行气，但效果却没有打坐好。

"好，那我睡一会儿。"孙老有午睡的习惯，不过他却没有马上闭上眼睛，而是很好奇地看向方逸，他想看看方逸究竟是如何打坐的。

僧道修行都要用到打坐，道家称之为盘坐或者静坐，而在佛家则被称作禅坐或者入定，姿势大同小异，所以方逸也不怕被孙老看到，当下将伸直的双腿缩了回来，两只脚心朝天，作出了一个双足跏趺的姿势。

往日方逸做双足跏趺是件轻而易举的事情，不过此时的他全身酸痛，将两只脚盘在一起着实花了不小的工夫，等他坐好之后，额头上已然布满了一层细密的汗珠。

"吁……"长出了一口气，方逸双手自然地放在了双膝上，眼睛似闭非闭，开始调节起自己的呼吸来。

不得不说，僧道同样用一种姿势打坐修行，也是有一定道理的，双足跏跌，使得整个人的身体就跟六和塔一样稳稳当当，由下往上一层一层，这样坐下去稳如泰山一般。

而按照古代的道家医理来说，"精从足底生"，是一直以来都被中医学说推崇的至理。

在盘足曲膝静坐的时候，如果感觉足腿酸麻，说明足腿的神经与血脉并不通畅，证明人的健康已经存在潜在的问题了，正所谓"通则不痛，痛则不通"。

打坐炼气之时，如果能将丹田中的那股气从臀部通到大腿、膝盖，一节一节通下来，经历过痛、痒、麻、胀、冷、热，等到最后内气一走通，痛麻就好了。

人体的两足，就好像人参的枝杈，所以把两足盘曲起来，等于把一株人参或松枝卷曲成结，使它的生发能力不至于再向外面分散，返归根本而培养它的本源，因此使其本身更加健壮。

所以佛道二宗的双足跏趺，对入定炼气乃至普通人锻炼身体而言，都是有着很大益处的，尤其是像方逸在身上经脉不通的情况下，用打坐的姿势来入定修炼，效果要比睡觉自然恢复好得多了。

"这小伙子，看样子还真是修过道啊？"见到方逸摆出来的姿势，孙连达暗自点了点头。他是知道双足跏趺这个名词的，不过就算是在那些他见过的所谓的佛道居士里面，能将这个姿势做得如此标准的，那还只有面前的方逸一人而已。

"在这种情况下修炼，还真是从未体验过的啊。"虽然闭上了眼睛，但方逸对四周的感觉却是变得更加敏锐起来，他能清楚地感觉到孙老的目光就一直盯在自个儿的身上。

道教静坐所追求的自然是入定其中，进入到深层次的修炼中去，方逸曾经在深山瀑布前都打坐过，所以外界的干扰对他来说不算什么，现在方逸要克服的是自身那种酸痛所带来的影响。

"谷神不死，是谓玄牝。玄牝之门，是谓天地根，绵绵若存，用之不勤……"方逸心中默默诵念着道经，强制让自己的注意力从身体转入内气之中，用自己强大的意念来指引内气在体内行走。不过这次他行走的却是大周天，除沿任督两脉外，也在其他经脉上流走，用以缓解肉身的疼痛。方逸的师父曾经说过，人类进化到现在，只不过是在进化的道路上走出了一小步，人类的身体潜力无穷无尽，可以说每个人的身体都是一个神秘的宝藏，只是没有人能将其开发出来而已。

不管是佛道修炼，或求白日飞升，或求成佛成仙，其实最终目的都是开发自身潜力，只是现代科技昌盛，人们将更多的关注点放在了科学发展上，却忽略了人身可以自持的根本。

"果然有效果！"深深地吸了口气，强忍着身体传来的痛楚，方逸运行着那股内气游走着周天，当内气运行过后，方逸的那部分身体顿时感觉一阵轻松，酸痛虽然还在，但却是消减了很多。当一个人关注某件事情到了极致的时候，就会忽略旁边所有的事物。

方逸两三岁时就被老道教会了双足跏趺，这种修行已经深入他的骨髓，短短几分钟过后，除了身体偶尔传来的那丝痛感之外，方逸的神识全部都沉浸到了丹田之中。在内气通过方逸胸口伤处的时候，方逸的身体轻微地颤抖了起来，但是当那股内气从伤处游走而过继续行走周天之后，在那被纱布包扎的伤口处，却是悄然结起疤，这比正常人的恢复速度要快了好几倍。

不过方逸运行的这个大周天，严格说起来还是偷工减料了的，因为有许多穴道他并没有打通，否则按照道家的修炼体系而言，方逸那就是进入了炼气化神的境界，也正是内丹术的第二阶段。

道家炼气，分为几个阶段。第一个阶段被称为百日筑基，目的是要打通任督二脉，使得自身产生内气行走周天。这是炼气修道的根本所在，就像是盖房子的地基，在百日筑基之后，自然而然地就能进入炼精化气的阶段。其实武侠小说中所说的什么打通任督二脉难于登天，打通之后就天下无敌，多少有几分夸大。打通任督二脉充其量只是会让自身内气通畅强身健体而已，力气都未必见得会比普通人大多少。不说生活在深山大川中的那些隐士，就是在城市里都有不少习武之人打通了任督二脉产生气感，像是方逸的师父有一姓南的老友，在十来岁的时候就打通了任督二脉。只是老道士的那位老友在百日筑基到了炼精化气的境界之后，却是被外界各种诱惑所影响，从此就再没能回头定下心来修炼。虽然在外界也闯下了偌大的名头，被人称为一代宗师，但修为却难以再进一步了。

　　方逸十岁筑基，现在就处于炼精化气的修为，不过他这些年心无旁骛，修为比师父的那位老友还要高一些，只差打通一些穴道就能畅通无阻地运行大周天，进入炼气化神的境界了。

　　"识海，还是算了。"当方逸的内气来到百会穴之下双眉之间的时候，很自然地就要绕行而过，因为方逸并没有打通此处的识海。

　　识海，依托人脑百会穴之下，双眉之间，印堂之后深处，炼气有成者每日以气温养之，久而能视人身之气，人有五脏六腑，各属五行，开窍于五官，气华于面，也就是俗称的内视，可以更加入微地掌控自己的身体。识海分为四层，通常被称为浅层、中层、深层和底层。浅层一般只能回忆一些乱七八糟的往事，有记忆深刻的，也有当时并不在意的，这些往事都会出现在浅层之中。识海中层的东西每个人都不尽相同，但很有条理性，就像档案分门别类存放好了，可以随意查阅。不过进入到识海中层已经有一定危险性了，所需要的精神力要远远超过常人，精神力弱的人进去之后，往往会变得神志不清，很多典籍中所记载的走火入魔，其实就是精神力被识海反噬所导致的。识海深层是十分神妙的，那里藏着无尽的精神方面的宝物，能进入识海深层，说明已经比普通人开发了更多的大脑部分，或是唤醒了人身沉睡的潜力，又或是其他神奇的东西。像是道家的天眼神通、佛家的六神通，其实就都是从识海处所产生出来的，那些修道高人和高僧大德们通过不断修炼进入识海，进一步开发自身潜力。而在道家的修炼体系之中，精神力在能完全进入识海深层后仍能回归的，就证明已经进入到炼气化神的境界。百日筑基的人不少，但是炼气化神却是修道的一个坎，少有人能越过去。至于识海底层，对应的是炼神反虚的境界。能达到这种境界的，除了传说中诸如左慈、张道陵、葛洪这些仙师之外，近一点的好像也就只有元末明初的张三丰了。

　　方逸的修为，现在只是处于炼精化气的阶段，所以他并不敢将精神力进入识海太深，因为按照师父的话说，没有一定的实力去探查识海，一个搞不好就会让自己神魂俱灭。不过就在方逸运行内气想绕路而行的时候，他的识海之中突然传来一股巨大的吸力，还没等方逸有任何反应，他那比常人要强出许多被称为意念的精神力，就被那股吸力给吸到了识海深处。

　　"无量那个天尊，这……这是怎么回事啊？"

　　方逸以前也进入过识海的浅层和中层，在进入到中层的时候，方逸尚且能感觉到自己的意念和身体的联系，随时都能脱离识海进入到身体之中。但是这次方逸的意念或者说精神力，却是直接被吸入到了深层之中，在进入识海深层的一瞬间，方逸完全失去了对身体的感应能力……

　　"师父，你说我下山会有血光之灾，可……可这血光之灾已经过去了啊。"

　　感受着识海之中那强大的吸引力，方逸已然是欲哭无泪了，他现在只不过是炼精化气的修为，以前尝试探查识海中层都有些勉强，现在却一下子被吸入识海深层或者是底层，方逸顿感小命不保。

　　精神力的存在，从古至今一直都没有人能够说清楚，它就像是人的思想一般，没有了精神力，人就等于一具行尸走肉了。

　　而就在方逸的精神力被识海拉扯进去之后，盘膝打坐的方逸的呼吸，突然间停止了，就像是一尊石像，原本微微起伏的胸口一动不动了。

　　"嗯？小方这功夫，怎么有点古怪啊？"一直观察着方逸的孙连达，此刻皱起了眉头，他虽然看不出方逸身上的变化，但依然感觉到了和刚才的不同之处。

　　孙连达对道家炼气的功夫并不了解，他还以为就应该如此，却不知道此时的方逸已经遇到了大危机，正是武侠小说中所说的那种轻则重伤、重则丧命的走火入魔。

　　"无量那个天尊，我这修道才十几年，不会就让我举霞飞升吧？"被拉入识海之中的方逸意念中，还在转着那些乱七八糟的念头，他敢肯定就算是自己的师父老道士，也未必就能进入识海底层。

　　"这就是识海底层？"方逸感觉到一阵眩晕，那股吸力突然之间就消失了，而方逸发现自己像是在一处白雾空间的上空，就像是之前被车撞到时灵魂出窍一般，俯视着下面的那无边无际的白色浓雾。不知为何，观察着下面的那白色浓雾，方逸心中产生一种极其强烈的危机感，他几乎可以肯定，如果自己的精神力和下方的白雾接触到的话，恐怕会被吞噬得一点都剩不下来。

　　"三清老祖，无量天尊，这……这让我怎么回去啊？"

　　此时的方逸，就好像是被吊在热锅的蚂蚁，生怕一个不小心掉下去，那就不是尸骨无存的事儿了，直接就是神魂俱灭了。

"不是说进入到识海深层就会产生大能力吗？我……我怎么什么都感受不到？"看着下方的浓雾，方逸一直都在胡思乱想。

"不能这样，师父说过，越是遇到事，越是要冷静。"方逸努力让自己镇定了下来，想要进入意念入定的状态中去。

"载营魄抱一，能无离乎？专气致柔，能如婴儿乎？"方逸从小背诵的最为熟练的，自然还是道经了，在这上上不去、下下不来的情况下，方逸很自然地念诵起道经中修炼精神力的语句来。

"咦？这……这是怎么回事？"就在方逸念诵道经的时候，他突然发现，自己这团精神力下方的浓雾忽然翻滚了起来，一丝几乎让他察觉不到的白雾，竟然溢入了方逸的意念之中。

见到这一幕，方逸不由大惊起来，只是他的意念就像被禁锢住了一般，压根儿都动不了，只能眼睁睁看着那丝丝缕缕的白雾，渗入到了自己的意念里面。

"嗯，没有什么危险啊！"

在白雾和自己的精神力接触之后，心中忐忑不安的方逸，却发现自己的精神力并没有被吞噬掉；相反，他只感觉到一股极其庞大精纯而又没有任何意识的力量，正在和自己的精神力相融合。与此同时，在方逸的神识中，忽然出现了一幅画面，在一座破旧不堪的道观前，一个被襁褓包裹着的婴儿正在大声啼哭着，片刻之后，有个身材高大的身影出现在了婴儿旁边，将其抱了起来。

"师父！这……这是师父！"看到这个画面，方逸的精神力忍不住一阵翻涌，他怎么都没想到竟然能看到师父当初收留自己时的情形。

而当老道士从方逸的脖子上摘下那嘎巴拉之后，方逸更加可以确定，这就是师父当年收养自己的情景，不知道为何却在自己的脑海里回放了起来。不仅如此，方逸接下来还看到，老道士把自己抱进道观之后，熬制了一锅小米粥，小心翼翼地喂着自己，可是自己却很不给面子地尿了老道士一身。

看着师父一脸苦笑手忙脚乱地给自己换了个襁褓，方逸无比地思念起了师父，心中忍不住有种想哭的感觉，他就是从那么小一人儿，被师父一把屎一把尿给拉扯大的。画面还在继续着。随着时间的推移,方逸也在慢慢长大着,方逸看到, 两三岁时的自己很懂事, 师父说什么都会听, 但是三四岁左右认识胖子他们之后, 自己就变得淘气起来。五岁的时候, 方逸就敢从山中抓了毒蛇拔去毒牙, 然后将无牙的毒蛇偷偷放在师父炼气所坐的蒲团下面; 要不然就是在师父刷牙的缸子里放上一只青蛙, 反正每天都会做一些恶作剧。虽然这些恶作剧在师父面前没有成功一次, 但方逸还是乐此不疲, 直到七八岁的时候方逸才停止了这一类的游戏, 因为这时候师父已经允许他独自进入山林了。一幕幕的景象在方逸的神识中闪过, 只要是方逸亲身经历、亲眼看到的, 几乎没有丝毫的遗漏, 那些早已被方逸遗忘的记忆, 再一次出现在了他的脑海之中。

"这……这到底是怎么一回事啊?"随着时间的推移, 方逸看到自己逐渐长大的画面, 这些记忆他就比较深刻了, 但却不受控制地又重温了一遍。

"对了,怎么没有自己在被师父收养之前的景象呢?"方逸忽然心中一动, 他虽然从来都没寄希望找到父母, 但有此机会, 方逸感觉十分可惜, 自己脑中回放的记忆起点, 只是从师父在道观前抱起自己而已。

"难道是只有自己亲眼看到的画面才会有记忆吗?"眼前往事不断地翻过, 方逸心中起了一丝明悟, 不过更多的还是不解。

"无量天尊, 这……这不科学啊。"这些画面并不耽误方逸的思考, 如果意识也有面目的话, 那么此刻方逸一定是在苦笑着。

方逸看过胖子带上山的一本科普知识书, 那本书上面说, 人类对于三岁之前的记忆几乎是没有的, 只有一些极其深刻的片段, 会在长大后有一点点的印象。但方逸相信, 不管自己的印象如何深刻, 恐怕也不会在出生几天就有意识产生, 而眼前所看到的东西, 就像是时光在倒溯, 把自己这十八九年的人生整个又给重演了一遍。甚至就连方逸被车撞到灵魂出窍的情形, 在那画面里都体现了出来, 不过也就在此刻, 方逸突然感觉到那丝白雾状的物质已经和自己的精神力融合完毕, 画面忽然停止了, 而眼前一黑, 方逸的意念被从识海深处给抛了出去。

"我……我没死? 也……也没走火入魔? "几乎就在一瞬间, 方逸察觉到了身体的存在, 这让他顿时激动了起来, 万一要是被禁锢在识海深处的话,那真的是生不如死了。

重新掌控了自己的身体，方逸连忙运转内气行走起了周天，这次他没有再敢运行大周天经过识海，而是行走了一个小周天，只是大致查看了一下。

"还好，身体酸痛的情况好转了一些，不过想要彻底恢复恐怕还需要两天。"当行走完一个小周天之后，方逸心中松了口气，不过在方逸的内心深处却是又感觉有些失望，因为按照道家的典籍记载，别说进入识海底层了，就是进入识海深处再能退出来的人，都会有一些大能力产生。

只是任凭方逸如何运转内气，也没发现身体有任何的变化，就连往日不通畅的穴道都没多打通一个，而且自己那融入了一丝白雾的精神力，也没能比之前壮大多少。换句话说，方逸的这次识海深处之旅，除了惊吓之外，似乎等于是白去了一趟。当然，如果说有收获的话，那就是方逸有生以来看了第一场免费电影，重温了一遍自己这些年来的生活。只是方逸不知道的是，其实变化还是有的，在他的精神力回到身体中之后，那些融入到方逸精神力中的白雾，就悄无声息地溢入了方逸的身体里，只是以方逸现在的修为还无法察觉到而已。

"是不是再到识海旁边转一圈，看看能不能再被吸进去一次？"方逸脑海中转过这么一个念头，他这纯粹是好了伤疤忘了疼，转念之间，又将意识凝聚到识海旁边。

"进不去了？"原本已经做好了被吸进去的方逸发现，那股吸力并没有出现，这让方逸失望之余也松了口气，看样子自己日后可以正常地运行大周天了。

"方逸，方逸，你小子醒醒啊！"就在方逸将内气置于丹田之中神识归位的时候，他的耳边传来了胖子的喊声，眼皮微微翻动了一下，方逸睁开了眼睛。

"嗯？怎么回事？胖子，你拉着医生干什么？"方逸一睁眼，就见到胖子正拽着医生的胳膊，口中还在不断喊着自己的名字。

"你小子坐了十来个小时了，喊也喊不醒，医生要带你去检查，我没让他动你。"胖子从小和方逸一起长大，自然知道他们道家在炼气的时候是不能受到干扰的，所以尽管那医生说方逸的呼吸非常微弱，必须要进行抢救，但胖子一直拦在病床前没让医生挪动方逸。

"已经过去十多个小时了？"听到胖子的话，方逸心中一惊，虽然在脑海里翻看了一遍自己这些年的记忆，但在方逸的感觉里好像只是一瞬间的事情，他没想到自己竟然已经打坐了十多个小时。

"年轻人，你没事吧？对着灯光看一下。"值班的医生已经换了一位，这是个五十出头的男医生，此时他手里正拿着一个手电筒，准备查看一下方逸的瞳孔。

"吴医生，我没事。"听到医生的话，从震惊中苏醒过来的方逸摇了摇头，为了显示他的清醒，方逸将医生胸前白大褂上挂着的胸牌姓氏读了出来。

"嗯，应该是没事了，你们不要围着了，那谁，病房里不准抽烟。"随着吴医生的话，方逸才发现，敢情病房里并不仅有胖子和医生几个人，除了孙老的儿子孙超之外，那位满老板竟然也在病房里。

不知道是不是忍不住烟瘾了，满军正点着一根烟在门口抽着，只不过那烟味在充斥着消毒水的病房里很是刺鼻，他刚抽了第一口就被医生给抓住了。

"嘿嘿，灭了，灭了。"满军嘴里喊着灭了，可还是深深地吸了一口，这才恋恋不舍地将那剩了一多半的烟给掐灭了，看得那位吴医生直摇头。

"方逸是吧，你刚才打坐练的是什么功夫？为什么几乎都感觉不到你的呼吸了？"

没有搭理一脸堆着讨好笑容的满军，吴医生将注意力放在了方逸的身上，他早年跟着一位老中医学过一段时间，知道一些中医的医理，也幸亏今天是他值班，否则要是换个年轻医生的话，说什么都会将呼吸微弱的方逸拉去急救的。

"没有练什么功夫啊，"方逸眼中露出一丝迷惘的神色，开口说道，"我就是在打坐而已，哦，对了，我练的是瑜伽。"

方逸知道现在世道昌明，凡事都要讲个科学，他也懒得向这医生解释道家的修炼体系，干脆直接报了个自己以前听过的名词。还别说，当年方逸跟着收音机倒真是学过一段瑜伽，只不过那些姿势对于方逸来说太没有挑战性，瑜伽里再难的动作方逸都能轻而易举地作出来。

"哦，原来是瑜伽啊，怪不得呼吸那么微弱。"

听到方逸的话后，那位吴医生倒是点了点头。最近几年从印度传过来的瑜伽在国内很是盛行，除了电视上有位瑜伽高手在海边教授瑜伽动作之外，就连收音机里也能听到瑜伽相关的知识。而在前几天的《城市晚报》里，吴医生还看到一则新闻，说的就是印度有位七十多岁的瑜伽高手，将自个儿埋在土里过了整整八天，又毫发无损地被挖了出来。

"方逸，以后练瑜伽的时候要有人指导知道吗？要不然是很危险的。"

吴医生看到方逸神志清醒、口齿清晰，当下交代了方逸几句，眼神瞄向了病房里的其他人，开口说道："除了两位留床照顾病人的，其他人都离开吧，现在已经过了探视时间了。"

按照医院的规定，晚上十点钟之后只能留一位护工或者是家人亲属，要不是方逸一直处在未清醒状态，吴医生早就出言赶人了。

"吴医生，我们马上就走，再说几句话就走。"孙超赔着笑将一包大中华烟塞在了吴医生的白大褂口袋里，低声说道："您看这都大半夜了，吴医生您抽根烟提提神。"

"嗯，好吧，最多半小时，你们都要离开。"俗话说伸手不打笑脸人，吴医生也没推让，直接出了病房回到了值班室。

"小方，你没事吧，真是吓坏我了。"等吴医生离开后，孙连达一脸不好意思地说道，"是我看你状态不大对，这才叫来的医生，小方，没影响到你练功吧？"

其实在孙超送来晚饭的时候，孙连达还曾经制止了儿子叫醒方逸的举动，在过了将近十个小时之后，方逸仍然保持着之前的动作，孙连达这才有些沉不住气了，不顾胖子和三炮的阻拦，将医生给叫了过来。

"是啊，小方，你没走火入魔吧？"孙超也是一脸担心地看着方逸，他虽然年龄不小了，但却是个武侠迷，从七八十年代就在看港台的武侠小说，那联想力不是一般的丰富。

"走火入魔，还真差一点儿让你说对了。"方逸心中苦笑了一下，抬起头说道："孙老，孙大哥，我没事，这瑜伽只是帮助人静心入定而已，就算是你们把我喊醒都没事的。"其实以方逸现在炼精化气的修为，还远未到泰山崩于前而色不变的境界，即使他进入深层入定，周边有太大的嘈杂声还是能把他给惊醒的。

只不过这次方逸的情况有些特殊，进入识海空间内的他，对于外界的干扰几乎一无所知，要不是方逸的精神力自行退出来的话，他那肉身就是一具行尸走肉，不会有任何的思维。

"那就好，那就好……"孙老连连说道，脸上露出一丝庆幸的神色。

"小方，来，这老鳖汤放在保温瓶里的，还热乎着呢，你赶紧喝一点！"

见到方逸没事，孙超将他带来的保温瓶拿了出来，那两只老鳖足够分量，孙超连菜带汤一共拿了四个保温瓶，胖子他们早就已经吃过了。

"好，谢谢孙大哥！"不知为何，方逸这会儿感觉肚子十分饥饿，当下也没客气，接过保温瓶尝试了下汤的温度，"咕咚咕咚"就喝下了肚子。

"嗯？这汤里加了参吧？年份还不低呢。"

一口气将一斤多的老鳖汤喝下了肚子，方逸只感觉浑身的细胞似乎都舒服了一般，那汤中的热量飞快地被身体吸收着，方逸甚至可以感觉得到，身体的酸痛瞬间减弱了大半。

方逸是修道习武之人，他自然知道古人所说的"穷文富武"不是白说的。由于对身体的锻炼，习武之人对食物的需求是远超乎常人的，连带着这肠胃的消化功能，也不是普通人能与之相比的。打个比方说，普通人中午一顿饭吃一碗米饭，可以维持到晚上吃晚饭，但如果是习武之人，中午一顿饭吃五碗米饭，可能仅仅过去两个小时就会再次感觉饥饿的，所以古时候的穷人想练武，远远要比考秀才难得多了。

"孙大哥，这菜也是给我留的吗？"看着床头上那早已凉了的红烧老鳖肉还有两道别的菜，方逸在询问的时候，他的肠胃已然促使他用手将一盘菜拿到了面前。

"是给你留的，不过已经凉了，我到下面去给你热热吧？"孙超开口说道。由于方逸的原因，他们几个今天都没怎么吃，孙超带来了五六个人的饭菜，现在最少还剩下了三人份的。

"孙大哥，这么热的天吃凉的正好……"方逸一边说着话，一边已经将几块老鳖肉塞进了嘴里，使劲地咀嚼了几下之后，那原本坚硬的骨头被他嚼得稀烂，混着肉一起吞进了肚子里。

只不过短短的三分钟时间，那几盘菜外加大半盘的米饭，被方逸一个人一扫而空，吃完了最后一粒米后，方逸有些恋恋不舍地看了眼那些空盘子。

"我靠，方逸，你小子什么时候变得那么能吃了？"几乎所有人都被方逸那风卷残云的吃相看傻了眼，胖子算是反应比较快的，张嘴嚷嚷道，"完了，你那么大的饭量，那两万块钱还不够你一个月吃的呢，不行，满老板，这估计是方逸的车祸后遗症，你得再赔点钱才行。"

"胖子，你小子不地道啊。"又偷偷点上了一根烟的满军被胖子说得哭笑不得，指着胖子说道，"你这话说得多稀罕啊，撞个车就变得能吃了，换我我也愿意啊，你不知道能吃是福这几个字吗？"

"行了，胖子，不关满老板的事。"方逸摆了摆手。自家知道自家事，方逸心里明白，要说后遗症，那也是自己精神力进入到识海的后遗症，和人家满老板没什么关系。

见到满军在这里，方逸还以为他是怕自己出什么事担责任，当下开口说道："满老板，你别担心，我们不会讹你的，我再住一天，最晚后天就能出院。"

"没事，小方，你多住几天，医药费你不用担心。"听到方逸的话，满军知道他是误会了，当下说道，"我今儿过来是和孙老交易那幅扇面的，之前你一直没醒，大家也没了交易的心情，现在你醒了就好了。"

满军下午的时候将那幅唐伯虎的扇面拿给了自己的一个老客户，那位老客户看了之后，只愿意出四万五千元的价格，满军自然是不肯卖了，不要说他想搭上孙连达这条线，就是在价格上孙连达出的也比那个客户多了不少。生意不做人情在，满军还是很会做人的，画没有卖给那人，但是却请对方喝了顿酒，于是来到医院的时候有点晚，孙老等人那会儿正在担心方逸出问题，所以这扇面一直还没来得及交易。

"倒是忘了你这茬儿了。"听到满军的话，孙老看向满军，开口说道，"这扇面我要了，你留个账号，要是信得过我的话明天给你把钱打过去；要是信不过等明儿再给我东西也行。"

"孙老您这是哪里话，东西放在您手上，比放保险柜里还保险呢。"满军原本就是为了和孙连达拉近关系卖的这幅扇面，别说孙连达明儿就给钱，满军还巴不得孙老钱不凑手，然后给自己拖个十年八年呢。

"孙老，那咱们就这么说定了，您老早点休息，我先告辞了。"

留下了银行账号之后，满军站起身来，对胖子和三炮说道："这病房太小，留不住陪夜的，我看小方也没事了，你们两个别赖在这里了，跟我一起走吧。"

"嗯？胖子，你们没找好房子？"方逸知道下午胖子和三炮出去找房子了，不过看这架势似乎并没有找到。

"出租房子的倒是不少，就是离朝天宫那边太远了。"胖子挠了挠头，说道，"满老板说他们家三楼没人住，我跟着过去看看，要是合适就租下来。"

"什么租不租的，你们住着就是了。"

满军大咧咧地摆了摆手，他是金陵的坐地户，家里有三四套房子，由于生意的原因，满军一直都住在靠近朝天宫的那个自建房里面，一楼二楼自己住；三楼暂时当了仓库，放置一些收来的物件。

不过因为孩子上学片区不在朝天宫附近的原因，满军和家人并没有住在一起，偌大的三层小楼就他一个人住，满军早就想将房子租出去几间，只是一直没找到合适的租户罢了。

满军心里明白，仅靠着那幅扇面，他未必能和孙老拉上关系；不过从方逸入定孙老那着急的样子满军能看出来，孙老似乎对这小伙子很上心，所以也存了拉拢方逸几个人的心思，这才有了邀请胖子过去住的举动。

"满老板，那就多谢了！"方逸不知道满军这么做的原因，不过他能感觉得到对方没有什么恶意，当下赶忙道谢。

"咱们也算是有缘分，小兄弟你也别喊什么满老板，要是看得起我满军，以后叫声满大哥就行了。"听到方逸的话，满军心中一喜，自己的这番举动总算是没做无用功。

"孙老，小方，那我们先走了。"和孙连达与方逸打了个招呼，满军一摆手，说道，"走，满哥带你们两个先去吃点宵夜，啤酒管够。"

"小超，你也回去吧。"满军几人走后，孙老对儿子说道，"明天给这账号打过去六万五；另外这幅扇面你也带回去，医院里人多手杂，丢了就不好了。"

以孙老的身份地位，自然不屑于因为少花个一两万块钱欠下满军人情，所以他还是让儿子按照自己开出的价钱打款。

"知道了爸，这边真不用留人了吗？"孙超点了点头，他准备明天就给父亲换个负责任一点的护工，这次请的护工太不像话了，白天不在也就算了，晚上竟然也没回来。

"不用了，我拄着拐杖能慢慢走几步，这不还有小方吗？"孙老笑着摆了摆手，示意儿子可以离开了。

"小方，还麻烦你多照应一下我父亲。"孙超看向了方逸。

"孙大哥，您放心吧！"方逸点了点头，从床上站了下来，说道，"我已经没什么事了，孙老要是想去厕所什么的，我扶着他去就行了。"

刚才的老鳖汤似乎给方逸的身体补充了不少的营养，这会儿身体虽然还有些酸痛，但是已经不妨碍走动了，按照方逸的想法，自己明天就可以出院了。

"小方，你之前练的，不是瑜伽吧？"

等到孙超走后，热闹的病房终于安静了下来，孙连达似笑非笑地看着方逸，说道："我以前也练过几天道家养生的功夫，我看你刚才是在练习道家的吐纳之术，我说得可对？"

虽然现在国内佛教的普及程度要超过道教，不过在金陵不远的地方却有一个道家圣地——茅山，孙连达当年就曾经在茅山脚下被关过牛棚，那会儿结识了不少道人，知道一些道家的相关知识。

"孙老好眼力，我练的确实是道家吐纳养气的功夫，只是师承所限，不足为外人道也。"

方逸有些歉意地笑了笑。运行周天的功法，在道家内部也是不传之秘，老道士曾经专门叮嘱过方逸，除非他日后收徒，否则这些功法不能轻易地示于旁人。

"原来是这么回事，倒是老头子唐突了。"

对于方逸的话，孙连达倒是很理解，他原本就是老派人，知道在很多行当中都有各自的忌讳，不说修炼的功夫了，就是一些民间绝活，那也有传子不传女的讲究。

第十五章
出院

"小方，看你这样子，明天就要出院？"见到方逸没有躺回到病床上，而是在病房里慢步行走，孙老不由觉得岁月不饶人，方逸被车撞了都恢复得那么快，自己只是摔了一跤，就躺了十多天了。

"嗯，明天就出院。"方逸活动了一下，知道自己的身体没有什么大碍，当下说道，"不瞒孙老您说，我是下山来讨生活的，我们哥儿几个都没什么钱，还是要先干点事情赚个吃饭钱。"

方逸这番话说得很坦然，从小在山中长大的他，完全没有胖子那种面对城里人的忐忑和少许自卑，在方逸看来，城里人和乡下人没有什么区别，只是生活的环境不同罢了。

"嗯，先生存后发展，小方你的想法是对的。"孙连达赞同地点了点头，想了好一会儿，说道，"明天我留个地址给你，以后要是有什么需要帮助的，来找我。"

虽然和方逸接触的时间不是很长，但孙连达对他却很是喜爱，心中甚至动了一丝收徒的念头，只不过孙连达为人沉稳，并没有贸然开口，而是想对方逸再做一些观察。

"谢谢孙老，以后我有不懂的事情，一定会去请教您的。"对于孙连达的话，方逸倒是没有多想，对这个学识渊博的老人，他是发自内心的尊重。

"好了，关灯休息吧，要不然医生可又要来了。"得到了方逸的答复，孙连达很满意，这年头伯乐常有，但千里马却不是那么好找的，想要收个高徒，可不是一件容易的事情。

回到床上，方逸并没有躺下，而是依然打坐了起来。在道家看来，睡觉是为了让人的各项机能处于一个休息的状态，消除一天劳累的损耗，而道家的打坐养生功夫，效果却要比睡眠更好。方逸从七八岁的时候开始，就很少卧床躺睡了，大多数时间都是在打坐。

第二天天还蒙蒙亮的时候，打坐了四五个小时的方逸就睁开了眼睛，悄悄下了床，出了病房，来到了他所住楼层的下面。

微微扭动了一下脖子，伸展了一下身体，只听得方逸的四肢百骸之中传出了一阵脆响，做了一个起手式，方逸慢悠悠地打起拳来。和别人练拳不同，方逸的拳法看上去既没有外家拳那样虎虎生风的力道，也不像太极拳那样有可观性，来来去去摆出来的就是有几分像揽雀尾那样的架势。但如果旁边有人仔细观察的话，就会发现，在方逸练拳的时候，他周身的气场都被带动了起来，方逸脚下的落叶竟然无风自起，围绕着方逸摆出了一个环形。

半个多小时后，方逸收功站定了身体，额头上已然沁出了细密的汗珠。方逸刚才所练的功夫也是老道士的不传之秘，方逸那软塌塌的招式看上去似乎毫无力道，但实际上如果有人被方逸双臂一揽，直接就能让其筋断骨折。看到周围的人开始慢慢多了起来，方逸也就回了病房，由于昨天睡得有点晚，孙老此时还没有醒，方逸出去将暖瓶里的水都灌满之后，孙连达才醒了过来。

刚过六点，值班医生就来到了病房，在量过了血压及一些简单的检测之后，方逸开口问道："怎么样？医生，没问题了吧？我能出院了吗？"

方逸长这么大很少生病，就是有个感冒发热的那也是老道士熬制一点中药喝下去就好了，他从来没进过医院，对这里的消毒水味道很不习惯。

"检查是没有什么问题的，不过我建议你还是再观察一两天。"

值班医生翻看着方逸的病例，眼中满是困惑的神色，因为从病例来看，方逸住进来的时候整个人还是昏迷不醒，肌肉反应也有损伤，这还不到二十四小时呢，怎么就变得如此生龙活虎了？

"是啊，小方，我看你也不用急着出院。"不知道是少了个聊天的对象，还是想和方逸多相处一段时间，孙连达隐隐有些舍不得这个年轻人今天就出院。

"孙老，不用了，我真的没事了。"方逸做了几个扩胸的动作，又在病房里来回走动了几步。

"嗯，从气色上看是没事了。"那个值班的老医生也懂得一些中医医理，昨天的方逸唇齿还有些发白，但休息了一夜之后已然变得红润了起来。俗话说，相由心生，气血调和、五脏得安都会直接反映在脸庞气色上的。

"这样吧，你胸口有外伤，我给你开点消炎药，回头领了药等到八点半的时候，你就去办理出院手续吧。"老医生想了想还是同意了方逸的出院请求，毕竟现在的方逸除了胸口的那点外伤，身体已经没有什么大碍了。

早上七点多的时候，胖子、三炮几乎和孙超前后脚来到了医院，将早点留给了方逸之后，胖子听说方逸要出院，连忙又给满军打了电话，让他过来办理出院手续。办好出院手续，已经是上午十一点多了，穿上了胖子给自己新买的衣服，方逸倒是也没什么可拿的，他的东西包括那个木箱，昨天就被胖子和三炮带到了满军的家里。

"小方，我后天也差不多能出院了，你可别把老头子忘了，有空一定来看看我啊。"

孙连达有些不舍地拉着方逸的手，很郑重地将一张写了自己家庭住址和电话的纸放在了方逸的手里。他倒是想留方逸的联系方式，只是他们几个除了胖子有个 BP 机外，就只能留下满军家里的电话了。

孙老说出这番话，最高兴的莫过于满军了，有方逸这个纽带，想必日后他也能慢慢地和孙老拉上关系的，这种关系不需要用很多次，只要孙老能帮他一次，满军就心满意足了。

"孙老，我一定会去拜访的。"方逸很认真地点了点头。

"咱们这就算说定了啊！"俗话说，老小孩老小孩，越老脾性越像是小孩子一般，孙连达现在就是这样，对于方逸这个年轻人是越看越喜欢，生怕日后和方逸就没了交集。

"小超，你开车送一下小方他们吧。"孙连达安排起了儿子。

"孙老，不用了，我开车过来的。"听到孙老的话，满军连忙说道。他的车子虽然撞了方逸，不过在相撞的时候方逸有个向后卸力的动作，这也使得满军的车子并没有太多的损伤，还能正常行驶。

"师父啊，我那血光之灾也被您说中了，往后不会再多灾多难了吧？"

跟在满军等人后面走出医院，闻着那不同于医院里消毒水的空气味道，方逸长长地舒了一口气，他知道，从现在开始，他才算是真正踏上了这个社会，那将会是和山林中完全不同的生活。

对于这种生活，方逸既有向往也有一丝惶恐，别的不说，就是马路上那穿梭不息的人群和排着长队不断按着喇叭的汽车，就让方逸看得目瞪口呆，自小在山中清静惯了的方逸，哪里见过如此拥挤的场面！

"怎么了，小方，是不是身体还不舒服？"满军发动了车子，看到方逸站在门前有些呆滞，连忙伸出脑袋问道。

"不……不是，我……我是没见过那么多人……"方逸闻言苦笑了一下，不知为何，此时他居然有点怀念在山上的生活，那种生活虽然有些冷清孤寂，但却使人心中宁静，不像这繁华闹区，整个人的心头像是蒙上了一层浓雾。

"看来先贤们选择深山归隐，也是有原因的，不过我还是要听师父的。"方逸脑海中忽然想到了师父的一句话，那就是："想要隐世，必先入世。"

按照老道士的说法，"深山修行，红尘炼心"。要在远离喧噪的地方修炼道行，但入世红尘修炼心境那也是必不可少的，只有尝尽人间百味，历经世事沧桑，才能接触到大道本心，超脱于这五行三界之中。

方逸倒是没有这么远大的志向，虽然他也想无忧无虑地在山中修行，但方逸心里更加明白，在炼精化气阶段需要一颗赤子之心，修炼之人是越单纯越好。不过要突破炼气化神的境界时，就需要相对应的心境磨砺，使得道心圆满，如果只是闷头在山中苦修，方逸知道那是无法让自己的修为更进一步的。就像是老道士除了筑基时是在山中之外，这一辈子几乎都在江湖上游荡，而到了晚年才归隐山中，只是天地和古时有变，再也没能突破境界。但即便如此，老道士的寿命也超过了百岁，远比普通人长得多。而现在方逸的修为，已经快要接近师父了，但这说的只是修为上的境界，至于心境方逸就差得远了。老道士让他下山的原因，就是想让方逸磨砺自己的心境，入尘世而不迷失。

"小方，咱们先去吃饭，然后再去买点东西。昨儿太晚了，华子和三军都是在我那儿凑合住的。"就在方逸看着车窗外的情形沉默不语的时候，满军的声音响了起来。

"满哥，那太麻烦你了！"听到满军的话，方逸开口说道，"其实我伤得没那么厉害，你赔两万有点多了，回头让胖子还给你吧。"

自己的身体自己知道，除了被撞时身体自然的应激反应外，其余的就没有什么损伤了，如果非要说方逸有损失的话，那恐怕就是被损坏掉的那个嘎巴拉挂饰了。

"满哥，方逸说得对，我之前是被吓到了，要不这两万块钱我还给你？"

方逸话声一落，胖子也开了口。虽然他们小哥儿仨是穷点，但志气还是有的，尤其是满军待他们不薄，胖子也有些不好意思赚那两万块钱了。

"说什么呢，看不起你满哥是吧？"听到胖子的话，开着车的满军有些不满地回头看了两人一眼，开口说道，"小方没受伤那是他运气好，你们满哥赔钱那也是应该的；再说了，你们想要在朝天宫摆摊，手上没有个万儿八千的根本玩不转，这钱还是先留着吧。"

满军虽然有想通过方逸结识孙连达的心思，但他本身倒也不是个坏人，做生意也算是诚信本分，从他手上出去的物件很少有假货赝品，这也是满军在朝天宫生意做得不错的主要原因。

"好了，不说这个了，带你三个去吃点好的。"见到方逸还想再说话，满军一踩油门，车子穿过几条大街小巷，最后停在了一家门脸不大的饭店门口。看着窗外的情景，方逸有种既熟悉又陌生的感觉，熟悉是因为他在书本和广播电台里见过或者是听过对城市的描述，而陌生则是来自于那种初见的感觉，毕竟亲眼目睹这种方式要更加直观。比如眼前的这个饭店，按方逸的想象它应该和古代的酒楼一样，门口最好还挂个酒字，但事实上这就是一个普通的连排平房，而且还是在住家小区里的，要不是门口的招牌，方逸压根儿就不会以为这是家饭店。

"自己要学的东西还是很多啊！"现在的方逸就像是一块干涸的海绵，一头扎进了水里，不断地吸取着各种各样普通人习以为常的知识，而这个世界在他的眼中也逐渐变得现实和丰满了起来。

"满哥，这里距离咱们住的地方不远了啊。"下车后三炮有些疑惑地指了指一个上坡，说道，"那边不就是满哥你家吗？这走路连三分钟都用不了。"

"没错，我这边的房子不开伙，平时就是在这里吃的。"满军笑着锁了车，说道，"你们别看这饭店门脸小，手艺可是很不错的，等会儿你们吃了就知道了。"几乎每天都在这里吃，满军和饭店老板不是一般的熟，点完菜之后还没等上菜，自己就跑到厨房端了几盘凉菜出来，给方逸等人每人开了一瓶啤酒放在了面前。

"满哥，我这刚出院，酒还是算了吧。"看着面前的啤酒，方逸苦笑着摇了摇头，他倒不是担心自己的身体，而是真的不喜欢喝啤酒。方逸在山上的时候，胖子和三炮都曾经带啤酒上过山，但方逸在没有猴儿酒的时候宁愿喝师父自酿的烈酒，也喝不惯那味道古怪的啤酒，一直都对啤酒避而远之。

"也是，你刚出院，就别喝了。"满军倒是没想那么多，将方逸面前的那瓶啤酒放在了自己的脚下，反正等会要去的超市也就在小区外面，他喝完酒把车扔在饭店门口就行了。

"怎么样？这里的饭菜口味不错吧？"酒足饭饱之后，满军拿了根牙签剔着牙，刮得锃亮的脑袋似乎泛着红光。

"不错,很好吃！"方逸三人异口同声地说道，不过方逸说的好吃，和胖子、三炮却是有些不同。由于山中条件所限，方逸和师父做饭基本很少用调料，方逸前面十几年甚至连味精都没吃过，别说饭店精心烹调的菜了，就是昨天胖子买的快餐他都吃得津津有味。

不过今天在吃了这顿饭之后，方逸感觉到饭菜中的油腻有点太大了，这些油腻已经远超身体必需的消耗，如此积累下去就会形成脂肪，对身体造成很大的负担。

"满哥，家里有做饭的灶台吗？"出了饭店之后，方逸开口问道，他心里这是有了自己做饭的想法，因为一来在饭店吃饭太费钱，刚才那一顿就吃掉了两百多，他们哥儿仨根本就负担不起；二来就是做了十几年饭的方逸自信，就算少放一些油和对身体不好的调料，他也能作出味道不下于饭店的饭菜来，要知道，跟着嘴馋好吃的师父，方逸学了一手好厨艺。

"做饭的灶台？"听到方逸的问话后，满军不由愣住了，现在城市里早就用天然气了，哪里还会用灶台？要不是满军小的时候家里烧过柴禾，恐怕他连灶台两个字都不知道是什么意思。

"小方，现在城里做饭早就不用灶台了，"满军苦笑了一声，说道，"家里有天然气，也有炉灶，只不过我这边不做饭，锅碗盆勺的什么都没有，你要是想做饭，咱们回头就在超市买一套。"

"那就买一套吧。"方逸点了点头，让他偶尔在外面吃上一顿还行，如果天天吃的话，方逸肯定受不了那些油腻的食物。

"没想到小方你还会做饭，那回头满哥可要厚着脸皮蹭饭吃了啊。"

满军闻言对方逸不由刮目相看起来，他知道现在的年轻人都有点眼高手低，像他儿子年龄比方逸小不了几岁，别说做饭了，从小到大吃完饭就没洗过一次碗。

"嘿嘿，满哥，你算是有口福了，逸哥的手艺不是一般的好。"听到两人的对话，胖子在旁边嘿嘿笑了起来，他虽然在部队里干了几年炊事员，但要和方逸比厨艺，胖子绝对甘拜下风。

"真的？"听到胖子的话，满军来了精神，嚷嚷道，"那回头你们都别和满哥抢，这需要买的东西都算是你们满哥我的。"

说实话，满军整天在外面饭店里吃，也感觉有些腻了。他妻子要在城区照顾上高中的孩子，他平时又忙，就算也会炒几个菜，回到家也懒得动手，这一听方逸要在家做饭，哪里还有不愿意的？

别看满军刮着个光头看上去挺凶的，这心思却是很细腻，他知道方逸等人手中只有自己给的那两万块钱，实在是囊中羞涩，所以一进超市就说道："方逸，你们需要什么尽管拿，今儿满哥买单。"

"谢谢满哥！"方逸答了一句，眼睛却是直勾勾地看着面前的这个大超市。

这个小区旁边的超市，是一家国内很有名的连锁超市，从小商品到大家电无所不含，可以说只要是家里需要的东西，在这个超市里全都能找到。

进了超市的方逸就像是刘姥姥进了大观园一般，马上就被那些五花八门的商品给晃花了眼，最后还是三炮给方逸挑了些换洗的内衣裤，而胖子在选完锅碗盆勺之后，则又假公济私地给自己拿了两条香烟。

"胖子，不是自己的钱也不能这样花。"在满军结账的时候，方逸忍不住拍了下胖子的脑袋，胖子拿的两条烟虽然不是很贵，但却容易给人一种喜欢占小便宜的感觉。

"方逸，是满哥让我拿的，而且那烟也是他喜欢抽的牌子。"胖子摸着脑袋一脸的委屈，昨天他们回家的时候刚好满军身上的烟没了，抽了胖子的半包烟，然后说今儿让他买几条放在家里的。

"嗯，以后买菜什么的，别都让满哥花钱。"方逸闻言点了点头。说实话，虽然现在穷得叮叮当当，但方逸对钱并不是很看重，因为他要是愿意走师父当年的老路，赚钱也并非什么难事。方逸跟师父学道，可不仅仅是修道炼气，还有一些道门的术法，像是占卜问卦、风水堪舆、符咒驱邪、消灾祈禳、房中术，这些方逸全都会一些，在占卜问卦一术的造诣上，比起师父也是不遑多让。

方逸经常听师父谈起他当年行走江湖的事情，按照老道士的说法，他当年给高官占卜问卦，帮大户人家堪舆风水，混得是风生水起，在当时的金陵城中，是不少高官巨贾家中的座上宾。不过老道士也告诉过方逸，拥有大能力者，如果没有与其相匹配的心性，最终会迷失在自己的力量之中，那样即使本事再大也会不得善终的。所以老道士要求方逸，下山之后不得以道门术法来谋生，这不是说方逸不可以给人占卜问卦，而是要求方逸堪舆风水，不能收取任何费用，否则就是欺师灭祖的行为。

方逸没觉得师父的叮嘱有什么不好，他本来就是道家无为恬淡的性子，对于现实生活中的阶层之分更是毫无概念，如果不是胖子死活不愿意的话，方逸甚至都做好了下山当保安的准备。至于钱，方逸现在是没钱，但试想一个能抵挡得住百万巨款诱惑的人，又岂是会将钱看得重的人？孙连达其实也正是看中了方逸这一点品德，才有了收徒的念头。

"我知道，咱们人穷志不穷，不然会被人看轻的。"

听到方逸的话，胖子很认真地点了点头，别看他平时经常摆出一副死乞白赖的样子，但自尊心不是一般的强，否则也不会因为受人白眼而辞去建筑队的工作了。

"咱们穷一时，不会穷一世的！"

方逸拍了拍胖子的肩膀，虽然占卜中有卦不算己的说法，连带着和自己有因果关系的亲朋也不好推演，但只是从简单的面相中方逸也能看得出来，胖子和三炮都是眉额隆起、印堂饱满、鼻孔不昂不露之人，这辈子未必能大贵，但一定是大富之人。

"那是，咱们现在不就自己做老板了吗？"

在见到满老板一幅破扇面卖了六万多之后，对于自己以后的生活，胖子很是憧憬，昨天做梦就梦到自个儿吃烧鸡都是一次买俩，自己吃一只给家里的大黄吃一只。

"行了，胖子，还是先踏踏实实练摊吧。"三炮给胖子泼了一盆冷水，他在城里生活的时间要长一些，知道城里也不是那么好混的，在农村最起码家里有地能种粮食吃，但要是在城里下了岗，那生活也是非常艰难的。

"哼，胖爷我这是在展望未来！"和三炮斗着嘴，几人拎着东西往满军家走去。

朝天宫是秦淮河附近，这里以前也是金陵的老旧城区，因为人口密度大，重建和规划难度比较大，所以还保留着许多私人宅院，满军家就是在以前自家房子的基础上重建的一栋三层小楼。

"满哥，你这院子可够大的，不种点什么怪可惜的。"当满军打开院子大门之后方逸才发现，敢情在那围墙和大门里面，还有一个占地不小的院子，只是除了院子中间搭了一个棚爬了些葡萄藤之外，院子两边的地都荒废着。

"我父亲在世的时候倒是种了花草，到我这儿就荒着了。"满军现在一天到晚不是待店里就是全国到处跑，哪里有时间去莳弄菜地，就连那长势不错的葡萄藤他都一次没浇过水，全凭地生天养。

"满哥，要不我们自己种点菜？自己种的菜吃得放心。"

方逸想了一下开口说道。他今儿在饭店吃那青菜的时候，就感觉里面含有一些轻微的毒素，虽然一时半会没有什么危害，但日积月累之下，还是会对身体有损害的。

方逸在山中的时候，在道观旁边开垦了差不多有一亩大小的菜地，他和师父吃的青菜都是自己种的，吃惯了天然无污染的青菜再吃城市里的大棚菜，方逸很不习惯。

"那敢情好，你们要种什么菜？不过这种子我还真不知道去哪里淘弄。"

这几年老百姓的生活水平提高了，满军也经常听老婆说买的菜都有农药的事情，要是方逸愿意在自己家院子里种菜，他正是求之不得呢！不过算上满军爷爷那一辈都没种过地，说起种地的事情还真的有些难为他。

"这事儿好办，我过几天回家给带过来。"胖子闻言笑了起来，他们都是实打实的庄稼人，要是连菜种都搞不到才真是笑话呢。

"行，那就麻烦你们小哥儿几个了。"

满军高兴地点了点头，打开一楼的房门，说道："我每个星期只在这里住四五天，平时也不怎么上二楼三楼，上面脏得厉害，咱们一起动手打扫下吧。"

这栋小楼原本是满军父母的房子，父母去世后他图做生意方便才搬过来的，不过一个大老爷儿们住，他哪里会去打理房间，除了一楼还能住人之外，二楼、三楼都摆满了杂物，满地灰尘。

"满哥，我算是知道你买了三把拖把的意思了。"

昨天胖子和三炮就是在一楼的客厅沙发上凑合的一夜，并没有到楼上去，现在上去一看，胖子顿时苦起了脸，那地面上的灰尘踩上去脚印清晰可见，也不知道满军多久没打扫过了。

"咱们这不是人多力量大嘛。"满军摸了摸鼻子，有点不好意思地说道，"我住一楼，二楼有两间房，三楼一间房带一个平台，只要你们打扫干净了，一人住一间都没问题。"

"一人一间？那敢情好啊！"听到满军的话，三炮干劲十足起来，他家虽然在金陵有房子，但一家好几口挤在一处几十平方的房子里，三炮早就有搬出来的打算了。

"嗯？这房子阴气有点重啊！"

拿着扫把、簸箕上了二楼之后，方逸的眉头微微皱了起来，因为他发现拉开二楼的窗帘，窗户外面被另外一家楼房的墙壁给挡住了阳光，大白天的几间屋子显得有些阴暗。而就在满军打开了灯之后，几只老鼠和一些蜈蚣爬虫更是从墙角和柜子下面四处乱窜，很快钻入到阴暗的角落里不见了踪影。

"哎，早知道买点老鼠夹子和驱虫喷剂了。"看到那些老鼠和爬虫之后，满军脸上愈发不好意思了，他平时极少上二三楼，没成想上面都快成老鼠窝了。

"满哥，不用什么老鼠夹子和药，这种事交给逸哥就行。"听到满军的话后，胖子嘿嘿笑了起来。

第十六章
符箓

"不用老鼠夹怎么抓老鼠？对了，下面就有卖老鼠药的，我去买几包。"满军没把胖子的话当回事，转身就要下楼去买药，毕竟家里那么多老鼠和爬虫，他看着也是瘆得慌。

"满哥，真不用，这事儿交给逸哥就行了。"胖子笑着拉住了满军，转脸看向方逸，说道，"这可是咱们自己住的地方啊，怎么样，你出不出手？"

"下楼再说吧，这二楼阴气有点重。"方逸的眼睛又在房间各处看了一遍，说道，"幸亏满哥以前没把这上面的房间给租出去，不然谁住进来一段时间都得生病。"

"阴气重？生病？"满军这下听明白方逸的话了，脸上不由有些生气，"小方，你说这话是什么意思？我父母以前就是住在二楼的，也没见他们生过什么大病呀？"

满军的父母说起来都是高寿，去世的时候已经是八十开外的年龄了，从这小楼建好就住在这里，前前后后差不多有十几年，身体一直都是健健康康的。

"满哥，这房子有人住就有生气，长时间没人住才会有阴气。"方逸指了指那因为外面墙壁阻隔无法透过阳光的窗户，"满哥，你父母住的时候，那里还没有盖房子吧？这房子挡住了你们家的窗子，也是导致屋内阴气过重的原因。"

"还真是，老刘家的房子是前年才盖起来的。"听到方逸的话后，满军若有所思地说道，"你不说我还真想不起来，从他们家那房子盖起来之后，我就不大愿意来二楼了，总感觉有些阴森森的。"

"对了，小方，我……我这里不是闹鬼了吧？"说着，满军脸上露出了惊恐的神色。按照民间的说法，阴气重那就是有脏东西存在，而脏东西所代表的含义，往往就是人们无法理解的一些鬼神之说了。

"满哥，哪里有什么鬼啊，那都是自己吓自己的。"听到满军的话，方逸不由笑了起来，说道，"阳光直射的地方，会变得干燥，而背光的地方自然阴暗潮湿，这些都是很正常的，满哥你不用担心。"

按照道家的解释，天地始于阴阳，万物生于五行，阴阳为开天辟地之根本，而金、木、水、火、土五行之气无所不在，在这个基础上，方逸所说的阴气过重，实际上就是阴阳失调五行紊乱罢了。

至于满军说的闹鬼，在方逸看来应该是阴阳失衡过重导致周围磁场变化，从而使得身处磁场中的人产生幻觉。方逸不知道自己猜想的对不对，但总之他是没见过鬼的。

"咦？小方，你还懂这些风水之类的学说啊？"听完方逸的解释，满军不由又重新打量了一下方逸，他原本只以为方逸就是个没见过世面的山里人，懂的东西还没有旁边那胖子和三炮多呢。

"满哥，你这话多新鲜啊，你知不知道，方逸可是算命……不，玄学大师呢，这看风水自然也是不在话下。"方逸尚未答话，胖子就笑着说道，"逸哥还有个外号，满哥你想不想知道？"

"什么外号？"听胖子这么一吹，满军反倒不怎么相信方逸懂风水了。

"神棍，逸哥除了杂毛之外，还有个神棍的外号，哎哟……"

胖子话声未落，就感觉屁股一疼，整个身体不由自主地往前扑了过去，若不是面前有个沙发，他那张胖脸说不准就要与地面来个亲密接触了。

不过即便如此，胖子起身之后也是满身的灰尘，鼻子一阵痒痒，不断地咳嗽，又连着打了好几个喷嚏。

"活该!"三炮幸灾乐祸地看着胖子,要说平时喊神棍那外号方逸未必生气,但杂毛两个字一旦出口,胖子就少不得要吃些苦头了。

"逸哥,你也太狠了!"见到为了躲灰尘已经走到楼梯口的几人,胖子是一脸的怨念,故意走到三人身边拍打起了衣服。

"死胖子,还想再来一脚?"方逸一抬腿,胖子那腿像是装了弹簧一般,顿时往后弹了出去。

"好了,你们几个别闹了,咱们先下去吧。"

满军开口制止了打闹,下到一楼之后,开口问道:"小方,那你看看,我这房子应该怎么处理一下才能恢复过来呢?我总不能把别人家的房子给拆了吧?"

虽然不信方逸是什么玄学大师,但听到方逸说是那堵墙挡住了自家窗子,才导致房内阴气如此之重,满军还是相信的,毕竟方逸刚才的解释非常科学,这有阳光和没阳光自然是不同的。

不过满军现在也有些为难,因为这一块儿大多都是自家的地基,私建的楼房很多。满军这栋楼的窗户被别人家挡住,但同样的别人家的窗户也是这样,这种现象很是普遍。

"后窗只是一方面,只是你那前窗也都被杂物挡住了,回头搬开让屋内进点阳光,多少都能缓解一下。"

不管怎么说,楼上的房子日后是自己三兄弟住的,那些老鼠、爬虫一定要处理掉。方逸想了一下开口说道:"满哥,你是想让家里的那些老鼠都死在里面,还是想把它们赶走算了?"

"死在里面怎么说?赶走又怎么说?"满军不解地问道。

"想让它们死在里面,就下夹子买老鼠药啊!"方逸笑着说道,"想要赶走也简单,去抓两只凶一点的野猫,把它们放在屋里关上几天,一准儿什么老鼠都跑光了。"

"你这不等于没说吗?"满军闻言翻了个白眼,没好气地说道,"猫抓老鼠或者下药,也没那么快见成效,那这两天你们怎么住?都在客厅打地铺吗?"

满军这栋小楼,一楼只有两个房间,其中一间是他的卧室,另外一间装着防盗门的，则是满军储藏重要藏品的房间，那里他是万万不会让方逸等人住进去的。

"方逸，我说你小子别装了，拿点本事出来吧！"胖子揉着屁股一脸哀怨地看着方逸，昨天他在沙发上睡的，一翻身就滚到了地上，所以一夜都没怎么睡好。

"是啊，方逸，咱们今天收拾好就能上去住了。"事关自己的新居，三炮也出言催促起了方逸。

"小方，你真有办法把那些老鼠、爬虫赶走？"见到胖子和三炮不像是开玩笑的样子，满军也看向了方逸。

"有办法，不过需要一些东西，不知道满哥你家里有没有？"方逸想了一下，终于点了点头。

"什么办法？需要什么东西？"满军开口问道。

"符纸，朱墨，另外需要一支毛笔，"方逸想了一下，"另外，胖子你把这一楼打扫一下，乱七八糟的怎么制作符箓啊？"

"福禄？什么福禄？"听到方逸的话后，满军愣了一下，说道，"毛笔我这里就有，不过你说的符纸和朱墨我不知道是什么东西，方逸你能说仔细点儿吗？"

"满哥，是符箓不是福禄。"

看到桌子上有纸笔，方逸写下了符箓两个字，说道："道家里面的符箓还是有些作用的，满哥你要是相信的话，我就制作两张符箓，看看有没有效果。"

"当然有效果了，你那道观里面的房间连只蚊子都没有！"胖子在一旁插口道。

"哦？这么神奇？"

满军闻言眼前一亮，如果换成一个受过高等教育的知识分子，未必就相信什么道家符箓，但架不住满老板也就是个初中文化程度，加上在古玩行里混，什么妖魔鬼怪的故事都听过，他是绝对的有神论者。

"没想到小方还真是个大师啊。"昨天和胖子闲聊时，满军知道方逸从小在道观里生活，对他的话倒是信了几分。

"说吧，符纸和朱墨是什么材质的，别的地方不敢说，咱们朝天宫这一片就是稀奇古怪的东西多。"满军拍了拍胸脯，他知道在朝天宫的地摊上就有一些道家的东西卖，只是以前不怎么关注罢了。

"好的符纸要专门制作的，现在也来不及了……"方逸沉吟了一下，说道，"满哥，家里有黄纸吗？也就是黄表纸，逢年过节烧给家里老人用的。"

"黄纸？有啊，嘿，我怎么把这个忘了，电影里那些道士抓僵尸，就是用的黄纸啊。"听到方逸的话，满军一拍脑门，在屋里翻找了一阵，还真找出一叠没有裁剪过的黄纸。

"方逸，朱墨是什么？"找到黄纸之后，满军兴冲冲地问道。他以前最喜欢看的就是港台的僵尸片，眼下居然能见到有人当着自己的面来画符，满老板这心情自然是激动不已。

"朱墨就是朱砂，这东西不是很好找，我也不知道哪里有卖的？"

方逸挠了挠头，他在山上练习符箓的时候，别的都不缺，唯独缺朱砂，通常情况下方逸都是用墨汁来代替朱砂，但那功效却远远不如使用朱砂制作出来的符箓。

"朱砂？我还以为是什么呢，这东西很常见啊，药店就有卖的。"听到方逸的话后，满军眼睛一亮，笑着说道，"不过咱们不用去药店，我家里就有朱砂，而且还是最顶级的那种。"

"满哥，你家里怎么会有朱砂？"听到满军的话，方逸不由愣了一下，因为在方逸看来，师父都搞不到多少的东西，肯定是比较稀少的物件，普通人更是很少能用得到，他倒没想到满军家里竟然就有。

朱砂又被称为辰砂或者是丹砂，在中医学说中内服有镇静催眠、解毒防腐的作用；外用则可以抑制或杀灭皮肤细菌和寄生虫，算得上是一味药物，在古代药方中很常见。不过朱砂又被称为硫化汞，含有汞的成分，内服下去之后主要会分布在肝肾部位，从而引起肝肾损害，并可透过血脑屏障，直接损害中枢神经系统，所以现代医学中对朱砂的应用已经变得很少了。

上面说的是朱砂在医学上的作用，而在道家，朱砂无疑要更加出名。

朱砂，古时称作"丹"，东汉之后，为寻求长生不老药而兴起的炼丹术，使国人逐渐开始运用化学方法生产朱砂，也就是俗称的炼丹。当年明朝那位出名的嘉靖皇帝朱厚熜，十有八九就是死在这朱砂丹药上的。朱砂还有个特性，就是它的颜色可以经久不褪，因此在古代也被当成颜料使用，朱砂"涂朱甲骨"指的就是把朱砂磨成红色粉末，涂嵌在甲骨文的刻痕中以示醒目。后世的皇帝们沿用此法，用辰砂的红色粉末调成红墨水书写批文，就是"朱批"一词的由来。不过到了近代，由于各种化学物品的替代，朱砂已经逐渐消失在人们的视线中了。

"嘿嘿，也不看看你满哥是干什么的！"在医院的时候满军见到那孙连达教授对方逸很上心，所以此时也想考他一下，当下笑着说道，"我是做古玩生意的，方逸，你知不知道古玩字画和朱砂有什么关系？"

"朱砂和古玩字画的关系？"方逸闻言皱起了眉头，不过片刻便舒展开来，说道，"满哥，你说的应该是丹青两个字吧？"

"嗯？小方，不简单呀！"听到方逸一口说出了朱砂和字画的关系，满军不由跷起了大拇指，这事儿别说是行外人了，就是很多古玩行里的人，也未必知道丹青两个字和朱砂之间的关系。

"满哥，你们两个在说什么呢？"旁边的胖子和三炮听得一头雾水，在他们看来，方逸就像是在和满军猜哑谜一般，根本就听不出是什么意思来。

"我来给你们解释一下吧。"见到胖子和三炮一脸莫名其妙的样子，满军很有种为人师的成就感，当下开口说道，"丹青在古代，就是画作的意思，其中的丹指的就是朱砂；青则是一种青雘矿石，合起来称为丹青。"

因为朱砂那红润亮丽的颜色，所以也受到了画家们的喜爱。古代的书画被称为"丹青"，其中的"丹"即指朱砂，书画颜料中不可或缺的"八宝印泥"，其主要成分也是朱砂。满军本来是不知道这两个字的意思的，不过他算是个比较好学的人，在进入古玩行之后，就千方百计地提高自己相关的知识水平，为此报了金陵美术学院的旁听生，这丹青二字的含义也是从课堂上听到的。

"方逸，你看这块朱砂行吗？"满军解释完之后，就拿钥匙打开了一楼那个房间的门，从里面翻出了一个木盒子，拿出来打开之后，露出一块通体通红婴儿拳头大小的朱砂貔貅。

"嗯？怎么还有人用朱砂雕这东西？"见到这个貔貅把玩件，方逸的眼睛看向了满军，说道，"满哥，这块朱砂品质很好，又雕成了东西，把它磨碎了有点太可惜了吧？"

"小方，你还真把朱砂当成宝贝啦？"听到方逸的话后，满军不由笑了起来，说道："你们几个不是想做文玩生意吗？我告诉你们，这朱砂饰品，也是文玩的一种，价格并不是很高，这个貔貅是我以前收来的，材料还没它的工钱贵呢。"

古玩和文玩本身就有很多重叠之处，像是古玩中杂项里面的东西，十有八九都是能上手把玩的。满军是个古玩商人，家中属于文玩范畴的物件自然也是有的。

"真的？"方逸有点不敢相信地问道，他一直以为朱砂是比较稀有的东西呢。

"当然是真的，这玩意儿如果贵，我能拿来让你给磨成粉吗？"

满军不在乎地摆了摆手，说道："等咱们把家里收拾好，我带你们去朝天宫转一圈你就明白了，地摊上卖这东西的多得是，不过有些是天然朱砂，有些是合成的，你们不要乱买。"

朱砂开采出来是一种结晶体的矿石，国内湘贵川几省都有出产，只不过天然晶体朱砂的体积都不是很大，所以商家往往就会将朱砂粉末压制合成之后，做成饰品出售，但其价格就和天然的相差甚远了。满军拿出来的这一块，也是合成的朱砂，如果真是天然晶体的话，那这么一个小貔貅最少也要在万元以上，就算满老板再豪放，也是万万舍不得的。

"小方，你别担心，大胆用，不够我再去买。"满军给方逸吃了一颗定心丸，这东西他不敢说要多少有多少，但是到市场上转悠一圈，十个八个肯定买得到。

"好，那先把它磨成粉吧。"听到满军这话，方逸知道这东西现在应该是比较常见的了，或许是师父常年待在山上才搞不到吧。

朱砂磨粉很容易，几人走到院子里，满军找来了个小锤子，三下五除二就将那貔貅把件给敲了个稀巴烂，没用十分钟，那块朱砂就变成了一堆粉末。至于毛笔和符纸都是现成的，方逸用裁纸刀裁剪出来尺寸之后，这准备工作基本上就算是完成了。

"小方，用这砚台调朱砂吧！"满军不知道从哪里又拿出来一方砚台。

他这屋里别的东西不敢说一定有，但文房四宝却是不缺的，前几年宣纸产量高价格低迷的时候，满军连宣纸都储藏了不少，这几年宣纸价格上涨，他将宣纸卖给了美术学院的学生，还小赚了一笔。

"不用，满哥，找个破碗就行了。"看着满军拿过来的那砚台，方逸摇了摇头，虽然朱砂也被称为朱墨，但很难清洗，如果用这砚台的话，以后就不能使用黑墨，未免有点可惜了。

"那成，你等着！"满军点了点头，跑到院子里鼓捣了一会儿，还真是拿了个破碗进来，开口说道："这是以前喂狗的碗，我给洗了一下，你看能不能用？"

"可以，我来调吧。"方逸点了点头，将朱砂都放了进去，然后加了些水，用满军递过来的筷子搅拌了起来，直到朱砂黏稠程度和墨汁差不多的时候，方逸才停下了手，这用于画符的朱砂已经做好了。

"怎么样，小方，这就开始了吗？"满军兴奋地看着方逸调和好了朱砂，脸上微微露出一丝紧张的表情。画符对于常人来说是一件很神秘的事情，满军自然是想见识一下了，至于这符箓管不管用，满军这会儿压根就没有考虑。

"满哥，等会儿要保持安静啊，我有些时日没制作过符箓了，要是被打断就要重来。"方逸点了点头，却并没有下笔，而是将毛笔又放了回去，端坐在桌前深深地吸了口气。

符箓，在道家是很常见的，作用也是非常的广泛，有用于为人治病者，有用于驱鬼镇邪者，有用于救灾止害者，在以前的农村逢年过节的时候，除了张贴年画，往往还会在家里贴上一张符箓。至于道士作斋醮法事，更离不开符箓，或书符于章表，上奏天神；或用符召将请神，令其杀鬼；或用符关照冥府，炼度亡魂，整个坛场内外，张贴、悬挂各式符箓。

不过这年头科学昌明，在城市里能见到符箓的地方已经是非常少了。不仅如此，就连道观里会制作符箓的道士都不多见了，大多都是挂羊头卖狗肉，有很多对外出售的符箓，甚至只是一些印刷品。而方逸制作的符箓，和普通的符箓却大有不同，在道门被称为道符，是真正具有法力的符箓，能起到镇邪避凶的作用。

虽然有些道观的道士，依然能画出符箓来，但是那些符箓和方逸制作的也有不同，因为从方法上就不一样。方逸制作符箓，是需要灌输他所修炼的道家真气的，只有如此，才能让符箓具备常人所无法理解的神奇妙用。

道书所谓"符无正形，以气而灵"，方逸制作符箓，首先要运行功法向符内封注灵气。曾经有国外的科学家研究过国内的气功，经过长时间的研究之后，他们得出了一个结论，那就是气功会产生人体磁场，气功治病就是用这种磁场来治疗病人，从而产生疗效。

方逸的这种做法，用现代的说法就是通过修炼出真气的人用自身产生的磁场将墨汁和朱砂磁化，在符上形成一个微小的磁场，来诱导天地元气的业力变化，使得符箓发挥出真正的作用。不过想要用这种办法制作符箓，首先就需要修炼出有真气也就是内气的人，现在佛道衰败，真正的有道之士可谓少之又少，所以具备法力的道符在现代已经是极为少见了。

方逸五六岁的时候，就被老道士教着画符，但那时他身上尚未修炼出真气，画出来的符箓只是徒有其表，一点法力都没有，更称不上什么道符了。如此练习了两年画符之后，再复杂的符箓，方逸都能信手画来。那时年幼的方逸感觉画符就像是涂鸦一样很好玩，老道士也是任凭他将道观的各处墙壁上都画满了符箓。不过就在方逸十岁完成百日筑基，体内产生了一丝真气后，老道士就要求他每次画符的时候，必须将这丝真气灌输到符笔之中，使得符箓产生灵性，从而成为真正的道符。

在老道士如此要求之后，方逸才真正认识到了制作符箓的难处，因为以他那时体内所蕴含的真气，别说制作一个完整的符箓了，他那点真气甚至连一个字都写不下来。一笔就将体内真气消耗一空，方逸只能是一边修炼一边制作符箓，但无法一气呵成使得灵力灌输均匀的话，在这个制作过程中间就会经常出现意外。有时候方逸写完第一个字，等到他恢复了真气再书写第二字时，往往就会因为两个字符无法沟通而导致制作符箓失败，甚至有时方逸写到整张符箓的最后一个笔画的时候，也会出现失败的现象。

方逸从十岁一直到十五岁，几乎每天都是勤练不辍，整整用了五年的时间，方逸才一气呵成制作出了自己的第一张完整的符箓，可见符箓制作之难，远非电影上所演的那样随手就能画出来。即使到现在，方逸制作符箓的时候，仍然需要调动全身真气并且在心无旁骛之下，才能制作出道符来，而这其中仍然难免会有失败的几率。

胖子和三炮都是经常见方逸画符的，对于他现在的样子是见怪不怪，可满老板是第一次见，在一旁显得有些坐立不安，几次想张嘴提醒方逸开始，看了一眼另外两人的表情后，他还是闭上了嘴巴。

他在闭目养神差不多有十分钟之后，方逸终于用右手提起了毛笔，将毛笔蘸满了朱砂后，深深吸了口气，手上的毛笔犹如重达千钧一般，在那张裁剪好的黄表纸上书写了起来。

"五丁都司，高刁北公，吞魔食鬼，横身饮风，辟尸千里，祛却不祥，急急如太上帝君律……"方逸在黄表纸上写的字，并不像很多符箓上的字歪扭七八不好辨认，而是一笔一画写得非常认真，他每写一个字，旁边的满军都能认出来，而且嘴唇嗫动，在无声地念着。不过就在方逸书写最后一个"令"字的时候，满军却是有些兴奋地念出了声音，让方逸在按下最后一点的时候笔锋一颤，那个令字的一点拉得有些过长。

"满哥，不是不让你说话吗？"看着那张完全没有灵力波动的驱秽符，方逸有种欲哭无泪的感觉，其实他今天画符时的状态很好，本以为能一气呵成制作出一张符箓来的，没成想最后被满军惊扰，在最后一笔时出了差错。

"我……我没说话啊！"满军有些莫名其妙地看着方逸，说道，"我就是猜到了你最后一个字是令字，发出一点声音而已。"对于方逸所写的驱秽符，满军每一个字都认识，但连贯起来却不知道什么意思，难得最后一句"急急如太上帝君律令"这几个字他在电影上看到过，这才一时兴奋地给读出了声音。

"一点声音？"方逸苦笑了一声，他在山中那如此静寂的地方画符，还会有失败的几率，此刻在满军这处在居民区的屋子里能画到最后一笔没出错就已经很不容易了，但是没想到还是功亏一篑。

"方逸，我看你这符上的字写得挺好啊，难道没用了吗？"满军是做古玩生意的，虽然自己不会书法，但是却懂得欣赏。方逸所写的那一手小篆就他看来，没个一二十年的功底很难做得到。

"徒有其表罢了。"方逸摇了摇头，说道，"满哥，这也不怪你，是我自己修为不够，等我休息一下接着写。"

方逸的确没有责怪满军的意思，因为他曾经见过师父在一次雨天制作符箓，任凭外面大雨倾盆、雷声震耳，师父所画的符箓都是一气呵成没有丝毫的停顿，真正是泰山崩于前而面不惊。

"自己距离师父的那种心境还差得远啊！"方逸知道，他和师父的差距不是体内真气的多寡，也不是修为境界上的差距，而是心境的历练，什么时候自己能在外界有诸多干扰的情况下成功制作符箓，那心境才算是小有成就。好在方逸此时的修为，和十岁那年已经不可同日而语，以他现在的体内真气，足可以支撑方逸连续制作三次符箓。在休息了十多分钟之后，方逸洗净了毛笔上的朱砂，又重新蘸墨开始第二次制作符箓。这次满军再也没敢发出任何声音，甚至连呼吸都屏住了，而数年如一日制作符箓的经验，让方逸也没有受上一次制作失败的影响，五六分钟之后，他终于将最后一个"令"字给写了出来。在按下了最后一点后，只见方逸眼神一凝，左手虚空画了一个符号，口中念诵道："诚则灵，天地动容；信则明，法力无边，急急如律令！"方逸口中在发出声音的同时，他的左手在那张写满了红色小篆字体的黄表纸上虚按了一下。不知道是不是眼中产生了错觉，在一旁的满军等人好像看到那张符箓通体闪烁着金色的光芒，一种说不出的威严笼罩在了几人心头，在这一刻，他们甚至感觉呼吸都有些不通畅了。不过也就是一个呼吸的时间，再等满军凝神看去的时候，满眼的金光已经消失掉了，一张很普通的黄表纸静静地放在桌子上，似乎刚才的那些景象只是幻觉而已。

"方逸，这……这就做好了？"满军小心翼翼地问道。不知道为什么，在方逸制作好这张符箓之后，他心中居然对方逸这个年轻人起了种说不出来的畏惧感，或许刚才的情形有点过于神秘了吧。

"做好了，满哥，我休息一会儿。"方逸有些疲惫地点了点头，如果细看的话，他的额头在这开足了冷气的客厅里，竟渗出了细细的一层汗珠，可见刚才制作符箓的那一番动作，让方逸耗费了不少的心神。

"哼，这小子装神弄鬼的本事又长进了啊！"见到方逸如此动作，胖子和三炮对视了一眼，两人都从对方的眼中读出了他们想说的意思，以前他们又不是没见过方逸制作符箓，哪里会累成这个样子啊？

以前胖子和三炮就经常说，方逸要是生活在七八十年前，就凭着他画符诵经那一套，肯定能成为一代大师，只是这大师之前要加上"忽悠"两个字，而这次要不是满军这个外人在场，说不得胖子和三炮又要奚落方逸几句了。

不过胖子和三炮却不知，由于山中朱砂稀少，方逸在他们两人面前练习的时候，大多都是用黑墨的，只是纯粹的画符而并没有灌输真气；至于胖子他们见到贴在道观里的符箓，都是方逸在夜深人静的时候私下里制作出来的。

"让我看看这两张符有什么不同。"见到方逸盘膝坐在椅子上打坐，满军拿起了桌子上的那两张符箓，一张是之前作废的，还有一张就是方逸刚刚画出来的。

"嗯？还真是有点不同啊！"

想在古玩行里混，最重要的就是要有个好眼力。满军这一打量顿时发现，两张符箓的字样虽然一模一样，但前面的一张显得有些呆板；后面一张则给人一种充满了灵性的感觉。

如果单单拿着一张符箓，满军是万万分别不出来的，但两张拿在手上一对比，这差距立马就显现了出来，前面一张的最后一点是画蛇添足，而后面的那张是画龙点睛，就是那么一点让两张符箓变得截然不同。

"胖子、三炮，这玩意儿真有用吗？"

对比完两张符箓，满军的目光看向了身旁的两人，虽然满军相信鬼神之说，但是对手里的这张只是写了些字的黄纸能驱除老鼠、爬虫，他还真有些信心不足。

"当然有用了，嘿嘿，我觉得这次逸哥画得比以前都好，说不定效果也更好呢。"胖子作出一副专家的样子，将脑袋凑到两张符箓面前点评了一番。

"是比以前做得都要好，这也是满哥拿出来的那些朱砂的功效。"调整了一下体内激荡不已的真气，方逸睁开了眼睛，当他看向那张后面制作出来的符箓之后，脸上也忍不住露出了一丝笑意。感受着那张驱秽符上强烈波动着的灵力，方逸很是满意地点了点头。以前受条件所限，他制作符箓使用的朱砂品质都很一般，所以也限制了符箓的品质，但这次却不同，最顶级的朱砂制作出来的符箓，让方逸明显感觉到了不同。

"咦，怎么这张符箓看上去，和那张有些不同啊！"打量着两张驱秽符，方逸口中忽然"咦"了一声。

“当然不同了，你第一张不是制作失败了吗？”胖子在一旁大咧咧地说道，他从小见方逸画符见得多了，哪里有兴趣拿在手上细看。

“不对，小方说的不同，应该是两张符箓的颜色吧？”胖子话声刚落，满军就开口说道，“小方制作的第二张符箓，显得更加旧一些，这纸像是有年头的那一种。”

“对，就是这种感觉。”听到满军的话，方逸连忙点了点头，他刚才就有这种感觉，只是不知道怎么表达出来。

“可能是制作成功和失败之间的区别吧。”满军有些兴奋地说道，“小方，要不然咱们去试试，看这东西到底好不好使？”

“没有意外的话，应该能驱除掉二楼的一些秽气。”方逸随口答了一句，他的思维还停留在两张符箓出现外观不同的问题上。

制作两张符箓的符纸，都是从一张黄表纸上裁剪下来的，在制作之前，两张黄表纸没有任何区别，方逸闹不明白的是，为何制作之后，那张成功的符箓纸张显得非常陈旧，看那年份最少也在三四十年以上了。

方逸从小画符，这制作成功的符箓怕是也有几百张了，制作失败的符箓更是数不胜数。但是就以前的经验来看，成功和失败的不同之处，只在于符箓上是否存在灵力波动，从外观上看，却是没有什么不同，而且方逸也没有听师父说过有这种现象。

“小方，那咱们快点上去试试吧！”满军已经有些迫不及待了，出言打断了方逸的沉思。

“好吧，那就去试试！”方逸苦笑了一声，他现在也无法断定两张符纸出现不同的原因，只能以后多制作出一些符箓，或许能从中看出什么端倪来。

“满哥，把一楼的门给打开吧，院子门最好也打开。”上楼之前，方逸交代了满军一句，他有种预感，这张驱秽符的效果应该很不错，或许一张符就能将满军这整栋小楼都给覆盖住。

“打开门干吗？”满军一脸疑问地看向方逸。

“放老鼠走啊，它们要是死在屋里多难受！”方逸笑着答了一句，以前他就曾经干过这种事，关上道观的大门贴符箓，最后一共在道观里拾出去七八只老鼠，还有两只死在墙洞里的，最后都发臭了。

"那好，我听你的。"听到方逸的话，满军有些怀疑地挠了挠头，不过还是按照方逸的吩咐打开了门。

几人又回到二楼，刚一打开灯，又看到几只老鼠从桌子上蹿了下去。它们并不怎么怕人，跑的速度也不是很快，就在几人的视线中钻到了沙发的后面。

"猖狂，看我太上老君来收服你们！"满军高高举着方逸的那张符箓，口中发出一声断喝，只不过等他喊声停下来后，除了上面的吊扇落下一层灰尘之外，屋里似乎并没有什么变化。

"阿嚏！"被掉落的灰尘呛到了鼻子打了个喷嚏，满军转头看向方逸，开口说道："小方，这玩意儿不管用啊，你看，什么变化都没有。"

"我来试试！"方逸笑着接过了满军手中的符箓，将一丝真气灌输其中之后，手臂一展，将其贴在了木门的上方门梁上。

说来也奇怪，那符箓后面并没有涂抹什么胶水之类的东西，但等方逸松开手后，那张符箓却紧紧地贴在了上面，与此同时，原本显得阴暗污秽的房间，似乎也发生了一丝变化。就在那符箓被贴上的时候，整个二楼像是凭空刮了一阵风一般，而门梁上的符箓闪烁出一丝肉眼无法得见的红色光芒，往四周散逸而去，逐渐将三楼和一楼也给包裹了起来。红色光芒所到之处，房间常年不见阳光产生的污秽，就像是冰雪遇到了太阳一般，瞬间就被融化了，房间内那种阴暗的感觉立马就消失得无影无踪。

"嗯，好像真有效果！"虽然眼睛看不见那种变化，但身边的感觉满军却是能感受到的，原本站在二楼的房间里，会有种阴冷的感觉，但是当方逸贴上符箓之后，他却感觉好像有阳光照射在了身上一般，暖烘烘的十分舒服。

"老鼠，老鼠跑出来了！"就在满军察觉到不同的时候，忽然见到一只大老鼠从沙发后面窜了出来，慌不择路径直就冲到了满军的脚下，一溜烟似的从楼梯处跑下了一楼。随着这只老鼠的窜出，紧接着又有七八只老鼠从屋内的各处角落里钻了出来，不过有几只开始没找到路，在屋内乱窜了一阵之后，才追寻着第一只老鼠下了楼梯。而那些蜘蛛、蜈蚣、小蜥蜴什么的，也纷纷从阴暗的地方爬了出来，只不过它们就没有老鼠那般强大的生命力了，还没等爬到楼梯口，身体就僵直在了地上，看那样子是已经死去了。

"满哥，你这房子，整个就一野生动物园啊！"看着不断爬出的那些东西，胖子开口调侃了满军一句，因为除了那些爬虫之外，居然还爬出了一条半米多长身上长满了黑白结的蛇，也不知道这条蛇是怎么和天敌老鼠平安相处的。

"平时打扫得少，以……以后要多打扫下。"见到这些东西，满军也是不断擦着脑门上的汗，他真没想到家里居然有这么多东西，这要是什么时候给自己来上那么一口，恐怕不死也要脱层皮吧。足足过了半个小时，角落里才再也没有东西爬出来，而客厅的中间，已经是死了一堆的爬虫，粗略统计也有二三十只，尤其是一只差不多有婴儿拳头大小的黑蜘蛛，让满军出了一身冷汗。

"小方，你这玩意儿真的很好用啊！"惊恐过后，满军看向方逸的眼神都有些不一样了，往日里只是在电影上看到道士作法，虽然心里愿意相信，但实际上除了单纯的孩子之外，没有几个大人认为那是真的。

不过现在不同，满军可是亲眼目睹了这张符箓的威力，那些连人都不怎么怕的老鼠在贴上符箓之后，一个个就像是见了猫一般，全都跑出了房间，这岂不正是说明符箓的神奇了吗？

"这张道符的威力怎么那么大？"听到满军的话后，方逸也挠了挠头。按照他以前的经验，符箓所产生的灵力波动，会逐渐驱散屋内的秽气，但这个过程往往需要几个小时到一两天，这种立竿见影的效果，方逸也是第一次见。

"难道是师父保佑我下山之后开窍了？"方逸抬起头打量了半晌那张符箓，但除了能感受到符箓的灵气波动之外，再也没有发现什么不同之处。当然，硬是说有的话，就是这张符箓看上去有些旧，就像是几十年前画出来的一般。

"小方，你看什么呢？"顺着方逸的目光，满军也盯着那张符箓瞅了一会儿，不过他连符箓所产生的灵力波动都感受不到，哪里能看出什么所以然来。

"没什么，满哥，咱们开始打扫吧。"方逸摇了摇头，眼睛看向地上那一堆爬虫，说道："对了，满哥你喝不喝酒？"

"喝酒啊，男人不喝酒还叫男人吗？"满军有些莫名其妙地看向方逸，不知道他为什么会问这个问题。

"喝酒就好，那条银环蛇你别扔，回头泡在酒里，能治关节风湿。"方逸在山中生活了那么多年，知道那条蛇虽然不是很长，但却是一条银环蛇，毒性非常强，是陆地四大毒蛇之一。

"什么，是银环蛇？"满军虽然没见过银环蛇，却听说过银环蛇的毒性，在听到方逸的话后，脸色变得煞白，要知道，平时就他一个人在这个小楼里面住，万一被蛇咬到的话，连救命都没人可喊。

"还没成年，是条小蛇，也不知道从哪里爬进来的。"方逸抓住那条蛇的尾巴，将它提了起来，手上微微一抖，震散了整条蛇的关节，就算刚才这蛇没死透，现在也是再无法咬人了。

"我哪里知道啊！"满军都快哭出来了，看着方逸说道："小方，我这家里不会真闹鬼了吧？要不然怎么会有这么多脏东西啊？"

"满哥，你别担心，哪里有什么鬼啊！"听到满军的话后，方逸摇了摇头，起身走到窗户边往外看了一眼，不由笑了起来，指着外面说道："满哥，估计是你家那葡萄架的事，这葡萄性阴，最是招蛇，估计这条银环蛇就是从那里进来的。"

"还有这种说法？奶奶的，我回头就把那些葡萄架都给烧了。"一听是院子里的那些葡萄架惹的祸，满军恨不得现在就一把火将其烧掉。

"满哥，没那么夸张。"听到满军的话后，方逸不由苦笑了起来，说道，"现在这葡萄架都已经结葡萄了，眼瞅着就快熟了，你一把火给烧掉多可惜啊！"

在进院子的时候方逸就看到了，那一串串垂下来的葡萄都已经呈红色了，而且看上去品种还不错，都有摘下几颗尝尝味道的心思。

"可……可是那玩意儿招蛇，也不能留啊！"满军闻言苦起了脸，其实这葡萄是他父母当年种下的，到现在差不多已经有十来年的时间了，满军还真没发现过有蛇出没的迹象。

但不知道心不慌，这一旦知道了，满军心里就开始膈应了，他生怕自己哪天从葡萄架下面过的时候，被那银环蛇给咬上一口，倒不如都砍掉算了。

"满哥，有我这张符，能中和一些葡萄所产生的阴气。"方逸想了一下，说道，"你要是还不放心的话，就去中药店买上雄黄、苍术、鱼腥草、半边莲、青木香这几味中药泡上一坛酒，然后和硫黄一起洒在葡萄架的下面，三五年内，应该是没蛇再敢过来了。"

从小在山里长大，方逸什么样的爬虫和毒蛇没见过？不过在他那道观方圆几十米内，却是连蟋蟀叫都听不到，所有的蚊虫毒蛇都被方逸给驱赶到了道观之外。

"好，我回头就去买，这酒需要泡多久呢？"透过窗户看着院子里的葡萄架，满军心里还是有些发毛，好像那架子上爬的都是毒蛇一般。

"又不是喝的酒，泡上一两天就行了。"看见满军一脸紧张的样子，方逸笑着说道："一般你不招惹蛇，它是不会主动咬人的，满哥你不用担心。"

在这房间里，也就满军怕被蛇咬，像是胖子和三炮这些在山脚下长大的农村孩子，五六岁的时候就敢拎着条蛇到处吓唬人，毒性再强的蛇，他们也不会害怕。

"得，那咱们先收拾屋子吧，晚上你们也好住下。"听到方逸如此一说，满军也没再多说什么，他都是四十的人了，难不成胆子还没眼前这几个半大孩子大吗？更何况方逸制作出来的符箓，的确是非常神奇，也将满军心中的惧意驱散掉了不少。

在驱除了蛇虫老鼠之后，收拾屋子都变得容易了起来。说来也奇怪，门梁上贴着那张符箓，方逸他们在扫地的时候，不用洒水那些灰尘都不会扬起来，清扫起来很是方便。不过多年的尘埃，也让方逸和胖子他们打扫了整整一个下午，并且将一些无法再用的家具给扔了出去。像是二楼和三楼三个房间里的床，原本都是木床加席梦思床垫，可是那床板都被虫给蛀烂了，床垫更是成了老鼠窝，里面都是一些老鼠爬虫的排泄物，根本就不能用了。留下方逸和三炮继续打扫屋子，满军带着胖子去旁边的旧货市场买了三张硬板床，现在正好又是夏天，也不用什么床垫，再买上三张竹席，他们哥几个睡觉的家伙什儿就算是准备齐全了。

"好了，小哥儿几个，院子里有水龙头，都去冲一下吧，看这满身的灰尘，等洗完了澡咱们下馆子再喝几杯。"看着完全变了模样的二楼和三楼，满军也很是高兴；更让他高兴的是，满军感觉让方逸住进来，自己似乎捡到了个宝，别的不说，他满军活了四十年了，也没见过谁有方逸那制作符箓的本事。

"满哥，咱们在家里吃吧。"方逸对于外面的饭菜实在不感兴趣，而且中午在超市的时候也买了些菜，加上他们几个带了几条腌制的鱼，整几个下酒菜出来还是很方便的。

"在家里吃？"满军闻言愣了一下，开口说道，"在家里吃也行，不过咱们可说好了，我可不会做饭，全指望你们哥儿几个了。"

"满哥，胖子就是厨子，你就放宽心吧。"三炮拍着胖子的肚子说道，"就凭这一肚子油水，估摸着炒的菜也不会太难吃。胖子，你晚上要好好露几手啊！"

"去死吧，逸哥才是真正的大厨呢！"胖子没好气地回了一句，要是在别人面前他不会谦虚，不过和方逸比起手艺来，胖子知道自己还差得远。

"先冲个凉吧，这一头一脸的灰……"

方逸率先出了屋子，走到院子里的自来水管下面，打开水龙头后，脱下衣服对着皮管子就冲洗了起来，反正这独门独院的从外面也看不到里边的情形。

冲完凉方逸就钻进了厨房。虽然一开始不会使用液化气，不过在满军教会他开关之后，方逸就将满老板请出了厨房，因为他算是看出来了，满军是真的不会做饭，在厨房里待了没五分钟，好心想帮忙的满老板就打碎了两个碗。

方逸干活很麻利，等胖子和三炮冲完凉之后，他就在院子那葡萄架下面的桌子上摆了拍黄瓜、油炸花生、红油猪耳和蒜泥拌茄子四个凉菜。

"鱼还在锅里，等会儿就好……"方逸将菜端上来后，开口问道，"满哥，晚上喝点什么？"

"整点白的吧，喝完了正好睡觉。"满军抬头看了一眼那葡萄架，心里还是有点不踏实，向方逸问道，"小方，那上面的蛇真跑了？别咱们正喝着它给来上那么一口……"

"满哥，真没事的。"方逸笑着说道，"你没发现这院子里的蚊子都少了很多吗？回头我再制作一张镇宅符，保你这院子平安无事。"

说来也奇怪，往日院子里的蚊子可不少，大白天的都会被叮上一身疙瘩，但是今天满军在院子里坐了半天了，好像一口都没有被咬到。

"好，好！"

感觉到院子里的变化之后，满军笑得嘴都合不拢了，当下跑进屋里拿了瓶酒出来，说道："今儿遇到方兄弟你这个高人，值得庆祝一下，这酒我存了差不多二十年了，咱们今儿就给喝掉！"

"哎哟,茅台啊!"方逸尚未说话,胖子看到满军手里的酒,大声叫了起来。

"八二年的茅台,到现在十八年了。"满军扬了扬酒瓶,无不显摆地说道,"这酒现在市面上最少三千块一瓶,小胖子,今儿你算是有口福了!"

"满哥,你真是我亲哥啊!"胖子此刻恨不得抱着满军那光秃秃的脑袋亲上一口,要知道,他前段时间在沪上干保安被辞退,就是因为好心帮业主拎东西打碎了茅台酒,为此胖子在心中许下了宏愿,等到自己有钱了,一定要顿顿喝茅台。

"瞧你那点出息!"三炮对胖子的样子很是不齿,没好气地说道,"逸哥才出院,你小子就让他忙活,还不赶紧到厨房盯着去?"

"这就去,嘿嘿,我胖爷也给你们露一手!"要是放在平时,胖子少不得要和三炮斗斗嘴,不过现在看到那茅台,胖子连斗嘴的心思都没有了,转身就往厨房走,嘴里还不忘喊着,"你们先别喝啊,等大菜上了咱们一起喝!"

还别说,胖子在部队那三年的厨子也没白干,一边炖着鱼,另外一边做了道东坡肉,两道菜一起上的桌,先不说味道如何,那东坡肉皮薄肉嫩,色泽红亮,看着就让人食欲大开。

"哎哟,胖子,没看出来,你还真有一手啊!"满军平时也是无肉不欢,当下夹了块肉塞进了嘴里咀嚼起来,顿时感觉这东坡肉做得是酥烂而形不碎,香糯而不腻口,忍不住竖起了大拇指。

"嘿嘿,满哥,好吃你就多吃点儿。"胖子上桌之后,眼睛可是一直盯着那瓶茅台呢,眼看开始吃了,连忙拿起茅台酒瓶子,给满军、方逸还有三炮都倒上了酒,当然,他也没忘了自己面前的酒杯。

胖子在社会上待的时间长一些,比方逸和三炮会来事,倒上酒之后就端起了杯子,开口说道:"满哥,要是没有你,我们哥几个恐怕就要露宿街头了,先敬你一杯。"

"好,能认识你们小哥儿几个,我也很高兴。"满军端起了酒杯,说道,"以后你们几个把这里当成自己家就行,缺什么东西给满哥说一声,我都给配置起来。"

满军是个生意人,而他做生意,关键就在那一双眼睛上,不管是辨物还是识人,满军这十多年来极少看走眼。

　　满军之所以让方逸等人住到自己的家里，也是看出这几个年轻人肯定能在城里闯荡出来，虽不知他们日后会有什么样的成就，但提前结个善缘，对满军来说只是举手之劳罢了。

　　"满哥，已经麻烦你很多了。"方逸有些不好意思地说道，"之前胖子也没和你谈租金的事儿，满哥你说个数，回头让胖子先把钱给你。"方逸从小在山上没花过钱买东西，和山下村民也都是以物易物，原本对于房租什么的并不是很在意，心里也没有那个概念。

　　不过方逸下山所上的第一课，就是孙连达教给他的"做人不要占小便宜"，所以方逸提起了房租的事情。这一栋小楼总共三层，他们兄弟几个就占了两层，不给些费用自然是说不过去的。

　　"方兄弟，咱先不说这个。"听方逸提起房租，满军摆了摆手，说道："我想问一下，你制作那符箓，一般都会收人多少钱？"

　　"多少钱？"方逸被满军问得愣了一下，摇了摇头，说道，"我没卖过这东西啊，别人真有需要我送几张就是了。"

　　"好，那我再问一下，这符箓是不是每个人都能作出来的？"满军脸上露出了一丝笑容，接着问道。

　　"满哥，你当画符是种白菜啊？是个人都行？"就算方逸脾气很好，此刻也有点急眼了，当下说道，"除了我师父，我没见过第二个能制作出符箓的人。"

　　"别急，别急，你等我把话说完。"见到一直都表现很淡然的方逸着了急，满军不由笑了起来，这才对嘛，还不到二十岁的年轻人表现沉稳得像个四五十岁的人，满军一直都有些看不透方逸，直到此刻才算是看出了方逸年轻的一面来。

　　"满哥，我倒不是着急……"方逸苦笑了一声，说道，"我从五岁开始画符，一直到十五岁才能一口气制作出一张符箓，这和练功一样，你看我画得容易，其实是台上五分钟，台下十年功啊！"

　　方逸还有一句话没有说，那就是想要成功制作出符箓，还需要一个最基本的条件，这个条件就是制作符箓的人，必须是修炼出真气的内家高手，没有这个先决条件，那根本就制作不出蕴含灵力的道符。

"方兄弟，那你说我拿着钱到外面，能买得到这种符箓吗？"满军脸上满是笑容地问道。

"估计是买不到。"方逸摇了摇头，说道，"你去几大道家洞天福地，或许能求到，但是也不好说，因为我师父说过，现在懂得制作符箓的人已经越来越少了，有些道门甚至都断了传承。"

既然是道门人士，方逸对于道家的几个派别还是很了解的。现代的道教，一共有五个派别，分别是正一道、全真道、真大道、太一道和净明道，传承各有不同。不过有一点相同的是，这些道派都和俗世牵扯甚多，能静下心来研究道义、苦修道术的人越来越少了。老道士曾经对方逸说过，以他现在对道经的理解，去个大道派当个掌门是绝对没有问题的。

"那不就对了嘛，方兄弟，你这符箓我有钱都买不到，算得上是很珍贵了吧，那你住在我这里，我又怎么好意思收房租呢？"满军绕了半天圈子，敢情是在这里等着方逸呢。

"得，满哥，那我就不提房租的事情了。"听到满军的这番话，方逸算是明白过来了，不过他这符箓和房租比起来，也不知道是谁吃亏谁占便宜。因为不管佛道都有句话，那就是信则有，不信则无，所以这符箓放在世人眼中可以说价值千金，也可以说一文不值。

"哎，我说你们两个，在这里绕来绕去的总是说个钱字，俗不俗啊？"

见到两人的谈话终于有了结果，胖子端起了酒杯，说道："来，咱们再走一个，以后我们要是在朝天宫练摊的话，满哥你一定要多多照顾啊！"胖子跟着满军去过他那朝天宫的店铺，一路上见到有不少人和满军打招呼，知道他人缘不错，自己兄弟几个想要在朝天宫站住脚，说不定还要满老板提携一二。

"小胖子，你这可就说错话了啊！"听到胖子的话后，满军笑着说道，"既然你们都喊哥了，那就都是我老满的兄弟，自家兄弟还说什么照顾不照顾的，今儿要罚你一杯酒。"

"罚一杯哪够？最少要罚三杯。"胖子正愁找不到理由多喝几杯呢，当下连着喝了三杯下去，咂吧了下嘴，那样子似乎在后悔没说罚个五杯。

"我算是看出来了，你小子就是想混酒喝啊！"看见胖子那模样，满军大声笑了起来，说道："八二年的茅台就这一瓶了，不过新酒我还有一些，今儿别的不敢说，茅台酒管够！"能在古玩行里混那么多年，还赚下了不菲的身家，满军做人还是很不错的。就像现在这样，他一个几百万身家的小老板，能打着赤膊和几个一文不名的穷小子喝酒聊天，这就不是一般人能作出来的。

晚上这顿酒众人喝得都很高兴，基本上也全都喝多了，喝到最后，除了方逸，那三个都出溜到桌子底下去了，还是方逸一个个把他们背进屋里扔到了床上。

"以后就在这里生活了。"躺在那新买的床上，方逸难得没有打坐练功，而是盯着雪白的天花板，脑中思绪万千。下山不过三五日，方逸所遇到的事情和心理冲击，比在山上十多年还要强烈得多。

"要不要给自己卜上一卦？"方逸脑中冒出了一个念头，不过随之就摇了摇头。除了卦不算己之外，方逸也明白这"生死有命，富贵在天"的理儿，自己只要顺应天意就行了。

迷迷糊糊的也不知道什么时候睡去的，但是在早上五点钟的时候，方逸还是准时睁开了眼睛。起身走到了阳台上，三楼只有一间房，剩余的就是一个大平台，正好能让方逸在上面练功。太阳东升，吸纳了清晨第一缕东来紫气之后，方逸只感觉神清气爽，尤其是城市的清晨，给了他完全不同的体验，那是在山上体验不到的一种生活气息。等方逸到厨房熬好了一锅小米粥之后，满军等人也都醒了过来。就着咸菜喝着粥，满军心里那叫一个爽，这会儿都琢磨着是不是要给方逸开点工资什么的了，这服务简直比保姆还要到位啊。当然，满老板并不知道，方逸从六岁起，就开始负责道观里的一日三餐了，这些活对于他而言早就是做惯了的，谈不上什么辛苦不辛苦。

第十七章
古玩市场

"走，哥儿几个，我带你们先去古玩市场转转。"吃完早饭之后，满军惬意地点上了根烟，开口说道，"回头我带你们去趟市场管理处，你们先交上一个月的铺位租金，就能在市场里面摆摊了。"

"满哥，我们还不知道卖什么呢，这么快就开始摆摊？"听到满军的话后，方逸这哥儿仨都有些傻眼，虽然他们已经将自己的生意定为文玩，但哥儿几个连文玩里面有什么东西都还没搞清楚，摆摊卖什么啊？

"这些你们不用操心，满哥都帮你们想好了。"满军笑着摆了摆手，站起身说道，"走吧，先带你们熟悉下市场，看看能不能占个好点的位置。"

被满军说得有些蒙的哥儿仨，只能跟在满军后面，出了院门往朝天宫的方向走去。

朝天宫，位于金陵水西门内冶城山，是江南地区现存建筑等级最高、面积最大、保存最完整的古建筑群。朝天宫之名，系明太祖朱元璋下诏御赐，取"朝拜上天""朝见天子"之意，20世纪70年代末改为金陵博物馆。还没接近冶城山，就能看到那处红墙碧瓦的巍峨殿阁，走到近处，那达到七万多平方米的建筑群，更是显得气势非凡。

"乖乖，这么大一块地，都是古玩市场？"虽然家搬到了金陵，但那是三炮从农村当兵走之后的事情，所以对金陵他也不怎么熟悉，见到那些红墙碧瓦还以为里面就是古玩市场呢。

"三炮，没见识了吧？"听到三炮的话后，胖子一脸不屑地说道，"里面那是金陵博物馆，古玩市场在外面，亏你小子还说自己是金陵人呢。"

胖子这会儿挺嘚瑟的，可是他也忘了前天来的时候径直就往博物馆里冲，甚至连头上那几个金陵博物馆的字都没看到，嘴里还直嚷嚷着"这古玩市场老大了"，那不是一般的丢人。

"我又没来过这里。"三炮嘴里嘟囔了一句。

"走，到市场去。"满军一挥手，带着几人往博物馆大门外的一条街走去，嘴里说道，"这朝天宫是一九七八年才改为博物馆的，但是咱们这古玩市场的时间可就长了，从清末到现在，足足有一百多年了。"

满军这话倒不是在吹牛，朝天宫古玩市场是金陵乃至全国收藏领域的一面旗帜。"对了，那金陵博物馆的老馆长就是孙老。"满军对着金陵博物馆指了指，说道，"孙老当馆长那会儿我还在外面练摊呢，方逸你有空多联系下孙老，想干这行最好还是得有个靠山。"

满军这话并不是无的放矢，只要孙连达放句话，说方逸是他的弟子，别的地方不敢说，但在金陵这地界上，绝对没有人敢拿着赝品来坑方逸。

"萍水相逢罢了，孙老哪里能看得上我啊。"方逸闻言苦笑了一声，他也是昨儿和满军喝酒聊天的时候才知道孙连达在古玩行有着何等的地位。

"这个不好说，我看孙老就很喜欢你。"满军笑了笑，说道，"走吧，那边就是市场了，我的店也在里面。"

"满哥，这地方不怎么大啊！"进入古玩市场之后，方逸粗略数了一下，两边的店铺加起来有二三十家，还不如在街两边摆地摊的多呢，而往来的人流也大多都是在地摊处流连，很少有进到店铺里面的。

"谁说不是呢？"

听到方逸的话后，满军点了点头，说道："这边管理有点乱，我听人说这古玩市场以后可能会搬走，具体什么情况还不知道，不过三五年的应该动不了。"

作为古玩市场的老人，满军对朝天宫古玩市场的现状还是很了解的，前些年还好，但是近几年古玩收藏热起来之后，一些人就开始大肆倒卖假货、赝品，弄得整个市场是乌烟瘴气，市场管理部门更是监管不力，形同虚设。这建立起名声来可能需要一百年，但毁坏起名声来三天或许就够了。以前的那些老玩家和藏家们，现在已经很少到朝天宫来捡漏儿了，游客基本上也很少去店铺买东西，像是满军的店，就只能做些熟客的生意了。

"满哥，今儿这么早啊？"

"满哥，来，抽根烟，这哥儿几个瞅着眼生啊！"

满军的人缘确实不错，带着方逸他们几个人刚一进市场，市场门口那几个早起摆摊的人就纷纷打起了招呼。在古玩行里混，那也是有层次的，满军在古玩市场开得起店铺，就属于古玩商了；而这些练摊的人档次自然是低了不少，平时见到满军也都是点头哈腰的。

"这几个是我的小兄弟，以后也在这边混口饭吃，你们几个可不准欺负他们啊。"满军笑着和那几个人打了个招呼，顺便将方逸哥儿仨介绍了出去。

"哪儿能啊，满哥，你的兄弟就是我们的兄弟。"在古玩市场里面混的都是些人精，再加上漂亮话反正不花钱，几句话聊下来熟稔得就像是老朋友一样了。

和那几个人打了几句哈哈之后，满军带着方逸等人往里面走去，他们今儿来得比较早，这会儿才八点多，古玩市场还没怎么上人，要知道，古玩市场平时还就是靠那些游客来带动人气的。

"满哥，这些都是你朋友？"胖子开口问道，他心眼子比较活泛，知道想要在这古玩市场立足下去，那三教九流的人都要去接触，心里已经存了结交那几个人的心思。

"屁的朋友。"满军撇了撇嘴，压低了声音说道，"小胖子，不要看着我和他们挺热乎，就以为我们是朋友，那些家伙专门干些坑蒙拐骗的事情，你小子以后少和他们来往，也不要从他们手上拿货。"

在满军看来，朝天宫古玩市场的衰败，八成都是这些搅乱市场的家伙造成的。只不过他现在有些身家，犯不着和那些人交恶，但最多也就是见面打个招呼，满军是不会和他们有什么深交的。

"哎，我还以为满哥你和他们关系有多好呢。"听到满军的话，胖子有些傻眼，就连方逸和三炮也很吃惊，当面好得像兄弟一样，怎么转脸就骂开了。

"你们是不是觉得满哥我这人当面一套背后一套？"看到方逸等人的脸色，满军摇了摇头，说道，"想在这社会上混，那就要见人说人话，见鬼说鬼话，要是见到不喜欢的人就绷着张脸，那在这社会上就会寸步难行，你们哥儿几个要学着点。"

"我们知道了，满哥。"方逸几人同时点了点头。他们几个虽然很质朴，但脑袋瓜都属于绝对好使的那一类，满军的话乍听上去是让人有些难以接受，但仔细一琢磨，还真是这么一回事。

"到了，这就是我的店。"来到一家店铺门口，满军站住了脚，拿出钥匙打开了店门，说道，"进来咱们先喝壶茶，然后我再给你们说道说道。"

"博古斋，好名字啊！"方逸站在店门口抬头看了下上面挂的匾，点头说道，"通今博古，没想到满哥还是个雅士呀！"

"什么雅士？"满军笑着回过头，说道，"我那是当时起不出名字来，后来还是花了二十块钱，让那个一起练摊的算命瞎子给我起的，好歹就这么用着了。"

经过这几天的接触，满军知道方逸他们三个人都是刚从农村出来的，心性干净得就像是一张白纸，所以他也是敢说一些心里话，如果换成这古玩市场的老油条，那满军自然也是满口瞎话了。

"那你运气还真是不错。"听到满军的这个解释，方逸顿时无语了。他是道门中人，自然知道这起名是关乎自身气运的，名字起得好，那做起事情来就会顺畅通达；反之名字起得不好的话，那就会事事遇阻，生意难以为继。

"运气还行，练了两年摊就开了店。"

方逸等人进到店里之后，满军一边去拿电热壶，一边笑道："这店刚开业就做了两单生意，也结交了一些人脉，不好不坏的就这么混下来了，比上不足比下有余吧。"

满军是个豁达的性子，小日子过得是知足常乐，见谁都笑眯眯的，所以运道一直都不错。

前几年古玩市场晚上失窃，那会儿有七八间店铺还没租出去，开业的一共就二十家店，那盗贼总共光顾了十八家店铺，唯独满军和另外一人的店平安无事。

"这满哥还真是好运气。"坐下之后，方逸心中一乐，他进店之前就查看了四周的风水，发现他这家店斜对着朝天宫的大门，避过了朝天宫的煞气不说，还沾染了一丝朝天宫的气运。

"来，哥儿几个，尝尝今年的龙井新茶。"等水烧开之后，满军给方逸等人泡了茶，说道，"我以前是不喝茶的，不过在这里整天坐着没事干，除了喝茶就是聊天扯淡，现在除了喝酒，也喜欢上喝茶了。"

"满哥，怎么会整天没事干呢？"三炮不解地问道。他刚一进这店就被震住了，左右两排柜台里放满了各种玉石古董，在后面还有更大一处地方整整齐齐地摆了两排立柜，那上面也是放满了各种瓷器，单看那摆设，就会让人有一种价值不菲的感觉。

"三炮，别看东西摆得多，除了柜子里的几块玉，其他的就没一件是真的。"

顺着三炮的目光看去，满军不由笑了起来，他手上的确也有几件好东西，不过却藏在了家里，而且还不是朝天宫这边的家，是藏在了行里人都不知道的市里面的那处住所。

"全是假的？"三炮闻言愣住了，有些不可置信地问道，"满哥，那你这做生意不是骗人吗？"

"骗人？我满军在这个市场卖东西，向来都是明买明卖，从来都不骗人的。"满军摇了摇头，说道，"这些东西也不能说是假货，它们都是高仿货，每一个物件都是有原型的。客人问的时候，我会说明白是高仿制品，不会欺骗他们的。"

金陵怎么说也是有名的六朝古都，论其底蕴比首都和西安都不遑多让，文人雅士自然不少，再加上一些附庸风雅的人，所以古玩字画和青铜瓷器这一类的物件，在金陵流通得很多。不过真正有底蕴有传承的古董，不管是在盛世还是乱世，那价格都是不菲的，也不是现在的那些文人学者们能玩得起的。就像是满军那柜子上摆的瓷器，如果是真的话，随便哪一件都是一个大学教授一辈子的工资。

这有钱是一种玩法，没钱也有没钱的玩法，买不起真的还买不起假的吗？所以高仿在金陵就流行了起来，满军那柜子上的瓷器，运气好的话一个月倒是也能卖上两件。

"一个月就卖两件？这么大的铺子哪里够啊？"胖子不解地问道，他发现那柜子后面还有一个房间，总归有五六十平方米。这么大的店铺，一个月的租金估计就要个五六千块，每月卖两件高仿物品，怕是连租金都赚不回来吧？

"古玩行开店做生意，不是靠着在店铺里卖东西，我这店开了好几年了，还没在这里卖出去过一件上万的物件呢。"

满军惬意地喝了口茶，笑着说道："古玩行里有句话，叫'三年不开张，开张吃三年'。虽然说三年有点夸张了，但是我一年只要做成一桩买卖，那就差不多够一年的开支了，做成两三桩生意，那不就是赚的嘛！"

满军有心带方逸他们哥儿几个上路，对古玩行里的这些事情说得很是细致，就像他昨天卖给孙连达那幅扇面，满军两万收过来，一转手就卖了六万五，别的不说，最起码一年的房租、水电费差不多就赚回来了。

"满哥，那我们应该怎么做？做些什么呢？"满军的话听得胖子热血沸腾。就在几天之前他还穷得叮当响，现在哥儿仨不但在城里有地方住了，还有两万块钱的启动资金，胖子已经等不及要甩开膀子大干一场了。

"你们资金有限，对这行当又不懂，我觉得还是像孙老说的那样，先干些文玩的买卖。"满军想了一下，接着说道，"文玩不讲究老，而讲究个玩字，东西不会太贵，赚得虽然不多，但利润也是很不错的。你们几个先从文玩开始，慢慢向古玩过渡，这样会比较好一点。"

"满哥，文玩是不是就是方逸手上的珠子那一类的？这玩意儿在哪里进货啊？"

胖子等人在店里闲聊的时候，外面已经逐渐开始上人了，看着那些熙熙攘攘的游客，胖子有点坐不住了，话说实践是最好的学习方法，坐在这里听满军说，还不如自己摆摊去练练呢。

"方逸戴的是黑檀珠子吧？"满军对文玩珠子并不怎么在行，而且孙连达父子要收这串珠子的时候他也不在，是以把这串老沉香珠子看成是黑檀的，这两者的价格那可是天差地远了。

"木珠子只是文玩的一种，另外一些植物的种子也很受追捧，四大菩提——星月、金刚、凤眼和莲花也属于文玩范畴，另外像是核桃、葫芦、橄榄核、蜜蜡、松石等，也是文玩。"

满军知道这哥儿几个对文玩和古玩全都是七窍通了六窍——一窍不通，是以将自己所了解的东西一一都说了出来。在古玩市场待了那么多年，满军就算不做那一类的生意，但总归还是了解的。

"满哥，这货在哪里进啊？是在金陵吗？"听满军普及了一下文玩的知识，一直是只听不说的方逸终于开了口，而且一开口就问到了点子上，想要做文玩的生意，那首先就要有进货的渠道。

"金陵倒是有文玩的批发市场，在明故宫那边。"满军想了一下，开口说道，"不过那边拿货的价格高了一点，很多人都是到京城潘家园或者是十里河那边去批发的，你们刚刚接触这一行，我建议你们还是先在金陵拿货吧。"

"嗯，去京城进货的成本有点太高了。"胖子点了点头，说道，"满哥，你要是有空的话，带我们哥儿几个去一趟明故宫那边转转呗？"

虽然听满军说了那么多，但胖子心里还是有些没底，很害怕这生平第一次做生意就被人给骗了，不对，按照满军刚才说的行话，被骗买到假东西那应该叫吃药。

"你们现在需要了解的不是进货渠道，"听到胖子的话后，满军摇了摇头，说道，"你们现在最需要了解的是这个市场和商品，还有就是你们所卖商品的需求人群，如何让他们接受并且从你们手上买东西，这才是最重要的。"

"可……可是满哥，我们连东西都没有，怎么去卖啊？"胖子和三炮苦起了脸，就连方逸也皱起了眉头。俗话说，巧妇难为无米之炊，就算胖子那张嘴再能忽悠，总不能对着客人卖空气吧？

"谁说你们没有？"看到哥儿仨那一脸便秘的样子，满军不由笑了起来，说道，"你们要卖的东西我都准备好了，就当是我批发给你们的，回头等全部卖掉之后再和我结账吧！"

"准备好了？"满军的一句话让方逸等人面面相觑，这两天满军几乎都和他们在一起，没见他什么时候去进货了啊。

"也谈不上什么准备，是我以前留下来的一点货底子。"满军笑了笑，站起身说道，"来，跟我到后面来，让你们先看看东西，然后我再带你们去市场管理处，等交了钱你们今儿就能出摊了。"

"货底子？"方逸等人被满军说得是一头雾水，跟在他后面走进了用两个柜子隔出来的一个房间里，透过柜子的空格能看到外面，倒是不怕被人偷东西。

走进那个房间方逸才发现，原来这个店铺后面还有个院子，大约有十来平方米的样子，院子的棚子底下有个洗衣机，旁边还挂着几件衣服。

进到小房间后，满军指了指放在地上的一个长宽约一米厚度在三十公分左右的玻璃柜，说道："小胖子，你把这个玻璃柜给拿到后院洗一下。"

与其说是个玻璃柜，倒不如说是木柜，因为这个呈扁盒子形状的柜子三面都是由木头打制的，里面还被分割成了若干个小格子，只是在柜子的上面罩了一层透明的玻璃而已。

"满哥，这个是干什么用的？"胖子不解地拎起了那个扁柜，只见上面铺满了厚厚的一层灰尘，也不知道在这里放置多久了。

"给你出摊用的，那些小格子就是放物件的地方。"满军说道，"摆地摊也讲究个层次的，拿张破布往地上一铺叫作摆摊，用这个扁柜放在地上也是摆摊，不过那档次就不一样了，这柜子里的东西卖出的价格，也要比放在地上贵一些的。"

看着这玻璃扁柜，满军也是一脸的感慨。当年他刚入行的时候，去了一趟潘家园，发现那里很多摆摊的人，并不都是将东西放在地上，而是制作了这么一个扁盒子，下面再垫一个四脚凳，如此一来，就有点像商场里的柜台了。

满军的脑袋瓜很活络，脑子一转就想到了这东西的好处，一来有这么个柜子，会给人一种心理上的暗示，显得与众不同，就算东西卖得稍微贵一点，客人往往也能接受。二来就是这个柜子会带给人实实在在的方便，因为只要垫得稍微高一点，客人甚至都不需要弯腰，就能看清楚玻璃柜里面的东西，更不用像地摊那样蹲下去查看物件了。别小看这一点方便，很多人在游玩或者逛商城的时候，总是会挑商城门口或者位置最好的摊位去选择物品，这就是为了图方便，和这个道理一样，省却了弯腰的工夫，就会给商家带来意想不到的收获。那会儿朝天宫古玩市场的很多人也都去潘家园进过货，见过这种地摊摆设，但都嫌麻烦，在朝天宫这地界却是没人这么做。话又说回来，这东西又没有定做的，打出来一个也要花个百十块钱。

满军的父亲就是个木匠，那会儿也还没过世，满军回家这么一说，老父亲就亲手给他打了这么一个木柜。满军第一天出摊就推了个三轮车，把木柜架在三轮车的上面，柜子里面的小格子里，摆满了各种商品。还别说，就是这么一个简单但却与众不同的创意，让满军很快就在朝天宫古玩市场站住了脚，而且生意要比旁边那些摆在地上的摊位好，再加上满军脑袋瓜灵活嘴又会说，所以每天都能多卖百十块钱。如此干了两年，满军终于是鸟枪换炮，租赁了一个店铺，这才算是真正地踏入了古玩这个行当里面。但不可否认的是，这摆地摊的两年是在打基础，那眼力和嘴皮子都是这两年锻炼出来的。

此刻看着胖子手上的这个柜子，往日自己练摊时的情形就像是放电影一般在脑海中闪过，满军不由有些伤感，还真有点舍不得将父亲亲手打制的东西交给方逸等人。

"满哥，这真是世事洞明皆学问，人情练达即文章啊！"听到一个不起眼的柜子就会起到这么大的作用，方逸也是感叹不已，他没想到这么一个小小的细节，就会带来完全不同的结果。

"小方，这东西交给你们用，可别搞丢了啊！"想了想满军还是交代道，"白天你们出去摆摊，收摊的时候就把柜子再放回店里面，这样也省得每天带来带去的了。"

"满哥，放心吧，我们会注意的。"方逸点了点头，开口说道，"满哥，那货呢？能不能给我们看看，都是些什么呀？"

"货都在这里了，"满军伸手从墙角搬过来一个大木箱子，打开之后说道："这都是我前些年进的货，摆在柜台里卖不上什么价，就都扔这里了，你们先拿去卖，等到把市场行情搞明白了，我再带你们去进货。"

地摊货到底是地摊货，在满军租赁了店铺之后，这些东西要是摆在柜台里就有些不上档次了。那会儿进的货也便宜，这么一箱子才几千块钱，满军也就懒得处理，全都放在店里，这下算是便宜了方逸等人了。

看着方逸这哥儿几个，满军就像是看见了几年前的自己，那会儿的他就像是个愣头青一般一头扎进了古玩行，还好，运气不错，非但没碰得头破血流，到现如今还赚了不少的家业。

"这一包是一百条星月菩提，里面有三种尺寸，分别是 12×10 的、10×8 的和 8×6 的，价格也不一样……

"这个是金刚菩提，大的手串价格要贵一点，我拿货价是五十一串，卖多少钱你们自己看着办，别比这价低就成；这个是鼻烟壶，从天津进的货，十块钱一个……

"这个是蝈蝈葫芦，回头我带你们进点蝈蝈去，这时节正好卖，连葫芦带蝈蝈到时候你们卖一个八十，记住了，见到有带小孩的要重点推荐，小孩子喜欢这玩意儿。对了，所有的木制品都不能见水，你们可千万别因为有些东西表面看上去脏用水洗，那样会裂掉的，只能用刷子刷，这刷子我当年进了几十把，进货价是两块，你们卖五块钱就行……"

将木箱子里的东西拿出来后，满军开始给方逸几人讲解了起来，他讲得非常详细，除了把箱子里的物件一一分类说清楚外，还说了一些销售上的技巧，听得方逸几人是茅塞顿开。满军当年留下来的东西着实不少，足足讲了差不多一个小时，才算是让方逸哥几个对这些文玩有了初步的了解。俗话说，师傅领进门，修行在个人，他们能否在这行当里混下去，这是满军无法左右的。

"行了，这柜子刚洗刷完先放一会儿，你们三个跟我去管理处吧！"

讲解完之后，满军拍了拍手站了起来，用钥匙打开一个柜子，从里面拿了一条拆开的中华烟，扔给了方逸两包，说道："回头到了管理处给他们放两包烟，这帮孙子干活不行，吃拿卡扣都有一手。"

"满哥，让胖子给吧？"方逸拿着那两包烟，有点不知所措，刚从山上下来的他对于这些人情世故，根本就是一窍不通。

"小胖子这个不用教，关键是你。"满军摇了摇头，说道，"小方，干咱们这一行，脸皮要厚，眼皮子要活，更要会来事，别抹不下脸来，要不然最后吃亏的一定是你自己。还有就是，做生意一定要放得下身段，尤其是像你们几个现在无钱无权，要是还摆着一副清高的样子，那早晚得饿死。记住了，人的身份和地位是由经济基础决定的，等你们成了大古玩商或者是大收藏家，那世界上最厉害的拍卖公司都得上门求你们，到那时再显摆也不晚。"

满军能对着方逸说出这番话来，已经算是交浅言深了，不过这话他还非说出来不可，因为满军发现，胖子和三炮两人还好，待人处世比较正常，但方逸就不同了。方逸给满军的感觉，有那么一点不食人间烟火的味道，和人说话的时候虽然谈不上疏远但也说不上亲热，身上的亲和力比胖子要差很多，这是做生意的大忌。

要知道，这年头正流行消费者就是上帝的说法，买东西的人往往也有种莫名的优越感，而一个成功的商人，就是要让顾客的优越感最大化，如此他才能卖出更多的东西。

"脸皮厚，眼皮子活。"满军又叮嘱着说道。

听到满军的话，方逸若有所思地点了点头，虽然他的性格相比胖子和三炮是要稳重一些，但终归也是十八九岁的年轻人，对于满军的话并不是很难接受。

"自己现在不是道士了，就是一个生活在社会底层的人，有什么放不开的啊？"方逸伸出手在自己脸上揉了揉，堆起了笑容，说道，"满哥，我明白了，你放心吧，不会的我都努力去学，做得不到位的地方，你多批评我。"

下山几天，方逸也有种和这个社会格格不入的感觉，在听完满军这一番话后，他如同醍醐灌顶一般，整个人瞬间明白了过来，如果自己还用在山上时的心态接触这个社会，那样根本就无法融入其中。

"你小子，真有悟性，学得够快，对，就要这样笑才行。"

看着方逸脸上的笑容，满军顿时乐了，因为就在方逸笑之前，身上还透着一股子闲云野鹤与世无争的气息，但这一笑起来，那柴米油盐酱醋茶人间七味，顿时融入了方逸的表情里。

"保持这笑容，对了，就这样子。"看着方逸脸上的笑容，满军不由竖起了大拇指。这人勤奋固然很重要，但天赋无疑更加重要，只是一个小小的改变，就让方逸整个人都气质大变，满军自问是无法做到这一点的。

"走吧，你们哥儿仨都去认识一下，省得他们到时候找麻烦。"

招呼方逸、胖子和三炮出了门，满军将店门给锁好后，压低了声音说道："这帮孙子成事不足败事有余，你们想在市场里面混千万别得罪了他们，要是他们故意找碴儿的话，你们就告诉我。"

朝天宫的古玩市场管理处，以前是隶属于朝天宫博物馆的，里面没有几个正式职工，大多都是博物馆工作人员的亲戚朋友，这些人固定工资不多，所以是见到油水就沾，搞得整个古玩市场乌烟瘴气。

"满哥，你放心吧，我们知道怎么做。"方逸闻言点了点头，想了一下之后，转身跑到旁边一个卖饮料烟酒的小店，掏钱买了一包十八块钱的香烟。

"方逸，你不是不抽烟吗？"见到方逸回来的时候拿了包烟，胖子不由愣住了，他可是因为抽烟的事儿没少被方逸唠叨。

"我是不抽烟啊，这烟是一会儿敬给别人的。"方逸有些笨拙地将香烟拆开，拿出了一根递给满军，"满哥，这几天净是麻烦你了，来，抽根烟。"

"哎哟，我说你小子，真是个妖孽啊！"

听到方逸的话后，满军的眼睛都直了，自己刚教过他，居然就现学现卖了，递烟的动作虽然稍显生疏，但那脸上的表情非常真诚，让人感觉十分舒服。

"哎，方逸，香烟不是你那样拆的，"胖子有点儿挑刺地说道，"一看你拆烟的动作就不像是会抽烟的。"

方逸的确不会抽烟，这辈子也是第一次给香烟拆包，他根本就不知道在香烟的边上有一圈可以撕掉的塑料纸条，所以把那包软装的香烟直接从上面全给撕开了。

"小胖子，你回头再教小方，现在要的就是这个效果。"听到胖子的话后，满军往方逸手上看了一眼，那眼中却露出了笑意。

"满哥，什么效果？"胖子不解地问道。

满军嘿嘿一笑，摇了摇头，说道："我先不说，你们回头自己琢磨。"

"拆个烟能有什么效果？哎，方逸，给我看看。"胖子嘴里嘟囔了一句，趁着方逸不注意，一把抢过那包烟，给自己和三炮各发了一根，这才塞回了方逸的手里。

"记住，这管理处其实就是个科级单位，科长在博物馆还有公职，平时不怎么在这边，管事的是个姓古的副科长，你们见了要喊古处长，其他人不用太巴结也别得罪，自己掌握好尺寸……"满军一边走一边给几个人讲着管理处的情况。

和古玩市场在朝天宫大门外不同，管理处是在朝天宫里面的，门面不大，刚一走到那房门前，就听到里面传来了吆五喝六的打牌声，推开房门，一股冷气从里面吹了出来。

"谁开的门啊？麻利地给关上，一开门就一股热气！"还没等满军等人进去，屋里面就传来一阵不耐烦的吆喝声。

"古处长，是我，老满……"满军笑嘻嘻地走了进去，对着迎门的那个四十多岁中年人说道，"古处手气怎么样？今儿赢了多少？"

那个古处长身高一米七左右，不过体重怕是有一百八九十斤了，虽然屋里冷气很足，还是一个劲地在用毛巾擦着汗，在看到门被打开后显得尤其不耐烦。

"赢个屁，输出去三百了！"古处长将嘴里的烟头按进了烟灰缸里，没好气地说道，"这两个小王八蛋昨儿吃药了啊，今天一个劲地起好牌，上一把竟然出来五个炸！"

"那还不是你让着他们？"满军哈哈一笑，"听说下面开了家酸菜鱼，中午咱们哥儿几个去尝尝，再喝点小酒，下午古处你一准转运。"

"嘿，我还就喜欢老满你说话，句句都贴心啊！"

听到满军的话后，古处长将手里的牌一扔，说道："不玩了，不玩了，一点眼力见儿都没有，没见有工作了吗？对了，老满，你身后这几个是干吗的？"

"这几个是我的小兄弟，这不也想到咱们朝天宫混口饭吃嘛！"满军对着古处长笑了笑，同时很隐晦地向方逸做了个手势。

看到满军的手势，方逸连忙往前走了一步，一脸笑容地说道："古处长，我叫方逸，这是我两个哥们儿，他叫魏锦华，这个叫彭三军，以后还请古处多多照顾啊！"

说着话，方逸掏出了那包十八块钱的香烟，先是发给了古处长一根，然后给屋里的另外三个人发了一圈，殷勤地掏出了打火机，帮着古处长点上了烟。

"嗯？"抽了一口方逸点上火的烟，古处长的脸色并不是很好看，不过当他低头见到方逸顺手放在桌子边上的两包中华烟和那包散烟的封口之后，脸色顿时缓和了下来，并且露出了一丝笑容。

"小方，老满可是咱们古玩市场的老人，有他带着你，肯定没错的。"

对于方逸的举动，古处长还是很满意的。虽然一开始他对方逸拿出来的那包十八块钱的香烟有些不满，但是当他看到香烟的封口时，反应和胖子是一样的，那就是方逸不会抽烟。而看到方逸很自然地将两包中华烟放在桌子上的动作后，却又让古处长意识到，这个小伙子非常上路，如果他生意做得不错的话，以后自己多敲打一下，那每个月的烟钱就有着落了。

"你们几个去市场巡逻一下，这包烟拿着抽，中午一起去吃饭。"

古处长对着几个手下交代了一声，他也不小气，直接就将方逸上供的两包烟扔出去了一包。拿到烟后，那几人看了眼方逸，嬉皮笑脸地出了管理处的房间。

"古处做人就是大气，把这几个调教得真不错啊！"

等到那几个人出去后，满军笑着恭维了一句。这管理处就古处长一个正式的，其他都是临时工，古处就算是吃独食别人也说不出一个字来。

俗话说，花花轿子人抬人，满军虽然不怎么需要巴结古处长，但平时的请吃请喝外加烟酒也是一点不少，多个朋友总比多个仇人好，花点小钱省去些麻烦还是值得的。

"小方，不知道你们几个是想租个门面，还是想租个摊位呢？"

不动声色地将剩下的那包中华烟收到了抽屉里，古处长从抽屉里面拿出了一份文件，说道："租赁门面是需要签合同的，现在还剩六家门面房，最便宜的一家租金一个月三千，要先付一年的租金。"

"古处，我们哥儿几个就是小打小闹，租个摊位就行了。"等古处介绍完门面房后，方逸连忙接上了话。开什么玩笑，他们几个人身上加起来就两万多块钱，连门面房的房租都付不起。

"哦，摊位就便宜了，一天二十块钱，一次交足一个月的，没问题吧？"

听到方逸说租摊位，古处长脸上露出一丝失望的表情，因为摊位租金低、麻烦多，租赁者往往又没什么钱，他们管理处能捞到的油水实在是太少了。

"没问题，古处，这钱都准备好了。"

方逸冲胖子使了个眼色，压低了几分声音说道："古处，我们又不开什么公司，要发票收据什么的都没用，您看就不用开了，到时候有事我们报古处长您的名字不就行了？"

随着方逸的话声，胖子掏出了六百块钱，不过他却没把钱放在桌子上，而是一脸谄媚地笑着将钱放在了古处长刚才拉开的抽屉里面。

"老满，这几个小兄弟不错啊！"听到方逸的话和见到胖子的动作，古处长的脸上明显露出了笑意。

要知道，开店铺虽然财力雄厚，但大多都有些背景，古处长平时最多也就是捞点吃喝和烟酒，拿钱的机会其实并不怎么多。

但这租摊位不开发票和收据，那每个月的六百块钱却是实实在在落在了口袋里，而且古处在管理处就是一手遮天的人物，他还不需要和任何人分，这一块才是古处长每个月收入的大头。

当然，古处长收这份钱也是很谨慎的，如果方逸他们不是满军带来的，古处长也未必敢收，因为这种事一传出去，甭管真假，恐怕博物馆的领导都要给他动动位置了。

"走，我带你们去市场转转，你们看中哪个摊位就告诉我！"每个月又多了一份收入，古处长的心情显然很不错，大热的天居然主动提出要去市场，而且率先站了起来。

"高，真是高！"在古处长走在前头之后，方逸、胖子和三炮，同时对满军竖起了大拇指。刚才给钱不要票的举动，正是满老板在进门之前交代他们的，而古处长态度的转变也是显而易见的。

对于方逸那撕了个大开口香烟起到的效果，胖子也算是明白过来了。道理很简单，如果方逸是抽烟的人，拿十八块钱的烟敬领导，这态度显然是不恭敬的。但如果方逸不会抽烟的话领导就能理解了，而且心里对方逸的期待感会变得低一些，等到方逸再送出中华烟的时候，那领导的心里就会更加舒服了，这要比方逸敬中华再送中华的效果要好多了。

"古处，抽根烟！"

"古处，来，吃根冰棍！"

"古处，喝瓶饮料吧，早上就冻在冰箱里了！"

……

跟着古处长走进古玩市场，方逸等人差点儿傻了眼，只要是在市场内摆摊的，不管卖的是什么物件，一个个都争先恐后和古处长打起了招呼，更有卖那扇子上画着秦淮八艳的商贩，直接就跑过来给古处长扇起了扇子。

"嗯，你们忙，你们忙，我随便看看。"

一出空调房，古处长那白色的汗衫基本上就全湿透了，在市场里还没走出二十米，就对着躲在阴凉地的那几个管理处的工作人员招了招手。

"二刘，带满老板和小方他们看看哪个地方还有空位置。"古处长一边用毛巾擦着汗，一边说道，"这事儿就交给你了，给小方选个好位置，我先回去了，中午你们和满老板一起到办公室来吧。"

"古处您放心，满哥的朋友，那指定得选个好位置啊！"二刘的眼睛在方逸身上瞄了一下，很是恭敬地目送领导离开了。

"二刘，我门口那位置让人让出来吧？"古处长走了之后，满军的眼睛看向了二刘。这古玩市场管理处有两个姓刘的，年纪大点的叫大刘，面前这个就是二刘了。

要说这古玩市场里面的位置，就当数满军店铺门口最好了，只不过那里一直都有人摆摊，前几天又刚换了一家，满军就想趁那人干的时间短，将位置给要过来。

"嗯？二刘，你满哥不会连这点面子都没有吧？"见到二刘听到自己的话后皱起了眉头，满军也有些不快起来，平日里他可没少请这些人吃饭喝酒，所以这点小事刚才也没给古处长提，原本想着找下面人就给办了的。

"满哥，您这说的是哪里话，您的面子在我这绝对好使。"听出了满军话中的不快，二刘有些为难地说道，"不过满哥，您门口那个，可是古处长家的亲戚啊！"

都在这古玩市场里面混，可以说是抬头不见低头见的，二刘这样的临时工一般不会得罪像满军这样的老板，不过他知道满军店铺门口摆摊的那人是古处长老婆的一个堂弟，他可不敢让那人挪位置。

"原来是古处长的亲戚啊？那就算了吧！"满军闻言愣了一下，苦笑着摇了摇头，幸亏他刚才没找古处长说，否则恐怕就要自讨没趣了。

二刘往街面四处瞅了瞅，开口说道："满哥，要不在您店铺左边我让人挤个位置出来吧，那里下午太阳晒不着，练摊也能舒服一点儿。"

古玩市场的摊位，那也是有讲究的。一般来说，上午游客少，很多摊位都不出摊，这也就导致中午和下午占着阴凉地的摊位比较紧俏，二刘能让人挤出来一个位置，那也是给了满军很大面子了。

"行，那位置也不错，"满军顺着二刘手指的地方看了过去，点了点头，说道，"就那个地方吧。二刘，以后我这几个兄弟，你也多照看着点！"

说着话，满军将一包中华烟不动声色地塞到了二刘的口袋里。俗话说，阎王爷好见小鬼难缠，古处长平时是不会到古玩市场来的，一般有什么事，还是要找二刘他们来处理的。

"满哥，您兄弟还不就是我们兄弟吗？"二刘的场面话说得也很漂亮，很殷勤地跟着方逸他们进了满军的店，这外面大热的天，哪里有在空调房里喝茶聊天舒服啊。

"方逸，收拾下东西，你们这就把摊摆上吧！"满军开口说道，"二刘你帮他们去说一声，然后过来喝茶。"

"满哥，这事儿交给我了。"二刘答应了一声，等方逸他们拿好了东西，带着几人走了出去。

管理处的人说要挤个摊位出来，外面的人就算不情愿，也得让块地方。方逸在地面支了个板凳把那扁柜放上去，三炮就开始往柜子里摆东西。

"小方，在这里摆摊，记住一点就行，"临走的时候二刘交代了方逸几人一句，"那就是不要多管闲事，做好你们的生意就行了。"

"多管闲事？什么意思啊？"等到二刘走后，胖子撇了撇嘴也没多想，他这会儿的心思已经完全放在面前的摊位上了，虽然生意不大，但怎么说那也是哥儿几个自己的生意，再也不用给人打工看脸色了。

"这位大哥，怎么称呼？"摊子上有方逸和三炮在忙，胖子和旁边的摊贩套起了近乎，"我们几个是满哥的小兄弟，以后还麻烦老哥多照顾下啊！"

"我姓马，叫我老马就行。"

旁边那摊位卖的是些青铜器和瓷瓶一类的物件，与方逸他们摊子上的东西倒是不冲突，不是同行自然也不是冤家了，那人也愿意交好胖子，毕竟满军在这街面上还是有些面子的。

要说这摆摊做生意，实在是再简单不过了，摊位摆好之后，方逸等人就没什么事儿做了。古玩生意可不讲究吆喝，纯粹是姜太公钓鱼——愿者上钩，跑到满军的店铺里倒了一大杯水之后，方逸哥儿仨就和旁边摊位上的人聊上了，不过还是胖子说的话最多，方逸和三炮基本上是只听不说。

"方逸，你们跟我去吃饭吧？"过了大约半个小时，满军锁好店门走了过来，笑着问道，"怎么样，开张了没有啊？"

"还没呢，只有几个问的。"方逸开口说道，"满哥，吃饭我们不去了，回头买个盒饭凑合一顿就行了。"

方逸知道满军对他们哥儿几个很不错，但凡事都要讲个分寸。要知道，满军帮他们是情分，不帮是本分，有时候要掌握好这中间的火候，不然就会给人一种蹬鼻子上脸的感觉。

"那行，做生意就要有个做生意的样子。"满军闻言点了点头，他当年也是这么苦过来的，而且那时候还没盒饭吃，满军都是早上在家蒸个米饭带点菜，就这么凑合一天，比现在方逸他们的条件差多了。

"马哥，帮你多要了份饭，一起吃吧！"古玩市场附近就有个吃快餐的地方，胖子过去买了四份五块的快餐，回到摊位前之后，递给了刚才一直聊着天的马哥一份，这是因为周围的几个摊贩，也就马哥对他们最热乎。

"哎哟，华子，多谢了啊！"接过胖子递来的快餐，马哥不由愣了一下，别看这几个人年纪小，倒是挺会来事的，要知道，古玩市场里的人都是各做各的，谁会给别人去买饭啊。

"谢什么啊，马哥，平时多教教我们哥儿几个就行了。"胖子一脸憨厚地笑了笑，他们哥儿几个心里都清楚，满军算是已经将他们带入行了，日后干好干坏可就全靠自己了，如果平时旁边能有个人照应，那就能少走不少的弯路。还别说，就这么一份五块钱的盒饭还真管用，吃完饭后，老马就给方逸几个人讲了起来：在这市场里什么样的人是买家，什么样的人是纯游客，如何区别这两类人……老马不光是说，而且还言传身教。接连走过来几个人，老马都能判断出他们买还是不买，慢慢地方逸等人也看出了几分门道，遇到那种像是买家的人，介绍东西的时候也热情了几分。

"小方，你们卖的东西是文玩，这文玩就是要玩才行，你们手上都别空着啊，每人手上、脖子上戴个几串，也能让客人看看效果……而且这新珠子和包浆后的珠子，价格也是不同的。有些客人要是看中了你们自己玩的东西，那价格翻上几倍都不奇怪，所以平时你们没事多戴多盘，有人要就给卖掉。"

面对这几个好学的年轻人，老马倒是也愿意教，他在古玩市场也混了有些年头了，虽然不做文玩的买卖，但手上也戴了几串珠子，平时没事就盘一盘，包浆很是不错。

"说的也是啊！"听到老马的话，方逸点了点头。师父留下来的那几串珠子，方逸都给放在了家里，他平时戴惯了这些东西，手上没个物件还真感觉不习惯。

"胖子，满哥说了，金刚要拿汗养，你汗大就戴金刚。"

方逸拿了两串一百零八颗的小金刚挂在了胖子的脖子上，拿了一串星月给了三炮，方逸练功多年，虽然称不上是寒暑不浸，但平时再热的天，手上也是不怎么出汗的，当下将一串小叶紫檀的珠子拿在了手上把玩起来。

朝天宫距离秦淮河不远，也是金陵数得上的名胜古迹之一，这人流量是不缺的，到了下午一点多的时候，游客逐渐多了，看东西问价的人也多了，不过这第一单生意一直没能成交。

"这些人，怎么光问不买啊？"大热的天费尽口舌也没成交一笔生意，胖子有点泄气了，往后一坐，开口说道，"逸哥，三炮，你们俩盯一会儿，胖爷我要休息一下。"

"好吃懒做，开始的时候谁都没你劲头高。"从小一起长大，方逸和三炮自然知道胖子的秉性，齐齐回身呸了他一口。

谁知道，还没等方逸和三炮回过头来的时候，胖子突然一把挤开了两人站到摊位前面，一脸憨厚地说道："哎，这位小姐，你要买点什么东西？要不要我给你介绍一下？"

第十八章
被人捡漏儿了

站在摊位前的是个十八九岁的女孩，长相只能说是一般，不过身材很好。此时她正低头在看玻璃柜里的一串星月菩提，也正是这低头间显示出胸口的风景，才让胖子义无反顾地冲了过来。

"小姐，谁是小姐？"听到胖子的话后，那女孩有些恼了，她抬起头用手指着胖子，没好气地说道，"你才是小姐呢，你全家都是小姐！"

"我……我们家就……就我妹妹能称得上是小姐啊。"胖子被那女孩说得有点蒙，他家里人虽然不少，但除了老妈和妹妹是女的，貌似其他人和小姐都不沾边啊。

"流氓！神经病！"听到胖子的话后，那女孩还以为胖子在调戏自己呢，脸一红转身匆匆跑开了。

"我怎么就流氓了？怎么就神经病了？"胖子的神情有些呆滞，转身看向方逸和三炮，"哥们儿，我……我没说错什么话吧？"

"没说错什么呀！"方逸和三炮都摇了摇头，他们俩也不知道发生了什么事情。

"是不是你神情太猥琐了啊？"三炮忍不住补了一刀，刚才胖子那模样的确是有点猥琐。

"滚一边去，哥儿刚才说话的时候很是大义凛然好不好？"胖子表示三炮在诋毁自己的形象。

"哈哈……小胖子，你真是笑死我了……"胖子忽然听到旁边传来笑声，扭头看去，却是老马正捂着肚子在那里笑呢。

"马哥，这……这是怎么一回事啊？"胖子都快急哭了，一把拉住了老马，"马哥，你给兄弟说道说道啊，我连一手指头都没碰那女孩，怎么就流氓了？"

"哈哈，胖子，你刚才那称呼不对。"想着刚才发生的事情，老马忍不住又笑了出来。

"我称呼怎么不对了？"胖子挠了挠头，他被老马说的是丈二和尚摸不着头脑。

"当然不对了，你称呼那女孩是小姐呀！"

见到胖子是真的不懂，老马也没再逗他，开口说道："胖子，这小姐的称呼在前几年是很流行的，不过这两年那些色情场所的女孩子都被人叫成了小姐。你喊那女孩小姐，不就是在骂人吗？"

前有古人腰缠十万贯骑鹤下扬州，到了今日则是十万小姐下广东，几乎就是在一夜之间，"小姐"这个名词已经成了某种古老行业的代言词，但凡年轻一点的女孩，没有哪一个愿意被人称呼小姐的。

"那……那要叫什么？总不能叫女同志吧！"听到老马的解释，胖子有点傻眼，只是一个称呼而已，城里人居然就赋予了那么深奥的含义，还平白让自己招来一顿骂。

"胖子，见到女的别管年龄大小，你叫大姐准没错。"老马笑着给胖子支了一招。

"那要是把人叫老了怎么办啊？"胖子哭丧着脸一屁股坐在了身后的椅子上，"逸哥，三炮，你们先盯一会儿，我要好好梳理一下，敢情这称呼还有那么大的学问啊……"

"你小子想偷懒就直说呗。"三炮对胖子的行为很是鄙视，见到女孩就往前冲，现在却一屁股缩回去了。

"小伙子，你这小叶紫檀的珠子怎么卖啊？"

三炮正和胖子斗嘴的时候，一个六十来岁的老者站在了摊位旁边，开口说道："你这是老紫檀的料子啊，颜色有点深了，拿出来给我看看。"

"大爷，您果然好眼力！"方逸手脚麻利地掀开了玻璃盖，开口说道，"不瞒大爷您说，这手串的确是老料，已经放了好几年了，您看我手上这串，颜色多深啊！"

那老头是识货的人，顺着方逸的话往他手上看去，点了点头说道："嗯，还真是，你手上这串的料子比你刚才拿的那串还要老。"

"嘿嘿，这串是自己玩的，玩得不好，让您老见笑了。"方逸低头看了一眼，心里也有几分奇怪，这两个手串应该都是满哥同一批进的货，之前没注意这颜色怎么有深有浅啊？

"小伙子，这串多少钱？"老人扬了扬手中的那串小叶紫檀，开口问了声价。

"大爷，您那串可是包了浆的老珠子，本来要卖两百二十块钱的，算您两百块好了。"

方逸虽然对什么包浆之类的古玩术语还没有直观的认识，但这并不妨碍他用这些名词来推销做生意，看到老人微微点了点头，方逸心中一喜，他知道自个儿算是没说错话。

"小伙子，你手上玩的那一串能给我看看吗？"老人指了指方逸左手揉搓着的那串珠子，开口问道。

"给您，大爷。"方逸听罢愣了一下，将珠子给递了过去。

"这串你卖不卖？"上手把玩了一下，老人眼中露出一丝满意的神色，不过他玩文玩有些年头了，知道这东西玩久了有感情，所以即使方逸是做买卖的，他也多问了这么一句。

"啊？您要买这串啊？"听到老人的话，方逸一时没反应过来，自己开门做生意，只要客人愿意买，哪里有不卖的道理啊！

"这串你玩得不错，而且这一串的材质也比那串老，"正当方逸刚想张口说卖的时候，老人忽然又说道，"小伙子，你要是愿意卖的话，我出四百，你看怎么样？"

"啊？四百？"方逸瞪大了眼睛，都是一样的珠子，这老人为什么要多出一倍的价钱呢？

"最多只能出五百，小伙子你要是不卖就算了！"

看到方逸的表情，老人还以为他不愿意卖呢，当下又将价钱往上涨了一百。按照老人的判断，这珠子应该上手盘玩差不多有十年了，包浆厚重、光泽内蕴，五百要是能买下来的话，也算是捡了个小漏儿。

"我……我什么都没说啊！"听到老人的话，方逸有些无语，自己只是张口问了一句，那老人居然就连着涨了两次价，敢情这做生意并不是件很难的事情啊。

"小伙子，你到底卖不卖，给个话啊。"见到方逸一直不说话，老人有点不耐烦了，站在方逸身后的三炮，连忙用胳膊肘捅了他一下，开什么玩笑，这第一单生意哪有不做的道理。

"卖，大爷，当然卖啊！"方逸如梦方醒，连忙说道，"大爷，就按您说的价格吧，不过这东西您看好，要是卖出去之后，我们是不管退换的。"

货一出手概不退换，这也是满军交代方逸他们哥儿几个的。要知道，文玩虽然不是古玩，但文玩品相的好坏、包浆时间的长短也是非常考究眼力的，花了大钱买了便宜货这种吃药的现象也并不少见。

"嗯？那我倒是要好好看看。"听到方逸的话后，老人拿出了个老花镜，戴上之后仔细打量起手中的珠子来，嘴里喃喃道："这包浆没错，棕眼也很细，应该没错呀。"

"小伙子，我买了，给你钱。"仔细观察了好一会儿，老人将手串戴在了自己的左手腕上，右手拿出了个钱包，从里面数出了五百块钱交给了方逸。

接过那五百块钱，方逸竟然感觉心跳有点儿加速，这可是他生平第一次赚钱啊，当然，之前出车祸得来的那两万块钱是不能算的。

"哎，大爷，要不要给您个盒子装起来？"摇了摇脑袋，回过神的方逸对老人说道。

"不用，这珠子本来就是玩的东西，放盒子里干吗？"老人扬了扬左手，低下头又在方逸的摊子上看了起来，不过这次却没有发现什么好东西了。

"大爷，您慢走，以后要什么东西再来。"一脸热情地将老人送走之后，方逸回过身来，哈哈一笑，"胖子，服不服气，咱们这第一单，还是道爷我做的啊！"

在医院的时候胖子为了鼓动方逸做文玩生意，简直把自己吹嘘成了比尔·盖茨那样的经商天才，可是摆了好几个小时的摊，第一单生意却是方逸成交的，饶是方逸平时心性沉稳，此时也禁不住得意了起来。

"神棍，你……你到底是怎么做到的？是不是给那老头灌什么迷魂汤了？"

胖子和三炮都是目瞪口呆地看着方逸，直到那老人掏钱走人之后，这哥儿俩还有些没反应过来呢，他们去买东西只会感觉东西贵，还从来没见过这上赶着给人涨价的买家。

"我……我不知道啊。"胖子的话让方逸也反应了过来。这事儿的确是透着蹊跷，他原本开价只是两百块钱，但老人没要他递过去的珠子，反而将自己把玩着的珠子花了五百块钱买走了，难不成这两串珠子真有什么不一样的地方？

"马哥，你知道这是怎么一回事吗？"方逸的眼睛看向了旁边摊位上的老马，两个摊位紧挨着连一米的距离都不到，刚才自己和那老人做买卖的时候，老马可是一直都盯着这边看的。

"刚才那老头我认识，他可是出了名的人精，从来都不会胡乱买东西的。"

听到方逸的话后，老马一脸惋惜地摇了摇头，说道："你们几个小子啊，拿出来珠子卖也不给分下类，这包浆有年头的珠子能和普通的珠子混在一起吗？要是我没看走眼的话，刚才那串珠子，价钱应该差不多在一千五百块钱左右。"

"什么，那串珠子能值一千五百块钱？"听到老马的话后，方逸哥儿仨都愣住了，他们原本还以为那老头脑子不好吃亏，没成想这吃亏的却是自己。

"要是我没看走眼的话，应该是的。"老马很认真地点了点头，他在朝天宫古玩市场也是个老人了，虽然平时不怎么做与文玩相关的生意，但眼力还是有的，别的不说，那串珠子的包浆就远比方逸从玻璃柜里拿出来的要厚重得多。

"哎哟，那咱们可能真卖便宜了。"胖子一拍大腿，脸上露出懊悔的表情来，本以为这第一单生意是开门大吉，谁知道是让别人给捡了漏儿。

"满哥怎么没交代咱们啊？"方逸摇了摇头，在店里的时候那些东西大概值多少钱，满军交代得很仔细，方逸记得他似乎并没有提到这串珠子。

"可能是老满也看走眼了吧。"

老马笑了笑，说道："刚才那老头姓赵，是美术学院的一个老教授，眼珠子毒着呢，以后他再买东西，你们多留几个心眼就行了。这种小漏儿你们不要在意，话说还有人花了两百多块钱买了价值几十万的东西呢！"

在2000年这会儿，虽然古玩市场里已经充斥着各种赝品了，但相对而言还是有一些真品掺杂在其中的，不过想要在这偌大的市场里面淘弄出寥寥无几的真品，那还真不是一般的困难。当然，事无绝对，这样的事情还是时有发生的。就在去年，一个在金陵古玩行挺有名的藏家，就在市场里的一个地摊上，花了两百八十块钱买了一方上面沾满了泥土、黑不溜秋并且残缺了的砚台。等那个藏家将砚台拿回家一清理，才发现这竟然是一方宋代的澄泥古砚，并且在砚台上还有留款，于是那个藏家将砚台带到了京城找到几位专家一鉴定，结果出来之后，整个古玩行都为之震动。

经过专家们的考证，这方残缺的砚台，竟然是宋代苏东坡亲手制的，也是他早年一直使用的一方砚台，具有极高的考古价值和收藏价值。有人给这方砚台估过一个价，就算是不上拍保守一点估算的话，这方东坡澄泥古砚的市场价格也要在三十万以上，用区区两百八十块钱买到了价值三十万的东西，整整翻了一千倍，那位藏家绝对是捡了个天大的漏儿。

这件事一出，金陵古玩市场在全国一时名声大噪，有不少来自全国各地的藏家都赶到金陵，想凭借着自己那双火眼金睛也来捡个漏儿，这其中也有不少真东西被淘弄了出来，但如此大的漏儿，却是没有人能再碰上了。

"哎哟，那两百八十块钱卖掉砚台的人，还不亏死了啊？"

听老马讲完这件事，胖子刚才东西卖便宜了所导致的那种不平衡心理，终于舒服了不少，相比那倒霉哥们儿，方逸卖掉的这串珠子根本就不算什么了。

老马叹了口气，说道："小方，你们几个要记住，在古玩行里能出人头地的，一定是有眼光的人，这来不得一点侥幸的，说实话，我也吃过亏的呀！"

在去年的时候，老马进过一批青铜古镜，当时他就看出来了，这些古镜全都是后面造的假，那上面的铜锈十有八九是埋在地下沤出来的，进价也不贵，一面镜子五十块钱。老马第二天就将这批古镜给摆在摊子上了，他卖的同样不贵，两百块钱一面随便挑。还别说，这批青铜古镜虽然都是造假的，但品相还不错，摆在家里很能糊弄人，所以只用了两三天的工夫，老马的青铜镜就全卖掉了。原本这事儿就算是结束了，但是让老马始料不及的是，就在青铜镜卖完之后的第三天，有一个客人又回到市场找到了老马，问他前几天出售的青铜镜还有没有，如果有的话他全部包圆了。看到那人着急的样子，老马有些奇怪，于是就问了那个人一句为什么还要买古镜，但问清楚了事情的来龙去脉之后，老马却恨不得给自个儿一个大嘴巴，这事儿不知道还好，知道之后老马心里那叫一个难受。

原来这人买了一面青铜镜回去之后，感觉上面的铜锈有点太难看，于是找了块磨刀石和砂纸，将镜子前后面的铜锈全都给处理掉了。这一处理掉不要紧，那人发现这还真是一面青铜做的镜子，而且上面还惟妙惟肖地刻有十二属相的图样，那种工艺绝对不像是现代的仿品或者是故意做旧的。这个藏家也有点关系，当下就找到了金陵博物馆的一个专家帮他看了看，经过那个专家的鉴定，这应该是一面汉代青铜古镜，市场价值在一万五到三万左右。古玩行里基本上没有什么秘密，再加上那人又是捡了个漏儿，这事儿很快就传出去了，搞得老马被人笑了很久。事情都过去了好几年，有时同行在一起喝酒的时候，还有人将这件事拎出来说事呢。

"这行里的水，不是一般的深啊！"听到老马自曝其丑，方逸和胖子还有三炮对视了一眼，直到这会儿他们才认识到，如果真的想在古玩行混饭吃，那还必须要去学习一些相关知识，否则被人坑死了都不知道是怎么回事。

"马哥，那你来帮我们看看，这柜子里的东西还有没有值钱的？"胖子连拉带拽地将老马"请"到了自己的摊位前面，甭管怎么说，现在老马的眼力绝对要强过他们几人。

"没了，都是一般的东西。"老马的眼睛在柜台里扫了一遍，他发现方逸他们所卖的珠子倒是有些年头也出现氧化包浆了，不过应该是放置太久又缺少人把玩，这些珠子的光泽都显得很黯淡，并不怎么值钱。

"奇怪，老满猴精猴精的，怎么没看出来那串珠子啊？"回到自己的摊位后，老马忍不住嘀咕了一句。

老马也是市场的老人，他和满军是同时出道在朝天宫古玩市场练摊的，但几年过去了，满军已经租赁了铺位当上了老板，他老马还是个摊贩。除了为人处世方面的因素外，老马的悟性和眼力与满军相差甚远。

"胖子、三炮，我觉得咱们几个不用都蹲在这里看摊。"听老马讲完这古玩市场关于捡漏儿的几件事情后，方逸想了一下，说道，"坐在摊位上是学不到东西的，依我看咱们轮流看摊，每次只留一个人，其他两个人都到市场里面转悠去，多看少说，也能学到一些东西。"

"小方，这么做就对了，这样能让你们尽快地融入这行当里面来。"听到方逸的安排，旁边的老马眼中闪过一丝复杂的神色。

老马心里最清楚，当年的满军就是这么做的，将摊位扔给别人帮忙看着，自己整天在市场里面乱窜，死皮赖脸的什么都想了解一下。那会儿很多人都说满军不务正业，摆个摊都不上心，但是半年之后，很多人突然发现，算是初涉古玩行的满军，做起买卖来竟然丝毫都不亚于那些在这一行混了十几年的老人，而且做事大胆果断，接了好几单别人都拿不准的物件，一下子就在古玩市场站住了脚。

事后有人说满军胆子大，也有人说满军运气好。但和满军同时出道的老马却看出了另外一点门道，那就是满军的成功并不是偶然的，因为满军对这一行当有一种天然的敏锐和嗅觉，知道从哪里才能找到契机切入进去，而眼下老马在方逸的身上，又发现了这种特质。

"方逸，那你先看着，我和三炮去转转？"胖子是个坐不住的性子，听到方逸这么一说，顿时站起身来。

不过胖子刚刚站起来，话音还没落，就一屁股又坐了回去，一脸谄媚地开口说道："哎，这位大姐，请问你想买点什么？"

"大姐？我很老吗？"一个清脆而又年轻的声音响了起来。

"不老，不老，你看着比我还小好几岁呢。"听到那女声的质问，胖子差点儿没哭出来，刚才喊小姐被臭骂了一顿，这改口喊大姐了，站在自己柜台边的这个女孩怎么也不满意啊？

"胖子，还是我来吧！"见到胖子吃瘪，方逸不由摇了摇头，将胖子拉回到椅子上之后，他的目光注视到了站在身前的那个女孩身上，眼睛不由自主地亮了一下。

　　虽然方逸在山上那么多年，见过的女人不是十岁以下的孩子就是四十岁以上的大妈，但这并不妨碍方逸的审美观，眼前的这个女孩，绝对称得上是一位大美女。女孩的年龄应该在十八九岁的样子，身高在一米七左右，下身穿着一条七分牛仔裤，上身穿了一件白色的短袖 T 恤，简单的搭配却将身体的线条完美地展露了出来。方逸在画报上见过的一些明星的身材，貌似都不如这个女孩。再往上看去，女孩脸上的皮肤轻弹可破，容色晶莹如玉，双目犹似一泓清水，顾盼之际，自有一番清雅高贵的气质，就连胖子那种厚脸皮的人，在和女孩对视了一眼之后，也是很不自然地将目光移到了别处。

　　"请问你要买点什么？"虽然面前的女孩让方逸都感觉到惊艳，不过修心多年，他倒是没像胖子那样露出一副猪哥的模样来，过了十多年清净日子的方逸，很难被外界的人和事影响到心绪。

　　"我先看看。"女孩和方逸对视了一眼，有点奇怪地低下了头。她发现这个和自己年龄差不多大的男孩，看向自己的目光里似乎并没有常人的那种贪婪欲望或者自惭形秽，而只是很纯粹的欣赏，那眼神干净得就如同初生的婴儿一般。

　　"好，你随意……"听到女孩的话后，方逸坐了回去。他并不知道自己会给女孩那种感觉，因为方逸已经在很努力去学习了，他自问现在的自己应该算是比较接地气的了。

　　只是方逸不知道，他的行为可以改变，但却无法改变自己的眼神。俗话说眼睛是心灵的窗户，现在方逸的眼神，一如在山上时那般纯净，并没有受到俗世的玷污。

　　"对不起，我想问一下，你们有没有好一点的珠子啊？"女孩低头看了好一会儿，似乎有些不太满意，抬起头说道，"我不太懂这些东西，想给家里的长辈买一串珠子，你们有品质好点的吗？"

　　女孩在古玩市场转了也有好一会儿了，虽然很多摊贩都巧舌如簧地推销自己摊子上的东西，但是不知道为何，女孩却很想在方逸这个摊位上买东西，或许是刚才那个眼神让女孩作出这个决定的吧。

　　"不知道你想买什么价位的珠子呢？"方逸想想，扬了一下自己正在把玩的一串珠子，开口说道，"像这样的手串一串是两百块钱，好一点的有三四百的；另外还有挂在脖子上或者缠绕在手腕上的一百零八颗的珠子，不知道你要哪一种？”

"是给我一个叔叔买的，要手串好了。"女孩闻言皱了下眉头，说道，"有没有再好一点的呢？我这个叔叔过生日，我想买个好一点的送给他。"

"好一点的？"

方逸听了苦笑了一声："对不起，我这里最好的只有小叶紫檀的手串，你要是想买贵重的，那我推荐海黄和沉香木材料做成的手串，不过我这里没有卖的。"

"海黄是什么？"很显然，女孩对方逸说的这些东西并不怎么了解。

"海黄就是海南黄花梨，是一种很珍贵的木材，好的海黄手串最少都要上万的。"

女孩不知道的是，在他面前侃侃而谈的这个年轻人，在几个小时之前也不知道海黄是什么，他全是现学现卖，将上午满军给他们几个普及的知识说了出来。

"钱问题不大，但是我不知道去哪里买。"

女孩微微皱起了眉头，她虽然不怎么懂古玩这些东西，但是却知道越是贵的玩意儿赝品就越多，万一自己买到个假的，赔钱倒是小事，但送人未免就不好看了。

"这个……我也不知道。"

听到女孩的话，方逸不由挠了挠头，他今儿才是第一天在古玩市场摆摊，除了满军的那家店铺之外，别的铺子一个都没去过呢，哪里知道里面都是卖什么的？

"那好吧，我再找找，谢谢你啊！"女孩虽然长得很漂亮，但性格挺好，没什么架子，听到方逸的话后，笑着打了个招呼转身就要离开。

第十九章
小偷团伙

女孩忽然感觉身后有人拉扯了一下自己的背包，转过身来，却看到一个人扭头就跑，而那个人手里，分明拿着自己的钱包。

"小偷！"女孩转身的瞬间，方逸也看到了，女孩那个白色的双肩包被人划开了一道长长的口子，很显然作案的就是正要挤入人群里的那个人。

"想跑？"方逸忽然站起身来，几乎是下意识的反应，右脚在三轮车的车座上猛地一蹬跃过了自己的摊子，那女孩只感觉眼前一花，方逸的身形已然从她身边掠了过去。

这会儿古玩市场的人已经很多了，但方逸却像是泥鳅一般左突右钻，也就是那么一两个呼吸的时间，已经追到了那个小偷的身后。

"小子，站住吧！"方逸右手伸出，一把捏住了那人脖子后面的风池穴，手指微微用力，那个小偷的身体顿时委顿了下来。

"哎，小方，别冲动——"看到方逸跳出去，旁边摊位的老马连忙喊了一声，只是方逸的动作实在太快，他话音刚落，方逸已经将那个偷钱包的小偷给制服了。

"你的钱包，"方逸一手捏着小偷的脖子，一手将钱包递还给了女孩，"看看里面少钱了没有？"

"敢偷姑娘我的东西？"让人吃惊的是，女孩并没有伸手去接钱包，而是走到了那个小偷身前，一脚踢在了小偷的裆部，疼得那小偷"嗷呜"一声怪叫了起来，用双手捂着小腹蹲了下去。

"靠，这么暴力啊！"女孩的动作让方逸和旁边看热闹的胖子等人不由愣住了，谁都没想到这个看上去清丽脱俗的女孩，竟然有如此的一面。

"哎，我说，别打了，再打就打出事来了。"见女孩还要抬脚踢，老马连忙站了出来，他在古玩市场里混的时间长了，知道这些小偷都是成团抱伙的，方逸今儿出这个头抓住小偷，恐怕以后的日子就不会好过了。

"马哥，怎么处理？"方逸虽然下意识地抓住了小偷，但对于怎么处理这个小偷却没有一点经验。

"要……要我说，还是放了吧。"老马迟疑了一下，开口说道。

"放了？不行！"方逸尚未说话，女孩先就不答应了，从被划开的包里拿出来个手机，拨通一个号码说了几句话。挂断电话后，女孩对方逸说道："谢谢你，我已经报警了，警察等会儿就来。"

"报警？这……这不是结了死仇吗？"听到女孩的话，旁边的老马脸色变得愈发难看了。老马心里很清楚，混迹在古玩市场里的这些小偷心狠手辣，以前也有个摊贩帮客人抓了个小偷扭送到派出所去了，但就在当天晚上，那个摊贩回家的时候，被人连捅了三刀，在医院里抢救了好几个小时才保住了一条命。

警察破获这个案子并没有费什么周折，因为第二天的时候，就有个未满十六岁的大孩子去投案自首了。古玩市场里的人全都知道，那个凶手是这小偷团伙里的一员。按照国家法律，已满十四岁不满十六岁的人犯罪，应当从轻或者减轻处罚，最后凶手只是被判了收容教养一年，并没有追究其刑事责任。出了这么一档子事，古玩市场内是再也没有人敢去多管闲事了，不过那些小偷做事情也比较有分寸，知道古玩市场里哪些人能惹哪些人不能惹，这好几年下来，再也没出过大的事情。

"哎，麻烦来了。"老马正要去劝那女孩的时候，脸色一白，压低了声音对方逸说道，"快点给老满打电话，他在这个市场里面有点面子，要不然今儿肯定要出事。"

　　老马说完话就缩回到了自己的摊子里，他只不过是在这里混口饭吃的，可招惹不起那些小偷，能说那么多就已经是把方逸当成朋友了。

　　"嗯？"听到老马的话，方逸的眉头微微皱了起来，因为他已经看到了，有五六个年轻人从人群里挤了出来，正向自己和那个女孩走来。

　　"你们干什么？怎么无故打人啊？"为首的是个二十六七岁的年轻人，眼角下面有个刀疤，一上来就伸手向方逸推去；而另外几个人，则将方逸和那女孩围在了中间。

　　周围看热闹的人，也都被那几人蛮横地赶了出去，而原本蹲在地上装死的那个小偷，这会儿也不哭爹喊娘了，偷偷站起来就准备溜。

　　"别走！"让人没想到的是，在被那么多人围住的情况下，那女孩竟然又一脚踢了过去，只听"咔嚓"一声脆响，那个小偷抱着膝盖就滚到了地上，这下是想走也走不了了。

　　"哎，大家都看到了，这女人当众行凶啊！"见到这一幕，那个刀疤脸的嘴忍不住抽搐了一下，他本来是想敲打一下方逸趁乱将同伴救走，可是没想到居然是那女孩不依不饶，还踢伤了自己的人。

　　"那人是小偷，你不会是和小偷一伙的吧？"被五六个男人围着，女孩似乎并不怎么慌张。她的话听得周围的人一阵摇头，俗话说好汉不吃眼前亏，这女孩怕是被家里给娇宠惯了，连面前的形势都看不出来。

　　"谁是小偷，有谁出来做证吗？"刀疤脸凶狠的目光向四周撒去，但凡和他目光接触的人，都是纷纷转移开了眼神，就连老马也低下了头，躲开了那人的目光。

　　"这女人和这小子污蔑人。"看到周围似乎并没有见义勇为的人出现，刀疤脸眼中露出一丝凶光，开口喝道，"老子从来不打女人，不过这小子打伤了人，你们把他抓住送派出所去！"

　　手下的人偷窃被人抓了现行，刀疤脸要是不教训一下面前的这小子，那日后他们的生意就不好做了。原本刀疤脸是想连那女孩一起打的，只是怕犯了众怒，这才将矛头只对向了方逸。

　　"哎，这小伙子惨了。"听到刀疤脸凶狠的喊声，周围旁观的那些人，大多在心里叹了口气。这其中不是没人想出头帮忙，但见到那五六个染着头发、腰里似乎还别着东西的小青年，这些人鼓起来的勇气顿时就消失掉了。

"小胖子，快点拿手机给老满打电话啊！"老马这会儿有点急了，他知道这个刀疤脸心狠手辣，等下要是有人捅刀子的话，说不定就会出大事。

"马哥，我没手机啊！"胖子眯缝着眼看着围住方逸和女孩的那些人，那张胖脸上依然是一脸的笑容，好像压根儿就没将这件事放在心上，就连旁边的三炮也是一脸的不在乎。

"用我的吧，快点打！"老马一咬牙，从腰里拿出了自己刚买不久的那个二手手机，说道，"老满在这边还是有点面子的，只要他过来，就打不起来了……"

"不就是打架吗？谁怕谁啊？"胖子没有接老马的手机，而是将三轮车往里推了推，看向了三炮，"怎么样？你还行不行？要是不行就用马哥的手机给满哥打电话去。"

"是你不行吧？胖得还能打得动吗？"三炮不屑地啐了胖子一口，起身的时候却将脚底下的半块板砖给拿在了手里。

"妈的，偷了东西还要横，欺负逸哥没人是吧？"推开了三轮车之后，胖子冲到了那刀疤脸面前，一拳打在了刀疤脸的小腹上，疼得刀疤脸捂着肚子就往下蹲去。

胖子出手挺狠，没等刀疤脸蹲下身子，膝盖一抬就撞在了刀疤脸的面颊上，这一下刀疤脸再也撑不住了，身体直接软倒在了地上。

"疤哥！"眼见老大被放倒，另外五六个人顿时急红了眼，他们再也顾不得方逸，都向胖子围了过来，其中有个人反手从腰里摸出了把攮子。

"哎，要动家伙不是？"正当那人握着攮子打算给胖子来一下的时候，突然感觉有人在身后拍了一下自己的肩膀，下意识地一回头，一板砖迎面就拍在了脸上。

"三炮出手还是这么损啊？"看到三炮拿板砖拍人的这一幕，方逸忍不住笑了起来。他们哥儿仨从小没少和一些生活在山脚下的大孩子们打架，不过方逸一般很少出手，因为只要他一出手，这架就没法打了。通常情况下，那会儿还只是个小胖子的魏锦华是打架的主力，他一般都冲在最前面吸引火力，皮糙肉厚的他挨几下根本感觉不到疼，但胖子出手却是很重，一拳基本上能放倒一个。而三炮打架的风格，却和胖子完全不同，虽然也跟着老道士学了几手功夫，但三炮却特别喜欢出阴招，打架的时候躲在胖子后面，时不时来个撩阴腿之类的招数。

这次方逸并没有出手的打算，在胖子冲上去的时候，方逸就拉着那女孩让到了一旁，有胖子和三炮在，已经足够打发这些人了。像这种小偷一类的人，只不过是江湖中最底层的蟊贼，只要略施惩戒就行了。练过和没练过的区别的确很大，跟着老道士学过几年拳，又在部队里待了好几年，虽然不是野战部队，但军体拳还是要学的，胖子和三炮的杀伤力，显然不是面前这五六个小偷能比的。

只是短短一两分钟时间，刚才还嚣张跋扈的那五六个人，全都被三炮和胖子放倒在了地上，嘴里发出一阵哀号声，至于胖子最先出手的那刀疤脸，已经昏了过去。

"喂，你还不放手？"躲在一旁看热闹的方逸，耳边突然传来女孩清脆的声音，不由低头一看，发现自己还抓着那女孩的手腕呢。

"我……我不是故意的。"方逸像是触电般地松开了手，长这么大他还是第一次去拉女孩子的手，心里不由生出一种很异样的感觉。

"知道你不是故意的。"看到方逸一脸尴尬的样子，女孩忽然笑了起来。她是在京城长大的，自己包括身边的朋友性子都比较直爽，还是第一次见到像方逸这么羞涩的男人呢。

"哎,怎么回事？谁在打架？"正当方逸不知道怎么和这女孩交流的时候，几个身穿警服的人走了过来，看到躺在地上的四五个人还有那昏迷不醒的刀疤脸，脸色不由一变。

"我……我们是见义勇为。"刚才还很威风的胖子和三炮见到警察，感觉有点心虚。

"是不是见义勇为不是你们说了算的，说说是怎么回事！"

领队的那个警察皱了下眉头，他们都是辖区派出所的，地上的这几个小偷他都认识，只是没想到被人打得这么惨，如果要真是重伤的话，那见义勇为或许就会变成故意伤害了。

"这几个人是小偷，偷了我的钱包。"女孩站了出来，掏出了证件，"我是市局刑侦队的，这是我的证件。"

"嗯？是自己人啊！"领队的警察看了一眼证件，脸色顿时缓和了下来，一挥手说道，"把这些人都带回所里去，竟然偷到咱们警察头上来了，真是无法无天。"

"警察头上写字了吗？"听到那警察的话，方逸不由笑了起来，这要是没穿警服的话，谁能想到那女孩是警察，一准会被误认为是个女大学生。

"你们两个，也跟我回所里做个笔录。"领队的警察指了指胖子和三炮，说话的口气比刚才好了很多。

"没事的，就是去做个笔录。"女孩的眼睛看向了方逸。

"我不去，我还要看摊呢，他们两个去就行了。"方逸读懂了女孩眼中的意思，连忙摇了摇头，开什么玩笑，要是都去了，那这摊子怎么办啊？

"好，那谢谢你了。"女孩点了点头，跟在那些人后面出了市场。

没了热闹看，人群很快就散去了。发生在市场里面的事情就像是河水里被扔进了个小石子，等到石子沉入水中，河水也就恢复了平静，那些后面涌进市场的游客，甚至都不知道刚才发生了什么事情。不过变化还是有的，原本就不怎么搭理方逸的周围几个摊贩，看向方逸的眼神却愈发冷漠了；就连聊得不错的老马，也是坐在那里一声不吭，全然没了刚才的热乎劲。

"马哥，您这是怎么了？怕他们报复？"方逸往老马身边凑了凑，从口袋里掏出了那包十八块钱买来的香烟，给老马递上了一根。

"小方，你们这是惹祸啊！"接过方逸手中的烟，老马叹了口气，"你知道那些小偷整天在这里偷钱偷东西，为什么一直都没人管吗？"

"这不是有人管吗？"方逸闻言一愣，敢情这里面还有些自己不知道的东西。

"那是有人报案了，他们不得不管。"老马点上了烟，压低了声音说道，"我告诉你，那个刀疤脸和派出所有点关系，而且和管理处的人也有些瓜葛，你别看现在他们被抓进去了，说不定到了晚上就放出来了。"

"还有这种事？"方逸的眉头皱了起来，他倒不是害怕那些小偷报复，但小偷如果跟派出所和管理处有关系的话，日后这两个单位找自己的麻烦，那还真是不怎么好处理。

"你以为这些小偷偷的钱，都能落在他们自己腰包里？"老马撇了撇嘴，眼睛忽然看到从人群里挤过来的一个人，当下说道，"我只不过是猜测的，你就当我乱说好了。"

"刘哥，您怎么过来了？"顺着老马的眼神望去，方逸看到了上午帮他们协调摊位的那个二刘，连忙站起来打了个招呼。

"小方，怎么回事？刚才是你们和那些人起冲突了？"二刘的脸色不怎么好看，开口说道，"古处长接到了电话，让我先过来处理一下，我不是和你们说了嘛，在这里不要多管闲事。"

"刘哥，这真不关我们的事，是那小偷偷了警察的钱包。"在听到老马的那番话后，方逸也不把事情往自个儿身上揽了，他只不过是个刚下山的小道士，因为运气不错碰到了满军，才在这个古玩市场有了这么一个小买卖，方逸真的不想招惹是非。

"不是说你那两个朋友动手了吗？"听到方逸的话后，二刘明显愣了一下，他在古处接到电话后就急匆匆地从饭店赶了过来，具体情况还真的不怎么清楚。胖子和三炮都被带到派出所做笔录了，方逸是推卸不掉的，只能开口说道："是那几个小偷先要打人的！"

"唉，你说你们那么冲动干什么啊？"二刘苦笑着摇了摇头，他和满军的关系不错，所以知道方逸等人是满军的小兄弟，也不想方逸他们因为这事儿被赶出市场。

"小方，这事儿古处长挺生气的，一会儿他来处理吧。"二刘虽然是临时工，但在管理处也干了有些年头了，知道的事情显然要比老马多得多。其实那帮子小偷和派出所是没什么关系的，但那刀疤脸和古处长的关系却不错，有几次刀疤脸的手下出了事，也都是古处长给派出所打招呼放的人。

"刘哥，给您添麻烦了……"

看到二刘欲言又止的样子，方逸心中若有所思。其实从周围那些摊贩们和老马脸上的神色，他已经感觉到有点儿不对劲了，按理说他们哥儿几个抓了小偷之后，不应该受到这般对待的。方逸虽然一直都在山上生活，但并不代表他对这个社会很陌生，除了从收音机里收听山下的节目之外，方逸的师父也曾经传授给他不少行走江湖的经验。虽然老道士传授给方逸的那些经验，都是几十年前甚至解放前的一些事情，但方逸相信，不管是以前还是现在，这小偷总归都是上不了台面的下九流。古人当街打死小偷的事情也不罕见，为什么自己抓了几个小偷，却被如此冷遇啊？

"和我倒是没什么关系。"二刘闻言叹了口气，他只是管理处的临时员工，有什么好处也落不到自己头上，只不过方逸这几人今儿刚摆第一天的摊，恐怕在这个市场就要混不下去了。

"小方，你是满哥的朋友，回头让满哥帮你说说情吧。"二刘在方逸肩膀上拍了拍，摇着头转身离开了，就算他挺喜欢方逸这几个小子的，但是二刘知道自己在古处长面前说不上什么话。

"无量那个天尊，屁大点事，怎么这么复杂？"看着二刘的背影，方逸挠了挠头，再回头看向老马的时候，老马却在那里收起了摊子，其心思方逸不用问也能猜到几分。

"小方，我劝你最好今儿也别再摆摊了，回头让老满带你私下里找下古处长，看看这事儿怎么解决。"老马收好摊子后，有些歉意地对方逸说道，"你马哥我可惹不起他们，今儿就不出摊了。"

"不就是一群小偷，至于吗？"方逸有些无语地摇了摇头。在老马走后，他摆摊的地方出现了一个很古怪的现象，原本这最好的阴凉地的下面，居然就剩了方逸一家摊位，之前在旁边的那些摊贩竟然都收摊走人了。

虽然心中有些忐忑，但方逸并不是那种遇事退缩的人，当下干脆继续卖起了东西。还别说，周围人少了之后，他生意倒是好了不少，半个小时的工夫，方逸分别卖出去了一串星月和一串小金刚，进账几百块钱。

"看来自己真要多学习一下这方面的知识了。"

隔行如隔山，打坐念经方逸是好手，但摆摊做生意方逸真的很生涩，对于客人的很多问题都回答不出来，要不然刚才也不会只成交两单生意了。

"哎，逸哥，马哥怎么走了？"就在方逸又因为一位客人询问星月产地而挠头的时候，胖子和三炮勾肩搭背地从人群里挤了进来，一看周围空出来的摊位，不由愣了一下。

"估计是怕有人报复咱们吧。"方逸就算再不通人情世故，也看出了老马他们的用意。

"不会吧？"胖子开口说道，"那个小偷团伙的人基本上都被抓了，我听柏女警说，这些人都要被判刑关几年，没谁会来报复咱们呀！"

在去派出所做证的时候，胖子心里也是有几分忐忑的，毕竟他们几个都是乡下人，在金陵城只是无根浮萍，要是不能将那帮小偷定罪的话，日后肯定麻烦不少。心里有了这个顾虑，胖子和三炮在做证的时候，说话就不是那么硬气了，差点没顺着那个刀疤脸的话说成是寻常的打架。似乎看出了胖子的顾虑，之前被偷包的那个女孩将胖子和三炮单独喊了出去，告诉他们自己会用系统内的关系，将这个小偷团伙绳之以法的，如此胖子和三炮才作为证人交代了整件事情。

"先不管那么多，等满哥回来问问他就知道怎么办了。"听到胖子的话后，方逸开口说道，"今儿生意不错，我又卖了两串珠子，胖子，你和三炮先在这里卖，我出去转转，看看别人都是怎么做买卖的。"

刚才有好几单生意都是因为方逸回答不出客人的问题导致客人走掉的，方逸这会儿是想扮成客人到别的摊位溜达一下，将自己不明白的那几个问题找别人套出答案来。

"哎，满哥来了！"正当方逸把位置让出来的时候，一抬头却看到满军满头大汗地从外面挤了进来。

"满哥，吃完了？"胖子嬉皮笑脸地递了一根烟过去，三炮则拿起打火机在满军嘴边打着了火，两人均是一副狗腿子的架势。

"你们几个小子，还在摆摊呢？"

原本一肚子火的满军得到这种高规格服务，就是有火也发不出来了，苦笑了一声，说道："这摊先收了吧，晚上方逸跟我去趟古处长的家，咱们把这事儿给他解释一下。"

"凭什么，我们又没做错什么！"

方逸还没说话，胖子先嚷嚷了起来，算上方逸刚才卖出去的那两串珠子，今儿一天他们就卖了八九百块钱的东西，即使去掉要还给满军的本钱，那还能净赚四五百呢，这是胖子以前半个月的工资。

而且这会儿问价的人还不少，如果再能成交几单的话，那说不定今儿一天就能赚个千把块钱，所以胖子哪里舍得现在就收摊走人啊。

"胖子，你先听满哥的话，我慢慢给你解释。"

满军哭笑不得地看着撸胳膊卷袖子的胖子，压低了声音说道："那几个人和古处长有点关系，你们把他们给送进局子里，古处长还能让你们继续在这里摆摊？"

古处长和那群人有瓜葛的事情，古玩市场里的人基本上都知道，不过以前他们也只是风闻，毕竟谁也没证据，这事儿是不会挑到明面上去说的。但是今儿出事的时候，满军正和古处长在喝酒，他见到古处长接到那个电话后，竟然差点儿和满军翻了脸，直接就说要将方逸这些扰乱古玩市场治安的人给赶出市场，不能再让他们继续经营下去了。古处长当时酒就不喝了，他让二刘去市场询问事情经过的同时，自己居然去了派出所，将满军一人留在了饭店。见到这一幕，满军哪里还会不明白，以前的那些传闻肯定都是真的，古处长要是没在疤哥那里拿好处，现在绝对不会如此上心的，所以结完账之后，满军就连忙赶回了市场。

满军虽然是市场的老人了，人脉也挺广，但俗话说胳膊拧不过大腿，他终究只是个商户，如果古处长今儿执意要赶走方逸他们的话，满军也没有什么好办法。所以按照满军的想法，就是先让方逸他们收了摊子，然后等到古处长下班之后，直接去古处长家里送上一份厚礼，以满军对古处长的了解，这事儿基本上就能解决了。

"满哥，古处长可是收了咱们钱的啊！"听到满军的话后，胖子吃惊地张开了嘴巴，而一旁的方逸，也明白了自己心里不安的原因了。

"哎，这事儿怨我，早知道让他开收据了。"满军闻言拍了一记自己的光头，要是有收据的话，古处长未必就会直接赶人，而是会以扰乱市场治安的名义对方逸他们进行处罚，但偏偏自己交代方逸没让古处长开收据，这也就是将刀把子放在古处长的手心里。

第二十章
贵人相助

　　"满哥，这摊子不能收。"方逸右手在摊位的玻璃上一拂，漫不经心地将三个铜钱给收到了掌心里。

　　"为什么？"满军不解地问道，他以为胖子他们哥儿仨个里面，方逸是最明白事理的，没想到自己把话说透之后，方逸反而是第一个反对的。

　　"满哥，俗话说，魔高一尺道高一丈，就算是古处长也不能把我们怎么样。"方逸脸上露出一丝笑容，他这话并非无的放矢，而是刚才悄悄地起了一卦，那三枚不起眼的铜钱显示出来的卦象却是水山蹇，坎上艮下，正是《易经》走的第三十九卦。蹇卦，象征陷入困境，难以前进，面对这种情况，利于向西南行动，不利于向东北行动，此时利于出现大人物，只要能够坚守正道，始终如一，就一定可以获得吉祥。而此时方逸他们所处的位置，就是西南方向，也就是说，只要固守在这里不动，今儿就会得遇贵人，除了方逸不想再麻烦满军出钱出力之外，这一卦也是方逸不愿离开的底气所在。

　　"他是不能把你们怎么样，但是能让你们离开市场。"听到方逸的话，满军不知道是该说他傻还是该说他天真，作为这个古玩市场管理处实际上的一把手，找个理由打发像方逸他们这样的小摊贩，对于古处长来说根本就不算个事。

"方逸，要不然咱们听满哥的，往后退一步？"胖子从满军脸上看出了事态的严重性，言语间变得迟疑了起来。

"胖子，打架的时候没见你往后退啊。"方逸笑了笑，说道，"没事，你们就听我的，今儿哪里也不去，看看那位古处长能把咱们怎么样！"

方逸很少卜卦，因为卜卦是在测天机，而"天机不可泄露"这句话并非是随便说说的。就像是古人往往只会在出远门的时候预测一下吉凶，天机泄露得多了，会给自己招来灾祸。方逸占卜问卦的传承得自老道士，和民间所传的麻衣神相略有不同，受到的天机反噬也会稍微弱一些，而且这一卦不为钱财只问吉凶，对自己的影响倒不是很大，只不过贵人是谁，他却是没那本事占卜出来了。

"逸哥，有什么说法？"见到方逸一副胸有成竹的样子，胖子眼睛一亮，用胳膊肘捅了下方逸，低声问道。一旁的三炮也是竖起耳朵听了起来。

从小一起长大，胖子和三炮对方逸知之甚深，他们知道，方逸虽然之前和这个社会脱节很严重，还当了十多年的小道士，但做事情向来都是谋而后动，很少做鲁莽出格的事。

"哪里有什么说法啊。"方逸嘿嘿一笑，却把右手露了出来，只见三枚被磨得有点发亮的铜钱，在他的五根手指之间回旋转动。方逸的手指就像是一块磁铁一般，不管那铜钱怎么转，都无法脱离开方逸的手指。

"嗯？起卦了？"看见这几枚铜钱，胖子和三炮顿时松了一口气，当年他们村子里无论是丢了什么牲口，只要那老道士起上一卦，就算是牲口摔死在山涧都能找得到，而方逸虽然很少算卦，但却是得到了老道士的真传。

"你们几个小子搞什么啊？"看到方逸等人对自己的话无动于衷，满军不禁有些恼了，要是他们哥儿几个真的当面被古处长赶出市场，他老满的面子也没地儿放啊。

"满哥，你不用担心。"三炮指了指方逸的右手，说道，"他鬼门道多着呢，既然他这么说了，就不会有事的。"

"靠，方逸你小子会变戏法啊？"顺着三炮手指的方向，满军也看到了方逸右手的动作，不由得看直了眼，三枚小小的铜钱简直被方逸给玩出花儿来了。

"满哥，这玩意儿可不是变戏法用的。"方逸右手一抖，那三枚铜钱顿时被他握在了掌心里，就像是没有出现过一般。

"嗯，莫非是占卜问卦？"满军忽然想到方逸在自己家里画符的事情，心中不由一动，他知道面前的这个年轻人可不能以常理度之，或许还真有解决问题的办法。

"满哥，看您这满头大汗的，还是回店里歇歇吧。"方逸笑着开口说道，却没有回答满军的问题。

"不用，我那边反正没什么生意，今儿就陪你们在这儿摆摊吧。"满军摇了摇头，他还是不怎么放心方逸等人，再说了方逸是他介绍来市场的，不管古处长怎么想，自己已经算是得罪他了。

不过满军可不是方逸他们那样没有根基的人，在古玩行里混了那么多年，满军也认识几个博物馆的领导，如果古处长真敢连他一起收拾的话，那说不好满军就要和他斗一斗了。

"得，正主儿来了。"方逸正想说话的时候，却发现原本已经离开的二刘又从人群里挤了过来，二刘和他那几个同事簇拥着的人，不就是管理处的古处长嘛。

见到古处长眼中露出了一丝阴狠，方逸自然知道他是来干什么的，脸上不由露出淡淡的笑容，他经常听师父说到"人心险恶"这四个字，但却从来都没见识过，眼下怕是就有这个机会了。

"哎，古处长，小孩子不懂事，给您添麻烦了。"看到古处长来到摊位的前面，满军连忙掏出中华烟递了一根过去。

"小孩子不懂事，难道你也不懂事吗？"古处长压根儿就没接满军递过去的烟，摆了摆手，说道，"老满，不是我不给你这个面子，而是他们触犯了管理处的规定，在市场滋事，是一定要严肃处理的。"

看着面前的方逸等人，古处长真是气不打一处来，刚才他亲自去了趟辖区派出所，准备给刀疤脸他们说说情，将偷窃改成斗殴滋事，这样就属于《治安管理条例》的范畴，最多行政拘留几天。但是让古处长没想到的是，往日里和他称兄道弟的派出所所长，这次竟然丝毫没给他面子，直接就跟古处长说这次的事情市局有人过问了，要他们将古玩市场的这个毒瘤给连根拔起，现在已经立案了。听到所长的话,古处长吓得脸都白了,他很清楚立案的含义,立案之后就会批捕,那刀疤脸等人面对的就不是行政处罚,而是刑事责任了,没个三五年恐怕是出不来。更重要的是,古处长和刀疤脸之间,还有一些说不清、道不明的关系。他和刀疤脸认识差不多有三年多的时间,在这三年中,刀疤脸几乎每个月都会向他上贡五千元到一万元不等,三年时间,古处长在刀疤脸这里赚了整整两套房子钱。

当然,古处长也不是全无付出的,刀疤脸团伙中一旦有人失手被拎进派出所,古处长总会出面说情,然后在市场内打击那些见义勇为的人,一来二去,市场里的摊贩对刀疤脸团伙的行为也只能是睁只眼闭只眼了。现在刀疤脸团伙全军覆没,古处长最害怕的是刀疤脸在出去无望的情况下,将自己也给拉下水,就凭着他这几年作为保护伞所收受的贿赂,那刑期恐怕要比刀疤脸他们都要长。

最后在古处长的软缠硬磨之下,他终于见了刀疤脸一面,古处长很欣慰的是,刀疤脸保证自己一人做事一人当,不会把古处长给供出来的。得到了刀疤脸的保证,古处长稍稍心安了一点,但是从派出所出来之后,古处长对方逸等人的怒火却抑制不住地升腾了起来,如果不是那几个小子多管闲事,哪里会出现这种事情?

且不说自己会不会被刀疤脸连累到,方逸等人的行为可是直接断了古处长的财路,俗话说,挡人财路如同杀人父母,单凭这一点,古处长就下定决心要将方逸他们从市场里给赶出去。

"你们几个,把摊子收了,到管理处接受处罚。"想到那一个月近万的收入,古处长的心都在滴血,恨不得将方逸等人给活吞掉,只不过当着众人的面,他还是要作出一副公事公办的姿态来。

"古处长,我们为什么要接受处罚啊?"方逸和胖子都没说话,三炮的声音却响了起来,他这人平时看上去蔫拉咕唧的,不过论起在这种场合内斗嘴玩心眼子,三炮却比胖子强多了。

"斗殴滋事还不够?"古处长没想到这瘦弱的年轻人竟然还敢质问自己,当下一绷脸,说道,"市场不欢迎你们这些不安分的人,现在你们立刻、马上把摊子收了,到管理处接受处罚!"

古处长现在已经十分愤怒了，说话的时候用上了立刻和马上这两个词，而且还加重了语气。

"早知道让那个柏警官来做证了。"听到古处长的话后，胖子缩了下脖子，只在大城市里做过几个月保安的他，显然没有和古处长争执的底气。

"古处长，你们管理处有执法权？"和方逸与胖子不同，三炮当兵前就已经在城市里生活了，算是见过世面，而且他平头小百姓一个，或许会怕警察那一类的执法人员，但绝对不会怕古处长这么一个公家小干部。

"派出所都没处罚我们，你凭什么处罚我们？"没等古处长开口，三炮紧接着说道，"我们制止小偷的盗窃行为，属于见义勇为，你为什么要处罚我们？"

"是啊，这几个小伙子是在抓小偷，我可以做证。"三炮话音刚落，人群里的一个中年人就抬起了手。

"我姓孟，我可以做证。"开口的中年人叫孟琦正，他是附近那个中学的历史老师，也是金陵城小有名气的藏家，平时没事就会到古玩市场来转转，经常会出手购买一些小物件。去年过年的时候，孟琦正身上揣着的一千五百块钱来古玩市场，被小偷偷得一干二净，报警之后也是不了了之，所以孟老师对市场内的小偷深恶痛绝，在听完三炮的话后，第一个就站了出来。

"我也可以做证，我刚才也看到他们抓的是小偷……"

"没错，我们都看到了，小伙子，大爷也给你做证……"

人都是有从众心理的，如果没有人挑头的话，在场的这些游客未必会站出来，但是当孟琦正第一个开口说话之后，很多人顿时就纷纷响应了起来，要给方逸等人做证的声音此起彼伏。

"他们抓的是不是小偷，要由派出所说了算，现在我只知道他们动手在市场内打架了。"看到周围有那么多的游客要做证，古处长的脸色不由得阴沉了下来，不过他也不害怕这些人，毕竟只要古玩市场内的人不开口，这些游客散掉之后就再也找不到了。

"抓小偷也算打架？"

"就是啊，这个人很不讲理呀，是不是和小偷一伙的？"

周围的游客听到古处长的话后，顿时鼓噪了起来，很多人纷纷指责起了古处长；就是不远处摆摊的那些摊贩，也对着古处长指指点点，有几个年纪轻点的，已经站了起来。

"大家别吵，我们这也是在执行市场的规定。"见到自己似乎犯了众怒，古处长心中有些惊慌起来，连忙开口说道，"现在让他们去管理处，也是要问清楚事情的经过，要真是见义勇为的话，那市场还是要奖励的。"

说话的同时，古处长向二刘等人使了个眼色，示意他们赶紧上前去收方逸的摊子，只要到了管理处，古处长想怎么揉搓方逸他们，那还不是他一句话的事情？

"不用去管理处，事情的经过我都看到了，要不要我来和你说说？"就在二刘等人准备去抢方逸他们的三轮车的时候，一个老年人的声音从人群里响了起来。

"我们管理处做事情，要你们来指手画脚吗？"古处长头都没回地就将那人的话给顶了回去，他这会儿心里已经是十分腻歪和烦躁了，这些年他在古玩市场内一言九鼎，哪里遇到过这样的事情。

"你们管理处的工作，也要受市场监管的。"老人的声音继续响了起来，"而且那个小同志说得对，管理处只是对商户服务的部门，没有执法权，就算他们有错，你们也不能进行处罚。"

"哎，这位大爷说得对……"

"是啊，动不动就罚钱，这生意都没法做了！"

"姓古的欺人太甚，我那天摊子往外摆了一点，就罚了我十块钱。"

老人的话引起了在场摊贩们的共鸣，纷纷开口指责起了管理处，他们做的都是小本生意，隔三岔五地都被管理处罚过款，古处长早就已经是犯了众怒了。

只是以前市场摆摊的人比较松散，也没人挑头去和管理处讲道理，但现在见到有人把盖子揭开了，那些原本就心有怨气的摊贩，顿时一个个都按捺不住，将发生在自己身上的事情说了出来。

"我说那老头，我看你是咸吃萝卜淡操心，管理处的工作，用你来说吗？"看到平日里唯唯诺诺的摊贩们被人挑动了起来，古处长心中一慌，大声喝道，"想造反是不是啊？不想在这干就滚蛋，我看谁还敢说话！"

　　不管怎么说，古处长也是管理处实际上的一把手，他这一发火，倒是将众多摊贩都给镇住了。大家抱怨归抱怨，但谁都不愿意砸了自己的饭碗啊，毕竟在这里还是能赚到一些钱的。

　　"好大的官威啊。"老人的声音又响了起来。在古处长的耳朵里，这声音突然间在寂静的场地里显得异常刺耳。

　　"你是谁，出来说话。"古处长的个子不是很高，加上周围又全是人，他只能听出老人话声传来的方向，但却看不到站在人群里的那个人。

　　"我倒是想过去，挤不过去呀。"老人笑了起来，随着他的话音，原本拥挤在他身前的游客和摊贩，纷纷让了出来，将站在一起的三个人显露了出来。

　　"就是你在这胡说八道的？"古处长抹了一把脸上的汗，冷着脸说道，"市场有市场的规定，和你们没关系，看在你年龄不小的份儿上，我不和你计较，别在这里胡说八道了。"

　　古处长站立的地方，正好有一缕阳光透过头顶茂密的枝叶照在了他的脸上，所以眯缝着眼睛的古处长并没有看见那拄着拐杖的老人的面容，只是凭着那根拐杖感觉老人年龄挺大了。

　　"古国光，怎么和孙老说话的？"就在古处长的话还没说完的时候，站在老人旁边的一个中年人实在忍不住了，他上前一步说道，"把你的眼睛给我眯大了，看看站在你面前的人是谁？"

　　"吴……吴主任？"听到那个中年人的话后，古处长的身子明显震动了一下，他不用眯大眼睛也知道这个声音是谁的，那可是博物馆馆长办公室的大主任啊，并且还分管着后勤部门，算是他的直接领导。

　　吴主任的级别是正处，不过人家那个正处可是实实在在的，不像古处长只是因为在管理处这个部门工作才冠了个处长的名头，其实不过是个科级干部。

　　"吴主任，您来视察工作吗？"听清楚来人的声音后，原本阴沉着脸的古国光，脸上瞬间就堆满了笑容，他连忙迎了上去，那腰躬下去了不少，离着吴主任还有两三米的时候就伸出了双手。

　　"古国光，今儿要不是我过来，还真不知道你有这么大威风啊！"吴主任并没有去接古国光伸出来的手，而是淡淡地说道，"今天我是陪老领导来的，有什么话你对老领导说吧！"

对于古国光刚才的做派，吴主任也感觉面上无光，因为不管怎么说，这个部门也是他分管的，所以按照吴主任的意思，只要古国光给老领导道个歉，也就大事化小小事化了了。

"老领导？"古国光闻言一愣，当他的目光扫过吴主任身边的两人之后，那身体顿时僵直住了，结结巴巴地说道，"老……老馆长？赵……赵副馆长？"

古国光在博物馆工作也有十多年了，虽然因为级别低和以前的老馆长孙连达没什么交集，但每年的全馆干部职工大会都是能见到的，更何况站在他身边的正是现任的赵副馆长，古国光不认识谁也不敢不认识领导啊。

不过赵副馆长的称呼一喊出口，古国光就想给自己来上两记耳光，亏得他在单位已经工作了一二十年，竟然忘了副职也是领导啊，按照惯例他应该称呼为赵馆长的。

"古科长，你太让我失望了。"赵副馆长不满地看着古国光，"连斗殴滋事和见义勇为都分不清，你这个科长是怎么干的？"

虽然赵副馆长并没亲眼见到整件事情的经过，但是他陪着孙老在这里已经站了好一会儿了，事件的来龙去脉也从旁人口中听得清清楚楚，而古国光的表现实在是太差了。

"赵馆长，我……我这是想先了解下情况，然后再作出处理的。"

古国光一边抹着头上的汗，一边小心翼翼地说道："赵馆长您放心，如果他们真是见义勇为的话，管理处一定会对其作出表彰和奖励的。"

此时的古国光，只希望能安安稳稳地把这几位领导给送走，至于找方逸他们的麻烦，只要他们日后还在这个市场里面混，古国光相信自己总归能找到机会的。

"我看你们管理处是要好好整顿一下了。"赵副馆长没好气地瞪了一眼古国光，转回头赔着笑说道，"老师，这天也太热了，要不咱们先回去吧，我会好好处理这件事情的。"

赵副馆长名叫赵洪涛，是金陵大学博物馆系毕业的，当年正是孙连达带的研究生，以前孙连达当馆长的时候那要称呼官职，但是现在孙连达退了下来，赵洪涛就以学生自居了。

"先等一等。"孙连达摆了摆手,拄着拐杖走向了方逸,来到近前之后笑着说道,"小方,咱们可是又见面了啊。"

"孙老,您出院了?"方逸和胖子等人早就认出了孙连达,只不过孙老没和他们打招呼,他们几个也不敢贸然上前,毕竟古国光的事情还没处理好呢。

"出院了,我说小方,咱们在医院里认识,可是患难之交啊,你这几天也不给我打个电话。"孙老故作生气地顿了顿拐杖,不过脸上却满是笑意,他在出院后的第一天就来到了古玩市场,也是存了几分想见到方逸的心思。

"老师,你们认识?"看到老师热情地和那个年轻人说话,赵洪涛心里有些奇怪,他知道,老师最厌烦的就是和古玩商人打交道,在面对那些古董商的时候,向来都是脸上带着颜色的。

"洪涛,他叫方逸,是个很有意思的年轻人。"孙连达笑着将方逸介绍给了自己的学生,没等赵洪涛说话,又接着说道,"小方很有天分,以后在这里摆摊,在不违反原则的情况下,你多照顾照顾……"

"啊?是,老师,我知道了。"听到老师直接就出言让自己关照方逸,赵洪涛一时间还以为是自个儿的耳朵出毛病了,他跟着老师读了好几年的研究生,也没见到老师对哪个年轻人如此上心过。

"对了,洪涛,我记得你比较精通杂项吧?"孙连达忽然想起一事,开口问道。

"当着老师的面,我哪里敢说精通啊。"听了孙老的话后,赵洪涛笑道,"我只是喜欢杂项里面的物件,稍微有点儿研究罢了,可当不起'精通'这两个字。"

"你啊,领导没当几天,也变得官僚了。"孙连达摇了摇头,"方逸是个有才气的孩子,你以后要是有空的话,多指点一些他关于杂项的知识,也能让他少走点弯路。"

"老师,我明白了,您就放心吧!"孙连达的话都说到这个份儿上了,赵洪涛哪能不明白,老师这是想提携方逸,要不然怎么会让他这个在国内也算是有些名气的杂项专家,去指点方逸这么个年轻人呢。

"嗯?你还站在这儿干吗?"孙连达看到了在一旁站立不安的古国光,眉头不由皱了起来。他是老辈人,对人的要求是做事先做人,而这个古国光之前说出来的那些话，显然在人品上有些问题。

"古科长，你先去写报告吧，明天一早交给我。"赵洪涛对古国光也没什么好脸色，这小子得罪谁不好，偏偏要得罪老师看好的人，这不是给自个儿上眼药吗？

要知道，别看孙连达已经退下去好几年了，但他却还兼着国内博物馆管理委员会的主任，在博物馆业内的名声，甚至比他在古玩行还要高，赵洪涛日后要是想再进一步，老师的话还是相当有作用的。

"洪涛，作为领导，以后在用人上要好好把关啊！"孙连达话有所指地说道。

"老师，您教育得对，我以后一定注意。"被老师当众批评了一句，赵洪涛并没有生气，而是对面前的那个叫方逸的小伙子愈发好奇了，他不知道这是一个什么样的人，竟然会让老师如此上心。

"小方，晚上有事吗？陪我老头子喝几杯？"孙连达笑眯眯地看向了方逸，从京城回来之后，他日常的生活变得有点太过闲逸了，儿子虽然孝顺，但是工作太忙整天不在身边，所以见到方逸之后，孙连达心里真的动了收个弟子的念头。

"孙老，那晚上去我住的地方吧，我动手做几个菜。"看到满军一个劲地给自己使眼色，方逸心里哪会不明白，当下就一口答应了下来。

"那好，五点半的时候我在市场门口等你们。"孙老笑着点了点头，他大病初愈的身体，在阳光下的确不适合久待，和方逸约好之后，就在赵馆长与吴主任的陪同下去了博物馆。

看到孙老和赵馆长离开，古国光失魂落魄地回去写报告了，有了孙老刚才的那句话，古国光知道自个儿恐怕要位置不保了，哪里还有对付方逸等人的心思。

没了热闹看，原本围在这里的游客也都散开了，不过那些摊贩们看向方逸等人的目光，却变得敬畏了起来，刚才帮方逸说话的几个摊主，更是直接将自己的摊子摆到了方逸的旁边。

"嘿，还真是有贵人相助啊！"孙老等人离开后，胖子两眼放光嚷嚷了起来，他可是看得清清楚楚，那个古处长在孙老面前连个屁都不敢放，日后有这尊大神罩着，他胖爷绝对可以在这古玩市场里横着走。

"方逸，满哥谢谢你啦！"满军一脸感激地看向了方逸，方逸可是住在他家里的，邀请去家里吃饭，岂不是给了自己一个和孙老接近的机会？要知道，只要孙老松了口，在古玩行想请孙老吃饭的人，能从现在排到年后去。

"满哥，说那些话干吗啊，咱们现在不是一家人吗？"听到满军的话后，方逸不由笑了起来。他懂得相面之术，从满军脸上能看出来，满军为人正直，做生意也没有坑蒙拐骗的行为，值得自己帮一帮。

"好，那我现在就买菜去！"满军也没和方逸客套，兴奋地站了起来，"方逸，你有什么拿手菜，我都给买好，晚上你只要下厨就行了。"

虽然是四十多的人了，但一想到能请孙老到家里做客，满军还是压抑不住心头的激动，甭管孙老是不是因为他的原因上的门，单单这个行为，就足够满军在圈子里吹嘘的了。

方逸想了一下，开口说道："满哥，买点鱼肉还有青菜吧！对了，大骨头买一根，我给孙老炖汤补一补。"

方逸知道孙老是摔成骨折住的院，俗话说，伤筋动骨一百天，虽然孙老出院了，但老年人的骨质本来就有些疏松，日常还是需要多保养一下的。

第二十一章
望气之术

"方逸，怎么对付那个古处长？"等到满军兴冲冲地离开后，三炮开口说道，"要不要把事情捅给孙老？你要知道，打蛇不死反被咬的。"

"怕什么，有孙老在，我看他再也不敢对付咱们了。"胖子大大咧咧地说道。

"现在他不敢，不代表以后也不敢，我看他走的时候一脸怨毒。"三炮还是不肯放过古处长，话说自从他小时候用锄头没打死那条蛇反被咬了一口之后，变得愈发心狠手辣，小时候村子里的孩子很少有怕胖子的，但却没人敢惹三炮。

"没事，他蹦跶不了多长时间了。"听到三炮的话后，方逸微微摇了摇头。三炮不是什么善茬儿，他这野道士也不是喜欢给自己找麻烦的人，刚才古处长离开的时候，方逸就仔细看了一番他的面相。

在管理处看到古处长那会儿，方逸发现他天庭饱满印堂发红，是个富贵的面相。可是只过了短短的几个小时，古国光的面相就发生了改变。首先是他的奸门，也就是眼角鱼尾纹的地方，像是被人打了一拳似的，显得有点发青。奸门主一切口角是非，若此处发青暗之色，则代表容易出现牢狱之灾。再者，古国光的天仓、地库也有了一些变化，印堂由红润变成了淡黑无光，黑气直入天中，这也是牢狱之灾难逃的面相表现。所以方逸相信，就算他们哥儿几个什么事都不做，古国光也是大难临头了。

看相说起来简单，但实际上真正能相面的人，却必须懂得望气之术。

望气之术，往大了说是风水堪舆中的一种术语，懂得望气的人可以看到穴气，气色光明则发兴，气色暗淡则败落，气呈红色则巨富，气呈黑色则有祸，气呈紫色则大贵，他们往往以此来帮人寻龙点穴。而往小了说，望气之术也可以说是观望人的气色，也就是俗称的相面，只有懂得真正望气之术的人，才能称得上是相师，像街头巷尾的那些所谓的麻衣神相，只是懂得一点皮毛的江湖骗子罢了。

善于望气之人必是练气之人。方逸从五岁开始，每次练功时都会瞄准自己在远处的一个设定目标，练功时半阖双目入静，似看而非看，目注而达心，久而久之，自然可以看到一种冉冉升腾，薄如缥缈的岚雾。这就是大自然的环境之气和阴阳宅内气相沟通的气，也称之为晕和宅气。只有能看到这宅气或者是气晕，望气之术才算是得有小成。

在方逸十岁的时候，老道士就带着他行走于方山山脉，让他观望缠绵于绿水青山的山巅峰腹之间的生气以及那寸草不生之地的山头显现出来的凶气。

练了十多年的望气之术，现在的方逸，一眼就能看出宅气和山间的生气、旺气和凶气、死气。观人面相中的气色，对于方逸而言只不过是小道而已，基本上一眼就能看个八九不离十，这也正是方逸放过古国光的原因。

"逸哥，老道士不是让你少给人占卜问卦吗？"胖子有点担心地看着方逸。他知道方逸有些常人难以理解的本事，但按照老道士的话说，这些本事用出来，对自身也是有一定伤害的。

"胖子，我心里有数，看看面相，预测下吉凶没事的。"

方逸笑着摇了摇头。天机不可泄露这句话固然有道理，但只要不进行繁杂大型的推演，一般是不会触犯天机的，精通占卜问卦的术士本就是趋吉避凶的高手，一般不会让自己陷于险地之中。

"哼，那死胖子肯定和刀疤脸有扯不清的关系。"听到方逸的解释之后，三炮冷哼了一声，开口说道，"他收钱没给咱们开收据，我也留了一手，要是警察不抓他，也能让他干不成这管理处的处长。"

方逸等人的钱，都是保管在三炮手上的，之前去管理处缴费的时候，三炮在那几百块钱上面都做了一些暗记，他是怕古国光收钱不办事，不给他们安排摊位。

"你小子，还是那么阴险。"胖子没好气地瞪了一眼三炮，"以后别胖子胖子的，胖爷我和那胖子是有区别的。"

"什么区别？"三炮看着胖子坏笑了起来，"要不我和逸哥以后不叫你胖子了，改叫金花怎么样？"

"三炮，你找死啊！"听到金花两个字，胖子的额头顿时现出几条黑线，他二话不说就扑了上去，要知道，他从小因为这个绰号几乎和整个村子里的孩子都打过架，这可是胖子心中永远的痛。

"逸哥，救命啊！"斗嘴三炮不落下风，但真动起手来，不出狠招的三炮却打不过胖子，三两下就被胖子给按倒在地上痛殴了起来，嘴里连声大叫着救命。

"你们俩的事，你们自己解决。"方逸看着嬉闹的两人，脸上满是笑意。方逸知道，这是哥儿俩发泄情绪的一种方式，经过今天这件事情之后，他们兄弟算是在古玩市场真正站住脚了。

"好了，今儿一天的东西都是我卖出去的，你们哥儿俩也上点心啊！"等三炮和胖子一身泥土从地上爬起来后，方逸开口说道，"我到别的摊位转悠去，这摊位就交给你们俩了啊！"

"去吧去吧，胖爷一准卖得比你多。"胖子挥了挥手，当了十多年小道士这才下山没几天的方逸，卖起东西来竟然比自诩能说会道的自己还强，胖子感觉很是没面子。

"得，你要是能卖出个三五件的，那咱们这个月的房租就算是出来了。"

方逸闻言哈哈一笑，下山方知油盐贵，要不是满军好心收留，这哥儿仨现在不是挤在三炮家里估计就是在睡桥洞里呢，所以他们当务之急就是要赚钱让自己能在这座城市里生存下去。

"哎，大爷，一看您手上的珠子就知道您是个玩家，来看看我们的东西吧！"

胖子卖东西的套路显然和方逸不一样，刚在方逸刚才的位置上坐下，胖子就吆喝起来了，这架势要是让老京城的人看到，一准儿会认为胖子在天桥耍过把式卖过大力丸。

不过还别说，胖子这一套挺好使的。方逸离开自己的摊子时，那摊位旁边已经被胖子拉来了七八个游客，正巧舌如簧地鼓动着那些人拿出钱包来买自己的东西。

"这小子，还真是吃这碗饭的。"方逸笑着摇了摇头，身形融入了游客之中，跟着人群一个一个摊位地转悠了起来。

虽然刚才抓小偷的事情传遍了整个古玩市场，但是出事的时候方逸他们的摊子被围了个里三层外三层，除了就近的一些摊主外，倒没什么人认出方逸来。

和一般的游客会上手看东西并且出言询问不同，方逸总是一言不发，在见到有人问价的摊子，往往就会驻足不前，竖起耳朵来听买卖双方的话语，两个多小时下来，倒真是让方逸长了不少的学问。

"这做买卖的，说出来的话还真是让人无法相信啊。"转悠了一圈，方逸最大的收获就是，整个古玩市场里的摊主，十个里面有九个都是大忽悠，十句话里面有九句都是言过其实的。要知道，望气之术不单是看人面相，也能观人言行。方逸不会做买卖但是会看人，他发现这些人说出来的话，说好听的是言过其实，说不好听就是在忽悠人。

"真是无奸不商啊！"方逸忽然想起师父说过的一句话，摇头苦笑了一声，看着这会儿市场里的人已经不多了，这才转身回到了自己的摊位上。

"哎，胖子，生意怎么样？"回到摊位的方逸发现胖子身边围了五六个人，都是距离自己摊位不远的摊主，正听着胖子在那指手画脚、唾沫横飞地吹着牛呢。

"诸位，这就是我们逸哥，孙大师都很看好他，准备收他当弟子呢！"

见到方逸过来，胖子连忙将位置让了出来，拿起一瓶水扔给了方逸，说道："方逸，这几个哥哥太热情，看到天热非给咱们买了一箱水，你也谢谢大家伙儿。"

"不用，不用谢，你们小哥儿几个给咱们古玩市场除了一害，要说谢，也是我们谢谢你们几个啊！"

众人听到胖子的话后，顿时连连摆手，那眼神却都放在了方逸的身上，他们可全都听过孙连达孙老的名头，也知道那人是个冷性子，没想到方逸竟然能成为他的弟子。

"嗨，别听胖子胡说，根本就没有的事。"方逸一听胖子那话，就知道这小子在拉大旗作虎皮，不过方逸也就是轻描淡写地否认了一句，因为他明白，想在这古玩市场不被人挤对，还是需要一定背景的。

"小方太谦虚了！对了，你们晚上有没有空？哥哥我做东，咱们找个地方喝点儿？"一个长着满脸络腮胡子的中年人开口说道，他的摊位距离方逸的摊子只有五六米，今儿发生的那些事，络腮胡子看得清清楚楚。

络腮胡子知道，有孙连达和现任的赵副馆长当靠山，这小哥儿几个在古玩市场就能横着走，一顿饭要是能和他们交好，那绝对是物有所值。

"这位大哥，晚上还真有事，要不咱们改天吧！"方逸闻言笑了笑，之前这些摊主个个对他们是避之如虎，现在的态度突然间来了个一百八十度的大转弯，方逸还真有几分不习惯呢。

"那成，改天哥儿几个一定赏光，给老胡我几分面子啊！"那络腮胡子豪爽地笑了起来，其实他早先就听到了方逸和孙老有约，说出这番话来只是想和方逸套个近乎而已。

"一定，到时候肯定要叨扰胡大哥的。"俗话说，花花轿子人抬人，别人给脸自然得兜着。方逸答应下来之后，络腮胡子和另外几个摊主才散去回到了自己的摊子上。

"嘿嘿，咱们哥儿几个，算是出头啦！"胖子笑得眼睛都眯成了一条缝，虽说在这古玩市场摆摊累一点，但心情很舒畅啊，看着手里的物件换成钱，胖子甭提有多高兴了。

"出头，还早着呢。"三炮没好气地说道，"等咱们哥儿几个都在金陵城买了房子，那才算是出头呢，现在还是踏踏实实地做生意吧。"

"对，咱们都在金陵城买房子，娶个城里人做老婆！"胖子少见地这回没和三炮抬杠，眼中露出了憧憬的神色，在乡下长大的孩子，做梦都想在城里面生活，胖子自然也不例外。

"行了，胖子，刚才生意怎么样？"方逸出言打断了这哥儿两的梦想，有那做梦的闲工夫，还不如多卖几串珠子实在呢。

"胖爷出马，生意自然好极了！"听到方逸的话后，胖子脸上露出发自心底的笑容，开口说道，"小叶紫檀的珠子卖了两串，总共收入四百，星月菩提卖了四串，收入八百八，金刚菩提卖出去一串，收入一百八……"

胖子得意地笑了一下，接着说道："逸哥，你猜猜我还把什么给卖掉了？"

"我哪里知道啊，这么多货少个三五件的根本就看不出来。"

方逸闻言摇了摇头，满军给他们的货光是各种文玩珠子就有几百串，摊位上摆的只是一小部分，还有很多都在那玻璃展柜下面的三轮车里呢。

"方逸，我把满哥给咱们的那个胡杨木观音给卖出去了！"胖子哈哈一笑，伸出了两个胖巴掌，"一千，整整卖了一千块钱，怎么样，哥们儿我厉害吧？"

"嗯？那个观音被你卖掉了？"听到胖子的话后，方逸不由愣了一下，他们这次出来摆摊中的物件，就要数那件观音个头最大了，足足有三十多公分高，雕刻得惟妙惟肖，按照满军的话说，这东西最少要卖到八百以上，没想到胖子还多卖了两百。

"那是，你不看看胖爷是谁呀！"胖子得意地仰起脑袋，那下巴都快翘到天上去了。在方逸离开的这几个小时里，胖子接连卖出去好几件东西，终于找回了自个儿之前被方逸打击了的信心。

要说胖子这张嘴，的确是能把死的说成活的，之前有个老人逛到这个摊位上，胖子和老人聊了几句之后，就知道这是个信佛的人，当下拿出了三轮车里的那件胡杨木雕件，硬是忽悠得老人掏钱给买了下来。

"胖子这生意做得不错，满哥给咱们那物件的价格是三百，等于白赚了七百。"三炮在一旁说道。论起吆喝做买卖他确实不如胖子，不过三炮是管钱的，每卖出一件东西，他就把成本和盈利给计算出来了。

"三炮，咱们今儿一共赚了多少钱？"下午人流变少之后，胖子和三炮就与旁边那些摊主聊起天来，还没顾上算他们今天的收入呢。

"我算算，"三炮拿出了个小本子，一边算一边说道："逸哥卖了一串小叶紫檀是五百块钱，还有两串珠子加起来是四百二，胖子卖了七串珠子一千四百六，不算那观音雕件，今儿卖珠子的钱加起来是两千三百八十块钱。"

算出今天的销售额之后，三炮的声音都有些颤抖起来。要知道，满军给他们那些珠子的价格，全部都是一百块钱一串，如此算来，除掉十串珠子的成本一千块钱之后，胖子他们仅仅卖珠子就净赚了一千三百八十块钱。

另外再加上那胡杨木观音雕件赚的七百，他们一天的收入就是两千块，这一天收入，就比很多金陵城内上班的双职工家庭都要高，难怪三炮也激动起来。

"一天两千，一个月不就是六万吗？哥儿几个，咱们发财啦！"

胖子的数学虽然是他们学校那位体育语文政治兼数学的老师教出来的，但掰着手指头还是算出了两千乘以三十等于多少，那眼珠子顿时就瞪圆了。

胖子不能不激动，要知道，他以前做保安的时候，一个月才赚一千出头，再交上每天十块钱的伙食费，就只能剩下八九百了，他要不吃不喝整整干上五六年，才有可能赚到六万块钱啊。

"你们哥儿俩先别激动，账不是这么算的好吧？"看到胖子和三炮手舞足蹈的样子，方逸给他们泼了一盆凉水，开口说道，"这个市场只有周末的生意才会特别好，平时能卖出周末的三分之一就不错了，今天是星期天，明儿的销售额可能就要下来。"

方逸这一下午可是没白转悠，通过旁听和别人的交谈，他了解到，古玩市场的生意虽然是靠游客来推动的，但成交的人却大多都是金陵本地的玩家，由于平时这些玩家都要上班工作，所以周末才是古玩市场出生意的时候。

"那也不错了，算下来一个月也能有小两万的收入。"胖子和三炮丝毫都没受打击，他们两个都是在社会上待过的人，知道就凭他们两个退伍兵，一个月别说两万，就是连两千都拿不到。

"嗯，这个行当是有做头。"方逸想了一下，说道，"你们两个多学点东西，回头咱们再把进货的渠道给打通，日后就在这古玩市场里面干下去了。"

"好，咱们哥儿几个就大干一场！"兜里有钱心里不慌，胖子和三炮的脸上也多了几分自信。

"行了，赶紧收摊子走人吧。"方逸从兜里将那块怀表掏出来看了一下，说道，"差不多要到六点了，咱们别让孙老他们等……"

"好嘞！"胖子和三炮答应了一声，手脚麻利地将玻璃柜里的东西收到了袋子里，然后将袋子送到了满军的店铺里。满军临走时把钥匙留给了三炮，反正他那店里也没多少值钱的东西。

"哎，小方，这边……"方逸他们来到市场门口正东张西望的时候，孙老的声音从一辆小车里传了出来。

"上车，去你们住的地方。"孙老摇开窗子冲方逸摆了摆手，坐在前排驾驶位置的正是孙老的学生赵洪涛。

"小方，我就厚着脸皮跟老师叨扰你们一顿啊！"赵洪涛和方逸打了个招呼，他知道老师很看重方逸这个年轻人，所以也没摆什么馆长的架子。

方逸知道以后想顺风顺水地在古玩市场干下去，肯定是要仰仗赵副馆长的，当下连忙开口说道："哪里话，赵馆长愿意来，是给我们几个面子。"

"行了，到地方再聊吧，大热的天开着窗户，冷气都跑没了。"孙老出言打断了方逸和赵洪涛的寒暄。

"孙老，我们就住在这下面……"方逸指了指满军家的方向，"从这里走下去只要四五百米，就是那个电线杆子旁边的那一家，我们走下去就行了。"

"你们就住在这里？那倒是很便利啊！"听到方逸的话后，孙老推开车门走了下来，"我和你们一起走过去吧，在床上躺了那么多天，也应该活动活动了。"

"老师，那你们先走，我把车子停到停车场去。"赵洪涛开口说道。

"嗯，晚上别开车了，陪我喝几杯。"孙老点了点头，对于赵洪涛这个弟子，他还是很满意的。

当年带研究生的时候，孙老有心将自己在古玩鉴定上的心得传授给他，只不过赵洪涛醉心于杂项，对于瓷器青铜那些并不是很感兴趣，这十多年下来，赵洪涛反倒是成了国内杂项鉴定的专家。

"孙老，赵馆长，你们来了，快，快到屋里坐，外面实在是太热了。"方逸等人来到满军家的时候，满军已经在门前翘首以盼了，把孙老等人迎进去后，忙不迭地将早已冻在冰箱里的西瓜拿了出来。

"小满，你这宅子不错啊！"进到满军屋里后，孙老开口说道，"现在在闹市区能有这么一处带院子的宅子，可是很不容易的事情，更何况小满你做的是古玩生意，算是近水楼台先得月了。"

其实孙老住的地方，距离这里也不是很远，当年他在金陵博物馆工作的时候，上下班还经常经过满军家，只是当时并不认识罢了。

"孙老说得是，我能干这行，也是沾了这房子的光，"满军点了点头，"这宅子距离古玩市场近，以前吃完饭陪着父亲散步的时候，就经过市场那边，一来二去也就入了行。"

"嗯，以后好好做，古玩这一行可是博大精深啊！"

孙老看向满军的目光也带着几分赞许，他还在医院的时候就让人打听了一下满军的名声，知道满军在行内算是个本分人，从业这么多年没干过什么坑蒙拐骗的事情。

这也是孙老愿意来满军家里做客的原因，否则以他那爱惜羽毛的性子，就算是再看好方逸，那也断然是不会到一个奸商家里去吃饭的。

满军听出了孙老话中的意思，连忙站起身说道："孙老，您放心，我一定本本分分地做生意。"

"好，以后有什么事，你去找洪涛。"孙老的一句话让满军脸上露出了惊喜的神色，要知道，他在博物馆里也有几个熟人，不过级别最高的才是个副处，如果能搭上赵洪涛这条线，那日后在古玩市场做事情就方便多了。

"满兄，违反原则的事情我可不做啊！"赵洪涛笑着开了句玩笑。

"哪能呢，我满军别的不敢说，违法乱纪的事情是从来不做的。"满军连忙下了保证，同时对方逸使了个眼色，这会儿已经是六点多了，也到了饭点的时间。

看到满军给自己使了个眼色，方逸站起身来，说道："孙老，你们先吃点西瓜，我去厨房做几个菜去。"

"小方，要不要我去帮忙？"赵洪涛站起身来，说道，"不怕你们笑话，我们家的菜可全都是我炒的，要不要给你露一手？"

"赵馆长，您还是坐下吧，方逸的厨艺一定会让您满意的。"满军将赵洪涛拉回到了沙发上。昨儿吃了方逸做的一顿饭，满军恨不得连从来都不吃的青菜盘子都给舔干净，对方逸的厨艺自然有信心。

"哦？那我可要尝尝。"赵洪涛笑着坐了下来，看到胖子和三炮有些拘谨，不由指了指他们，说道，"你们两个小伙子不错，现在愿意见义勇为的人实在是太少了，我给管理处那边说了，你们俩每人奖励五百块钱，小方奖励三百。"

其实下午是方逸第一个抓住小偷的，只不过后来是胖子和三炮动的手，这功劳就大部分归到他们俩身上了，奖金也比方逸多出了两百块钱。

"谢谢赵馆长，我们只是做了自己应该做的事情嘛。"一听有奖金，胖子的眼睛顿时亮了起来，不过嘴上还是要谦虚几句的。

"贱人就是矫情。"听到胖子那假惺惺的话，方逸不由在心里笑骂了一句，站起身去厨房烧菜去了。都是从小做惯了的事情，方逸烧菜的动作很快，七八分钟的时间就切好了四个冷盘端了出去，这是让外面的人先喝酒用的，另外两个炉子上也都热上了油，炒菜马上就要下锅了。

"小方，辛苦了，快点坐下吃吧！"等到四个热菜也上桌后，赵洪涛开口说道，"我带了瓶红酒，你是喝红的还是喝白的？"

到别人家里做客，自然不好空手来的，临来之前赵洪涛将他办公室里的红酒给带了过来，不过这会儿桌子上喝的却是满军拿出来的二十年茅台，昨儿还哭着喊着就剩下一瓶的满军，这次居然搬出来了一整箱。

"喝白的。"方逸解下了围裙坐到了桌边，端起了满军给他倒上的酒杯，说道，"这一杯酒要敬孙老，恭喜孙老出院，也祝愿孙老身体健康，万事如意！"

在山上的时候方逸几乎每天都要和师父喝几杯，两人喝酒的时候也没少斗嘴，这祝福语是张口就来。要不是深知他的底细，胖子和三炮看到现在的方逸，真不敢相信他下山才短短的几天。

"小方，好手艺啊，我是甘拜下风了。"陪着老师喝完酒后，赵洪涛夹了一筷子鱼放进了嘴里，那眼睛顿时亮了起来，冲着方逸竖起了大拇指。

"嗯，是不错，比在饭店里吃的菜强多了。"孙老也夹了一筷子菜，咀嚼了几下之后也连连点头，要说他儿子的手艺也不错，但是比起方逸来就差远了。

"孙老，赵馆长，好吃就多吃点，我这是野路子，比不得饭店大厨的。"方逸笑着谦虚了几句。他在山上的时候食材不多，每日里都会想方设法将饭菜做得好吃些，到了山下就更是如鱼得水了。

"小方，还叫什么赵馆长啊？"方逸上桌之前赵洪涛已经喝了好几杯了，这会儿脸色有点红，用手轻拍了一下桌子，开口说道，"酒桌上没领导，小方你要是不嫌我年龄大，就叫声赵哥吧。"

赵洪涛下午在办公室陪着老师的时候，探过孙老的口风，知道他有意将方逸收为弟子，所以他虽然比方逸大了将近二十岁，但要真论起辈分，也就是方逸的师兄而已。

"好，那我要先敬赵哥一杯！"方逸上桌之后，酒桌上的气氛愈发热烈起来，孙老更是连干了好几杯，最后在众人相劝之下才把酒换成了茶，一边喝一边聊起了天。

"不好意思，我接个电话……"刚和方逸干了一杯的赵洪涛放在桌子上的手机忽然响了起来，看了一下号码，赵洪涛向众人告了声罪，起身到院子里去接电话了。

"嗯，洪涛，发生了什么事吗？"孙老发现赵洪涛接完电话回来之后，脸色有点不太好看。

"是出了点事，"赵洪涛苦笑着端起了一杯酒，很郑重地站起了身子，"说起这事儿，我要先向方逸你们哥儿几个赔个罪，在这件事情上，我是要负一定责任的。"

"赵哥，什么事啊？"方逸嘴上问了一句，心中却猜到了几分。

"还不是那古国光的事儿啊！"赵洪涛摇了摇头，说道，"刚才是馆里打电话过来的，他们说接到市局的通知，我们馆的古国光涉嫌收受犯罪分子的贿赂，而且数额比较大，现在已经被抓走了。"

刚才听到这个消息，赵洪涛有点郁闷，虽然他没分管后勤这一块，但是不管怎么说，古国光被抓，他这个博物馆的领导也感觉面上无光，尤其是在老师和方逸等人面前，这种感觉更是强烈。

"哪里都有害群之马，洪涛你不用太自责，以后用人的时候多注意一点就行了。"看到赵洪涛自责的样子，孙老出言开解了一句，他当了那么多年的领导，自然知道有些事情是很难避免的。

"是，老师，我一定注意。"赵洪涛点了点头，说道，"明天开会我就提出来，在博物馆内部进行政风整顿，管理处那边我会让个有责任心、有能力的人过去的。"

原来，古国光在单位写完了报告就回家了，因为心情不大好，晚饭还喝了二两小酒压了下惊。但是古处长怎么都不会想到，下午还在派出所信誓旦旦不会供出他来的刀疤脸，在他刚刚转身走了之后不久，就将这几年用盗窃所得行贿古国光的事情交代得一清二楚。

核实了刀疤脸的供词后，市局在某人的推动下，马上对古国光进行了抓捕。直到冰冷的手铐戴在了手上，古处长才真正意识到，自己轻信刀疤脸的话，等于是信了老母猪都能上树了。

"又被你小子给算准了。"趁着赵洪涛和孙老说话的机会，胖子与三炮很隐晦地向方逸使了个眼色，下午那会儿方逸还说古处长有牢狱之灾呢，没想到这才过去短短的几个小时，竟然就应了方逸的话。

"少废话。"方逸一个眼神瞪了过去，胖子和三炮立马就明白过来了，方逸这是不想让人知晓他下午起卦的事情。

"小方，现在基本上已经能确定，古国光下午针对你们的行为，是在打击报复。"正和孙老说着话的赵洪涛发现方逸哥几个脸色有点不大正常，还以为他们在琢磨这件事呢，当下说道："明天开会的时候我会提出来，给你们的奖励多加一倍，这也算是馆里对你们的一点补偿吧。"

工作了那么多年能坐到现在的这个位置，赵洪涛心里很明白，如果没有他和孙老的市场之行，就算古国光晚上会被绳之以法，那方逸哥几个下午还是会被赶出市场的，说不定还要吃上一些别的亏。

"那就多谢赵大哥了，我们哥儿几个正穷得发愁呢。"对于赵洪涛所说的奖励，方逸一句推辞的话都没有，死要面子活受罪那种事情他才不会做呢。

"哈哈，老话说莫欺少年穷，只要你们努力，以后日子会好起来的。"赵洪涛不太熟悉方逸这套路，按理说方逸怎么着也要推让下嘛，当下只能哈哈一笑。

"好了，洪涛，我和小方谈点正事。"

一直在喝着茶的孙老眼睛看向了方逸，开口说道："小方，我想问一下，你现在是什么学历？不知道你有没有上学的打算呢？"

这人与人之间，也讲究个缘分，不知道为何，孙连达是越看方逸越顺眼，他原本还打算多观察方逸一段时间，但此刻却是借着酒劲将话给问了出来。

"学历？上学？"听到孙连达的话后，方逸不由愣了一下，从小到大十多年他都在山上生活，哪里有什么学历啊。

至于上学，在方逸七八岁的时候是很向往的，那会儿胖子和三炮每年都将他们上一学期的书本带给方逸，久而久之，方逸倒是也习惯了自学。胖子当兵之前，方逸还让其给他搞了一套高中的课本。

"方逸，你现在应该还不到二十岁吧？"

见到方逸沉默不语，孙老还以为他不愿意，当下说道："你还年轻，多学点知识是没错的。如果你有高中毕业证的话，那可以先报考金陵大学的成教学院，大专第二年我就能收你做我的研究生。"

孙连达是老派人，他信奉那句"万般皆下品，唯有读书高"的话，所以既然想收方逸为弟子，孙连达也是帮他安排好了以后的道路。在孙连达看来，没有个研究生的文凭，日后在这个社会上是很难混下去的。

"孙老，我倒是想读书，只是……我什么文凭都没有啊！"

听到孙老的话后，方逸苦笑了一声，说道："我是个孤儿，由山中的师父带大，这十多年来一直都在山里道观做道士，虽然一直自学到了高中的课程，但毕业证却是没有的。"

对于自己以前的生活，方逸一直都没给孙老提起过，不过他能看得出来，面前的这个老人是真心想帮助自己的，也就不再忌讳什么，将自己以往的经历说了出来。

"什么？你……你真的一天学都没上过？"

方逸话声刚落，孙连达就吃惊地站了起来。之前在医院的时候他听方逸说过有个师父，但孙连达以为只是方逸在空暇时间跟那老道士学习道家知识，但他怎么都没想到方逸竟然是个孤儿，当真做了十多年的道士。

"是，除了师父教的一些东西之外，课本上的知识都是自学的。"方逸点了点头，修道炼心十多年，他早就能做到不以物喜不以己悲了，没有上过学更是没有什么好自卑的。

"没上过学也没什么，课本上的知识都是死的，我看很多研究生都还不如你呢。"孙连达摆了摆手，皱着眉头说道，"不过你没有毕业证，无法报考成教学院啊，这事儿倒是有点难办……"

在孙连达看来，以方逸的悟性和深厚的历史功底，只要好好系统地学上几年，肯定是能在古玩圈子里大放异彩的，而自己也算是后继有人，将这一身鉴赏文物的本领给传下去了。

不过孙连达也很清楚，古玩行是个传承有序的行当，像这种存在了千年以上的行当，尤其看重论资排辈和学历，方逸作为自己的弟子，资历是有了，而且这资历摆出去的话，古玩行的人还是会认可的。但如果没有学历的话，方逸想进入一些诸如故宫博物院之类的官方科研机构，那几乎就是不可能的事情了，除了解放前后那个阶段进入国家级文物展馆的老研究员之外，其余的几乎都是科班出身。

孙连达想做的，是要让方逸在文物这个行当里作出一番成绩来，那就必须要有官方的身份。要知道，民间所谓的专家，含金量是远远不如官方的，再出名的古玩商或者是收藏家，在官方的专家面前都要矮上一头。

"老师，要不我让金陵附小给方逸做个学籍？"看到老师愁眉不展，赵洪涛在一旁出了个主意。不管是孙老还是他自己，以他们的身份地位，想要操作一个高中学籍，那绝对是件轻而易举的事情。

"洪涛，这是弄虚作假！"

听到赵洪涛的话，孙连达的眉毛顿时竖了起来，从事了一辈子文物工作，他最恨最痛心的就是现在那满大街的赝品，哪里肯让赵洪涛去给方逸做假学籍呢？

"老师，方逸要是有高中的水平，这也不算作假的。"赵洪涛原本想再争取一下，只是看着老师的脸色，赵洪涛那说话的声音却越来越小，他知道自己的话触及了老师做人的底线。

"这事儿以后就别提了。"孙连达摆了摆手，说道，"当年我父亲是南北知名的古玩收藏家和鉴赏家，他也没有任何的名头和官方身份，所以这文凭并不是最重要的。古玩行还是要讲个传承有序，我孙连达的弟子，又岂会比别人差了？"

"孙老，其……其实我有个文凭，就是不知道相关部门承认不承认？"看到孙连达因为自己的事情训斥了赵洪涛，方逸忽然想起了师父留给自己的那些物件中的一件东西。

"嗯？你以前连山都没下过，怎么会有文凭呢？那是什么文凭？"听到方逸的话后，在场的人全都愣住了，包括胖子和三炮也不知道方逸还有什么文凭。

"是……是国家道教学院颁发的一个文凭。"方逸挠了挠头，有些不好意思地说道，"那是个道教知识进修班，师父曾经说过这进修班的结业证是相当于大专毕业证的，我也不知道管用不管用。"

方逸之前一直没想到这碴儿，就是因为他自个儿心里先没底了。且不说那证件国家承不承认，就方逸看来，那什么结业证和自己的道士方丈证，十有八九都是师父找小广告的作出来的。

"宗教颁发的证件？"听到方逸的描述后，孙连达的眼睛不由亮了起来，一拍大腿道，"小方，你快点去把那证件找出来给我看看，只要能查到你那证件录入的档案，证件就可以用！"

孙连达知道，国家对于少数民族和宗教信仰，一直都是有特殊政策的，就像是少数民族可以生二胎，藏民日常可以携带刀具，而宗教人士也是有专门的培训学院，按照国家政策，他们的文凭也是被承认的。而且拥有宗教内的文凭的人如果想进修的话，在报考国家统一考试的时候，还有一定的加分，可以说方逸的那张进修证明要是有存档的话，那绝对是要比普通的大专证有用得多。

"方逸，那些证不是老道士在山下面找小广告做的吧？"胖子以前倒是听方逸提过老道士给他办了一些证件，不过对于那些证件的真假，胖子是深表怀疑的。

"我也不知道，你们等等，我上去找出来。"方逸闻言苦笑了一声，他还想着等自己有时间了找个道观去挂单，试试自己的道士证是真是假，如果道士证是真的，那别的证件十有八九也就是真的了。

"你快点去拿，我让人一查就知道了。"孙连达摆了摆手，脸上现出一丝兴奋的神色，原本他还以为方逸日后就要走野路子了，没想到他竟然有宗教协会颁发的进修证书，这真是"山重水复疑无路，柳暗花明又一村"啊。

第二十二章
拜师

方逸这次下山所带的箱子，都放在了满军家的二楼，找起来倒也方便，上楼打开箱子之后，看着那一包用油纸包起来的东西，方逸的神情有些复杂。

以前在山上的时候，老道士几乎每年都要下山一段时间，短则十天半月，长了就需要一个多月以上。这油纸包里的那些证件，就是方逸师父在大限将至的前一年，下山给方逸置办出来的。睹物思人，看着这些东西，老道士那玩世不恭的样子顿时出现在方逸的脑海之中。收拾一下心情，方逸先是伸手将那串老沉香流珠戴在了手腕上，昨儿打扫卫生时他将流珠收进了箱子。打开油纸包后，方逸将几个证件都取了出来，最后只是拿出了自己的身份证和道教知识进修证，然后将另外几个证件又小心翼翼地用油纸包好，放在了箱子的底部。不管怎么说，这些证件都是老道士留给方逸的，对方逸来说也是个念想，就算它们真的全都是老道士找人做的假证，方逸也是舍不得丢弃的。

"方逸，快点拿给我看看。"方逸刚走下楼，孙老的身子就站了起来，迫不及待地伸出了手。倒不是说非要方逸有文凭，孙连达才会将他收为弟子，但有无文凭，将会决定方逸以后所走的道路，从孙连达内心而言，他还是想让方逸有官方的身份，所以才对这文凭如此看重。

"道教协会颁发的，还有钢印？"接过方逸递过来的那一页轻飘飘连封面都没有的纸，孙连达最先看向了颁发证件的单位和印章，这一看之下，眼睛顿时亮了起来。

"我看着不假，洪涛，你也看看。"翻来覆去地看了好几遍，孙连达将那证件递给了赵洪涛，说道，"这证件的颁发日期写的是一九九五年，我倒是听说那几年道教协会办了几次班，没想到方逸竟然也参加了。"

朝天宫最早的时候，本就是明朝皇帝为了供奉道家而建造的，现在虽然改成了金陵博物馆，但前几年还是有几个道士在里面的，所以孙连达对于道教的事情多少也有点了解。

"孙老，这证件是师父办的，我没参加过这班。"听到孙连达的话后，方逸连忙声明了一下，就算这证件是真的，那也是师父走后门办来的。

"这证是真的就可以。"孙连达笑着摆了摆手，他并不是迂腐的人，只要不让他去弄虚作假就行，至于这证件怎么来的他就不管了。

"老师，证件应该是真的。"赵洪涛接过证件也是看了好几遍，最后点了点头说道，"上面还有证件号，应该是备案的了，明天我上班之后让人查一下，如果是真的，就让咱们这边的教育部门出具一个证明文件，方逸文凭的问题就可以解决了。"

"好，只要这证管用，小方你就参加年底的全国统考！"听到赵洪涛的话后，孙连达很是高兴，招了招手说道，"来，大家都坐，今儿老头子高兴，咱们再喝上几杯。"

"老师，您想收学生，也得先问问方逸愿意不愿意啊！"把证件还给方逸后，赵洪涛小声地在老师耳边说了一句。

"嗨，你看我，这是高兴过头了。"

听到学生的话，孙连达才反应了过来，自己似乎只顾着询问方逸证件文凭的事情，却忘了问他愿不愿意做自己的弟子了，话说就算方逸考研成功，这导师和学生也是双向选择的事啊。

"小方，不知道你想不想做我的弟子，跟我学习文物和古玩鉴定这方面的知识呢？"深深地吸了口气，孙连达终于将这句话给说了出来，不知为何，他心里居然还有那么一点点紧张，生怕方逸不答应。

孙连达是老派人，他深知收一个品行俱佳的弟子，远要比遇到一个名师难得多，这也是以前很多手艺人遇不到好弟子，宁愿让手艺失传的原因，而要是错过了方逸，恐怕孙连达这辈子再也不会有收弟子的想法了。

"老师竟然说弟子而不是学生，看来真的是看重这个方逸啊！"旁边的赵洪涛听到老师的话，在心中暗叹了一声，甭看这两个词意思相近，但实际上的含义却是天差地远的。

孙连达身为金陵大学的教授，这一生教书育人，可谓是桃李满天下，但是这些学生，却不会像敬重天地君亲师中的"师"那样来敬重孙连达的，因为老师的职业就是培养学生，这也是孙连达的工作。不过弟子就是不同了。远了不说，就在几十年前的民国时期，老师对待传衣钵的弟子，和对待儿子是差不多的，而徒弟孝敬老师，更是将其当成了自己父辈，两者之间只是差着血缘关系罢了。

看到孙连达不说学生而是说弟子，赵洪涛心里羡慕不已。赵洪涛当年跟着孙连达读研究生的时候，还不太懂得行里的这些规矩，所以只是跟着孙连达学习了博物馆管理的相关专业，至于杂项那一块是他自己喜欢，后来逐渐接触到的，可以说没能得传孙连达的衣钵。

所以现在在圈内，别人会说赵洪涛是孙连达的学生，但却不会说赵洪涛是孙连达的弟子，除了自己研究的杂项那一块专业领域，赵洪涛在文物界的名声就不是很响亮了。

"孙老，您想收我做弟子？"虽然之前也猜到几分孙连达的心思，但将这层窗户纸捅破之后，方逸还是愣了一下，开口说道，"孙老，我那文凭并不是真的，也没上过学，您不怕我给您丢人吗？"

和孙连达一样，方逸择师也是很慎重的，他虽然很想跟着孙连达学习古玩鉴赏的知识，但丑话还是要说在前面，否则万一哪一天孙连达在意起方逸学历这件事情，将他逐出师门那就晚了。

"方逸，你误会我的意思了……"听到方逸的话后，孙连达笑着摇了摇头，说道，"我最看重的是你这个人，而不是学历。我要是想收有学历的研究生，每年都能带好几个，刚才问你学历的事情，只是想让你日后在这行当里走得更顺当一些。"说到这里，孙连达伸手拿起了面前的酒，一口喝了下去，放下酒杯接着说道："就算你没有任何学历，只要有真才实学，我相信我孙连达的弟子也不会比任何人差的，怎么样？方逸，你愿意跟着老头子学点东西吗？”

孙连达话都说到这个份上了，方逸自无不答应的道理，当下站起身来，恭恭敬敬地说道：“老师，我愿意！”

“好！好！好！”听到方逸的话后，孙连达激动得一拍大腿，说道，“收此佳徒，了却心愿一桩！洪涛，倒酒……”

孙连达这么多年一直没收弟子，就是遇不到品行和悟性都很出色的学生，现在年岁大了，他也经常在想，自己这一身本事没能传下去，未免有点可惜了。今儿方逸拜师，孙连达算是了却了这一桩心愿，他相信，方逸虽然没有系统地学习过文物鉴定的相关知识，但是以他深厚的历史基础，绝对可以得传自己衣钵的。

“老师，今儿虽然高兴，你也只能再喝一杯了啊！”赵洪涛拿起了酒瓶，他知道老师只有三两酒的量，今天已经是超水平发挥，再喝就要伤身了。

“赵哥，我来给老师敬这杯酒吧！”方逸是很重礼节的人，既然决定拜孙连达为师了，这一拜是不能免掉的，当下接过了赵洪涛手中的酒瓶，往孙连达面前的杯子里倒满了酒。

“老师，这杯酒是弟子敬您的。从今以后，一日为师终身为父，方逸会谨记老师教诲，敬请老师饮了这杯酒。”端起酒杯，方逸却是离席来到了孙连达的面前，一手端着酒杯，一手拉开孙连达身后的椅子，双膝一软就跪了下去，双手举杯，恭恭敬敬地抬在了头顶的上方。

“这……这，好孩子，起来，快起来，我喝，我一定喝。”孙连达真的没想到，方逸竟然用了老辈人这一套拜师的仪式，再听到方逸说出来的话，心中顿时激动不已，说话的时候嘴唇都哆嗦起来了，你说，这样重情懂礼的弟子到哪里去找啊！拿过方逸举在头顶的酒杯，孙连达一饮而尽，放下杯子后用双手扶起了方逸，眼中充满了爱惜之情。

“方逸，既然你拜了师，师父就送你一件拜师礼吧。”让方逸坐在身边之后，孙连达从腰间解下一个挂件，交在了方逸的手上，说道：“这是老师家传的一块和田玉雕琢的渔翁雕件，已经是戴了几辈子人了，今天老师就把它传给你。”

"老师，这……这可是您家传的呀！"一旁的赵洪涛见到老师竟然拿出了这个手把件，面色不由一变，只是他话还没说完，就在老师眼神的制止下停住了嘴。

"嗯？家传之物？"

赵洪涛的话虽然没有说完，但方逸还是听出来了，当下伸出去的手又缩了回来，他知道孙老有两个儿子呢，这要真是传家宝，那自己接过来可不合适。

"方逸，怎么，不敢收？"

看到方逸的动作，孙连达笑了起来，开口说道："我刚才不是已经说了吗，这物件的确是家传的，不过从我这辈起，家里就没有经商的人了，这东西送给你倒是很合适。"

孙连达出身书香门第，家族在大清时几乎代代都有人在朝廷做官，家道很是殷实。不过到了清末的时候，孙家的家境逐渐衰败了下来，仅靠着家族中以前收藏的一些字画古董维持生计，在这种情况下，孙连达的曾祖带着一批古玩字画，在金陵开了一家古董店。靠着那批古玩，孙连达的曾祖买进卖出，只用了短短几年的时间，就将古董店做大，并且在上海等地都开了分店，生意十分兴隆。这块品质达到了羊脂白玉的和田玉手把件，也就是孙连达的曾祖传下来的。这个渔翁造型的手把件，雕琢的是传说中一位捕鱼的仙翁，每下一网，皆大丰收，寓意做生意的人佩戴着渔翁，就能生意兴旺，连连得利。孙连达的曾祖觉得寓意很好，就一代代地传了下来。但是解放后，孙家一部分分支族人去了国外，留在国内的这一主脉却再也无法继续经营古董店了，所以现在孙连达戴着这手把件，只是出于它是祖传的而已，早已失去了那层寓意。

"长者赐不敢辞，老师，那我就收下了。"听完老师讲的这段典故，方逸还是收下了这块和田玉的手把件，因为在拜过师之后，方逸就将孙连达当作了自己最亲近的人，就像当年的师父一样，家人给的东西又有什么不能收的呢。

"恭喜老师收了个好弟子！"见到方逸拜完了师，赵洪涛也跟着恭喜了起来，并且起身拿了自己的公文包，从里面取出了一个用软布囊包着的东西，递向方逸说道，"老师都给了见面礼，我这做师兄的也不能小气，方逸，这串黄花梨的珠子就作为我的礼物吧。"

赵洪涛心里清楚，在方逸拜完师之后，如果论及远近亲疏，他现在已经没有方逸和老师的关系近了，毕竟他当年跟着孙老读研究生的时候，可是没下跪行过这般大礼的。

"洪涛，你那珠子虽然不错，不过方逸未必能看上眼啊。"

看见赵洪涛取出了那串黄花梨珠子，孙连达不由笑着调侃了一句，这是因为他发现方逸从楼上下来的时候，那一串康熙年间的老沉香流珠，却又戴在了手腕上。

"嗯？老师，我这串珠子可是真正的海黄珠子啊，还是3.0直径的，颗颗对眼，而且我玩了有三年了，早就包浆了，这等品相的珠子在市场上根本就找不到的。"听到老师的话，赵洪涛顿时愣了一下，这心里多少有点不服气。他是玩杂项的，知道这海黄为木中之皇，而且经过90年代的大肆砍伐，即使是海南产地，有年份的海黄也不是很多了，现在一套海黄的家具，少则都要百万元起。而这串虽然只是珠子，但每一颗上面都有相对应的两个眼睛，加上那虎皮斑纹，可以说是珠子中的精品，三年前赵洪涛收这串珠子的时候就花了一万多，现在的市场价更是在五万以上。所以这串珠子虽然没有孙老给出的那块和田玉贵重，但作为见面礼也是拿得出手的，在取下珠子的时候赵洪涛还心疼呢，他倒不是心疼钱，而是因为想要再找这么一串品相如此之好的珠子，机会怕是很渺茫了。

"怎么？不相信老师的话？"看到赵洪涛一脸不服气的样子，孙连达笑了起来，指了指方逸的手腕，"你是玩杂项的，先看看方逸手上的那串珠子怎么样再说。"

"哦？我倒是真没注意，方逸，你拿给我看看。"虽然屋里开着灯，但晚上的光线还是不怎么好，赵洪涛真没发现方逸从楼上下来之后，手腕上多了串珠子。

"赵哥，给您。"方逸取下了珠子递给了赵洪涛。

"哎，这……这是百年以上的老沉香珠子啊！"

刚一上手，赵洪涛口中就发出了一声惊叫，很是小心地将珠子放在了桌子上，紧接着站起身子，跑到沙发边上拿起了自己的公文包，从里面取出了一双白手套和一个放大镜。

"方逸，这百年沉香珠子，你就这么戴着？"一边戴上手套，赵洪涛一边不满地说道，"这东西和我那串黄花梨一样，可是不能见水的，大热的天你怎么能戴在手上呢？"

赵洪涛是玩杂项的，对于各类文玩的保养是了如指掌，像是珠子这一类的木制品，全都不能沾水，否则就会变黑开裂，像是那串黄花梨的手串，赵洪涛把玩了好几年，一直都是随身放在包里的。

"赵哥，我还真不知道有这说法，不过我出汗比较少一点。"听到赵洪涛的话后，方逸有些不好意思地挠了挠头，他听到文玩这两个字还是近几天的事情，哪里知道里面有那么多的讲究呢。

不过方逸自小修炼道家功夫，虽然说不上是寒暑不侵，但就是在太阳曝晒之下，出汗也是极少的，加上平时洗澡的时候都会将珠子摘下来，所以对珠子的损害倒是没那么大。

"这可是收藏级别的东西啊，你还真舍得戴在手上。"赵洪涛无语地摇了摇头，拿起放大镜仔细地观察那串老沉香珠子。

"这是海南老沉香，是最顶级的沉香木，现在早就见不着了，而且每颗珠子都不是特别规则，最少应该是清早期的物件……"

一边看着那串沉香流珠，赵洪涛一边解说着，他的话和之前孙老的儿子说出来的相差无几，不过却是如数家珍般地将珠子材质的产地也说了出来。

"咦？这串珠子和咱们馆里的一串念珠很像啊！"拿在手里一颗珠子一颗珠子地捻过，看了好一会儿之后，赵洪涛忽然发出一声惊呼，抬头看向方逸，说道，"方逸，你可知道这珠子是个什么来历吗？"

"这串流珠是我师父传下来的，别的就不是很清楚了。"方逸摇了摇头，他总不能说这串沉香流珠是师父从八国联军手里抢来的，而且对于师父的过往，方逸并不是很了解。

"洪涛，你说咱们馆里有这样的沉香珠子？我怎么不知道？"孙老在一旁听到赵洪涛的话，愣了一下，他儿子以前在国外见过相同的沉香念珠，没成想赵洪涛居然说他们博物馆里也有一串，那这串珠子原本总共到底是有多少颗呢？

　　而且孙老这一辈子都在博物馆工作，里面有什么东西他都一清二楚，如果他见过类似的沉香念珠一定会记得的，但是在孙连达的记忆中，却一点印象都没有。

　　"老师，这是您退休之后的事情了。"赵洪涛的眼睛紧盯着那串沉香流珠，开口说道："三年前的时候，有一位曾经在金陵生活过的牧师，将一串沉香珠子送给了博物馆，只不过那串珠子损坏得有点厉害，我一直没给摆到展台里面去。"

　　金陵在半个多世纪以前，曾经受到过一次战火的摧残，带给了这座城市很大的伤害，但是在那次战火中，也有许多外国友人，和金陵结下了深厚的友谊。赵洪涛所说的这位牧师，就是当年生活在金陵的一个德国人，这个牧师的爷爷，曾经参加过八国联军，所以他和中国也算是有不解之缘，十多岁的时候就跟随父亲来到这个国家生活。

　　在那场惨绝人寰的大屠杀过后，牧师就离开了金陵，半个多世纪以后，他在八十岁高龄时又回到了金陵，并且捐献了一批他祖上从中国掠走的东西，其中就包括了那串沉香珠子。外国人虽然也戴佩饰，但极少有人在手腕上戴东西的，更没有文玩的说法，而那串珠子被牧师的家人放在阁楼上曾经被雨水给浸蚀过，品相已经变得很差了。要不是赵洪涛本身就关注杂项文玩，恐怕也不会注意到这串珠子。当时看到这串珠子的时候赵洪涛还感觉很惋惜，因为经过他的考证，这串沉香珠子极有可能是清早期康熙皇帝的一串手持，不过那位牧师送来的只有六颗是老沉香的，剩下的都是后来搭配的珠子，算是一件残缺品。

　　"嗯？这还真是巧了，前几天小超还说在国外见过和这一样的珠子呢！"听到赵洪涛的话后，孙连达的脸上也忍不住露出了诧异的表情。要知道，一般的手持不是十八颗就是三十六颗，孙超在国外发现了十八颗，算上方逸的这十二颗是三十颗，而再加上赵洪涛所说的那六颗，这一串三十六颗的手持竟然算是齐全了。

　　"啊？还有这种事？"听老师说起前几天在病房里的那段谈话，赵洪涛也是连连称奇。

　　这一百多年来国家也不知道有多少珍贵文物流失在国外，青铜瓷器或者字画倒是有可能保存下来，没成想这一串被拆散了的珠子，竟然也全都找到了出处，而且还一颗不少。

"方逸，这可是珍藏级的东西，你可要收好啊！"感叹了一番之后，赵洪涛将珠子小心翼翼地递还给了方逸，又叮嘱了他好几句，那架势是生怕方逸再给戴在手腕上去。

"赵哥，我知道了，平时不戴了。"看着赵洪涛的眼神，方逸苦笑了一声，在他看来，这类的珠子本就是道家修炼时平心静气的物件，不佩戴在身上哪里会有效果呢。不过在知道经常佩戴珠子会对其造成损害之后，方逸倒是从善如流，他打算将这珠子放在枕头底下，每天睡觉打坐之前戴在手腕上，白天工作的时候就给放起来。

"怎么样，洪涛，我说你这串珠子，方逸未必能看上眼吧？"孙连达转头看向了赵洪涛，眼睛里带着一丝笑意。

"老师，这两者根本不能比啊！"听到老师的话，赵洪涛苦笑了起来，"方逸那串已经称得上是古董了，而我这串只能说是文玩，不过要是这串黄花梨也有那么久的年份，价值绝对不在那沉香珠子之下。"

赵洪涛所说的这番话，正是古玩和文玩的区别。古玩必须要有悠久的历史年份，在康熙年的时候，这沉香珠子只能算是文玩，但是到了几百年后，沉香珠子就变成了古玩。同样的道理，赵洪涛送出的黄花梨手串，现在是文玩，但是只要经过岁月的磨砺，过上个百十年，这串珠子一样弥足珍贵，因为这串极品黄花梨单论材质的话，并不在沉香木之下。

"老师，赵哥送我的这串珠子已经很珍贵了。"看到老师还有点不依不饶的味道，方逸连忙出言给赵洪涛打起了圆场，他知道赵洪涛送出这串海黄的珠子，并非是和自己有多深的交情，而是完全看在老师的面子上。

"你这孩子倒是厚道。"孙连达这会儿是怎么看方逸怎么顺眼，当下笑着说道，"洪涛啊，这授人以鱼不如授人以渔，老师的意思你明白吗？"

孙连达并不是嫌赵洪涛送的东西便宜，恰恰相反，一出手就送出了价值好几万的物件，已经算是非常贵重了，换成是孙连达自己，那是绝对不会收的。但是孙连达今儿带赵洪涛来的意思，却是想让他传授方逸一些有关于古玩杂项的知识，现在方逸打算做文玩的买卖，所欠缺的正是这方面的知识和经验。

"老师，您的意思我明白了。"听到老师的话，赵洪涛不由苦笑了起来，看来老师对这位弟子还真是关心，自己要是不把压箱底的本事交给方逸，恐怕是过不了老师这一关了。

"好，明白就好。"孙连达哈哈一笑，孔子曰："六十而耳顺，七十而从心所欲"，孙连达马上就要到了从心所欲的年龄，也不怕别人说他偏心眼，现在孙连达就是一门心思想将方逸给培养出来。

"洪涛，这样吧，你平时中午也不回家，那就每天中午让方逸去你办公室，你给他系统地讲解一下古玩杂项方面的知识，你看怎么样？"孙连达没有给赵洪涛任何推脱的机会。

"老师您怎么说，洪涛我就怎么做。"赵洪涛一口答应了下来，他想要争取馆长的位置，还需要老师在高层帮他说话，他哪里会违逆孙连达的意思呢。

"孙老，恭喜您收到佳徒，小满我也敬您一杯！"看到孙连达这会儿兴致很高，收徒的事情也告一段落，满军站起来举起了酒杯。

"小满，我还要多谢你呢，方逸这几天多亏你照顾了。"孙连达并没有拿什么架子，端起自己的酒杯一饮而尽，不过放下酒杯之后，孙连达却说道，"小满，方逸既然拜我为师了，我想让他住过去，也方便我日常教他一些东西，你看怎么样？"

虽然对满军的感觉不错，但孙连达却怕方逸住在满军这里，被那些古玩贩子们给带得利欲熏心，所以还是想让方逸跟着自己住，反正孙连达在博物馆附近也有套房子，大不了他搬过来就是了。

"啊？这当然好啊，不过咱们还是听听小方的意思吧。"听到孙连达的话，满军的回答有点言不由衷，要知道，方逸可是连接他和孙老的一个纽带，如果搬走了的话，这关系也就慢慢疏远了。

"老师，我暂时还是住在满哥这吧，"方逸想了一下，开口说道，"满哥从事古玩这行也有些年头了，这方面的经验值得我学习；另外还有一些进货的渠道，我还需要满哥多带一带，住在这里会方便一些。"

知道了老师在古玩行的名声，方逸自然也理解满军为何如此上赶着巴结老师了，他心里清楚，自己要是这么一走，满军就算是和老师断了关系，这番话他是为了满军说的。

方逸话音一落，满军就向他投去了感激的目光。

满军想得很明白，只要方逸住在这里，孙老指定会经常过来的，这事儿如果传出去，就算孙老一个物件都不帮自己鉴定，那在江南这块地域内，也是没人敢卖赝品给自己的。

"你说得倒也是……"听到方逸的话，孙连达在心里琢磨了起来，他能教给方逸知识不假，但却不会教方逸做生意，而方逸现在从事古玩文玩的买卖，的确需要一个熟悉的人领他入行。

"那这样吧，你每天晚上去我那里学习两个小时，然后再回来向小满请教一些生意上的东西，方逸，你看行不行？"

孙连达活到这把年纪，一眼就看出了方逸有帮衬满军的意思，不过他并没有不快，反而心里很高兴，方逸能这么做，说明他有情有义，不是那种攀了高枝就忘了朋友的人，这种品行首先就值得肯定。

"好的，老师，那我中午去和赵哥学习杂项知识，晚上再去您家里。"对于孙连达的安排，方逸并无不满，虽然每天都要忙碌一些，但能让金陵博物馆的前后两任馆长教导自己，这可是别人求都求不来的。旁边的满军那是一脸的羡慕。

"行了，今儿酒喝得差不多了，把桌子撤了，咱们喝点茶醒醒酒吧。"孙连达满意地点了点头，如果方逸的那个进修证可以用的话，看来自己明年就要多带一个研究生了。

饭菜是方逸做的，收拾桌子的事情自然由胖子和三炮忙活，方逸被孙老给拉到了沙发上说起话来，满军则忙着给几人倒上了茶水。

"对了，赵哥，以后我每天中午过去的时候，能不能带上胖子或者三炮啊？"坐下之后，方逸开口说道，"这生意是我们哥儿仨的，他们也要懂一些文玩杂项类的知识。"

按照方逸之前跟胖子与三炮的商议，日后摆摊的活计由胖子和三炮负责，而方逸专门管进货的渠道，如此虽然对胖子和三炮的专业知识要求不高，但在销售的时候总不能全靠忽悠，还是要懂一点的。所以方逸就打算在自己去找赵洪涛学习的时候，每天轮流带着胖子和三炮过去，不求他们能成专家，但是学习之后，希望他们两个对于文玩材质品质的好坏，能说出个一二三来。

"没问题啊，文玩就在于交流，你带他们过来吧。"赵洪涛一口就答应了下来，反正一只羊是放，一群羊也是赶，多一个人无所谓，而且他只负责教，方逸他们能学到多少，这就需要看个人的悟性了。

"对了，方逸，你这串老沉香流珠卖不卖啊？"眼睛瞄着方逸的手腕，赵洪涛忍不住问了一句。这种数百年的老物件，那绝对是文玩中的祖宗，一直喜欢文玩杂项的赵洪涛，也是有心将其收入囊中。

"洪涛，他这串珠子你就别打主意了。"听到赵洪涛的话后，旁边的孙连达不由笑了起来，"小超原本想买的，不过方逸说什么都不卖，你知道小超给出了多少钱吗？"

"三十万？"听闻孙超要买，赵洪涛脸上顿时露出了苦笑，说道，"超哥是有钱人，我可比不上，这串珠子他要是出价，最少在三十万以上吧？"

研究生和导师的关系，已经算是很亲近的了，再加上赵洪涛和孙超都喜欢杂项文玩，两人的关系一直都很不错，赵洪涛也知道孙超的油画值钱，一幅在国外都能卖到几百万。

"三十万？小超出到了一百万，方逸都没卖的。"孙连达看了一眼方逸，"这孩子能不为钱所动，守得住本心，就这一点，你和孙超都要向方逸学习啊！"

其实在医院最初结识方逸的时候，孙连达并没有收他做弟子的心思，但是经过儿子报价想买那串沉香流珠的事情之后，孙连达却动了心思，原因就在于方逸能不为钱所动。

不为钱所动，这几个字说起来容易，但是想要做到，却是千难万难。尤其是像方逸这样一个一文不名的穷孩子，在面对百万巨款的时候，竟然能一口回绝掉，这种心性，别说是个孩子了，就是在社会沉浮很多年的人都未必能做得到，这才是真正的视金钱如粪土。

不说这个社会了，就单单是古玩行里的诱惑，那实在是太多了。孙连达相信，只有方逸这种能抵挡得住金钱诱惑的心性，才能在行里走得更远，真正作出一番事业来。

"一百万方逸都没卖？"听到老师的话后，赵洪涛的眼睛顿时瞪圆了，按照他的估价，这串珠子即使上拍卖，最多也只能拍出七八十万来，绝对不可能上百万的。但是更让赵洪涛震惊的是，这样的价格，方逸竟然不卖！赵洪涛虽然和方逸接触不多，但是通过酒桌上的了解，方逸他们哥儿几个应该都是很需要钱的，这事儿要是换成赵洪涛，没准就会将珠子给卖掉了。

事实上现在赵洪涛也做些高端文玩的生意，他会不定期地收一些物件，然后遇到喜欢的人给出合理的价格，赵洪涛马上就会出手卖掉，要不然仅凭着博物馆的那点工资，赵洪涛哪里玩得起海黄这种价格昂贵的物件啊。

"赵哥，这是我师父的遗物，我留着做个念想，要是老师送您的物件，您肯定也舍不得卖掉的。"看到赵洪涛震惊的样子，方逸笑着解释了一句，他需要钱不假，但自己现在还年轻，有手有脚的可以去赚，方逸是绝对不会用师父的遗物去赚钱的。

"老师说得没错，你这心性比我和孙超强多了。"听到方逸的话后，赵洪涛感叹了一句。不管是古玩还是文玩，在赵洪涛心里都有个衡量的标尺，就算是老师送的东西，如果超出了心中对其价格的底线，赵洪涛恐怕也会毫不犹豫地给卖掉。

"哪里是心性强，可能我还不知道钱的好处吧。"方逸笑着摇了摇头，正所谓无欲则刚，他在山上的时候整日吃野菜也没感觉苦，到了物质丰富的山下，方逸更是感觉很满足了。

第二十三章
顺口溜

"洪涛，给方逸他们几个讲讲文玩吧，这几个小子什么都不懂就一头扎进去了，你这做师兄的可不能看着他们吃亏。"孙连达能看得出来，方逸是那种不会无谓接受别人钱财的人，即使自己是他的老师，方逸也不会拿自己的钱，所以孙连达在生活上能帮助方逸的，也只有让赵洪涛尽快带他跨入文玩生意的门槛了。

至于古玩生意，孙连达却不打算让方逸那么快入手，更没有带着方逸去捡漏儿的意思，因为那种一夜暴富的感觉，很容易让人迷失本心，孙连达可不愿意毁了方逸这棵好苗子。

"好，那咱们今儿就先上第一课。"赵洪涛今天喝了酒，兴致也比较高，当下对刚刚收拾完桌子的胖子和三炮说道，"你们两个也过来，都说古玩的水深，其实文玩的水也不浅，我这里有些经验说给你们，你们也能少吃药少走弯路。"

"哎，那多谢赵哥了。"听到赵洪涛的话后，胖子和三炮连忙跑了过来，他们哥儿俩退伍后，可都是深切认识到了社会的残酷，眼下遇到了这么个好行当，心里自然特别珍惜。

"文玩这东西，如果不论材质的话，首先是在个玩字上，通过手的把玩，赋予物件以包浆和灵性，一串新的文玩和老的物件，那价格也是天差地远的……"

"打个比方说，两串相同的珠子，一串被人把玩了十年，而另外一串则放置了十年，你们说说哪一串珠子的价值更高呢？"

"当然是把玩了十年的珠子价格高了。"胖子抢先答道。

"说得对……"赵洪涛点了点头，接着说道，"不仅如此，文玩物件每天把玩十个小时和一个小时，其包浆和色变的效果也是不同的，所以我说文玩重在一个玩字上，你们现在能理解了吗？"

"能理解。不过玩文玩的人，为什么要每天把玩个珠子呢？"胖子有些不解地问道，在他的印象中，好像只有老道士和方逸这样的出家人，在诵念经书的时候才会把玩念珠的。

"小胖子，玩文玩可是一种情操啊。"听到胖子的话，赵洪涛不由乐了，笑着说道，"咱们就说这珠子吧，通过揉搓捻动珠子，可以使人平心静气，陶冶情操，而看到珠子在自己的手上逐渐包浆变色漂亮起来，更会有一种心理上的满足感。玩珠子的人有句话我说给你们听听，那就是：'手捻菩提似念经，目中无物两耳空。辛苦不为成佛道，只为菩提早日红。'这几句话的意思你们懂不懂？"

"不懂！"胖子和三炮同时摇起了脑袋，眼睛都看向了方逸，像这类和佛道有关的问题，方逸才是专业人士呢。

"这句话应该是讽刺假和尚和假道士的吧？"方逸笑着开口说道，"从佛道这方面来理解这几句话，说的是手里捻着念珠，好像在念经念佛修行，其实佛的教导根本没看进心里听到耳里，只是在装腔作势，辛辛苦苦的修行不是为了修道成佛，而是为了获得名利……"说到这里，方逸顿了一下，看向了赵洪涛，说道："赵哥既然说的是文玩，应该有不同的含义吧？"

"嗯，这句话其实说的也是文玩的玩家。"赵洪涛点了点头，说道，"不管是哪一种菩提子，玩到最后都会变成红色，这几句话的意思指的是那些整日里盘玩菩提子的人，并非是在修道问佛，而只是想让自己的珠子变红而已……"文玩最大的魅力，就在于通过自己的把玩，使得珠子包浆变色，这个过程会带给玩家无法言喻的满足感，喜欢文玩的人，几乎都经常将这几句话挂在嘴上。

"赵哥，我们明白了。"胖子和三炮开口说道，他们没有玩过文玩，之前自然不了解那种心理上的变化。

"我看你们还是不明白。"赵洪涛笑着摇了摇头，说道，"方逸，我看你们摊位上摆了不少东西，为什么你们哥儿几个不都佩戴几串把玩一下呢？只有自己亲手把玩了，体会到那种变化，才算是真正懂了文玩啊！"

"方逸倒是玩了一串，我们哥儿俩那会儿不懂啊。"听到赵洪涛的话后，胖子和三炮面面相觑起来，敢情做文玩买卖，自己也是要去玩的。

"那好，今儿给你上的第一课，就是要你们每人都把玩一串金刚菩提，一串星月菩提，并且每隔三天就用笔记录一下它们所发生的变化，这就算是给你们的作业了吧。"

赵洪涛最初也只是喜欢文玩杂项，但是当他将第一串星月菩提把玩到包浆变色之后，赵洪涛就深深喜欢上了这个过程，并且深入地研究了下去，到现在他还留着那串早已开片了的星月，并且一直挂在他的脖子上。

"没想到文玩有这么多的门道啊？回头我身上也戴几串。"听着赵洪涛讲文玩，满军也听得入了迷，他当年入行的时候虽然也做文玩买卖，但那会儿是瞎子摸象，更没有人教，根本就不知道文玩里面还有这么多的学问。

"我再给你们讲讲菩提子的把玩和保养吧！"

金陵玩文玩的人虽然不少，但赵洪涛一来工作繁忙，二来身份摆在那里了，平时和人交流的机会并不怎么多，今儿喝了点酒算是谈兴大发，又给方逸等人讲解了起来。

"金刚靠刷，最初是七分刷三分盘，要把金刚菩提锯齿里的缝隙全都刷到，否则那里面很容易藏污纳垢，等到包浆之后就再也刷不掉了，你们切记，金刚上手一定要狠狠地刷……"

"至于星月菩提，主要是靠盘，一颗一颗地用手去捻，也可以用手去撸，行里有个顺口溜，你们想不想听？"

"想听啊！"包括满军在内，几个人全都小鸡啄食一般地点起了脑袋。

"好，那你们记好了，这个顺口溜基本上涵盖了很多可以把玩的东西……"

赵洪涛沉吟了一下，用手指点着面前的茶几，开口说道：

"撸星月，刷金刚，腕上橄榄得包浆

搓蜜蜡，挑松石，南红还是保山强；

小凤眼，大牙头，椰壳想猛就得厚；

玩玳瑁，血砗磲，菩提根变大象皮；

红酸枝，金丝楠，只玩金星小叶檀；

血龙木，帝王木，木中之王是海黄；

玩葫芦，养鸣虫，叫得怀里暖洋洋；

玩核桃，得看准，黄尖白皮把心伤；

一只红，一只黄，不如砸了听个响；

寻扇骨，求扇面，其实自己是文盲；

各种骨，各种牙，它们家属很悲伤；

红珊瑚，睡美人，搭配起来更高档；

刨琥珀，寻蓝光，犀鸟头顶红配黄……"

要说各行当里面都有能人，这个不知道是谁总结出来的顺口溜，将文玩中最为常见的菩提子、蜜蜡、绿松石、象牙、玳瑁等种类都给包含进去了，而且形容得极为形象，让人一听就能明白。

不过编顺口溜的这哥们儿应该是个动物保护者，因为那句'各种骨，各种牙，它们家属很悲伤'这句话，说的就是诸如象牙、虎骨、犀牛角一类的物件。

由于这些动物都被列入了保护动物的范畴里面，私自买卖是犯法的，所以这一类的文玩大多都是流传下来的老东西，价格相对比较高，属于高端文玩之列。

"长学问，真是长学问了！"在赵洪涛一口气将这段顺口溜背下来后，过了好一会儿，满军才鼓起掌来，他和方逸等人不同，以前也是接触过文玩的，所以听到这个顺口溜，脑海里有更加直观的印象。

"行了，你们哥儿几个先把这些消化一下吧。"赵洪涛哈哈一笑，看向孙老说道，"老师，这天也不早了，要不今儿咱们就到这里？"

古国光被抓，在博物馆也算是件大事，明天一早肯定是要开会研究，再加上赵洪涛还要去查询方逸那进修证的事情，所以今天也想早点回去休息。

"好，今天就到这儿了。"孙连达点了点头，看向满军说道，"小满，我明儿还过来吃饭，吃完饭再带方逸回去学习，不知道你欢不欢迎啊？"

"哎哟，看孙老您说的，我是大开中门欢迎您啊！"听到孙老的话，满军喜上眉梢，别说一顿饭了，就是孙老在他家里吃上个几年，满军都不带皱眉头的。

"那行，明儿我再过来。"孙连达笑了笑，不过他是打算给方逸一笔钱，让方逸转交给满军——他孙连达的弟子，日后岂能传出去个白吃白喝的名声？

"方逸，哥哥我要谢谢你啊！"

送走了孙连达和赵洪涛之后，满军回到屋里，用手摩挲着光头，一脸感激地看向了方逸，他心里清楚，这两尊业内的大拿能来到他家，完全是沾了方逸的光。

"满哥，你这话就见外了。"听到满军的话后，方逸不由笑了起来，说道，"我们哥儿几个这白吃白住的，也没说个谢字啊，咱们之间，就不说这种话了。"方逸在山中学道，并不代表他就不会做人，恰恰相反，方逸所学也涉猎一些鬼谷子的学说，在纵横捭阖之术中，揣摩人的心理和善于交际，只不过是最基本的技能罢了。

而自从方逸发现最初下山时自己和社会有点格格不入的状态之后，马上就作出了改变，现在的方逸身上少了那么一股子不食人间烟火的仙气，却是和在社会上生活了多年的普通人越来越像了。

第二十四章
神秘开光

"得，那你满哥我也不矫情了。"满军哈哈一笑，对着方逸说道，"你们哥儿几个等下，满哥我送点好东西给你们，我老满的兄弟出去要是佩戴点物件，那也不能太差了不是？"

说着话，满军去到了自己的那间库房里，过了一会儿手里拿着几件东西走了出来，说道："六串珠子，都是 10×10 的规格，其中有一串星月一串金刚，星月是海南的顺白正月籽，金刚是尼泊尔的小金刚，以后你们就把玩这两串吧。"

满军当年进文玩货物的时候，高中低档都进了一些，低档的物件今儿都给了方逸他们摆摊了，而高端一点的则被满军卖掉了一些，现在手上就剩下七八串了，他一次就拿了六串出来。

"满哥，原来你也懂文玩啊？"看到满军拿出来的那几串菩提子，胖子和三炮的眼睛立马亮了起来，刚才听赵洪涛说了半天盘玩菩提的知识，两人都想上手尝试一下。

"先去洗手，这东西要净手盘，明儿我再给你们找几个刷子，那金刚放了几年，要好好刷一刷，这星月也是要多撸一撸的。"满军得意地扬了扬手中的珠子，笑道，"你满哥怎么说在这行里干了有些年头了，虽然没赵馆长那么精通，但是对于一些珠子的好坏，还是能辨别出来的。"

"嗯，这几串珠子是和白天咱们卖的不太一样。"方逸接过满军手里的那串星月菩提，略微看了一下就看出了区别。

虽然这几串菩提都是抽了空气真空包装的，但明显能看出来，那几串星月已经变成了陈籽，颜色微微有些发黄，但其密度却要比今儿方逸他们卖的强多了。不懂星月的人，挑选星月的时候往往都要强调什么顺白、正月、高密，其实在这三个条件中，只有高密比较靠谱，是好星月最为重要的标志，其余两条，玩家们可以不用过于追求。

要知道，把玩星月，追求的就是包浆变色，你拿一串顺白的珠子，玩上几个月还是会发黄，等玩到最后的时候，整串珠子都会变成深红或者是枣红色，那所谓的顺白压根儿就没有任何的意义。更重要的是，顺白的星月，很多都是不良商家在加工的时候加入了漂白的粉剂造成的，这样的珠子质地很差，变色倒是很快，但那色泽估计是黑不溜秋的，盘出来的珠子很是难看。至于正月，这也是最近几年流行起来的，因为在民国以前的时候，由于加工工具的原因，打孔很是费劲，很少有人去追求正月，就像是藏式的老星月，如果拿到手上是颗颗正月的话，那年代一定是假的无疑。

不过现在有了便利的条件，星月要求正月倒是无可厚非的，至少颗颗正月的确美观了很多，但颗颗星月只是在打孔的时候麻烦一点，绝对不能作为衡量价格的标尺。

最后说到高密，这个在星月当中才是真正有用的。说得直白些，密度高的珠子结实，密度低的珠子不结实；同样遭受外力作用下，密度高的不易被破坏，密度低的则相反。而且盘玩到最后，密度高的珠子开片自然色泽艳丽，密度低的珠子开片的时候就会有碎掉的可能，那颜色更是深浅不一，盘出来也起不到修饰自身的美观作用。

"逸哥，三炮，咱们比试比试，看谁能把珠子盘得最漂亮……"

一向比较懒的胖子，在拿到珠子之后，也是有点儿兴奋，因为之前赵洪涛的讲解，让人很是有马上就找串珠子盘玩的欲望，满军拿出珠子的举动，无疑像是打瞌睡的时候送上了枕头。

"胖子，比试就算了，我和方逸哪个都比你强。"

三炮撇了撇嘴，都是从小一起长大的，谁不知道谁的性格啊！要说胖子活跃气氛搞交际的确是把好手，但就凭他那跳跃的性子，能沉下心来把玩个三两天就不错了。

"哎，我说三炮，你别瞧不起胖爷啊，等过上几个月，咱们看看谁的珠子好看。"这次胖子不提方逸了，因为他知道，方逸从小就捻着珠子长大的，这珠子就是一天在手上也不烦，和方逸比试那纯粹是自找不痛快。

"懒得理你，哥们儿我得出去一趟，"三炮没搭理胖子，而是看向了方逸，"进城好几天了，逸哥，我先回趟家，明儿一早回来。"

"三炮，是去见你那未婚妻吧？"胖子脸上露出一丝怪笑，开口说道，"我都看到你的呼机了，那个情是谁啊？你这个重色轻友的家伙！"

"死胖子，你找死啊？"听到胖子的话，三炮原本就挺白净的脸色唰地一下变红了，恼羞成怒地就扑了上去，三炮今儿的确是回家不假，但是也和未婚妻约好了要见面，这会儿距离见面的时间已经不足半小时了。

"胖子，这就是你不对了，怎么能偷看别人隐私啊？"方逸在旁边拉起了偏架，让三炮在胖子身上很是捶了几拳，屋里顿时响起一阵鬼哭狼嚎的声音。

"炮爷，我不是故意的啊，你那呼机就放在我面前，我能看不到吗？"胖子自然知道方逸加入战团的后果，当下很麻利地就服起软来，俗话说，好汉不吃眼前亏嘛。

"三炮，你早点去吧，明天也不用来太早。"方逸笑着在胖子脑袋上拍了一记，然后拉开了还要踹上几脚的三炮。

"就是见个面，很快就回来的。"三炮挠了挠头，脸上露出了不好意思的神色。话说他们哥儿三个里面，自己是唯一谈了女朋友的。

"不急，不急，炮爷你一定要雄起啊。"胖子揉了揉刚才挨了一拳的胖脸，又管不住自己的嘴了。

"死胖子，等我回来再收拾你！"三炮一看时间快到了，也顾不得和胖子计较，连忙和满军打了个招呼，匆匆忙忙地出了院子。

"你们哥儿几个，感情倒是真好……"

看着嬉闹的方逸他们，满军不由叹了口气，他当年也有这么一帮子兄弟，只是时过境迁，各人都忙着生计，老兄弟之间的联系已经越来越少了。经眼下见到方逸他们打闹嬉戏，满军也想起了自己年轻的时候，不由在心里琢磨了起来，一定要找个机会把老兄弟们召集起来聚一聚。

"对了，满哥，今儿卖了不少东西，和你报下账吧！"等到三炮走后，方逸开口说道，本来满军的那些货就是赊给他们的，这卖了钱还不将本还回去的话，未免有点太不懂事了。

"急什么啊，和你满哥还需要计较这些吗？"

满军不在乎地摆了摆手，那些文玩原本就是积压的东西，放在他手上一时半会儿的也无法套现，满军拿出来只是给方逸他们练手的，并没指望能卖掉多少。

"满哥，人情是人情，生意是生意，这亲兄弟还要明算账呢。"方逸笑着摇了摇头，拿出了一个本子，三炮在上面清楚地记着买卖的物品和价格。

"满哥，今儿一共卖出去了十串珠子，加上那个胡杨木的雕件，应该给你一千七百块，这钱都准备好了。"方逸说着话，将夹在本子里的钱拿了出来。

方逸他们哥儿几个早商定好了，每天结账之后，都要和满军清算一下，该是别人的钱那是一分都不能少，做生意就是做人，满军信得过他们，他们也不能干出对不起满军的事情来。

"行，钱我就拿着了。"满军知道方逸说得有道理，自己是在帮他们而不是在施舍，否则直接给钱就行，何必给东西让他去卖呢，只有在一定的压力下，方逸他们才会更加努力。

"哎，不对啊，珠子给你们的价格是一百一串，加上那胡杨木的三百，不应该是一千三吗？怎么变成一千七了？"虽然喝了点酒，但满军的脑子还是很好使的，稍微一算就察觉到自己拿的钱要比账目多了四百。

"满哥，你给我们的珠子里面，有一串老紫檀。"方逸有些不好意思地说道，"我们哥儿几个都没什么经验，把那串老紫檀珠子五百块钱就给卖掉，按照老马哥说最少能卖一千五的，所以这一串珠子钱我们就不要了。"

原本一串老珠子被方逸他们便宜给卖了，这前后损失了差不多一千块钱，方逸他们自然也不好意思再从中拿钱了，所以哥儿几个一商量，最后决定将那串珠子的钱全都给满军。

"老紫檀珠子？这不可能啊？"

满军闻言愣了一下，他自己进的货自己很清楚，当时进的那批紫檀珠子虽然在品质上也有好坏，但全都是新料加工的，区别最多就是有些珠子油性大点多点金星而已，却没有老紫檀的料子。

"是老珠子，按老马的说法最少把玩十年以上了，"胖子插口道，"满哥，是不是你没注意，把个老珠子放在那一堆里面了？"

"可能是吧。"满军这会儿喝了点酒，再加上几年前的事情确实也有些记不清了，那会儿小叶紫檀的念珠他一共买了百十串，并没有一串串地去验看，说不定是当时的卖家搞混了呢。

"不管是不是老紫檀的珠子，但我是按照普通料子进的货，你们卖出去我也不亏，咱们还是按照一百来算吧。"满军数出了四张一百的钞票放在了桌子上，接着说道，"这事儿就这么定了，你们再多说满哥可是要生气的，行了，我这会儿犯酒劲，就先去睡了。"

满军生怕方逸他们再推辞，将那四百块钱拍在桌子上之后，直接就起身去了房间。

说实话，方逸他们今儿卖出去那么多串已经出乎了满军的意料，要是每天都能卖出去这么多，用不了两个月，他那些存货就都能清理掉了，这对于满军而言也有好几万的收入。

"胖子，满哥是好人，以后遇到事了，咱们一定得帮他！"看着满军进入房间的背影，方逸扭过脸对胖子说道。

"那是应该的，逸哥，咱们又不是那种知恩不报的人。"胖子很认真地点了点头，他在城里生活了半年多，处处遇到的都是白眼，这次虽然是沾了方逸的光，但几天相处下来，满军的人品的确是值得称赞的。

"走，收拾下东西咱们也睡了。"方逸起身向厨房走去，那些碗筷只是收了过去还没有洗，寄人篱下住在别人家里，方逸自然不可能让满军第二天再去清理的。

也就是用了十几分钟，两人洗完碗筷上了楼，胖子原本还想拉着方逸聊会儿天，却被方逸一句明儿还要早起做生意的话打消了聊天这个念头。话说现在在胖子心里，没有任何事要比摆摊做买卖更加重要的事情了。

"红尘果然是炼心的好地方啊。"回到了自己的房间，回想起今儿一天所发生的事情，方逸发现这一天的经历，比自己在山中十年遇到的事情竟然还要多出许多。不管是小偷盗窃钱财，还是那位古处长收受贿赂，这些往往是在方逸读过的小说中发生的事情，现在都真实地出现在了他的生活中，这种社会和人性中的阴暗面，是方逸在山里永远无法经历的。

"道法自然，随遇而安吧。"方逸长吸了一口气，盘膝坐在了床板上，口中诵念起了《道德经》，这是他每日休息前的必修课，那五千六百多字的《道德经》字字珠玑，是所有道经的起源，方逸早已背得滚瓜烂熟。

不过这次诵经，方逸却没有捻搓那串老沉香的流珠，而是将满军给的那串星月菩提拿在了手上，每念完一个字之后，都会捻动一颗珠子。在佛道之中，这种行为叫作加持，也就是俗称的开光。只是闭目诵经的方逸没有发现，随着他捻动珠子的动作，从他那神秘的识海底层，溢出了丝丝灰色的雾气，和方逸丹田真气融合在一起之后，顺着方逸的经脉游走到了他手中盘捻的菩提珠子上。而就在方逸将一百零八颗珠子盘捻了五十一遍，正好念诵完整篇《道德经》后，进入到深层打坐中的方逸同样没有发现，原本有些发黄的那串星月菩提，竟然出现了一层滑熟可喜、幽光沉静的色泽。

"兄弟，这么早就来摆摊啊？"

"来，这会儿没人，抽根烟再摆上呗！"

"哥们儿怎么称呼？你们是满哥的朋友吧？"

第二天一早方逸和胖子一进市场，打招呼的声音就不绝于耳，原本正在那边聊天的几个摊主纷纷围了上来，递烟的、问好的，摆明了就是要和方逸他们套近乎。

"哎哟，王哥，抽我的，我姓魏，哥儿几个叫我华子就行了，这是我兄弟方逸……"胖子很熟稔地和几人打起了招呼；他的记性不错，其中有个昨儿一早见过的摊主，胖子一眼就认了出来。

"华子，方子，来那么早还没吃饭吧？"被胖子称作王哥的摊主对旁边的那鸭血粉丝汤的老板吆喝了一声，"来两碗鸭血粉丝汤，记在我账上就行了。"

"王哥，那怎么好意思？"胖子发了一圈烟，笑眯眯地说道。

"看不起王哥是吗？不就是一碗鸭血粉丝汤嘛，不够再要。"

王哥表现得很是豪爽，俗话说："好事不出门，坏事传千里，"昨儿发生在市场里的事情早就传开了，现在谁都知道满军带的几个小兄弟关系很硬，居然将在市场一手遮天的古处长都给扳倒了下去。

"那就谢谢王哥了啊！"胖子也没客气，拉着方逸就坐了下来。昨儿他兴奋过了头，翻来覆去一夜都没睡好，早上六七点就爬了起来在那盘珠子，连早饭也没吃就拉着方逸直奔市场了。

"华子，昨儿好像听说孙老来市场了，你见着没有啊？"老王往胖子旁边一坐，看似闲聊，其实却是在套胖子的话呢。

"见着了啊，和赵副馆长一起来的，"胖子嘿嘿一笑，说道，"昨儿我们还在一起吃饭呢。"胖子人长得憨厚，但那心眼未必就比老王少，他知道有些事情你直说吧，旁人反而不会相信，所以干脆将昨儿晚上一起吃饭的事情直接说了出来。

"一起吃饭？你小子就吹吧。"果然，老王对胖子的话嗤之以鼻。孙老不喜欢古玩商的事情人尽皆知，这古玩市场存在了那么多年，孙老在博物馆工作的时候是一次都没来过，退休之后才会偶尔来逛逛。

"哎，我说王哥，你还别不信，孙老还说要收我们当弟子呢。"胖子半真半假地说道，只不过吃着早点的那些人，没一个把他的话当回事，都以为胖子在吹牛。

"得了，华子，别吹了，哥儿几个知道你们和孙老有点关系，以后市场有事，还要多照顾着点啊。"老王笑着掏出钱包付了早点钱，他昨儿专门去找了二刘，知道孙老好像的确认识方逸他们几个，不过要说关系有多深那未必见得，因为孙老不待见古玩商是出了名的。

"王哥哪里话啊，小弟初来乍到的，是您老哥儿几个照顾我们才对……"胖子笑嘻嘻地和老王他们闲聊着，就差勾肩搭背了，要是被不知道的人看到，还以为他们认识了多少年呢。

"胖子，和他们相处，以后留个心眼。"去满军店里取货物的时候，方逸交代了胖子一句，能在古玩市场这三教九流中吃得开的人，又有哪一个是简单的呢。

"我明白，你就放心吧！"胖子仍是一脸人畜无害的笑容，不过方逸却是放下心来，胖子这笑是很能迷惑人的，说不定有人被他卖了还在帮胖子数钱呢。

方逸和胖子摆好摊没多久，三炮也赶了过来，那一脸春风得意的样子让胖子很是吃味，两人忍不住又是打闹了一番。

"对了，三炮，你未婚妻是做什么工作的啊？"

周一的生意要比周末差了很多，这会儿都已经是上午九点多钟了，但市场内游客稀稀拉拉的，还没有摊主人数多呢。胖子在三炮来了之后就跑去别的摊位拉关系套近乎去了，方逸和三炮闲聊了起来。

"她叫叶倩倩，是商场里的售货员，等到星期天的时候，我带她过来。"提到女朋友，三炮脸上露出一丝幸福的神色，还别说，他对这个女朋友很上心，去年在部队探亲的时候见了一面，三炮就说什么也不愿意在部队待下去了，非闹着退了伍。

叶倩倩的家以前是金陵城乡结合部的，金陵城市外扩才将其纳入城区的范围，女孩在家里是老大，还有弟弟妹妹，所以高中没毕业就出来工作了，比三炮还要小一岁。

按照三炮的话说，女孩的性格很好，人也很温柔，并不嫌弃他退伍半年多了还没安置工作，两人的感情进展得不错，拉手亲吻的阶段早就过去了。

"嘿，你小子行啊，争取早结良缘吧。"方逸笑着在三炮肩膀上拍了一记，他跟着师父原本做的就是野道士，也不知道是哪门哪派的，根本就不限制结婚生子，老道士就曾经说过，他年轻的时候除了明媒正娶的正妻之外，还有三房姨太太呢。

"逸哥，等咱们赚到钱了，我……我想在外面租个房子住，你看行吗？"介绍完女朋友的情况之后，三炮期期艾艾地说道，脸上满是不安的神色，他觉得自己说出这话来，未免有点重色轻友了。

"行啊，怎么不行？"方逸倒是觉得没什么，开口说道，"咱们现在手上也有两万多，这边的房子又不贵，要不然你就在附近先租一套房子好了，什么时候我们不在满哥家住了，也能搬过去住。"

2000 年那会儿，靠近朝天宫的房子才卖一两千一平方米，租赁的话一套两居室的房子，一个月最多不超过三百块钱，方逸觉得他们每个月完全能负担得起这笔支出。

"别，别介啊方逸，咱们这儿还没开始赚钱呢，等以后再说吧。"听到方逸的话后，三炮连忙摆起了手，不管怎么说他现在也算是城里人，靠着胖子和方逸赚钱就不说了，哪里还能占这个便宜呢。

"行，咱们看看生意做得怎么样，要是不错的话，到时候让你女朋友过来一起干。"方逸想了一下点了点头，他们哥儿几个还都寄人篱下呢，如果他和胖子白住着满军的房子而三炮搬出去租房的话，的确是不太好说出口。

"这生意比昨儿差多了啊！"一直到中午，方逸他们的摊子都没能开张，三炮和胖子都有些着急了，不过方逸却平心静气地在那捻动着珠子，看不出丝毫急躁的模样。

第二十五章
品茗和听课

"三炮，今儿你收摊，我和方逸去赵哥那……"满军昨儿估计是喝大了，一直到中午都没到店里来。方逸他们简单吃了个快餐，就准备去博物馆里找赵洪涛了，对于方逸而言，中午的学习其实要比摆摊重要多了。

在进博物馆之前，方逸给赵洪涛打了个电话，赵洪涛亲自出来将他们领进去，并且和门口的工作人员交代了一声，以后方逸他们过来，就直接让他们去办公室里。

"这两个人是谁啊？是赵副馆长的亲戚吗？"看到两个半大小子居然和赵副馆长那么熟悉，门口的几个工作人员都很奇怪地看了方逸和胖子一眼，其中一人还模糊记得方逸他们昨儿去管理处办理摊位的事情。

"应该是吧，他们昨天好像在古玩市场租了个摊位，然后老古就被拿了下来，可能是敲到了赵馆长亲戚的头上了吧？"一个工作人员幸灾乐祸地说道。他们和古国光虽然同属后勤部门，但却不归古国光管，看个大门平日里也没什么油水，早就巴不得古国光倒霉了。

"回头交代一下交班的人，别招惹这几个。"一个年龄稍大的人开口说道，他们这边有临时工也有正式工，但要是得罪了赵馆长，那不管是临时工还是正式的，都要吃不了兜着走。

"赵哥，你这办公室真气派啊！"胖子和方逸自然不知道身后发生的事情，跟着赵洪涛进到他的办公室后，胖子忍不住就叫了起来。

赵洪涛的办公室在博物馆东侧的一个二层小楼里，这原本也是朝天宫的一处建筑，是当时道士们居住的地方，后来朝天宫改成了博物馆，这里也被翻修成了办公区域。作为博物馆的第一副馆长，赵洪涛自己独占了一间办公室，差不多有四十多平方米，里面的家具摆设也都是古典风格的，看上去十分气派，而且推开窗子，就能看到朝天宫那恢宏的建筑群，位置非常好。

"来，先坐，小方，你喝什么茶？绿茶还是铁观音？我这里还有最顶级的大红袍，你要不要尝尝？"将方逸和胖子带进办公室后，赵洪涛开口问道，他除了喜欢文玩之外，还有一个爱好就是品茶，所以在办公桌后面的书柜里，也放了不少的茶叶。

"赵哥，是武夷山那几棵母树上采摘的大红袍吗？"

听到赵洪涛的话后，方逸眼睛不由一亮，他在山中喝的虽然都是野茶树炒出来的茶叶，但老道士却是爱茶之人，在方逸七八岁的时候就让他背诵陆羽的《茶经》，更是给他讲解过各地茶叶的区别。不过方逸虽然懂得不少关于茶的理论知识，但是他喝过的最好的茶叶，还是这几天在满军家中所喝的西湖龙井，更不用说备受师父推崇的武夷大红袍了。

"你小子，这嘴还挺刁的，我哪儿去给你找那种茶叶啊？"

赵洪涛被方逸说得一愣，继而苦笑了起来，武夷大红袍，是中国茗苑中的奇葩，素有"茶中状元"之美誉，乃岩茶之王，堪称国宝，被誉为"武夷茶王"。而方逸所说的那几棵母树，却是武夷山中九龙窠陡峭绝壁上仅存四株的千年古茶树，产量稀少，被视为稀世之珍，从古至今都是作为贡品的东西，市场上根本就买不到。

赵洪涛是个爱茶的人，他有次出差的时候甚至专门跑到九龙窠，想找机会求点茶叶，谁知道距离那几棵母树还有几十米的时候，就被站岗的武警给拦了回去，只能远远看上那么一眼。

"哦，原来不是母树上的茶叶啊……"方逸闻言有点失望，他师父年轻的时候曾经偷偷地采摘过那几棵母树上的茶叶，一直给方逸说那是他这辈子喝过的最好的茶，所以方逸的印象尤为深刻。

“你当那东西是拿钱能买得到的？”赵洪涛没好气地瞪了方逸一眼，那几棵母树上的茶叶别说拿钱买不到了，就是能买到，估计也是天价，他赵洪涛也买不起。

“让你小子尝尝我的好茶。”原本打算拿点一般茶叶应付方逸的赵洪涛，被方逸这么一说，倒拿出了自己的存货来。

“方逸，这茶叶五万八一斤，你先尝尝，要是说不出个好来，赵哥我可饶不了你。”既然是爱茶之人，赵洪涛这里的茶具自然也是齐备的，将最顶级的一套茶具拿出来后，赵洪涛用功夫茶的手艺，泡出一茶碗的大红袍。

“哎，赵哥，我的呢？”看到赵洪涛只泡了一茶碗的茶叶，胖子不由急了，刚吃完饭这嘴正渴着呢，没成想这茶还没他的份儿。

“我桌子上有茶叶，你自己去泡。”赵洪涛随意地摆了摆手，开什么玩笑，他珍藏的这顶级茶叶除了给老师孙连达泡过一次外，就是现任的馆长也没喝到过，要不是被方逸刚才的话给刺激了，赵洪涛根本就不会拿出来。

“好吧，我自己去泡。”喝什么茶胖子根本就无所谓，就是把顶级大红袍和几块钱一斤的便宜茶叶混起来给他喝，胖子估计也是喝不出什么区别来的。

“小方，怎么样？品品？”手法熟练地的给方逸斟上茶后，赵洪涛开口说道，脸上露出一丝得意的神色。

“赵哥好手艺，这‘高冲、低斟、括沫、淋盖’的手法全都出来了。”在赵洪涛泡好茶后，方逸并没有急着端起茶碗，而是向赵洪涛跷起了大拇指，他虽然也懂得这些，但却做不到赵洪涛这般熟练。

“咦，你小子还真懂茶啊！”听到方逸的话后，赵洪涛不由对他另眼相看，这是因为方逸所说的都是泡茶中的术语，不是老茶客根本就不明白其中意思。

“嘿嘿，略懂一点而已。”方逸“嘿嘿”一笑，用右手食指、拇指按住杯边沿，中指顶住杯底，将茶碗端到嘴边，不过方逸却没有喝下去，而是先在鼻端嗅了嗅茶香。

“有点意思，这都是谁教你的啊？”

见到方逸的这番举动，赵洪涛眼中的惊奇之色是越来越浓了。旁边的胖子看得一头雾水，但是赵洪涛知道，方逸这拿起茶碗的动作，被老茶客们戏称为“三龙护鼎”。

"在山里没什么事，经常和师父喝茶。"方逸笑着回了一句，这才将茶碗凑到嘴边喝了一小口。

"怎么样？"赵洪涛紧紧地盯住了方逸，想听到方逸对这茶的点评，在不知不觉之间，赵洪涛已经将方逸视为和自己平起平坐的懂茶之人了。

"好茶，我虽然没喝过那母树上的大红袍，但这茶应该也是相差不远了。"方逸赞了一句之后，又喝了一口才将茶碗放在了茶几上，开口说道，"碾雕白玉，罗织红纱，铫煎黄蕊色，婉转曲尘花，前后句都不应景，我就用这四句来评论这茶吧。"

"你小子连元稹的诗也会？"听到方逸的这几句话，赵洪涛吃惊得下巴都快合不上了，他知道那几句话出自元稹的《一字至七字诗·茶》中，在赞茶的诗句中流传得并不广，没想到方逸竟然能背得出来。

"方逸，你真没上过学？"赵洪涛忍不住问了一句，别的不说，就是一些学古文的研究生，未必都能背出元稹的这首诗来，仅从这一点看，方逸的古文基础就非常的深厚。

"没有，不过我读过很多书，其中不乏古籍善本。"此时的方逸，心中有些感慨，想到师父以前收藏的那如山如海一般多的书籍最后都被师父送了人，方逸不由心疼不已。

从记事起，方逸就记得老道士的房间里全都堆满了书，按照师父的说法，这些书都是山下动乱的那几年，他从一些大户人家收集而来的，也算是对它们的一种保护。当时方逸并不明白师父的话，但是等他长大后了解到那十年混乱的情况之后，方逸才知道，当年师父要是不把这些书带上山，恐怕这些珍贵的典籍都会被付之一炬，烧得连张纸片都不会留下来。只是在方逸十二岁那年，几乎将那些书里的内容全部都牢记在心的时候，有一天他从山中玩耍回来，却发现道观里来了很多人，有道士也有普通人，将师父的那些书全部都给打包带走了。

事后方逸曾经问过师父书的去向，老道士说全部都送给了人。按照师父的说法，书是用来学习的，而不是用来收藏的，只要将其牢记在心，那就永远是自己的东西。

"你师父是个真正的高人啊！"听到方逸讲述老道士的往事，赵洪涛感叹不已，他算是那个年代过来的人，自然知道当时的人有多么疯狂，连孔老二的墓都差点儿给炸开，更不要说烧掉了多少珍贵的文物字画和古籍善本了。

"什么高人啊，就是一邋遢道士。"在旁边插不上嘴的胖子听到赵洪涛夸奖老道士，忍不住开口说了一句，他从小可没少在道观里住，对老道士最大的感觉就是邋遢和不修边幅，还有就是神神道道的。方逸"小神棍"的绰号，就是由老道士而来的。

"你懂什么啊！"赵洪涛摇了摇头，他现在算是知道老师为何如此看重方逸了，这小子的古文功底别说一些研究生了，就是自己恐怕都比不上，只要稍加引导的话，想入古玩这行当，基本上就是水到渠成的事情。

"方逸，以后我这办公室里的茶叶，除了这个之外，其他的你随便喝！"遇到懂茶之人，赵洪涛也不小气，当然，那五万八一斤的茶叶却是不能让方逸放开喝的，这玩意儿就像是故宫珍藏的那古普洱茶一样，喝完了就没地方买了。

"谢谢赵哥，我不喝茶，只品茶。"方逸的一句话说得赵洪涛眉开眼笑，这才是懂茶之人该说的话呢！像胖子那样用个大茶杯倒上开水冲个一大杯茶的人，简直就是牛嚼牡丹，给他十块钱一斤的茶叶赵洪涛都嫌浪费。

"对了，还有件事，"赵洪涛从办公桌的抽屉里拿出了一张卡片，说道，"方逸，馆里有食堂，老师让我给你们几个办了张饭卡，以后你们中午过来吃饭就行了，外面的不怎么卫生。"

"赵哥，这怎么好意思！我们在外面吃个快餐就行了。"

看到赵洪涛和老师想得那么周到，方逸也是一阵感动，在这个世上除了他那将自己放羊一般养大了的师父之外，还从未有人如此关心过他。

"师父收了你当弟子，咱们就是一家人了。"赵洪涛将饭卡推到了方逸面前，笑着说道，"你赵哥也是穷人，这里面只有三百块钱，回头你们自己在食堂充下值，吃多少花多少就行。"

饭卡的事情，的确是孙老交代给赵洪涛办的，他知道方逸哥几个中午要摆摊肯定没时间做饭，外面的饭菜肯定没有他们馆里食堂的便宜、卫生，孙老对方逸这个弟子那真不是一般的上心。

"赵哥，那就谢谢您和老师了。"方逸站起身来，对赵洪涛恭恭敬敬地鞠了一躬，他倒不是为了这饭卡和那几百块钱，而是在感谢赵洪涛和老师对自己那种发自内心的爱护。

"不用谢我，要谢就谢老师吧。"

看着神情淡然的方逸，赵洪涛不由在心里暗赞老师有眼光，方逸本身就具备深厚的历史功底，只要稍加引导，不管是在博物馆学还是文物鉴定学中，怕是都能脱颖而出。

"好了，今儿咱们上第一堂课，还是先给你们讲讲文玩的基础……"和方逸谈论了一会儿《茶经》，这时间也过去了半个多小时，赵洪涛终于将主题给拉回到了文玩上面。

"你们两个不错，昨儿我说了之后，这都开始盘起珠子了啊？"

看了一眼方逸和胖子脖子上挂着的那一串金刚和一串星月菩提，赵洪涛点了点头，说道："这样做就对了，想了解文玩的知识，首先你就要亲身经历一下文玩在你手中所起到的真实变化，那样你对其的认识才会更加深刻。"

在赵洪涛看来，文物就是文物，它放在那里沉淀再久，也不会发生改变。但文玩不同，经过人手的把玩，经过岁月的包浆，就算是一件很普通的珠子，也会绽放出迷人的光泽来，这也是赵洪涛钟爱文玩的原因。

"锦华，来，你玩了一天的珠子，先说说心得吧。"以赵洪涛的身份地位，自然是不可能跟着方逸去喊魏锦华的绰号的，所以在问清楚魏锦华的名字之后，他取了后面两个字来称呼胖子。

"赵哥，您……您还是叫我胖子吧。"不过胖子对赵洪涛的称呼却是不怎么领情，在他的记忆中，锦华一向都是等同于金花的，他现在听到胖子要远比锦华两个字舒服得多。

"赵哥，他小时候被人叫作金花，心里有阴影了。"看着赵洪涛一脸莫名其妙的样子，方逸忍住笑解释了一句。

"那好吧，我就叫你小胖子吧。"听得方逸的解释，赵洪涛也忍不住笑了起来，话说一个大男人要是被人金花金花的叫着，那心里是挺别扭的。

"小胖子，把你那串星月拿出来，我给你说下如何鉴定它的品质和产地以及应该如何把玩它。"

赵洪涛指了指胖子的脖子，他发现自己在说到理论知识的时候，胖子总是露出一副懵懂的表情，当下干脆以物教学，这样他或许能理解得更加深刻一些。

"赵哥，昨儿您不是说了该怎么把玩吗？"

胖子从脖子上取下那串星月，一脸自得地说道："您说过，要撸星月刷金刚，我那边没刷子，昨儿夜里可是撸这玩意儿撸到半夜才睡，赵哥您给看看，它包浆了没有啊？"

"包浆？！"赵洪涛被胖子这句话雷得不轻，摇了摇头，说道，"小胖子，你知道什么叫包浆吗？"

"知道啊，不就是把珠子玩得有光泽吗？"胖子说道。

"有光泽就是包浆？你拿水洗一遍，用蜡打、用椰子油擦、用皮鞋油搽它还有光泽呢。"

赵洪涛哭笑不得地说道："而且文玩的包浆和文物还有不同，文物包浆是指文物表面由于长时间氧化形成的氧化层，年代越久的东西，包浆越厚，就算放置在哪里不动，也会有种浆厚的光泽……

但是文玩不同，文玩需要用手去把玩和擦拭，成千上万次把玩和擦拭，把这些器物表面摩擦得十分平滑，因此变得光鉴照人，再加上人手上和身上的油汗附在上面，年深日久，就形成了文玩独有的包浆……

而且文玩由于材质的不同，干手汗手盘玩出来的包浆和颜色变化的效果也是不同的。胖子，你知道这串星月菩提玩到最后，会变成什么样的颜色吗？"

"我手上又没颜料，就算怎么玩它不还是白色吗？"胖子看着被赵洪涛拿在手上的星月，忽然怪叫道，"不对，赵哥，这玩意儿会变成黄色，其实它现在就有点发黄了。"

"你说的也不对，黄色只是它在变色过程中的一个阶段罢了。"

赵洪涛摇了摇头，说道："你这串珠子不错，月朗星稀，星眼细小，密度高，籽发干，是真的海南星月，这种珠子玩到最后会变成深红色，喏，就和我这茶几的颜色差不多。"

赵洪涛指着自己的茶几给胖子做了个比方，然后开口说道："而越南和广西甚至老挝那边也产星月，只不过品质就要差一点，一来星星的分布不均匀，重量也要比海南星月轻出很多，加上糠子比较多，玩到最后很容易碎掉。

我个人是建议你们玩海南星月的，只是海南星月太少，市场上百分之八九十的星月都是以次充好的，你们昨儿摆的那摊子上的星月，就都是越南产的。"

说到文玩材质的一些现状，赵洪涛也很无奈，不光星月如此，像是金刚菩提、小叶紫檀、沉香甚至包括更为珍贵的海南黄花梨，都有某些材质便宜的替代品，而普通的玩家又没有鉴别的专业知识，往往初入行的时候都会吃药。

"文玩想包浆其实并不难。还是说这星月菩提，你在把玩之前，最好是先用澡堂里的那种搓澡巾，将其揉搓几天，这样很快就能'挂瓷'……"

"等等，赵哥，'挂瓷'是什么意思？"胖子打断了赵洪涛的话。

"'挂瓷'就是指抛光，这是让你清理星月表面的一些污垢，也是给把玩这串星月打底子的。"赵洪涛知道方逸和胖子对文玩都没什么基础，当下也不着急，继续说道，"'挂瓷'会让星月显得很亮，但那却是一种贼光，而且很快就会消失，还需要你们用干净的手每天去揉搓把玩……

"这样过上一个月左右，你们会察觉到捻动珠子的时候有点滞涩的感觉，这个时候就把珠子放置个三五天，让它们有个自然包浆的过程，过了三五天之后再拿出来把玩……

"如此反复地玩上一年，你们就能很直观地看到珠子的变化，到时候不用我解释，你们也都能辨别出来什么是包浆了，不过一年时间只是个起点，想把一串珠子玩到开片的极致，最少要十年以上。"

赵洪涛玩文玩已经有十多年的时间了，他在国内的文玩圈子里，绝对是那种骨灰级别的人物，光是这星月菩提，赵洪涛就玩开片了四五串，现在都密封起来放置在家中的文玩箱里了。

"原来要这么长时间啊，那……那这串星月要是玩了那么久，能卖多少钱啊？"听完赵洪涛的讲解之后，胖子有些失望，他哪里有耐心把一个东西盘玩那么多年啊！不过胖子也不是全然放弃，如果这东西玩久了会变得很贵，他或许也能坚持下去的。

"你小子，一串东西玩那么多年，是个人都有感情了，谁舍得卖啊！"听到胖子的话后，赵洪涛顿时气不打一处来。文玩承载的是岁月，玩的是文化，能让人心静如水，凝神静气，专一不杂，养神之动，这么多的好处，怎么到了胖子嘴里，就满是铜臭味了？

"嘿嘿，赵哥，您别生气，我……我本来就是一俗人啊。"胖子不以为意地笑着，觍着脸说道，"赵哥，您就说说呗，我这珠子要是玩十年，到底能卖多少钱啊？"

"卖一万是它，卖五万也是它，要看你玩得怎么样，还要看有没有人喜欢。"赵洪涛没好气地将胖子的那串星月给扔了回去，听到了胖子的那番话，赵洪涛感觉这串星月都满是铜臭味道，甚至一刻都不愿意拿在手上了。

赵洪涛玩出来的那几串星月，一串都没舍得卖。他有个富豪朋友笃信佛教，无意中看到赵洪涛的藏品后，非说他的星月是开过光的，要出十万块钱买其中的一串，赵洪涛想了好几天，还是回绝了那个朋友——他实在是舍不得。

"能卖那么多钱？那倒是划算。"胖子眼睛一亮，他昨儿专门问过满军，由于是海南原产的星月，这串星月的进价大概在五六百左右，如果十年能翻到一万，那等于整整翻了二十倍啊，就是存银行也没那么多的利息。

只不过胖子没想过，现在 2000 年这会儿的价格是五六百元，等到十年之后这东西或许就是一两千元一串了，即便是把玩出来的星月，也是要看能不能碰到喜欢的买家。

"哎，你是做文玩生意的，对你要求也不能那么高。"看着胖子一脸财迷的样子，赵洪涛叹了口气，说道，"你反正平日里没事，脖子上就多挂几串吧，摆摊的时候轮流换着盘一盘，你放心，盘的好的物件在价格上，最少是原来的好几倍。"

"谢谢赵哥，我一定按您说得做。"听到有利可图，胖子那是浑身的干劲，那小胖手直接就伸向了方逸的脖子，开口说道："方逸，你那两串我来帮你盘吧，回头你再找几串去。"

"行，那这串星月和金刚就都给你。"方逸打开了胖子的手，将两串珠子取了下来。方逸盘珠子是为了静心凝神修炼道法，这境界要远远高于胖子，甚至就连赵洪涛也无法与之相比的；至于手上珠子的好坏，方逸则是并不在乎。

第二十六章
冰裂纹和请客

"哎，小胖子，你把方逸那串星月给我看看。"就在胖子接过方逸递过去的两串珠子时，赵洪涛忽然伸出了手，将方逸的那串星月一把抢了过去。

"哎，赵哥，别拽啊，绳子要断的。"胖子连忙松开了手，不明所以地看向了赵洪涛。

"断了也丢不了。"赵洪涛头都没抬地回了一句，他的注意力似乎全都放在了手上的这串星月菩提上。

"怎么了，赵哥？"方逸问，他也不明白赵洪涛为何会有这样的举动。

"方逸，你这串珠子从哪儿来的？"赵洪涛用手捻搓了一下手中的菩提子后说道，"我昨儿好像没见到你戴，难道又是你师父留下来的？"

"不是，师父传给我的那些珠子，都在箱子里呢。"

方逸摇了摇头，说道："这串星月菩提还有这个金刚菩提，都是满哥昨儿送给我们哥儿几个的，是他几年前进的货没卖掉的，和胖子的那一串一样啊。"

"一样？你自己看看。"赵洪涛不置可否地将手中的星月菩提递还给了方逸。

"嗯？我……我这串的颜色怎么那么深啊？"

　　还没接到手上，方逸就发现了两串珠子的不同。方逸的那串珠子通体呈亮红色，颜色十分好看，而胖子的那一串则是淡黄发白的颜色；分开看方逸感觉还不深，但是两条放在一起一对比，那色差顿时就出来了。而且方逸的这串珠子摸在手上十分光滑，那光泽似乎像是玉石一般，像极了赵洪涛之前所说的包浆和色变，就算是刚才没注意的胖子，一眼也是看出了不同。

　　"好像满哥给我的时候就是这颜色吧？"方逸有些不敢肯定地说道，昨儿他也喝了不少酒，加上屋里灯光又比较昏暗，方逸也忘了他拿到珠子时的颜色，不过方逸可以肯定的是，早上他将珠子挂在脖子上的时候，这串珠子就是这个颜色了。

　　"满军倒是舍得，竟然给你一串这样的珠子。"听到方逸的话后，赵洪涛若有所思地点了点头，"方逸，你先对比一下你这珠子和小胖子的那一串，两者之间有什么不同吧？"

　　"颜色不同，另外我这串好像是包浆了。"最简单、最直观的自然就是星月的颜色了，这一点连旁边的胖子也看出来了。

　　"你再仔细看看。"赵洪涛示意方逸将珠子拿得离眼睛近一点。

　　"嗯？我这珠子怎么裂了？"

　　方逸刚把珠子拿到眼前就愣了一下，因为他发现这串星月菩提的每一颗黑点也就是星星之间，出现了一条条的细纹，乍一看就像是裂开了一般。

　　"不对，这……这是叫开片吧？"想起赵洪涛所说的有关于星月的知识，方逸猛地抬起头来。

　　"对，这就是开片。"赵洪涛点了点头说，"方逸，你看这星月上的裂纹，像不像是陶瓷器中的冰裂釉？"

　　"冰裂釉？这名词我倒是听过，不过没见过。"

　　方逸知道赵洪涛所说的冰裂釉，是陶瓷器中的一个术语，指的就是烧制不当的瓷器所显示出来的釉面裂纹，不过冰裂釉的陶瓷器有无意间烧制成的，也有故意烧制的。像是中国宋代五大名窑之一的龙泉哥窑，就盛产釉面布满龟裂纹片的瓷器，是龙泉哥窑产品独有的装饰风格，所产带有裂纹青瓷器皿为世所珍，方逸曾经在许多典籍上见到名人盛赞这种瓷器。

　　"这串星月上的裂纹，我们就称为冰裂纹。"赵洪涛指着那串星月说道，"你这串星月最少也盘玩二十年了，而且还是净手素盘，没沾染一点汗水，否则这串星月就会发黑，颜色也不可能如此红艳，也不知道满军是从哪里搞到的，竟然送给你了？"

赵洪涛自诩他盘出来的几串星月菩提，串串都是精品，不过和方逸手上的这串相比，不管是年份还是色泽和包浆，都差了不少。如此精品，在文玩圈里也很罕见。

当然，赵洪涛也见过不少藏式百年以上的老星月，虽然那些老星月的包浆也很厚重，开片也很好看，但由于生活习惯的问题，那些星月都带了股子酥油茶的味道，相比之下赵洪涛还是更喜欢方逸的这一串。

"赵哥，那……那这串星月能值多少钱？"胖子对什么冰裂纹冰裂釉的并不关心，他所关心的无非是这串星月的价格。

"这是满军拿给方逸把玩的，你们卖掉不合适，"赵洪涛摇了摇头，"要是满军愿意卖的话，这一串我愿意出五万块钱，方逸，你回去可以问问满军。"

说实话，赵洪涛并不以为满军是把这串星月送给方逸的，他觉得可能是满军拿给方逸把玩的，即使如此赵洪涛也感觉有点暴殄天物，像玩成这样品相的星月，已经是收藏级别的了。

如果满军愿意卖的话，赵洪涛真的是会买下来，他在文玩圈子里的渠道很多，就算是五万买下来，他一转手就能给卖出去，而且低于八万赵洪涛都还不会卖。

"什么？这……这玩意能值五万块钱？"听到赵洪涛的话后，胖子差点没咬到自己的舌头，一脸悲愤地说道，"满……满哥太偏心眼了吧？给我们的是普通珠子，给方逸的竟然是盘了二十年的？"

"胖子，可能是满哥昨儿喝了酒拿错了吧？"方逸没好气地瞪了胖子一眼，"别说值五万，就是值一百万那也不是咱们的，等晚上回去把这珠子再还给满哥。"

虽然昨儿满军说了这些珠子是送给他们的，但方逸可不愿意占这个便宜，他现在就是认为满军昨儿喝多了酒拿错了东西，主动还回去也省得满军发现之后难以启口再向自己讨要。

"满哥有时候还真是糊涂啊，这么好的东西也能拿错？方逸，回头你要说说他。"别看胖子平时嘻嘻哈哈一副财迷的样子，但他做人也是有底线的，以前干保安的时候曾经捡到过一个装着两万块钱现金的包，当时胖子就交到了物业，一分钱也没有少。

"行了，时间差不多了，我也该上班了。"给方逸和胖子讲了一些文玩杂项的基础知识之后，时间已经到了下午两点左右了，赵洪涛还要上班，于是下了逐客令。不过在方逸临走之前，赵洪涛叮嘱他问一下满军愿不愿意出让那串老星月菩提。

如果这东西是方逸的，那赵洪涛或许根本就不会问价了，毕竟之前孙超对那个老沉香手串出到了一百万的价格，方逸都没动心，更不要说这几万块钱的东西了。

但是满军不同，他本来就是个古玩商，干他们这一行的，整天都把自己手上的好东西说成是传家宝，出多少钱都不卖，不过一旦有人出了高价，那传家宝立刻会被他们弃之如履的。

"赵哥，我回去问了给您打电话。"方逸扬了扬手中赵洪涛的名片，不知为何，他心中总有种奇怪的感觉，上次在古玩市场卖出去的那条手串是满军错拿给了他，怎么这价值好几万的东西满军还能拿错呢？

"这文玩还真是赚钱，这整条珠子也不过就一百零八颗，竟然能卖到五万块钱，一颗珠子差不多值五百了。"从赵洪涛的办公室里出来之后，胖子还在念叨着，同时右手在揉搓着他那串星月，恨不得让它一夜之间也变成方逸脖子上的那一条。

"胖子，玩这玩意儿玩的是心境，你咬牙切齿地能玩好吗？懂什么叫文盘吗？"

方逸无语地看了一眼胖子，刚才赵洪涛给他们俩讲了文玩中的文盘和武盘的区别。所谓武盘，就是通过人为的力量，不断地盘玩，以祈尽快达到玩熟的目的，形容盘玩方法粗糙，稍有不慎就会损毁盘玩的物件。至于文盘，则是需要将盘玩的东西贴身而藏，用人体较为恒定的温度来养它，过一段时间以后再拿在手上摩挲盘玩，文盘耗时费力，往往三五年不能奏效，但盘出来的东西却是包浆锃亮，润泽无比。用文玩核桃来打个比方，将一对核桃拿在手上揉搓转动，文盘即为两核不遇、盘中无声，盘出来的核桃没有伤处；

武盘反之，两个核桃相碰，盘出来的核桃就会有些损伤，这就是文盘和武盘的区别。

"方逸，我能和你比吗？你那盘玩的方法叫意盘啊！"听到方逸的话后，胖子不以为然，刚才赵洪涛还说了一种盘玩的方法，名字叫意盘。意盘指的是在盘玩的时候用自身意念和器物沟通，从而使得人养物的同时也被物所养，最后使得人物精神通灵，按照赵洪涛的说法，历史上极少能够有人达到这样的精神境界，更遑论浮躁的现代人了。

不过胖子却知道，方逸诵经盘玩物件的时候，或许就是意盘。他曾经听老道士说那也叫开光，刚才在赵洪涛办公室的时候，胖子就直嚷嚷以后方逸盘出来的物件，都当成开光的法器去出售。

"你也可以的啊，要不我教你背《道经》？"方逸很认真地看向了胖子，他总觉得这小子太浮躁了，背诵经书对他倒是一种很好的打磨。

"别价，我可不想当道士。"胖子被方逸的话吓了一大跳，连连摆手道，"胖爷我还没娶老婆呢，以后老婆孩子热炕头，你给个神仙都不换，别说当道士了。"

"让人诵经又不是让人出家！"方逸懒得搭理胖子了，再说当道士又不是做和尚，从古至今道士都是可以娶妻生子的。

"哎，方逸，你说的那个什么功夫，也该教教我和三炮了吧？"胖子忽然想起一事来，连忙说道："你看三炮那小子已经找女朋友了，肯定不是个处了，你要是不教他，说不定哪天三炮就精尽人亡了啊。"

"是你小子想学吧？"方逸没好气地看向了胖子，"晚上回去的时候教你们，不过你们要是练不出来可不怪我。"方逸在山上的时候是说过要教给胖子和三炮养肾养生之法，不过这是一种吐纳呼吸的修炼方式，他很怀疑胖子能否坚持下去，说不定坐在床上练个五分钟就进入睡梦中去找周公吹牛了。

"你放心，我一准认真练！"得到方逸的回复，胖子顿时神清气爽起来。来到金陵也有好几天了，胖子一直琢磨着找家小发廊去和里面的美女谈谈人生理想，只是想到之前方逸所说的话，这才老老实实地待在家里。

"三炮，生意怎么样？卖出去几串？"来到自家的摊位旁，看到三炮正在和旁边的老马聊着天，胖子一屁股就坐了过去。

"哎，小方和华子来了。"见到方逸和胖子回来，老马连忙站起身来，边从口袋里掏出香烟递了过去，边说道，"小方，昨儿不是老马我不义气，实在是你老马哥惹不起那些人啊。"其实昨儿晚上就有人打电话给老马说起他走之后发生的事情了，老马怎么都没想到，方逸他们这几个小青年的背景居然如此深厚，竟然认识孙老和赵副馆长。得到了消息的老马很后悔，昨儿在床上辗转难眠，一直到早上五六点钟才睡着，要不是他没有方逸等人的联系方式，老马恐怕连夜就给他们打电话了。

"马哥，我们明白了，没怪你。"看到老马一脸羞愧的样子，方逸笑着摇了摇头，从胖子手里拿过打火机帮老马点着了香烟。再说老马昨儿只是不想得罪古国光，又没有干什么落井下石的事情，自己没理由怪罪他的。

"我应该留下给你做个证明的。"老马苦笑了一声，他知道自己这谨小慎微的性子虽然犯不了什么大错，但这辈子的成就也就这样了，不会有太大的发展。

"马哥，真没事，你别想那么多。"方逸又好言安慰了一番，老马才算是放下心来。

"小方，要不晚上咱们一起吃顿饭？"在知道方逸等人认识孙老和赵副馆长之后，老马也是动了心思，且不说孙老的影响力了，就是认识赵副馆长，在这古玩市场内怕是也能横着走了。

"马哥，晚上我要和人学东西，这真没空。"听到老马的话，方逸有些哭笑不得，看来孙老和赵洪涛的面子不是一般的大。

"那行，等你有空了咱们再说。"老马点了点头，他看出来方逸不是故意推脱的，或许真有事。

"方逸，我给你说件事，"方逸正和老马聊着天的时候，三炮起身将方逸拉了过来，小声说道，"方逸，刚才有人找咱们，要请吃饭，你去不去？"

"又是吃饭！没听到老马哥也要请客咱们都不去吗？"方逸尚未回话，胖子就摆了摆手，"是谁要请吃饭啊？让他排队，要请咱们哥儿几个吃饭的多了，咱们哪有那么多时间？"

胖子嘴一撇，很有气势地说道，不过他说的也不假，一早上就有人要请他们中午喝几杯，都被方逸给推辞掉了，他现在中午、晚上都要学习，还真没那时间。

"嗨，不是这古玩市场的，是外面的人。"三炮摇了摇头，看着胖子笑了起来。

"外面的人？咱们不认识什么外面的人啊，是三炮你的朋友？"胖子被三炮说得有些迷糊了，在这金陵城里他确实有熟人，就是村子里当包工头的那个，不过一来胖子进城没联系他；二来胖子自问也没这面子让人来请自己吃饭。

"不是我朋友，你也认识的。"三炮似乎故意在挑逗胖子，总是不说出请客的人是谁。

"三炮，我告诉你件事，逸哥手上有个价值好几万的物件，不是他师父留下来的。"和三炮斗了十几年的嘴，胖子眼珠子一转，干脆不再问了，而是将话题引到了方逸的身上。

"啊？什么东西？"果然，也属于赤贫阶级的三炮一听好几万这个数字，眼睛顿时亮了起来。

"咳咳，是谁要请咱们吃饭啊？"胖子哈哈一笑，将话题又给拉了回去。

"是昨儿被偷的那个女警察，她中午过来了，"三炮这次没再卖关子，而是老老实实地说道，"她说昨儿那事要好好谢谢咱们，她白天上班没时间，问问咱们今天晚上有空没有？要是有空就请咱们吃顿饭。"

"那个女警察？！"听到三炮的话，胖子的眼睛立马瞪圆了，一拍大腿说道，"有空，必须有空啊，无量那个天尊，美女警察竟然要请咱们吃饭？"

其实昨儿胖子去派出所做笔录，很是受了一番打击，因为到了派出所之后胖子就再也没见到那美女，一直到做完笔录美女也没出来说个谢字，胖子回来的路上还一直在说那女警察是个白眼狼呢。

不过胖子怎么都没想到，那美女居然还记得他们这几个小人物，于是心情一下子变得美好了起来。话说在胖子所认识的女人之中，甚至包括在电视上见到的女明星，似乎都没那女孩长得好看。

"吃饭？她为什么要请咱们吃饭？"和胖子的兴高采烈不同，方逸闻言却皱起了眉头，要知道，今儿可是他拜师之后第一天跟随孙老学习，哪里愿意因为吃饭而耽误了这件重要的事情呢。

"她说要谢谢咱们，要不是咱们出手，她就要丢人了。"三炮将那女孩的话原原本本地复述了出来，他的表情很平静，因为这会儿是三炮和女朋友正好得蜜里调油的时候，那女警察再漂亮和三炮也没什么关系。

"哦，只是想谢谢咱们啊！"

方逸闻言舒展开了眉头，开口说道："那我就不去了，胖子你和三炮去就行了，毕竟后来出手和去派出所录口供的都是你们两个，和我没什么关系。"

虽然是下山还俗不当小道士了，而且还到了情窦初开的年龄，不过方逸还不至于思慕到哪个女孩睡不着觉，更不会像胖子那样见到个漂亮女孩就变身雄孔雀要来个"孔雀开屏"。而且那天方逸不经意间看了一眼那女孩的面相，发现女孩耳朵长有玉楼骨，上额圆润丰隆透着一股光泽，从面相上看显然是出于福禄富贵人家，方逸也不认为自己会和这样出身的女孩有什么交集。

"嗯？方逸，你为什么不去？"听到方逸的话，胖子愣了一下，"你虽然比胖爷我这高胖帅差一点，但说不定那女孩就能看上你呢，你不去多可惜啊！"

胖子嘴上虽然叫得很响，但心里却是一点底气都没有，胖子叫着方逸一同前去，只是想拉个壮胆的。

"我晚上要去老师那里上课，哪儿有时间去啊？"方逸摆了摆手，说道，"你们哥儿俩去就行了，别人也就是表示个谢意，你们俩别太当真，随便吃点就回家吧。"

"真不去？"胖子看着方逸问道。

"废话，当然不去了，外面的饭菜还没我自己做得好吃呢。"方逸说道，"老师晚上要去满哥那里吃饭，我还要去烧菜呢，就这么说定了，你们两个去就行了。"

"你小子可别后悔啊？"胖子还想再劝方逸几句，却过来两个游客在摊位前站住了，胖子连忙上前卖力推销了起来。

"三炮，满哥来了没？"方逸转脸看向了三炮，他还惦记着自己脖子上那串星月菩提的事情呢。

"来了，下午吃过饭过来的，正在店里呢。"三炮指了指满军的店铺，说道，"我刚才过去倒水，见到满哥约了个朋友好像在谈生意，你找他有事？"

"嗯，你让胖子给你说吧，我过去看看。"在这古玩市场里，别人都是一个摊子后面一个人，唯独方逸他们这个摊子后面坐了三个，方逸左右也没事，当下起身往满军的店铺走去。

"方逸，过来了，来，进来喝茶。"见到方逸进来，满军也没起身，抬头招了招手。

"满老板，你有朋友过来，我就不打扰了。"看到方逸走进店里，坐在满军对面的一个三十多岁身材瘦小的男人站起身来，说道，"满老板，咱们说定了，那我明儿带货过来。"

"行，明儿还是这个时间，你直接到店里来。"满军点了点头，起身将那人送到店门口，却没注意方逸盯着那人打量了好几下。

"满哥，你要和这人做生意？"等到满军送走人转回头坐下之后，方逸开口问道。

"嗯，他手上有点货，我看看再决定吃不吃下来。"满军点了点头，有些抱怨地说道，"最近这两年古玩一热，去乡下都收不到好东西了，奶奶的，上次我去苏北乡下收货，一个老太太拿了个民国的破碗非说是康熙官窑的，硬是给我开价两万，少一分还不卖。"

满军的表情有些郁闷，以前行情不好的时候吧，是有货出不了手；现在行情好起来了，玩古董的人多了，反倒是变成找不到货源了，无奈之下，满军只能想些别的法子了。

几天混下来，方逸是真把满军当成了个老大哥，当下开口说道："满哥，那人眉眼不正，身上有血煞之气，和他做生意，你小心一点儿。"

一般情况下，方逸观人面相都不会说出来，但是那人身上除了有股子泥土味和凝结不散的阴气之外，手上应该还有人命是非。方逸这是怕满军和那人来往会吃亏，这才出言提醒一句。

"我知道，那人是个金陵地区最大的土夫子，干这行的人，个个都是心狠手辣之辈。"听到方逸的提醒，满军苦笑了一声，摇摇头说道，"现在金陵古玩圈子里的货，大多都控制在这些人手里，我不找他们别人也会找他们，现在生意不好做啊！"

满军知道方逸不是一般的年轻人，于是也没瞒着他。原来，最近这一两年时间，满军收货的渠道越来越窄，手里的好东西也越来越少，都快面临无货可卖的局面了，要不然前些天他也不会连夜赶去乡下收那扇面。

无奈之下，满军也只能和那些干地下买卖的土夫子联系了，他们的货物来源虽然不合法，但胜在货源充足，几乎是你想要什么东西，最多隔一个月，这些人就能给你找来，所以只要是做古玩生意的，基本上和他们都有来往。

"满哥，在店里就算了，要是在外面交易，你多留个心眼。"方逸虽然不是古玩行的人，但一听"土夫子"这三个字，顿时也明白了那人的来头，这种叫法，是湘南那一带对于盗墓者的称呼。

说起盗墓，方逸并不陌生，因为在这上下五千年的历史中，几乎每朝每代的皇帝，登基后所干的第一件事，就是给自己修建死后的陵宫，有些陵宫甚至能一直修到皇帝死去的时候还没建好。建造陵宫都需要几十年，那皇帝死后陪葬的物品则更是贵重，所以从人类开始建造墓葬之初，也就衍生了盗墓这一行业。不管是哪一个朝代，这个行业都从来没有消失过。

盗墓最发达的时期，应该是三国曹操为了筹集军费，专门设置了摸金校尉这一官职，而摸金校尉的职责就是从天下墓葬中窃取金银财宝以充军饷，后世的盗墓者也多将曹操视为祖师爷。方逸曾经看过一本名为《搬山志》的古籍，这书由一无名道士所著，里面就讲历朝历代那些盗墓者的所为，其中也涉及一些寻龙点穴的风水知识，和流传在民间的《葬经》倒是有异曲同工之妙。

"放心吧方逸，你满哥在这行里也混了那么多年了，"满军能听出方逸话中的关心，当下点了点头，说道，"不提这事儿了。对了方逸，你中午跟赵馆长学得怎么样啊？"

"满哥，我找你正是为了这事儿呢。"听到满军的话，方逸伸手从脖子上将那串星月菩提取了下来，递给满军道，"满哥，不是我说你，怎么又给了我一串老东西呢？这价值好几万的物件我可不敢戴着。"

"价值好几万的物件？"满军一愣，在接过那串星月之后，搭眼一看，满军整个人却呆在了那里。

"方……方逸，这……这串老星月你从哪儿来的？"

满军虽然不是专门做文玩生意的，但文玩本身就属于古玩中杂项的分支，以满军的眼力，像星月这一类的物件，他还是能分辨出东西的好坏的。

"这是你昨天晚上拿给我的。"方逸有些哭笑不得地看着满军，他还真没见过这么糊涂的人，自己送出去的东西转眼就不认识了，以满军的这糊涂劲，方逸真不知道他怎么开起来这么大一家古玩店。

"不可能！"满军摇了摇头，很肯定地说道，"方逸，你满哥虽然不怎么懂文玩，但是也知道这串星月是纯天然手盘出来的，绝对不是油锅或者朱砂供做的旧，而你满哥手上从来都没进过这种年份成色的东西，我从哪儿去拿给你啊？"

虽然昨儿喝了不少酒，有点搞不清到底拿了些什么东西给了方逸等人，但满军现在没喝酒，他可以肯定自己没进过这方面的货，而且盘玩得品相这么好的星月，他也是第一次见到。

"这……这的确是满哥你昨天给我的呀，是不是你记错了，当时进了一串没注意？"

方逸被满军的话说得也有些糊涂了，他昨儿明明从满军手里接过来的这串星月菩提，难不成一夜之间自己就把它盘玩成几十年的老物件了？当然，这个念头也只是在方逸脑中一闪而过，现在的方逸对文玩也有了一些了解，知道玩这些东西不是一朝一夕的事情，如果一夜之间就能把物件盘老了，那文玩玩起来也就没什么乐趣了。

第二十七章

法器·神通

"老弟，是不是我的东西，我自己还能不知道吗？"

满军被方逸的话给说乐了，他满军文化程度不怎么高，但眼力和超强的记忆能力，却是满军能在古玩行里混得风生水起的原因，他不可能连自己进的货都不认识。

"方老弟，你是不是手上缺钱用了啊？"

和方逸他们结识了这些天，满军知道方逸手头有不少好东西，而且他也见过方逸的那串老沉香珠子，所以这会儿还以为是方逸急着用钱又不好意思明言卖掉师父传下来的东西，才找了这么一个借口。

"方逸，三五万的你给满哥说一声，满哥还是能拿出来的。"满军想了一下，将那串星月菩提递给了方逸，开口说道，"我看你这串菩提透着股子法力，会不会是你师父当年盘玩出来的法器？照我说，你还是留着吧。"

满军倒腾古玩那么多年，见过很多稀奇古怪的东西，佛道两门的法器他也见过不少，因为行里专门有些人喜欢收集这一类的物件，所以有段时间满军还经常要往藏区跑，从一些偏僻之处的喇嘛庙里求取法器。而方逸这串星月菩提给满军的感觉，和以前他见过的法器有几分相似，尤其是他将其拿在手里的时候，内心很容易就感觉平静了下来，甚至连那燥热的天气都似乎凉爽了不少。

"法器?"听到满军的话后,方逸顿时愣了一下,在接过满军递过来的珠子之后,不由用手指捻搓了一下,脸上却露出了一丝惊诧的表情,这串星月菩提竟然真的具备法器所独有的法力。法器在佛门称之为佛器或者是佛具,在道家称之为道器和法具。就内义而言,凡是在宗教寺院内,用于祈请、修法、供养、法会等各类宗教事务的器具,或是宗教徒所携带的念珠,乃至锡杖等修行用的资具,都可被称为法器。

就广义而言,凡是修行之人所用的器具,或者具有一些特殊功效的器具也可称为法器。但是相对来说,由于修行之人在持法器修行的时候,会不断增强法器中的法力,他们所用的器具,往往会强于寺庙道观中那些用来摆设供养的法器。就像方逸前几天制作的那张符箓,就是道家的一种法器,只不过和法印、法尺、镇坛木这些法器相比,符箓中蕴含的法力有限,只能在一段时间内起到法器的作用。

"难道真的是我拿错了?"方逸心中刚刚兴起了这个念头,随即就被他自己给否定了,这东西昨儿拿到手后一直都没离身,方逸可以肯定就是满军交给他的那两串珠子中的一串。

"这到底是怎么回事?对了,前几天卖的那串小叶紫檀,对方也说是老物件,难道是自己在无意中加持的法力?"方逸忽然想起了前几天在市场内卖掉的那个手串,自己在卖掉之前似乎把玩了好一会儿,而在揉搓珠子的时候,方逸会习惯性地在心中诵念经文,难不成珠子因此而起了变化?

"莫非是自己的神识进入到识海底层所引起的变化?"方逸又想到了一个可能性,他在遭遇车祸之后的第一次修炼中,神识曾经被吸入到了识海底层。按照道家修炼典籍中的记载,但凡能进入识海底层而没有变成白痴的人,都会拥有某种神通,但方逸醒来之后并没有什么特别的感觉,难道他的神通就应在了这加持了法力和时光的珠子上面?

"方逸,你怎么了?"看到接过珠子的方逸坐在那里一动不动,满军还以为方逸面子薄,被自己说中了心思不好意思呢,连忙拍了一下他的肩膀,说道,"你要是真想卖这珠子,满哥我就帮你卖出去,而且这串星月菩提要真是法器的话,价格肯定会让你满意的。"

"满哥，还是算了吧，"方逸深深吸了口气，抬起头笑了笑，说道，"可能是我昨儿收拾箱子给搞混了吧？满哥，这珠子先不卖，回头再说吧。"

"那成，不过方逸，你要是缺钱或者是想卖掉了，给满哥说一声啊！"

满军也不知道方逸打的什么主意，摇了摇头也没多说什么。他是生意人，就算是方逸要卖掉师父的遗物，在满军看来也是很正常的事情。

"好的，满哥，我要是想卖一准儿找你。"

方逸并没有说赵洪涛也想买这珠子的事，这会儿他心头的疑问还没解开了，当下站起身来，说道："满哥，没什么事我就先回家去准备准备，晚上老师要过来吃饭呢。"

"好，我中午又买了点菜，都放冰箱里了，你自己拿就行。"满军闻言点了点头，在吃过方逸做的饭菜之后，他还真不愿意去外面的饭店吃了，中午的时候满军就是把昨天剩下的菜热了热吃掉了。

"成，满哥，那我先回去了。"方逸这会儿满脑子的疑问，哪里还愿意在店里多待，和满军打了个招呼后就走了出去。

"哎，这……这还不到三点啊，这么早做什么饭？"在方逸走出去之后，满军抬头看了一眼店里墙上挂着钟，不由愣了一下，只是炒几个菜而已，不用那么早就准备吧？

"方逸，你晚上真不去？"等方逸来到自家的摊位前，胖子张口又问起了吃饭的事情。

"不去，胖子，你和三炮守摊吧，我先回家了，晚点老师还要过来吃饭呢。"方逸摇了摇头，他来摊子这也就是给胖子和三炮说一声自己要先回去。

"那行，你小子可别后悔。"胖子点了点头，看到方逸正想走的时候，一把拉住了他，说道，"对了，那串珠子的事情怎么说？我看你怎么还挂在脖子上啊？"

"是啊，方逸，满哥他卖不卖？"三炮的眼睛也看了过来，刚才方逸去找满军的时候，胖子已经将这事跟他说了。

"胖子，这串珠子可能是我拿错了。"方逸今儿这是第二次撒谎了，"我昨儿收拾了一下师父的箱子，可能把师父留下的那串星月挂脖子上了，我现在回家就是找找去，看满哥给的那串星月还在不在？"

到现在为止，方逸也不敢肯定这串星月所产生的异变是自己带来的，而且这事儿也太荒谬，就算方逸肯定了之后他也不会告诉胖子和三炮的，因为这种能力已经超出了常人所能理解的范畴。

"啊？是老道士留下来的？"听到方逸的话后，胖子一拍大腿，满脸懊丧地说道，"早知道我就不当兵去了，要不然老道士死之前我守在他身边的话，说不定也能得到几件宝贝呢。"

对于方逸的话，胖子倒是没怎么怀疑，因为当时方逸在收拾东西的时候，他的确见到有好几串珠子，只是那会儿胖子并不知道这些东西值钱，甚至都没有多看一眼，现在自然也是分不出来的。

"你有这功夫做白日梦，还不如多卖几串珠子呢，"方逸笑着看了胖子一眼，说道，"晚上回去之前要是卖不到十串，你小子以后就别吹自己是那什么销售奇才了。"

"嘿，哥是个暴脾气，你还别激我，十串就十串。"听到方逸的话后，胖子眼中闪过一丝狡黠的目光，嘿嘿笑道："三炮中午卖了两串，刚才你去找满哥我又卖了五串，只差三串就到你说的十串了。"

要说胖子这张嘴，真是能把死的说成活的，刚才从博物馆出来了一个旅游团，是西北地区的一个高校老师组的团，里面都是些知识分子。在那些老师逛市场的时候，三炮开动了他那三寸不烂之舌，将男人戴手串说成了是一种时尚，仿佛这些老师们给学生上课不戴手串的话，就不能为人师表了。

胖子的一番话说得几位老师头晕眼花，再加上这手串二百多块钱一串，也不算很贵，他们都能负担得起，于是当场就有三个老师掏了钱。等这三个老师回到团里一说，又有两个男老师专门跑过来分别买了一串。

"胖子，你还真行啊。"听到胖子说完卖珠子的经过后，方逸也是吃惊不小，看来做买卖这一行还真是胖子这一生的事业了。

"这算什么？看胖爷晚上再泡个女朋友回来。"胖子一脸得意的样子，不过这话也就是在方逸和三炮跟前说说，真到了那女孩面前，胖子就一句话都说不出来了。

"行，胖子，我看好你，一定要加油啊，"方逸冲着胖子竖起了大拇指，顺手将他脖子上挂着的满军家的钥匙给取了下来，一边转身一边说道，"胖子，你今儿要是能找到女朋友，那明儿我就给你租套房子让你们过二人世界去。"

"靠，看不起胖爷啊？"胖子不满地嚷嚷了一句，看到方逸头都没回，连忙又喊了一嗓子，"哎，我说这一天太短了吧，你给胖爷一个月的时间，我一准能找到女朋友。"

"行，一个月就一个月。"方逸这会儿急着回家去论证那串星月的事情，哪里有工夫和胖子扯淡啊，当下一口答应了下来。

"哎，老板，您这串星月菩提怎么卖啊？"

从摊位上离开后，方逸并没有急着回家，而是走进了靠近市场门口的一家出售文玩杂项的古玩店里面，指着挂在墙上的一串略微有点发黄的星月问道。

方逸之前给胖子说是回家找昨儿那串星月去，但他心里比谁都明白，自己脖子上戴的这一串，就是昨天满军拿出来的，至于为何会从一串新珠子变成老珠子，这还有待方逸去验证。

不过在验证之前，方逸还必须买一串星月带回去，否则这事儿他根本就没法解释，你说这串是你师父的，但满军给的那一串总不能不翼而飞了吧。

"那是五年的陈籽，正宗的海南老星月，你要买的话，一千二。"正低着头看书的老板抬头瞅了一眼方逸，随口报出了个价格。

"一千二，这价格有点高啊，"方逸不置可否地自言自语了一句，又指着玻璃柜里面的一串金刚菩提，开口问道，"那这串金刚手串怎么卖呢？"

"这串是十二瓣的金刚，尺寸在二十一左右，六百……"老板这次连头都没抬，做买卖的都是人精，眼力尤其好，从方逸身上穿的衣服这个老板就能看出来，站在柜台外的年轻人，并不是那种有钱有闲玩文玩的人。

"老板，两串加起来，一千块，"方逸从兜里掏出了一沓钱，"我身上就这么多，我有心买，愿不愿意卖在您。"

方逸身上的确就这么多钱，这还是三炮硬塞给他的，说大老爷们身上要放点钱，方逸推不过才装兜里的。

"一千块，少了点啊？"看书的老板这次终于是把书放下了，说道，"小伙子，什么样的东西什么样的价，我这里的星月虽然卖的价高了点，但确实是海南星月；这金刚菩提也是尼泊尔过来的，你要是想买便宜的，外面越南籽的星月一百块一条，你又何必买我的呢？"

"呵呵，老板，我说的也是实诚价啊。"

方逸呵呵一笑，开口说道："海南籽的星月是贵一点，但您拿货价绝对不超过四百吧？这金刚是按斤卖的，这一串才十二颗，能值两百块钱就不错了，我给您一千块，您还有赚的。"

方逸这一中午的学习不是白学的，赵洪涛不仅教了他一些文玩杂项的基础，另外对这些文玩的市场行情也说了说，所以方逸才知道现在各种文玩珠子的进货行价。

"哎哟，遇到个行家啊？"听到方逸的这番话，那个老板不由笑了起来，说道："行，一千就一千，咱们也算是交个朋友。"

做古玩买卖的人，做的都是熟客，而熟客大多都是一些对古玩有些了解的玩家，因为只有这样的玩家才能发展成为熟客，如果方逸今儿说不出那番话来，这古玩店的老板未必会一千块钱就把东西卖给他的。

"老板，不用包装了。"看到店老板准备拿个盒子将金刚装起来，方逸制止了他，直接将那串金刚戴在了手腕上，星月则挂在了脖子上。

"嗯？小伙子，你那星月能不能拿给我看看？"夏天穿的衣服不多，方逸在戴星月的时候，却将脖子上原本挂的那串星月给显露了出来。

"老板，下次再说吧，我这还有点事。"方逸哪里肯拿出那串珠子，当下冲着老板摆了摆手转身就走。

"哎，你别跑啊，你那珠子给我看看，我少收你一百块钱。"老板对着方逸的背影喊了一嗓子，他的眼光很毒辣，只刚才那一瞥就看出了方逸戴的是串好东西。

"这小子跑得倒是快。"等老板推开柜台追出去，外面已经不见了方逸的影子，店老板不由有些郁闷，刚才他可连方逸的相貌都没怎么看清楚。

回到满军家里之后，方逸径直上了二楼房间，打开了师父留给自己的那个木箱。

"这串珠子和师父传下来的，还真是一样。"从木箱里拿出了一串同是星月材质的珠子，方逸稍微一感应，就察觉到了里面所蕴含的法力，这和脖子上挂的那一串星月简直如出一辙。

"没错了，就是法力，这也是一串法器。"逐一将师父传下来的珠子全都拿在手里揉搓了一下，甚至连师父留下来的那三枚铜钱都被方逸感应了一番，他终于可以确定，这些东西都是带有法力的法器。

不过让方逸纳闷的是，这些法器从他记事起就被师父拿在手里加持，少说也有几十个年头了，但自己脖子上的这一串珠子只把玩了一夜，里面蕴含的法力竟然并不比那些法器少，这其中的奥妙是方逸无法参透的。

"难道真的是自己入定的时候，将手中的东西给加持成了法器？"方逸将脖子和手腕上戴的物件全都给取了下来，坐在床上静静地思考了起来。

"算了，想得再多也没用，先拿那金刚手串试试吧。"琢磨了好一会儿，方逸也想不出这关键所在，最后干脆不想了，伸手拿起了那串刚刚买的金刚手串。

不管是星月菩提还是金刚菩提，其实都是树的种子，像是星月菩提树在海南就被称为红藤树，山里的苗黎族人都将星月菩提称之为红藤果。金刚菩提也是如此，只是它通体长满了锯齿，和光滑的星月有所不同。

金刚菩提的清理很麻烦，必须用刷子每天刷掉锯齿中的灰尘，这也就是文玩行中那句"撸星月刷金刚"的由来，此刻将那串金刚拿在手上的方逸，就察觉到指尖传来的一阵棘手感觉。

不过从小在山里砍惯了柴，这点感觉方逸几乎可以无视了，当下口中默念起《道经》，不断地揉搓起了那串金刚菩提，不到一个小时的时间，方逸的真气已然在体内运转了一个周天，背诵完了一整篇的《道经》。

"真……真的是我加持的那串星月？！"当方逸从入定中醒来的时候，第一时间就将目光投入到手中的金刚菩提上，这一看，整个人不由震了一下。

原本色泽灰白发黄、锯齿棘手的那串金刚菩提，只是被方逸把玩了这么不到一小时的时间，整串珠子就发生了翻天覆地的变化，如果不是方逸知道珠子一直都没离手，他没准会以为被人换了一串。现在方逸手上的这串金刚，那些棘手的锯齿就像是经历了人手数年的摩擦把玩，居然变得异常光滑，珠子的颜色更是由灰白变成了枣红色，上面还隐隐透着一种岁月的包浆，看上去十分亮眼。

更让方逸震惊的是，他在这串金刚菩提里面，同样感受到了法力的存在，也就是说，这串原本普通的珠子，现在也已经可以算得上是一件法器了。

"这包浆，最少也应该有七八年了吧？"

把玩着这串金刚手串，刚才的那种棘手感已经全然消失掉了，现在的手感十分润滑，这种感觉和揉搓光滑的星月，竟然也差不了多少。唯一有些瑕疵的是，方逸之前并没有用钢丝刷或者是鬃毛刷清理过这串金刚，现在已经形成了包浆的金刚锯齿里面，有很多黑色沉淀在一起的污垢，使得整串珠子的品相受到了很大的影响。

虽然珠子并不是那么完美，但短短的一个小时，新珠子变成了差不多有十年把玩加持的老珠子这件事，却是切切实实发生了，而且就发生在方逸的手中。

"这……这到底是怎么回事？"

方逸深吸了一口气，将那串金刚菩提放在了一边，丹田内升腾出一缕真气，又开始行走起了周天，方逸想从自己的真气中找到这种变化的根源。

"比之进入识海底层之前，真气的变化并不是很大啊？"

过了大概又是一个小时的时间，方逸一脸疑惑地睁开了眼睛，他以前没有打通的经脉，现在依然堵塞着，不管是质还是量，方逸感觉自己的真气几乎没有什么变化。

"肯定是神识进入到识海之后，发生过一些我不知道的事情。"

方逸无奈地摇了摇头，只能将原因归结到了那次识海的异变上，毕竟从古至今那些修道高人，都将识海视为最神秘的地方，谁都说不清神识进入到那里之后，会带给人什么样的改变。

"古人诚不欺我，这神通果然是存在的。"方逸脸上忽然现出一丝兴奋的神色，修道之人，自然追求成仙成道长生不死，但那些事情过于虚幻，就算是修道十多年，方逸对此都是半信半疑，但此刻他所不了解的这种神通出现在了自己身上，方逸却看到了一丝成道的希望。

"试试不诵念经文只是揉搓珠子，会不会使其发生变化？"在确定了自己应该是掌握了一门神通之后，方逸又开始琢磨了起来，只有通过不断地实验，他才能知道自己所掌握的到底是一种什么样的道家神通。

念及至此，方逸又盘膝坐了下来，那串已然包浆变色的金刚被他放在了一边，方逸拿起了那串刚刚买来的星月菩提，也只有这种新珠子才能看出明显的变化来。

这一次方逸只是纯粹地用手在揉搓把玩珠子，但却没有行功和诵念《道经》，除了眼睛还看着手上的菩提子之外，方逸的思维却是神游天外，和手上的菩提子没有任何的关联。

"嗯，好像有点效果，但远不如诵经行功时变化快。"过了大约半个小时之后，方逸停住了手，拿起那串星月菩提子在眼前端详了起来。

经过这半个多小时的把玩，方逸发现，菩提子的亮泽度增加了几分，但却没有包浆和变色，总体上变化不大，远远没有他入定诵经时揉搓珠子的效果好。

"不运行周天，只是诵经呢？"方逸脑中又冒出了个念头，当下口中背诵起了经文，而思维也向手上的菩提子散发而去，但却是固守丹田，没有泄漏出丝毫的真气。

"有效果，单单只是诵经，就能让珠子起变化。"眼睛一眨不眨地看着手中的菩提子，方逸忽然眼睛一亮，因为仅仅过了五六分钟，这串菩提子的颜色就发生了一丝变化，由白色变成了微黄色，而原本珠子微涩的表面，也变得光滑圆润了起来。

"方逸，在哪儿？我买了半只板鸭，晚上下酒……"就在方逸做着实验的时候，耳边忽然传来了开门的声音，紧接着满军的喊声就响了起来。无奈之下，方逸只能停住了手，不过也幸好满军这会儿回来了，要不然方逸的神通将这一串星月菩提也变成老物件之后，他又不知道该作何解释了。

"还要多买几串珠子来实验，珠子之外，也可以试试别的东西。"把那串已然包浆厚重的金刚手串和星月菩提给放到了箱子里，方逸将手上这串只是微微变了一点颜色的菩提子挂在了脖子上，起身出了房间下到了一楼。

"满哥，刚才有点乏，睡了一会儿，我这就做饭。"下到一楼方逸才发现，这会已经五点半了，他下午三点回的家，不知不觉中就过去了两个多小时。

第二十八章
良师佳徒

"方逸，你没事吧？是不是伤还没好？"满军有点担心地看着方逸。要知道，就在几天前方逸还躺在医院里呢，在车子撞上方逸的那一瞬间，可把满军吓得不轻。

"满哥，没事的，你等老师来陪他说会话，我这一会儿就好。"方逸笑着回了一句，接过满军手里的那半只板鸭，走进厨房忙活了起来。

过了大约二十多分钟，方逸刚刚把四个凉菜、两个热菜摆上桌，满军就将孙连达迎进了房子里，不过孙老身后还多了一个人，手上还抱了一箱酒，此人正是老爷子的大儿子孙超。

"方逸，咱们这次可是一家人了。"看到围着围裙的方逸，孙超不由笑了起来，说道，"还别说，咱们的爱好也是一样的，我平时没事也是喜欢琢磨点美食。"

"你那是好吃。"孙老爷子笑骂了儿子一句，大马金刀地坐到了饭桌前，开口说道，"小满，以后我来这吃饭，饭菜钱是你的，酒可就算我的了，这一点你不准和我抢。"

孙连达不是爱占便宜的人，更不愿意欠人人情，所以思来想去之后，决定以后在满军这里的酒，就由他包圆了。话说酒比菜可贵多了，即使两天一瓶茅台，那也得一天好几百块钱。

"成，孙老，您怎么说咱们就怎么办！"看了一眼孙超抱着的那箱茅台，满军点了点头，他听说过老爷子的脾气，那向来是说一不二，自己要是不同意的话，怕是孙老起身就会走，更不用说在自己家里搭伙了。

"超哥，您坐，尝尝我的手艺怎么样？"

方逸笑着给各人发了筷子，没等孙超动手，就拿起了瓶酒给开开了，把几人面前的酒杯倒满了，方逸端杯说道："还是老师给我们说几句吧！"

孙连达闻言笑了起来，摆了摆手说道："古人说食不言寝不语，其实是有道理的，在吃饭的时候说话，会导致胃部消化不良，现在那些酒桌上谈生意的人，就没一个胃好的。"

"老师说得是，的确有影响。"听到孙老的话后，方逸赞同地点了点头，他本就懂得一些医术，自然知道进食时说话对身体的危害了。

"那……那这酒怎么喝啊？"方逸和孙老都不说话了，满军反倒有些傻眼，喝酒不说话，那岂不是喝闷酒吗？

"老满，咱们俩喝。"孙超端起了酒杯，说道，"我爸这人很开明，他食不言不会管咱们的，来，咱们哥儿俩走一个。"

孙超最早的时候在俄罗斯留过学，所以酒量锻炼得很是不错，和满军杯来盏去的倒是喝得很投机，在方逸和孙老每人喝了一两酒吃完饭起身的时候，哥儿俩喝得酒意正酣。

"方逸，咱们走吧，让他们俩慢慢喝。"孙连达招呼了方逸一声，走到门口的时候回头说道，"孙超，晚上回去睡，别去画室了，以后不要喝完酒开车。"

"爸，我知道了，今儿我在老满这里睡了。"

孙超对着父亲摆了摆手。要说这酒还真是拉近感情的好东西，几杯酒一下肚，原本只是认识并不熟悉的孙超和满军，就好得像是多年至交一般，当然，这也有满军不动声色地奉承的功劳，让孙超的心情很是畅快。

孙连达以前在博物馆工作的时候，在朝天宫分了一套三室一厅的住房，前几年房改的时候，花了点钱将公房变成了私房，只是退休之后孙连达很少过来住了。

今儿白天的时候，孙超找人将房子重新打扫了一遍，又让人换了空调的氟利昂，开着车子跑了几趟超市，把床铺被罩一换，整个房子焕然一新。

孙老的房子距离满军家很近，走路也就五六分钟的时间，只是房子在二楼，孙老腿刚刚受了伤，爬楼梯的时候倒是有些不方便，是方逸扶着他上去的。

"老喽，上楼都费劲了。"打开房门之后，孙连达自嘲地笑了笑。

"老师，谢谢您。"扶着孙老在沙发上坐下，方逸脸上露出一丝感动的神色，他知道孙老原本住在儿子的别墅，是不需要爬楼的，之所以搬到这里来，还是为了方便教导自己。

"这边老同事多，白天的时候我还能去找他们下下棋、打打牌，不全是为了你。"孙连达笑着摆了摆手，他之前在这里住得很开心，儿子孝顺非让搬过去，但去了别墅之后连个说话的人都没有，就是不为了方逸他也是准备搬回来的。

"老师，我给您泡壶茶。"方逸看到沙发前的茶几上有茶叶和茶具，站起身准备到厨房去烧水。

"方逸，那是饮水机，用饮水机的水泡就行。"孙连达指了指门后面的一个半人高的东西，他知道方逸下山不久，对于生活中的常识还不是很了解。

"这东西倒是方便，满哥那儿就没有。"饮水机的操作很简单，方逸摆弄了一下也就会了，问了老师喜欢喝什么茶之后，泡了一杯放在了老师的面前。

"方逸，坐吧，别忙活了。"

孙连达招了招手，让方逸坐在了自己面前，开口说道："方逸，我让人去道教协会查档了，里面有你的进修记录；另外在道教协会还有登记，这么说你是上清宫的现任方丈啊？"

孙连达学识渊博，他知道方丈一词原本就是从道教传入到佛门的，但是让他奇怪的是，方逸怎么可能以不到二十岁的年龄，就成为一座道观的住持方丈了呢？

"嗯？道教协会里真有这样的登记？"听到孙老的话后，方逸也是愣了一下，他原本以为师父留给自己的那些证件都是找山下小广告做的呢，没想到居然是真的。

"有，我找人看了，上面写得很清楚，你在三年前就成为方山上清宫的住持方丈了，这主持可不是谁都能当的呀！"

孙老点了点头，眼中的疑问仍然没散去。要知道，不管是佛门还是道门，但凡一座寺庙或者是道观的住持，都应该是德高望重之辈，怎么轮也轮不到方逸。

"老师，那上清宫一共就我和师父两个人，师父去世之后，就剩下我一个人了。"听到孙老的话后，方逸不禁苦笑了起来，虽然上清宫的名字很响亮，但总共就是个只有三五间四处漏风房子的破道观，几十年来也就只有方逸和师父两个道士在里面，老道士死了，方逸就顺理成章地成为住持方丈了。

"上……上清宫里面就你们两个道士？"孙老闻言张大了嘴巴，继而摇头哑然失笑。

之前害怕勾起方逸的伤心往事，孙连达并没有询问过他以前的事情，自然也不知道起了个如此高大上名字的道观，居然衰败到这种程度，怪不得自己查不到关于方山上清宫的资料呢。

"行了，不说这事儿了。"孙连达笑着摆了摆手，开口说道，"国家对宗教学历还是很宽松的，我想办法让你能通过研究生考试的报名，这半年你最主要的任务就是把这些课本里的知识给吃透，尤其是英语和高数这两门功课，你必须要掌握。"

出于对方逸的古文和历史功底水平的了解，孙连达在专业考试上面是一点都不担心的，政治是死记硬背的东西，以方逸的聪颖想必也能通过，但研究生考试不单单只有专业和政治，英语和数学也是十分重要的。其实对考研的这几门课程，国内包括孙连达在内的很多老教授，都是十分反感的，要说高数会启发人的逻辑思维，必须要考也就算了，但是这英语考试，却是让很多导师深恶痛绝。

孙连达有个老朋友，是京城美术学院的一个老教授，也是国内极其著名的画家，他一直都想带几个出色的弟子，但无奈的是，每年他看中的好苗子，总是在英语这门考试上不过关，最终无缘成为他的学生。最后这位老教授愤然提笔给有关教育部门写信，内容是他教的是国画，没有需要和外国交流的东西，希望相关部门能放宽政策，让真正有才华的人学到知识。当然，老教授的出发点是好的，只是有点过于理想主义了。他那封信寄出去之后到现在好几年了，根本就没有人出来解决问题，孙连达的这位老朋友一怒之下，干脆一个研究生都不带了，也算是对相关部门一个无声的抗议。

"老师，英语问题不大，不过高数我有点看不太懂。"

看着茶几上那一摞厚厚的书，方逸不由得挠了挠头，以前胖子给他送去过学习英语的磁带和课本，再加上方逸鼓捣的那个收音机也能听到一些英语教学的广播，虽然说得不怎么样，但方逸英语的词汇量还是不错的。

相比英语，方逸在高数这门课上就要差了许多，在没有老师讲解的情况下，那些什么三角函数之类的公式看得是头晕眼花，要是让自己考高数，方逸估计除了在选择题上能蒙对几题之外，其他的都答不出来。

"我们这学科，高数不一定是必考的，我只是让你复习一下。"听到方逸说英语还不错，孙老脸上顿时露出了惊喜的神色，他原本以为在山上长大的方逸连二十六个英文字母都不认识呢。

至于高数，去年的时候并没有考，孙连达只是听说今年有可能考，这才让人找了高数的相关书籍，只要再等上一个月，就能知道今年必考的几个科目了。

"这样吧，"孙老有些兴奋地站了起来，在客厅里来回走了几圈，说道，"以后一、三、五你跟我学专业知识，二、四、六你跟英语家教学习英文，另外星期天你再抽时间背下政治，咱们争取明年年初就考上。"

查验方逸的学历只是第一步，但能否考得上研究生，还需要方逸自己来努力。孙连达原本只是抱了百分之三四十的希望，但今天和方逸一交流，这希望立马升至百分之七八十了。

"好，老师，我会努力的。"

方逸很认真地点了点头，在山中十多年，他虽然学到了很多普通人难以接触到的本事，但同样，方逸对于现代科学的认知却还不如很多现在的初中生，此时的方逸就像是一块脱水的海绵，迫切地想要让自己充实起来。

"来，咱们今儿就开始上第一堂课，我给你讲讲博物馆学的起源和发展，现代的博物馆学一般都和考古学专业或历史学专业设置在一起的……"

虽然孙连达准备教授方逸的是古玩鉴定方面的知识，但无奈国内只有考古专业，并没有古玩鉴定这种专业课；再说孙连达是博物馆系的教授，方逸的研究生只能报考博物馆系。不过博物馆系和考古系还有历史系这三种专业，在某种程度上都是相辅相成的。所谓一通百通，像孙连达就是全国文物鉴定委员会的副主任，是文物界和古玩行里泰山北斗一般的人物。所以博物馆系毕业的学生在文物界崭露头角，那也算是科班出身。当然，如果你一学阿拉伯语的想成为古玩文物鉴定专家，那不说绝对不可能，但是在业内肯定是没有人会承认他是专业出身的。

孙连达每周都会在金陵大学上一堂公开课，他所讲的知识深入浅出，以方逸的历史功底很容易就听进去了。两个多小时的课程讲完后，不管是孙连达还是方逸，都有些意犹未尽。

"老师，今儿就到这儿吧。"方逸看了下墙上的挂钟，又看了看老师兴奋但带有一丝疲倦的面容，开口说道，"老师您早点休息，明天我出摊的时候给您带些早点过来。"

"行，方逸，桌子上有两千块钱，你先拿着用吧。"孙连达没等方逸推辞，就接着说道，"在大学里，研究生是要帮老师完成一些科研项目的，学校会专门拨一些经费，所以这钱你先拿着，以后做课题的时候老师就不给你钱了。"

孙连达这话倒不是为了宽慰方逸说的，而是确有其事。作为国内知名的考古和文物专家，只要有大一点的墓葬出土，相关部门都要请孙连达前去组建团队对出土文物进行论证，所以孙连达手上从来都不缺经费的。

"好，我拿着，谢谢老师……"听到孙老如此说了，方逸也没客气，当下将桌子上的两千块钱收起，又清洗了老师用过的茶杯、擦拭了茶几之后，方逸才告辞离开。

"得此佳徒，此生无憾啊！"看着方逸离去的身影，孙连达很是欣慰地笑了起来，刚才在讲课的时候方逸是一点就透，并且在很多问题上都能提出自己的观点，这让孙连达十分高兴。

更让孙连达看重的是，方逸对他的尊重那都是发自内心的，就像临走时清理卫生的举动，方逸很自然地就干了，孙连达看得出来，这绝对不是方逸为了巴结自己而故意为之的。

"哎，我说，怎么还在喝着呢？"等方逸回到满军院子的时候，他发现酒场居然还在继续着，不过桌子旁边又多了胖子和三炮，从那脸上的红光能看出来，这哥儿俩也喝了不少。

"哎，方逸，你……你回来啦？"见到方逸进门，满军晃晃悠悠地站了起来，将方逸拉了过去，开口说道，"来，你满哥今儿高兴，你喝了这一杯，咱们一醉方休……"

"对，一定要喝掉！"孙超也是拿了根筷子不断敲打着桌子，那眼睛几乎都睁不开了。

"好，我喝还不成吗？"见到满军这酒都快端到嘴边了，方逸只能接过来一口喝了下去，将杯子放下后，方逸开口说道，"满哥，超哥，今儿差不多了，你们也困了吧？可以睡觉了。"

"睡……睡觉？"孙超抬起头来看了方逸一眼，不知为何，他本来就有些迷糊的脑子，一下子天晕地转了起来，一头就趴到了桌子上。

"满哥，您也可以睡啦！"方逸扶着还站在自己身边的满军，右手拇指在他后颈部位的安眠穴上轻轻一按，满军顿时软了下去。

"我说你们两个看什么热闹啊，把他们俩给扶床上去啊！"让两个喝得胡言乱语的人睡着之后，方逸没好气地冲胖子和三炮吆喝了一声。

"方逸，胖爷我今儿受打击了。"站起身的胖子将满军丢到房间的床上后，坐在桌旁自酌自饮了一杯。

"你小子受什么打击啊？"方逸将孙超扶到了房间里，出来按住了胖子的手，眼睛看向三炮，说道，"三炮，他怎么回事啊？下午不还兴高采烈的吗？"

"逸哥，胖爷我失恋了……"胖子脸上露出了一副痛不欲生的神色，那手又向酒瓶子抓去。

"方逸，你少听他胡扯，他失恋个屁，就是想多喝点茅台罢了。"三炮很不给面子地揭发了胖子内心的意图，话说今晚见了那女警察之后，平时能说会道的胖子连个屁都没憋出来，一顿饭说了不到三句话，哪儿有失恋一说啊。

"嘿嘿，还是三炮兄弟了解我……"

胖子那原本还绷着的脸，听到三炮的话后，立马变成了一张笑脸，对着方逸说道："哎，你没去真是可惜了，我告诉你，胖爷长这么大，还是第一次在五星级酒店吃饭，还是第一次见到这么漂亮的姑娘，不信你问三炮，这小子都动心了……"

　　说起晚上吃饭的女警，胖子那是一脸的猪哥样，一向厚脸皮的他对自己的表现很是失望，原本还想贫几句嘴的，没想到在那女孩面前竟然连句完整的话都没说出来。

　　反倒是三炮对那女孩没有什么企图，吃饭的时候聊得挺好，这让胖子很是羡慕嫉妒恨，回来的路上嘴里一直嚷嚷着回头要告诉三炮的女朋友。

　　"这女孩性格很好，一点都不傲气，也没什么架子。"三炮对女孩的评价也很高，从今儿女孩请他们在五星级酒店的自助餐厅吃饭三炮就能看出来，女孩的家庭出身肯定不错，要不然凭她那干警察的工资，恐怕还不够今儿三个人的花销。

　　不过女孩和他们说话的时候没有一点架子，还主动介绍各种好吃的东西给他们，让进到五星级酒店有点紧张的胖子和三炮感觉非常舒服。

　　按照女孩的说法，她叫柏初夏，是京城人，还是公安大学大二的学生，来金陵是实习的，半年之后就会离开。她在金陵也没什么朋友，所以很高兴认识胖子和三炮，还说了下次再请方逸一起来吃饭。

　　女孩说这话的时候，胖子和三炮谁都没敢接口，因为这酒店实在是太贵了，进去的时候他哥儿俩可是亲耳听到的，不算酒水每个人都要五百八十八块钱。

　　"对了，方逸，柏初夏还有件事要请咱们帮忙呢，"讲完今晚吃饭的事情后，三炮开口说道，"她想买一串好一点的文玩送给长辈，不过怕买到假的，想让咱们帮忙找一个。"

　　"让咱们帮忙找一个？咱哥儿几个哪有这渠道？"听到三炮的话后，方逸摇了摇头，开口说道，"等明儿满哥酒醒了问问他，他在这圈里混的时间久了，肯定有门路的。"

　　"其实也不用找满哥的，"三炮看着方逸，期期艾艾地说道，"逸哥你手上不就有嘛？不卖你师父留下的，你可以卖你自己盘出来的呀，这十多年你少说也得盘出来好几串了吧？"

　　俗话说："吃了别人的嘴软，拿了别人的手短，"尤其又是个大美女相求，以三炮那性子也是忍不住向方逸开口了，想要帮一帮那位柏警官。

　　"我盘的物件，那品相不行啊，材质也很差……"

　　方逸闻言连连摇起了头，他当年诵经时所捻搓的珠子，都是很一般的木材做成的，而且方逸那会儿还要扫地、做饭、种菜、喂鸡的，手上就没个干净的时候，那盘出来的珠子简直就是惨不忍睹啊。

　　"要不，你把老道士留下来的给她一串？"三炮偷看了一下方逸的脸色，开口说道，"柏警官说了，钱不是问题，只要东西好，多少钱随便你来提。"

　　"三炮，你又不是不知道，我师父的东西是不能卖的。"方逸想都没想就给拒绝掉了，开什么玩笑，师父留下来的那些物件，不单单是文玩，更是道家法器，更寄托了方逸对师父的思念，就是穷到去工地搬砖，方逸也是不会将其卖出去的。

　　"三炮，怎么样？我就说方逸不会同意的吧？"胖子有些郁闷地说道，"早知道我就不答应她了，这要是找不到合适的物件，咱们这个星期天真没脸见她。"

　　"你们答应什么了？"方逸闻言愣了一下，说道，"答应帮她找个老东西？"

　　"都怪这死胖子，张嘴就说要帮她找一串二十年以上的东西，你当二十年以上的文玩是大白菜啊，那么容易找的？"

　　本来三炮和胖子没把这事情当成多大的事儿，在他们想来，只要手上有钱，找串老文玩还不是轻而易举的事情吗？但是等回到家和酒桌上的孙超一聊，他们才知道自己想得有些过于简单了。

　　要知道，早在清朝的时候，文玩可是那些八旗子弟的专属玩物，老百姓就算是接触得到也玩不起；清朝覆灭之后，文玩在民国兴盛了一段时间，新中国成立后就一度销声匿迹了。

　　一直到了 90 年代中期，文玩作为一种装饰品，才又重新进入了世人的眼中，到现在也就只有短短的六七年时间。

　　所以按照孙超的说法，除了新中国成立前的可以称之为古玩的老东西之外，民间几乎就没有盘玩二十年以上的东西，所以胖子就只能去打方逸的主意了。

　　"我手上倒是有个金刚手串，是我自己玩的，等星期天的时候给她看看吧。"

方逸心中一动，他想到了下午盘出来的那串金刚菩提，虽然锯齿缝隙里有些黑色的污垢，品相不是那么完美，但整串珠子的包浆和色泽还是很不错的。

"哎哟，方逸，你这可是救了我和三炮啊！"胖子一把拉住了方逸，趁热打铁地说道，"咱们上楼看看你那串珠子去，我说逸哥，这次胖子可是把牛吹出去了，你说什么也得拿出点好东西来啊！"

"明儿再给你们看，你俩今天先把桌子给收拾了。"方逸指了指那狼藉不堪的餐厅，也不知道孙超和满军喝了多少，地上除了两个茅台瓶子之外，还扔着七八个啤酒瓶子。

"得嘞，你就安心睡觉去吧，这里交给我和三炮了。"要求被满足后，胖子还是很勤奋的，拉着三炮就忙活了起来，看得方逸是连连摇头，以这小子见了女人就走不动道的秉性，早晚要吃个大亏。

第二天一早，方逸就买了早点溜达到了孙老住的小区里，原本方逸是觉得老师腿脚刚受了伤不方便，不想让他下楼，没成想一走进小区就看到老师正在和几个老人聊着天呢。

"哎，这就是我准备收的研究生，叫方逸。"看到方逸过来，孙连达冲他招了招手。这人到了一定的年纪之后，身体肯定是不会返老还童，但思想却有点像小孩了，收了方逸这么唯一的一个弟子，孙连达自然想显摆一下。

"各位老师好！"听见孙老招呼，方逸连忙小跑了过去。在这个小区住的人，不是博物馆的职工就是金陵大学的老师，文化圈的人，统称为老师肯定是没错的。

"小伙子挺精神的，不错……"

"孙老哥，恭喜啊，回头考上了要摆拜师宴啊！"

这里住的老人都是和孙连达相熟的，辈分也差不多，当下一个个都恭喜了一番，在老辈人心里，这收弟子的确是一件大事。

"好了，你们先忙活着，我回家吃饭去。"在众人面前嘚瑟了一番之后，孙连达心满意足地和方逸回了家。

"老师，以后您早上起来可以练练拳啊。"方逸在桌子上摆好早点之后，开口说道，通过面色的观察，他发现老师肾经有些虚弱，这会导致身体骨骼疏松，对老年人不是件好事。

"你说打太极拳？"听到方逸的话后，孙连达笑着摆了摆手，说道，"以前倒是练过几天，不过感觉没什么用就给放下来了。"

"老师，太极拳还是有用的。"方逸对老师的话有些无语，太极外圆内方，是正宗的道家内修功法，老师练不出气感来，肯定是学的那劳什子三十六或者七十二路太极，根本就不对路。

"嗯，那我赶明儿再拾起来？"孙连达倒是从善如流，这走路遛弯是锻炼身体，练练太极拳也是锻炼，对于他来说都一样。

"老师，明儿我教您一种内家的导引术吧！"方逸想了一下，开口说道。

"哦？道家的修炼功法？"孙连达闻言眼睛一亮，他知道自己这个弟子看似简单，但却是胸有丘壑之人，而且不单是方逸，就是方逸口中的那个老道士师父，以前估计也是大有来头的人，否则不可能在道教协会有那么大的影响。

"不算是修炼功法，就是几个简单的动作加上呼吸的方法而已。"方逸熟读道家典籍，有些功法他即使没练过但也知晓，就像是现在说的这种导引术，原本是脱胎于华佗的五禽戏，只是动作没那么烦琐罢了。

"方逸，咱们爷儿俩起得都早，以后你早点过来，打一个小时的拳咱们还能学习一个小时。"

吃完了早饭孙连达抬头看了下时间，这还不到八点钟，他也知道古玩市场一般都要九点之后才上人，去早了也是没什么用的，倒不如抓紧时间给方逸补补课了。

以前年轻的时候，孙连达也是个极有个性之人，没遇到顺眼的人那是说什么都不愿意将这一身本事传出去的，但是现在年龄大了，孙连达也感觉时不我待，有些迫不及待地想把自己会的那些东西全都教给方逸。

"好的，老师，那我以后每天六点过来。"方逸闻言点了点头，道家炼气尤其看重早晨，为了吸收每日清晨的那一缕东来紫气，方逸基本上每天不到五点就起床练功。方逸又没有睡回笼觉的习惯，就算老师不说，他也会看书多学点东西。

第二十九章
文物中的法器

"对了，老师，今儿要麻烦您帮我看个物件。"方逸说着话将手腕上的那串金刚给取了下来，昨天他打坐的时候又将其加持了一番，这串金刚的包浆和色泽显得愈发厚重了。

现在方逸已经可以肯定，自己在诵经或者运功行气的时候捻搓珠子，就能改变珠子的年份，一夜功夫下来，最起码也能让新珠子变成二十年以上的老珠子。

至于只行功不诵经捻搓珠子的方法，方逸现在还没尝试，他准备今儿去了古玩市场多买点便宜的珠子回去做实验，怎么着也要将自己身上的这门神通给弄明白了。

"嗯？这串老金刚玩得不错啊！"接过方逸递过去的那串金刚菩提，孙连达眼睛不由一亮，从桌子上拿起了老花镜戴上，仔细看了起来。

"材质只能说是一般，但盘玩得非常出色……"

拿在手里看了好一会儿，孙连达将其放了下来，开口说道："最少盘玩了二十年，唯一的一点瑕疵就是初期盘玩的时候不太细致，没用刷子清理缝隙间的灰尘污垢，导致中间残留有黑色的痕迹。不过这串珠子的色泽很漂亮，包浆也是十分厚重，加上年份够老，算是件精品的文玩了，方逸，你从哪儿淘弄出来的？"

孙连达虽然不是杂项方面的专家，但眼力还是有的，就像是通过这珠子的包浆，他一言就能给断出年代来，这种断代的本事，可不是一般人能学得来的。

"老师，这一串是我自小盘玩的。"听到孙老的话后，方逸是彻底放下心来了，他原本还有点担心这变老的物件会留有什么破绽，但是连老师都没分辨出来，旁人是更加不可能看出来的。

"你盘出来的？那这物件应该是个法器啊！"

孙连达知道方逸做了十多年的道士，这手中的念珠是平日里修炼所用的，连忙又戴上眼镜看了起来。他原本就感觉这珠子的包浆中蕴含一层宝光，和他在宗教寺庙里见到的法器有几分相似之处。

"老师，您也知道法器？"

昨儿在赵洪涛那里听到法器两个字，今儿又从老师口中听到，方逸不由得有些纳闷，难不成在现在科学昌明的年代，佛道鬼神之说还那么盛行吗？

"方逸，文物之中，法器占的比例是非常大的。"看到方逸不解的样子，孙连达开口解释道，"别的不说，历朝历代的皇帝不是信佛就是信道，他们会用最珍贵的材料去帮佛、道两门制作器皿，而这些器皿经过《佛经》《道经》的加持之后，就会变成法器的。"

作为当代的文物鉴定大师，孙连达见过的文物法器不计其数，远了且不说，就是康熙、雍正、乾隆三帝留下来的有记载的佛门法器，恐怕就有上万件之多。

法器和普通的文物，从表面看上去没有什么不同，但是接触多了，孙连达就能感觉得到，法器蕴含一种很独特的气息，持之能让人心平气和、静气凝神，这种特性却是普通文物所没有的。

"听老师这么一说，我还真是孤陋寡闻了。"听到老师的话后，方逸心中顿时明白了，现代社会中修道礼佛的人的确是少了，但是放在几百年前却是很昌盛，流传下来一些法器自然也是情理之中的事情。

"以后你会接触到的。"看到方逸一副受教的样子，孙连达满意地点了点头，说道，"法器多出于大的寺庙道观或者是皇室之中，咱们金陵博物馆以前可是道家圣地朝天宫，里面就藏有不少珍贵的文物法器，日后我带你去观摩一下。"

"谢谢老师！"方逸连忙点头答应了下来，作为道门中人，方逸是可以通过感知法器上法力的强弱，来判定当年加持法器之人修为高低的，他也想看看数百年前那些修炼的人，到底都是一种什么样的境界？

"方逸，戴在手上吧，这东西那么厚重的包浆，只要不是泡在水里，一般都没什么事。"孙连达打量了好一会儿，将金刚手串递还给了方逸，不过通过这手串，孙连达对方逸却又有了新的认识。盘玩珠子，就是要在有细心的同时，还要有耐心，方逸能把这串珠子盘玩得如此漂亮，并且将其加持成了法器，没有心如止水的心境，一般人根本就做不到。只是孙连达并不知道，方逸的心境是有的，当年也戴过几串珠子，只不过这一串却并非是他长年累月盘玩出来的，而是方逸身上的神通制作出来的一个速成品。

"老师，我……我想问问，这串珠子能值多少钱？"方逸迟疑了一下，还是开口问了出来。

"卖？"孙连达愣住了，开口说道，"方逸，你现在缺钱用吗？为什么要卖掉这串珠子呢？"

孙连达不是古玩商人，他也很厌恶商人那种什么东西都能卖的行为，在孙连达看来，像这种自己盘玩了十几年的东西，是绝对不可能出让的，这简直就是身体的一部分了。

"老师，和缺不缺钱没关系，"方逸摇了摇头，说道，"我现在就是做这门生意的啊，师父当年留给我的东西我是不会卖的，但是像这一串珠子，我日后估计也很少有机会盘玩了，倒不如给卖掉。"

正如孙连达所说的那样，如果这串珠子是方逸用了很长的时间亲手盘玩出来的，那他一定是舍不得卖掉的，但仅仅在手上捻搓了一夜的功夫，方逸对其能有多大的感情呢。

"但……但这可是串法器啊！"孙连达不知道说什么好了，在他的印象里，方逸一直都是有点视钱财如粪土的味道，怎么忽然一下子就变得庸俗起来了呢？

"老师，本来我也不想卖的，可是胖子答应别人要找串好东西，我手上的物件除了老师的，也就这一串金刚菩提不错了。"

对于老师的心情，方逸是能理解的，毕竟作为一件开光的法器，是具有趋吉避凶之功效的，戴这么一串东西在手上，虽然说不上是万邪退避，但功德加身不被奸邪所害的功效还是有的。

"是这么一回事啊！"听到方逸的话，孙连达沉吟了一会儿，开口说道，"既然你决定了，那我也不劝了，只不过这价格方面我不太了解，中午的时候你问问洪涛吧，他开出来的价不会让你吃亏的。"

对于这串金刚，孙连达也是很喜欢的，不过他知道，只要自己表现出来那么一点点意思，方逸一定会将其白送给自己的，所以孙连达即使再喜欢，也没流露出这层意思来。

"行了，这都快九点了，你赶紧去市场吧。"抬头看了一下表，孙连达下了逐客令，实在是方逸要再留一会儿，孙连达怕自己忍不住会出言买下这串珠子。

方逸告别老师赶到古玩市场的时候，发现胖子和三炮已经摆上了摊，这会儿市场还没上人，游客还没有摊主多，一群同行正围着胖子和三炮在那里吹牛聊天呢。

"散了，散了，哥儿几个，咱们回头再聊。"见到方逸过来，胖子连忙屁颠儿屁颠儿地跑了过来，一把搂住了方逸的肩膀，开口说道，"逸哥，昨儿说的那事情怎么样？把你找的东西拿出来看看呗！"

"死胖子，见色忘义，可就这一次，啊？"方逸没好气地瞪了胖子一眼，从手腕上取下那串金刚递了过去。

"咦？好东西啊，以前怎么没见你戴过？"

在古玩市场厮混了好几天，胖子除了嘴皮子练溜了之外，眼光也有几分长进，虽然不能像孙老爷子那样一言断代，但好歹总是能分出来的。

"我没戴过的东西多着呢，你都见过？"方逸对胖子的话表示了嗤之以鼻的态度，不过心里却是有点发虚，他和胖子还有三炮实在是太熟悉了。

"不管那些，方逸，这东西能值多少钱？"胖子才没工夫关心是否见过这物件呢，刚才只是随口那么一问，问过之后注意力马上转到了钱上面。

"不知道，"方逸摇了摇头，"我问过老师了，他说这价格不好估，让我再问问赵哥，等中午的时候再说吧。"

"行，那我回头打电话给柏警官，和她约时间。"

胖子兴奋地点了点头，昨儿因为要买东西的缘故，那个叫柏初夏的女孩给他们留了电话，胖子这心里一直痒痒的，现在终于找到了打电话的借口。

"等我问了价格，把东西给你，你拿去卖就行了，到时候钱交给三炮就行。"方逸无所谓地说道，在知道自己行功诵经就能加持出这种老物件，并且在目前为止还没有副作用的情况下，这样的东西方逸以后要多少就有多少，自然是不怎么上心了。

"别价啊，你自己的东西，还是你自己谈吧，这是你的私人物品，卖出去的钱也是你拿着的。"

在关系到原则问题的时候，胖子从来都不会开玩笑，而且原本是他和三炮带着方逸下山进城闯世界的，但是没成想现在反而是自己和三炮在沾方逸的光，胖子哪里好意思去拿方逸私人物品卖出去的钱呢。

"要分那么清楚？"方逸看了胖子一眼，这财迷什么时候见钱不眼开了？

"不是分得清楚，逸哥，咱们能有今天，已经是我和三炮沾光了。"胖子低下头，小声说了一句。

"说什么呢？咱们是不是兄弟啊？"听到胖子的话，方逸不由愣了一下，他还真没想到一向大大咧咧的胖子，居然会生出这种心思来。

"胖子，如果我遇到了生命危险，你会不会救我？"方逸话题忽然一转，听得胖子也是一愣。

"你这不是废话吗，就是要了胖子我这条命，那也在所不惜。"胖子没有丝毫犹豫，斩钉截铁地说道，"方逸，我和三炮都欠你一条命，这辈子别的不说了，你什么时候要就什么时候拿去——"

三炮小时候被毒蛇咬，是方逸救治过来的，而前段时间的车祸，也是方逸推开的胖子，这哥儿俩嘴上虽然没说什么，但是心里都明白得很。

"那不就得了，咱们是过命的兄弟，还提钱干什么？把钱都放在一起，谁用谁拿。"方逸重重地拍了一记胖子的肩膀，给账务的事情定了一个基调。

"对了，老师给了我两千块钱生活费，这个我就不给你们了，你小子也别惦记。"方逸想了一下，把两千块钱的事情说了出来，除了自己还没确定身上神通的事情之外，他还真没有什么不能对胖子和三炮说的事情。

"你给我们也不好意思要啊！"胖子被方逸说了个大红脸。

"行了，这会儿开始上人了，抓紧去卖东西吧。"方逸推了胖子一把，往日里见到的胖子一向都是嘻嘻哈哈的，如今变得正经一点方逸反倒感觉不习惯了。

"放心吧，咱们哥们儿的生意，绝对是这市场头一份！"

昨儿胖子最后真的卖出去了十条串，在生意冷淡的非周末时间，这已经是很难得了，去掉要还给满军的本钱，昨天哥儿几个又净赚了一千块。

生意好，胖子自然是动力十足，而且每天都有真金白银进账，收入更是比坐办公室的白领高出了好几倍，这让胖子整日里像是上了发条一般，那架势就差没到别的摊位去拉客人了。

"对了，方逸，这进货的渠道咱们要早接触了，"胖子开口说道，"三炮算了一下，满哥借给咱们的货，最多只能卖两个月，有些比较紧俏的东西可能提前就会断货。"

胖子干销售卖东西是一把手，三炮则是管账管东西，这番话是三炮在综合了这两天生意的情况，作出的一个预判。

"我一会儿和满哥提提，看看到底是在金陵进货还是去京城。"方逸点了点头，当初就说好的，胖子负责卖，三炮负责管账，这进货渠道什么的，就是方逸的任务了。